UWE LAMMERS

Der Seemann

Roman

Donat Verlag

Bibliografische Information der Deutschen Bibliothek

Die Deutsche Bibliothek verzeichnet diese Publikation in der Deutschen Nationalbibliografie; detaillierte bibliografische Daten sind im Internet über http://dnb.ddb.de abrufbar.
ISBN 978-3-943425-16-1

Die Handlungen und Personen sind frei erfunden. Ähnlichkeiten mit lebenden oder nicht mehr lebenden Personen wären rein zufällig.

Lektorat: Helmut Donat
Layout: Felix Mangold
Umschlaggestaltung:
Brand Makers Group, Bremen
Druck: Vilcolora GmbH/Spaudos Departamentas, LT-Vilnius

Inhalt

Für meinen Bruder Carsten

Prolog

Das Wetter schlug um. Die ersten violetten Verfärbungen am Horizont in der Abenddämmerung ließen nichts Gutes ahnen. Es war ein milder Septembertag. Noch am Morgen legte die Sonne ein letztes Mal ihr wärmendes Kleid über den Nordatlantik. Zum Nachmittag brieste es weiter auf; der Seegang und auch der Wind nahmen zu. Jan ging hinaus in die Brückennock und atmete tief ein. Die Luft roch plötzlich anders. Er fühlte förmlich, dass es schon bald eine deutliche Wetterverschlechterung gäbe. Jan hatte schon viele Stürme in der Biskaya erlebt und abgeritten; er kannte die Vorboten. Der Wetterkartenschreiber ratterte mit einem sonoren Geräusch und verbesserte seine Laune auch nicht. So wie es aussah, würde sich die Lage weiter verschlechtern. Die „Reiman Bremen" holte häufiger kräftig über. Das Schiff fing zu gieren an und machte ungewohnte Bewegungen. Immer wieder eine kräftige Neigung nach Steuerbord, und dabei nahmen die langen Wellen das Heck mit hoch. Die „Reimann Bremen" bewegte sich nicht nur seitwärts, sie schien auch in der Längsrichtung zu rollen. Die Verbände des Schiffes ächzten unter der Belastung. Die Isobaren auf der Wetterkarte verdichteten sich zu einem gefährlich aussehenden Trog. Das Sturmtief kam mit hoher Geschwindigkeit aus Süd-West hinter ihnen her. Nach seinen Berechnungen drehte es sich aber schon bald auf West, so dass bis tief in den Englischen Kanal hinein die See schräg von hinten auf das Schiff treffen würde.

Die Biskaya konnte sehr trügerisch sein. In kaum einem anderen Seegebiet auf der Erde lagen Gut und Böse so dicht beieinander. Die langsam untergehende Sonne brach ihr Licht in der aufgewühlten See, die in silbernen und grünen Farbtönen schimmerte. Jan schätzte die Wellenhöhe auf etwa fünf Meter und hoffte, dass sich Rasmus mit seiner ganzen Kraft nicht unbedingt an der „Bremen" beweisen wollte.

Die Temperaturen gingen zurück. Ein Blick auf das Barometer verriet ihm, dass auch der Luftdruck weiter fiel. Jans Laune wurde ob der Aussicht, durch den Sturm erst später in Bremen zu sein, nicht gerade besser. Er hatte seiner Frau versprochen, pünktlich zum 70. Geburtstag ihres Vaters wieder zu Hause zu sein. Doch wie es jetzt aussah, würde es knapp werden. Er zwang sich, nicht länger darüber nachzudenken.

Früher war er solchem Hoffen und Bangen stets unterlegen gewesen, und er hatte sich von neuen Gerüchten über die Ankunft im Heimathafen verrückt machen lassen. Seitdem er selbst auf der Brücke stand, war er es, der den anderen sagte, wann sie das Ziel erreichten. Die Verbreiter der sogenannten Scheißhausparolen waren immer noch die Gleichen. Der Bootsmann und insbesondere der Koch taten auch noch heute so, als wüssten sie mehr als der Rest der Crew. Kein Wunder, dass sich bei zunehmendem Wind die Laune verschlechterte. Koch Johnny Segelke machte sich einen diebischen Spaß daraus, wenn er einem noch wenig erfahrenen Seemann wie dem Jungmann Frenzen kleine Stiche versetzen konnte, indem er immer wieder betonte, dass die Reise länger dauern und es mit dem Wochenende bei der Freundin wohl auch nichts würde. Je länger Jan darüber nachdachte, desto mehr schmunzelte er in sich hinein.

Wie er doch die Atmosphäre auf der Kommandobrücke mochte! Das Summen der Radargeräte und das matte rote Licht, welches verhinderte, dass man in der Dunkelheit nicht völlig blind war, die Mischung aus Kaffeeduft, Zigarettenrauch und einem schwer definierbaren Technikgeruch, den die Geräte absonderten. Und die Einsamkeit. Er genoss die Stimmung und fingerte sich eine Marlboro aus der Hemdtasche. Mit einem Klick sprang sein Sturmfeuerzeug auf und gab ihm die gewünschte Flamme. Er sog den Rauch ein, fühlte den ersten Zug in seinen Blutbahnen. Jan war Genussraucher. Eine Zigarette zum richtigen Zeitpunkt war ihm immer sehr angenehm – abhängig wollte er aber nicht sein. Es gab Tage, manchmal auch Wochen, an denen ihm gar nicht auffiel, dass er nicht rauchte. Das hier war aber etwas anderes. Er befand sich wieder in seinem Element: an Bord – und da gehörte auf der Brücke zum Kaffee die Marlboro unbedingt dazu.

Jan hatte seine aktive Zeit schon vor längerem beendet. Inzwischen in der Geschäftsleitung der Reederei Reiman, fuhr er den Trip von Malaga nach Bremen nur, um nicht ganz aus der Übung zu kommen. Für ihn waren die Tage auf See wie Urlaub. Man war draußen, verlor nicht den Kontakt zu den Seeleuten und konnte sich ein gutes Bild vom Zustand der Flotte machen. Er nahm das Bordfunkgerät und rief seinen Bootsmann Peter Sievers, den er seit langem kannte und mit dem ihn eine lange Freundschaft verband.

„Peter, geh noch einmal mit der Deckscrew durch das Schiff und check die Ladung. Schau nach, ob alles seefest verschlossen ist. Ich glaube, heute Nacht gibt es noch etwas Dickes. Achte besonders auf die Flats und die Planierraupen! Wir wollen unsere ‚Bremen' doch heile nach Hause bringen!"

„Von achtern is immer scheiße Jan, sieht nicht gut aus da draußen, ist auch schon kühler geworden. Wenn es richtig kachelt, wird's wohl nichts mit unserem Samstag in Bremen. So 'ne Kacke! Ich würde mich schon freuen, wenn es hinhaut, ich könnte dann wenigstens mal wieder eine Nacht bei meiner Erbse verbringen."

„Mein Schwiegervater hat am Sonntag Geburtstag, geh mal davon aus, dass ich auch zu Hause sein will, Quatsch, ich muss zu Hause sein, es ist ein runder Geburtstag! Mit großem Empfang im Rathaus. Es kann aber auch anders kommen. Wenn der Wind nicht ganz so hart eindreht, könnte er uns noch schieben, dann sind wir mit ein bisschen Glück sogar eher da."

„Wär gut, wenn du Recht behieltest, alter Optimist!"

Sievers nannte seine Frau immer Erbse, keiner wusste warum, aber es fragte ihn auch keiner danach. Auch Jan beließ es dabei.

„Ok, Peter, gib mir eine Rückmeldung, wenn ihr alles durch habt."

Jan wusste, dass Sievers das Schiff in einem Top-Zustand hielt. Es gab keine rostigen Ecken oder etwa quietschende Türen. Sievers war ein Pedant, wenn es um Qualität ging. Nichts entging ihm, kein Fehler blieb ihm verborgen. Seine Crew stöhnte häufig über seinen – wie sie es nannten – Ordnungswahn. Für die Reederei war Peter jedoch mit Gold nicht zu ersetzen. Keiner der Bootsleute achtete so engagiert auf Kosten und Effizienz. Man gestattete ihm dafür kleine Extravaganzen. So hatte er durchgesetzt, dass die „Bremen" sein Schiff war. Im Gegensatz zu den üblichen Gepflogenheiten der Reederei wurden die Bootsleute hier nicht nach Bedarf getauscht. Es gab eine Urlaubsvertretung für Sievers – sonst nichts.

„Die ‚Bremen' haben sie um den Sievers herum gebaut", hatte einmal der Schiffskoch in einer Bierlaune erzählt. Sievers liebte es, als lebende Legende betrachtet zu werden. Er hatte nicht unbedingt das Zeug zum nautischen oder technischen Offizier. Er kompensierte den fehlenden Intellekt mit seiner Perfektion und seinem ausgeprägten Hang zur Genauigkeit. Auf die Frage, warum er sich nicht zum Offizier ausbilden ließ, antwortete er seit eh und je immer nur ausweichend. Die häufigste Antwort war: „Ich möchte gar nicht wissen, wie meine ‚Bremen‘ dann aussehen würde. Wer kümmert sich dann um mein Schiff? Nee, nee, das lass mal schön sein.“ Jan hatte schon häufiger überlegt, ob Peters Drang zur Perfektion nur ein Schutzmantel war, um von seinen theoretischen Defiziten abzulenken. Als Bootsmann stellte niemand Sievers' Kompetenz in Frage. Er selber wusste nur zu genau, dass er ein Studium nicht schaffen würde. Schon die Bootsmannschule war für ihn eine Höchstanstrengung gewesen. Dieses „theoretische Gefasel“, wie er es nannte, war nichts für ihn. Allein der Gesichtsverlust, ein angestrebtes Studium nicht zu bestehen, wäre für ihn einem Weltuntergang gleichgekommen.

Sievers hatte in den Jahren, in denen er für Reiman fuhr, ein exzellentes Gespür dafür entwickelt, die Grenzen des Erlaubten auszuloten. Seitdem Jan der Geschäftsleitung der Reederei angehörte, waren sie sogar noch etwas mehr aufgeweicht, weil alle wussten, dass die beiden sehr gut befreundet waren. Jan war häufig mit Peter zusammen zur See gefahren; er kannte und mochte ihn vom ersten Tag an. Peter überzog nicht, aber eine Extrawurst durfte es schon sein. Die „Bremen“ hatte daher auch einen etwas anderen Anstrich als bei Reiman üblich. Die Bordwand war – wie bei allen Reiman Schiffen – dunkelblau, das Unterwasserschiff in einem hellen Türkis. Als sie jedoch vor einem Jahr für mehr als zehn Tage vor Tripolis auf Reede lagen, ließ Sievers einen etwa 10 cm breiten weißen Streifen als Trennlinie zwischen den beiden vorherrschenden Farben malen. Seiner Meinung nach gab das dem Schiff die richtige Note. Sievers traf mit dem Anstrich genau ins Schwarze. Die Crew hatte etwas zu tun, die langweilige Zeit auf Reede verging schneller, und die Schiffsleitung freute sich darüber, dass die „Bremen“ nun ein bisschen besser – ja edler – aussah als andere Reiman-Schiffe. Nach Abschluss der Arbeiten war Sievers erfüllt von Stolz. Er konnte sich mit seiner „Bremen“ von all den anderen abheben, ihm schien es, als sähe sie nun wirklich aus wie eine Yacht. Er ließ sich mit dem Rettungsboot mehrmals um das Schiff fahren, um es aus allen Perspektiven zu fotografieren. Sievers polarisierte; man mochte ihn oder eben nicht.

Peter checkte mit seinen Jungs zunächst die Decksladung. Sie hatten auf der Vorkante der Luke große Flats – offene 40 Fuß Container – mit Steinplatten geladen. Sie bereiteten dem Bootsmann große Sorgen, weil es immer wieder vorkam, dass sich eine solche Ladung bei schlechtem Wetter zu heftigen Schiffsbewegungen verselbstständigte. Alle Spanngurte wurden noch einmal festgezurrt und auf Bruchstellen geprüft. Das Schiff holte immer stärker über, so dass sich die Seeleute beim Laufen in der Gangbord schon an der Reling festhalten mussten.

„Lass uns noch die Achterkante nachlaschen, bevor wir in die Luke gehen und uns die Bagger ansehen! Beeilt Euch, ich will pünktlich essen!“

Die Seeleute gingen routiniert an die Arbeit und überprüften alle Laschings. Sie wussten nur zu genau, dass der Hinweis von Sievers, er wolle zum Abendbrot, nichts mit der Qualität der Ausführung zu tun hatte. Genauigkeit vor Geschwindigkeit! Den Slogan hörten sie jeden Tag, obwohl er eigentlich ein Widerspruch in sich war, denn die Zeit stand bei Sievers genauso im Fokus wie die Präzision. Peter Sievers konnte man nur so nehmen, wie er war. Entweder man verstand ihn oder man hatte eine schwierige Reise.

Das Leuchtfeuer von Ouessant war klar und deutlich an Steuerbord zu erkennen, als Peter wieder auf die Brücke kam und Jan meldete, dass alles in Ordnung sei. Eine erneute Kursänderung nach Steuerbord ließ auch die Rollbewegungen abnehmen.

„Jetzt läuft sie wie ’ne Yacht! Unsere ‚Bremen’ ist schon ein gutes Schiff!“ freute sich Peter.

„Das stimmt. Wenn ich noch an die ‚Najade’ denke, da ist das hier schon ein ganz anderes Kaliber.“

Peter setzte sich in den zweiten Kommandantensessel und steckte sich eine Gitanes an.

„Die ‚Najade’, da sagst du was. Mensch, das ist wirklich lange her. Ich kann mich aber noch ganz genau daran erinnern, wie du als Moses an Bord kamst. Bährenkiel als Erster Offizier und Schumann als Alter. Das war ja auch ein Traum-Duo!“

„Ich weiß, am liebsten hätte ich schon nach einer Woche hingeschmissen!“

Teil I
Zur See

Nu geiht los

„Der erste Tag an Bord und das Kreuz des Südens – das sind die größten Enttäuschungen der Seefahrt!“ Die Worte klangen ihm noch immer im Ohr. Er war mit ihnen groß geworden. Nicht nur sein Vater, auch sein Großvater hatte sie, immer wenn sich eine Gelegenheit fand, gern benutzt. Anlässe dafür gab es genug.

Seit dem Aufstehen ging ihm das Kreuz des Südens nicht mehr aus dem Kopf. Die Seefahrt war ihm auf den Pelz gerückt. Was bislang nur Fantasie gewesen, erhielt nun reale Gestalt. Aus dem Radio trällerte es „If you leave me now“ von Chicago. Wie passend. Er verließ die Dusche und zog sich an. Ab heute wird alles anders. Tag X war da.

Nach dem Frühstück noch eine kurze Verabschiedung von der Mutter, Sachen ins Auto und ab. „Nee“, sagte der Vater, „jetzt musst de hin! Nu geiht los!“ Die Zeit der Bücher und vermeintlichen Heldentaten – wo war sie geblieben? Mit jedem Meter entfernte er sich – weg von den Freunden, der gewohnten Umgebung, dem Vertrauten. Ein kurzer Blick zurück. Wie mögen die sich wohl fühlen?

Mutter kannte das alles schon aus der Zeit, als Vater noch zur See fuhr. Abschied, Umarmung, aufmunternde Worte, der letzte Kuss und „Pass auf dich auf!“ Wie oft hatte sie selbst an der Pier gestanden und ihrem Mann nachgewinkt? Ein Schiff, das mit ihm auslief, es war mehr als nur das Signal zum Alleinsein. Die Familie ging ihr über alles. Nichts Wichtigeres gab es. Kinder gesund, Mann zufrieden, immer am Kümmern, Rackern, Machen und Sorgen. Aber sie? Wann tat sie etwas für sich?

Ein paar Mal war sie mitgefahren. Nach Schweden oder nach Norwegen, das ging schnell, und man konnte zusammen sein. Aber dann? Das Schiff gierte und stampfte. Wie sich daran gewöhnen? Sie wurde seekrank, wäre am liebsten von Bord gesprungen. Was war da besser: Am Pier stehen und winken oder tagelang Angst haben und sich übergeben? Sie entschied sich für den heimischen Herd.

Die Schwangerschaft mit Jans Bruder tat das Übrige. Schwanger und Seefahrt – das passte nicht. Ein Gespräch oder gar eine Erklärung war nicht nötig. Die anderen Umstände lösten das Problem. Nie redete sie mit Jan über ihre Erfahrungen auf See, wollte ihm vielleicht keine Angst machen. Tief aber in ihrem Innern, das spürte er, war etwas, worüber sie nicht sprechen konnte oder wollte. Er versuchte es mit Fangfragen und absurden Behauptungen – doch sie ließ sich nicht aus der Reserve locken.

Er bewunderte ihre Selbstdisziplin. Andererseits hielt er den Panzer, mit dem sie sich umgab, für gefährlich, glaubte ihr die vorgetäuschte Stärke nicht und dachte, friss nicht zu viel in dich rein, mach nicht zu viel mit dir selber ab.

Die Art, wie sie den Abschied und ihren Kummer überspielte, schien geübt; doch jetzt war es ihr eigener Sohn, das ging ihr schon härter an die Nieren. Sie bat lediglich, nicht mit dabei sein zu müssen. Nichts weiter.

Vor wenigen Monaten erst, im Dezember 1978, hatte sich der Atlantik die „München" geholt. Nur ein zerschlagenes Rettungsboot war Tage später gefunden worden. Alle mussten für ihren Job ihr Leben lassen. Spielten solche Gedanken auch bei ihr eine Rolle?

Erst jetzt fiel ihm auf, dass seit dem Tag, an dem er der Familie die Entscheidung mitteilte, zur See zu fahren, kaum jemand über die bitteren Momente, die Entbehrungen, sprach. Vater erzählte Anekdotisches und in prächtigen Farben. Da fehlte nur noch Freddy Quinn, dachte er – und es hätte geklungen wie ein Märchen aus einer anderen Welt. La Paloma ohe! Ganz ohne Eindruck auf ihn blieb es jedoch nicht. Mit sechzehn weichen Vorstellung und Realität ohnehin voneinander ab. Geschichten und Umgebungen brauen sich zusammen, wie man es sich in dem Alter ebenso denkt. Längst ist da nicht immer alles passend. Rückte doch einmal Ungelenkes oder gar Schwieriges in den Vordergrund, wischte Vater es mit heroisierenden Worten gleich wieder vom Tisch. Jans Großvater war in solchen Gelegenheiten immer für einen Spruch gut: „Ja, ja, je älter ich werde, desto besser war ich früher!" Dabei zwinkerte er mit den Augen.

Vater hatte es ja auch geschafft und nach zehn Jahren Seefahrt einen sehr gut dotierten Job in einer Stauerei gefunden. Blieb also an Land und seiner Leidenschaft weiter verbunden.

Dass die Welt sich nicht ständig um Jan drehte, führte ihm auch Bettina vor Augen. Sie war seine zweite große Liebe, wobei „groß" für ihn mehr als drei Monate hieß und wenig über seine wirklichen Gefühle aussagte. Wie hätte es anders sein können? „Flower Power" lag schon mehr als acht Jahre zurück, und viel war inzwischen in der Republik geschehen. Wie sollte er davon unberührt geblieben sein? Vater fuhr statt des alten Käfers längst einen Audi 100, Sicherheit definierte man seit Baader-Meinhof ganz anders, Misstrauen schlich sich in den Alltag ein, die Zeit des „Mehr Demokratie wagen“ war längst vorbei, und der Ölschock von 1973, der die Abhängigkeit der Industriestaaten von fossiler Energie offenbarte, ging im Augenblick eher in Richtung Zweitwagen.

Innerer Frieden – wo und wie sollte man ihn finden? Aber eine „Errungenschaft“ der 1968er-Bewegung, frohlockte Jan, stand weiter in hohem Kurs: der voreheliche Beischlaf, der nicht mehr als geächtet galt. Die Pille war salonfähig und ein weit verbreitetes Mittel, um die gut behütete Tochter vor ungewolltem Nachwuchs und den damit verbundenen Begleiterscheinungen zu bewahren. Jan wusste, dass er von der Pille profitierte. Ansteckende Krankheiten befürchtete er nicht, nur schwanger, schwanger durfte sie nicht werden! Schon wegen der Nachbarn nicht, die sich auch so schon die Mäuler zerrissen.

Bettina war – wie viele andere auch – ein Schlüsselkind. Aber Schlüsselkind und schwanger, bloß das nicht! Die Eltern arbeiteten beide und konnten nicht so viel Zeit mit ihrer Tochter verbringen. Er schweißte Tanker auf der AG Weser zusammen, und sie stand bei Mercedes am Band. Bei einer Schwangerschaft in einem unverheirateten, aber irgendwie doch „normalen“ Mutter-Vater-Kind-Haushalt ließ sich ja noch ein Auge zudrücken, aber bei einer arbeitenden Ehefrau fiele alles auf ihre „Sorglosigkeit“ zurück. Man würde sie der Raffgier zu Lasten ihrer Tochter bezichtigen. Bettinas Vater interessierte sich einen Dreck für das Gerede der Nachbarn. Ihm waren Dinge wie Geld und Wohlstand – wie immer er sie zu definieren vermochte – wichtig. Die Tochter wurde schon groß, das musste nebenher laufen. Jan erinnerte sich, wie ihn Bettinas Vater eines Abends zur Seite nahm und fragte: „Hast du denn schon mit ihr? Na, du weißt schon, also schläfst du mit ihr oder nicht?“

Als er sie kennenlernte, war sie mehr als nur ein „heißer Feger“. Sie erschien ihm wie eine Götterdämmerung in Mädchengestalt. Lange blonde Haare, grazile Figur, ein Lächeln wie die Loreley, dem fast jeder erlegen war. Er hielt eigentlich nichts von engem Beziehungskram. Ein paar Treffen mit gutem Sex, mehr wollte er nicht. Mittlerweile war mehr daraus geworden, und er fühlte sich enger an sie gebunden, als er es sich noch vor einem halben Jahr vorstellen konnte.

Jan reagierte nicht auf die Frage des Vaters nach dem Sexualleben. Sein Atem roch stark nach Sabber, alter Pfeife und unverdautem Essen. „Na, komm schon. Junge, erzähl mal, wie läuft es mit unserer Betty? Scheint ja was Festeres zu werden, da muss ich als Vater doch…" Er stockte. Bettinas Mutter schoss plötzlich um die Ecke und unterbrach mit dem Ruf nach dem Abendessen sein Lechzen nach Neuigkeiten und Indiskretionen.

Für Jan war es die Rettung aus einer finsteren Ecke, glaubte der Kerl doch tatsächlich, er würde ihm seine intimsten Erlebnisse anvertrauen. Fortan ging er ihm aus dem Weg. Nie wieder wollte er sich von dem notgeilen Typen, der offenbar sexuellen Notstand litt, anquatschen lassen.

Sorge machte ihm der Gedanke, dass Bettinas Vater annahm, er würde ihm tatsächlich etwas über sein Sexualleben offenbaren. „Sehe ich wirklich so bescheuert aus wie eine Erzähltunte, dass ich mit dem Bock darüber diskutieren würde?" – dachte er.

Als er Bettina vor drei Tagen sagte, dass es nun ernst werde und er einen Job auf einem Schiff nach West-Afrika bekommen habe, reagierte sie ganz anders als erwartet. „Jan, es war ein tolles halbes Jahr mit dir, aber du hoffst doch nicht, dass ich auf dich warte? Du treibst dich in der Welt herum, und ich drehe hier monatelang Däumchen für dich? Das ist doch scheiße!"

Peng, das saß. Er war perplex. Allen anderen hätte er solch eine Abfuhr zugetraut, aber Bettina? Im Fußballverein zum Beispiel rechnete er schon nach der Halbserie damit, dass sie ihn nur noch als Ersatzmann aufstellen würden, er konnte ja jederzeit aufs Schiff gehen. Aber nichts dergleichen geschah. Die Jungs und der Trainer hielten zu ihm, ließen ihn weiter mitspielen und gaben ihm das Gefühl, wichtig für das Team zu sein. Erst vorgestern war der Trainer bei ihm zu Hause, brachte ihm einen Ball mit allen Unterschriften und kündigte an, dass er seinen Pass nicht zum Verband zurückgeben werde und Jan während des Urlaubs gerne wieder mitmachen könne. „Dauert ja immer länger solch ein Landaufenthalt bei euch Seefahrern, mein Kumpel sagt mindestens zwei Monate."

Ja, so wünschte er sich den Abschied, alle denken an ihn, bedauern, dass er nun weg ist und wie sehr sie ihn vermissen. Bettina war da ganz anders, stahl ihm die Show, hielt nichts von einem tränenreichen Abschied. Sie unterdrückte auch keinen Trennungsschmerz, wie seine Mutter es tat, sie war die Überlegene in dem Spiel, drehte den Spieß um.

Gefangen, dachte er, gefangen in der eigenen Überheblichkeit: Nur ein paar wilde Nächte, bloß nichts Festes. Er fühlte sich, als hätte sie ihm eine Torte ins Gesicht geklatscht. Bettina verdarb ihm die Stimmung, kratzte an seiner Eitelkeit. Keine Träne, nicht mal eine flotte Abschiedsnacht. Aus mit dem Balsam für Monate.

Sein Vater regelte am Eingang des Hafens die Formalitäten. Mit dem Audi ging es weiter zum Schuppen 17 im Bremer Überseehafen. Der Weg führte über unzählige Gleise und an vielen Kränen vorbei direkt zum Schiff. Im Hintergrund hörte Jan zwar eine Stimme, nahm sie aber nicht richtig wahr, noch immer machte ihm das Erlebte der letzten Tage zu schaffen. Keiner, von denen er geglaubt und ersehnt hatte, sie würden zu Tränen gerührt am Schiff stehen und winken, war erschienen. Kaum aus den Augen, schon aus dem Sinn. „Nur die Jungs vom Fußball, die halten zu mir, auch wenn ich weg bin, sie denken wenigstens an mich!“

„Jan!“ drang es nun lauter an sein Ohr, „wie heißt denn nun der Scheißdampfer?“

„Reiman Najade“, antwortete er, „Reiman Najade.“

*

Als hätte die Reederei Reiman eine Schiffsparade auffahren lassen. Drei große Semicontainerschiffe lagen wie an der Schnur gezogen an der Pier. Fast hätte man den Eindruck haben können, die Hafenanlagen gehörten der Reederei. Ganz am Ende die „Reiman Najade“. Ihre fünf großen weißen Kräne hoben sich deutlich gegen das Sonnenlicht ab. Der dunkelblaue Außenanstrich gab dem Schiff etwas Majestätisches – zumindest empfand Jan es so. Der Schornstein stach mit einem grellen Türkis heraus. Mittendrin das ihm bereits bekannte Symbol in Form eines blauen Kreises mit einem weißen R darin.

„So, da ist ja endlich deine ‚Najade‘, ist ja ganz gut in Schuss der Dampfer!“ bemerkte Vater. „Aber ich sage dir, weiße Kräne sehen zwar gut aus, sind aber schwer zu pflegen! Du wirst noch so manche Stunde mit einem Bootsmannstuhl an einem Ausleger hängen und Farbe waschen, das kann ich dir jetzt schon versprechen!“

„Mensch Vadder, nun bleib mal locker, ich bin ja noch nicht einmal an Bord!“

Orakeln war typisch für ihn. Oft blieb er zwar im Recht, aber in solchen Momenten konnte er einem wirklich die Begeisterung rauben. Innehalten und wirken lassen, wie das künftige Zuhause denn aussieht – für Vater so nicht vorstellbar. Jan fragte sich oft, warum er solche Momente häufig überspielte. Konnte er dem Anblick gar nichts abgewinnen? War er nur cool oder mochte er keine Gefühle zeigen? Jan ahnte, dass Vater der Abschied schwer fiel und er mit seiner Erfahrungsmasche die Situation geschickt zu überspielen suchte.

Das Schiff wurde immer noch gelöscht. 4000 Tonnen Kakao in Säcken warteten darauf, in die mächtigen Lagerschuppen gebracht zu werden. Eine wertvolle Fracht, und deshalb von den Tallyleuten peinlichst genau gezählt und inspiziert. Selbst kleine Flecken, die einen Hinweis darauf gaben, dass der Sack auf der Seereise mit Feuchtigkeit in Berührung gekommen war, führten zu Reklamationen. Nicht immer stimmten Ablader und Empfänger überein, was häufig schon einmal mit wilder Gestik verbunden war und zu Diskussionen führte. Die Szenerie glich einem überdimensionalen Ameisenhaufen. Kräne drehten sich, Gabelstapler fuhren wild durcheinander, und dazwischen wurden auch noch Eisenbahnwaggons verschoben. Wer steigt denn da noch durch, wer weiß, wo hier die Fäden zusammenlaufen? Je länger er dem Treiben zuschaute, desto mehr spürte er, dass dem vermeintlichen Chaos ein gut durchstrukturierter Ablauf innewohnte. Vater stupste ihn an, deutete auf die Gangway und sagte: „Du musst schon hochgehen, der Dampfer kommt nicht zu dir!“

„Ist schon gut, ich wollte nur mal kurz gucken. Früher, wenn ich mit dir in den Hafen mitdurfte, habe ich diese Betriebsamkeit nie so empfunden.“

„Mag sein, aber was glaubst du, wenn du erst einmal in Westafrika bist, da kommst du aus dem Staunen gar nicht mehr heraus, da ist Alarm angesagt, da ist wirklich alles anders. Sicherheit wird da mit tz geschrieben! Es interessiert da keine Sau, ob ein Stropp noch in Ordnung ist oder nicht. Wenn er reißt, dann reißt er. Wenn du drunter stehst, war's das! Geh nie unter schwebende Lasten, es könnte dein letzter Schritt gewesen sein!“ mahnte Vater.

Da war es wieder. Den besten Weg, Traurigkeit zu überspielen, bot der Rückgriff auf die Erfahrung. Ein Waggon wurde verschoben. Die Räder quietschten in den engen Weichen und machten einen Höllenlärm. Er spürte, wie der Abrieb der aufeinander treffenden Metalle das durchdringende Geräusch erzeugte. Die Gangway nahm kein Ende, alles wackelte, und Jan hangelte sich mehr schlecht als recht mit dem Seesack auf der Schulter nach oben, darauf hoffend, dass es endlich losging. Scheiß auf Bettina, scheiß auf Bremen, endlich ist es so weit, dachte er. Sein Vater impfte ihm noch tausend Sachen ein. Pass hier auf, mach dies nicht und mach das nicht.

„Und wenn sich das mit 'ner Nutte nicht vermeiden lässt, dann denk an ein Gummi, Junge, du holst dir sonst den größten Scheiß an den Hals!"

„Ja, Dad, ich pass schon auf!" antwortete er leicht genervt.

„Hör mal Junge, wenn es mal irgendwo ganz mies abgeht und du – warum auch immer – wegmusst, hier sind 500 Mark, damit kommst du auf jeden Fall erst einmal weiter. Gib sie nicht aus, es ist ein Notgroschen! Hörst du?"

„Danke, Dad, ich weiß gar nicht, was ich sagen soll."

„Natürlich musst und sollst du mir das Geld nicht zurückgeben. Halt die Ohren steif, Junge, und pass auf dich auf!"

Er nahm ihn nicht in den Arm, das ging bei ihm irgendwie nicht und war nie seine Stärke gewesen. Gefühle zeigen war nicht Vaters Ding. Für seine beiden Jungs gab er alles, auch sich selbst, aber zeigen? Das ging einfach nicht.

Jan betrat das Deck und merkte schnell, dass alles anders war, als er es sich vorgestellt hatte. Die Hektik des Hafens schien auch an Bord zu herrschen. Überall liefen Leute umher. Einer schien wichtiger als der andere – es war einem Anfänger nicht einsehbar, was hier wirklich los war.

Vom Bootsdeck sah er in die Luke 3. Mit der Hand packten die Schauerleute Sack für Sack in große Brooken, einer Konstruktion aus Hanfseilen und Segeltuch. Jedes Mal verließen fünfzehn Säcke die mit abnehmender Anzahl des Kakaos immer größer wirkende Luke. Sechs Mann schafften etwa zweihundert Tonnen in einer Schicht von acht Stunden. Hammerharte Arbeit, die manchem eine Dauerkarte beim Orthopäden bescherte. War die Ladung gelöscht, konnte man fünfzehn Meter tiefer noch ein paar Seeleute erkennen, die die Reste – sogenannte Fegsel – zusammenkehrten. Das waren schon mehr als beachtliche Dimensionen. So ein leerer Laderaum war viel größer, als man von außen einzuschätzen vermochte.

Er öffnete eine schwere, seefeste Stahltür, die mit einem großen Schild „Deck Office" versehen war, und befand sich in einem langen Gang voll mit Menschen. Auch hier wuselten Hafenarbeiter, Seeleute, Behördenmitarbeiter und andere, sogenannte Administrative, herum und taten höchst beschäftigt. Fast alle rauchten, es roch wie in einer Kneipe. Mittendrin stand er da, etwas hilflos und wollte sich an Bord anmelden. „Wenden Sie sich an den Ersten Offizier, der regelt alles für Sie!“ riet ihm seine Personalchefin noch vor drei Tagen im Heuerbüro der Reederei.

„Scheiße, hat hier denn keiner die Post gesehen?“ brüllte ein Seemann, „Ich suche den verfickten Sack mit der Post!“

„Schrei hier nicht so rum!“ wies ihn ein Hüne mit barscher Stimme, rotem Haar und braunem Bart zurecht. „Und du verpiss dich aus dem Gang, Mann!“

Damit war offensichtlich Jan gemeint. Verunsichert stammelte er: „Äh, ich suche den Ersten Offizier, muss mich bei ihm zum Dienst melden!“ Der Hüne lächelte plötzlich, und sein Ton wurde freundlicher.

„Nicht so förmlich Keule, ich bin Jens, der erste Matrose. Wer bist du denn?“

„Jan Meier, ich soll hier als Decksjunge anfangen.“

„Meier is doch kein Name, Meier is' n Sammelbegriff“, meinte Jens und fand sich zum Brüllen komisch. Sein am Treppengeländer lehnender Kollege Hauke bemerkte ebenso spitz: „Jan Meier, is der nich Fahrstuhlführer bei Horten?“

Jetzt ging nichts mehr, alles kugelte sich, und Jan stand da wie ein Depp. Die Seeleute rochen nach Alkohol, allmählich bemerkte er auch die geröteten Augen von Jens. Die haben sich letzte Nacht beim Einlaufen richtig einen gegeben, dachte er. Klar, die sind noch lattenstramm, und ich bin jetzt der Clown für die nun langsam nüchtern werdende Crew, einer, der mal kurz für alles herhalten muss. Ok, überlegte er, mit dem Namen gab es schon in der Schule mal den einen oder andern Witz; besser, einen Augenblick der Arsch sein, als mit einem Spruch auftrumpfen, der dich die ganze Reise verfolgt. Besser Ruhe bewahren und die Lage checken.

Nach und nach tauchten weitere neue Besatzungsmitglieder auf. Komisch, dass sie sich nicht mit ihrem Namen, sondern nur mit ihrem Auftrag vorstellten. „Ich bin die Ablösung von Bootsmann Rathjen“, sagte ein smarter, draufgängerisch wirkender Typ. Das Gelächter nahm ab, und es schien so etwas wie Disziplin aufzukommen. Der Mann hatte nur einen Satz von sich gegeben, und sofort kam Ordnung in das Chaos. Sichtlich beeindruckt von so viel Ausstrahlung, war Jan gespannt, wie es weitergehen würde.

„Du da, wie schnell ist eigentlich sofort?“ wandte der Smarte sich an die roten Augen. „Ziemlich schnell“ antwortete Jens.

„Siehst du, das passt schon mal, dann verlier keine Zeit und bring meine Klamotten in die Bootsmannskammer. Was ist mit dem Jungen, soll der hier festwachsen?“

„Nö, das ist der neue Moses. Er soll sich beim Ersten melden.“

„Nimm ihn mit, zeig ihm seine Kammer und dann bring ihn hoch zum Chief Mate.

„Moses, hast du deine Papiere mit? Seefahrtbuch, Gesundheitskarte, Heuervertrag?“

Jan nickte und hoffte, dass keine Fachfragen kamen; die Nummer mit dem Sammelbegriff und dem Fahrstuhlführer ging ihm noch durch den Kopf.

„Bleib entspannt“, sagte der Smarte, „heute passiert nicht viel. Pack deine Plünnen aus und räum sie ein. Ich komm in einer Stunde zum Nachschauen.“

Der neue Bootsmann war aus anderem Holz geschnitzt, so viel war klar. Die Überlegenheit, mit der er die Meute in den Griff bekam, sprach dafür, dass er schon mit ganz anderen Kalibern fertig geworden war. Trotz seines jungen Alters – Jan schätzte ihn auf Anfang dreißig – strahlte er Dominanz aus, ohne überheblich zu wirken. Sein Blick musterte die auf dem Gang stehenden Seeleute und ließ keinen Zweifel an seinem Führungsanspruch zu.

„Hör mal, ich wiederhol mich ungerne. Sieh zu , dass du in Schwung kommst, sonst üben wir beide das mal zusammen!“

Schnell verließen Jan und Jens den Gang und schleppten die Sachen in das erste Deck. „Was für ’ne Kacke, jetzt kann ich für den Arsch auch noch die Klamotten hochschleppen“, schimpfte Jens.

„Scheint ein wichtiger Typ zu sein. Oder warum musst du das machen?“ wollte Jan, der vom Auftritt des Smarten schwer beeindruckt war, wissen.

„Alter, das ist unser Chef und überhaupt, er ist der Boss für alles, was sich an Deck dreht und bewegt, besser du verstehst dich gut mit ihm, sonst wird deine Reise irre lang, kapiert?“

Kammer, was für ein atypischer Name für ein Zimmer. Klingt ziemlich feudal und irgendwie nach Mittelalter, passt aber so gar nicht zu dem Umfeld. Kammer, für ihn gebräuchlich für Essen und Speisen, zum Wohnen eher antiquiert. Jens öffnete die Tür und übergab ihm den Schlüssel. Kammer Nummer 11 war also für die nächsten Monate sein neues zu Hause. Der etwa acht Quadratmeter große Raum bestach durch einen aus Jugendherbergen bekannten Einrichtungsstil. Alles auf Nutzen getrimmt. Das Bemühen, mit ein paar bunten Vorhängen so etwas wie ein Ambiente zu schaffen, wirkte wenig überzeugend. Das Schiff, erst ein Jahr alt, sah auch von innen noch jungfräulich aus. PVC-Fußböden und Furnierholz gepaart mit beigefarbenen Innenausbauwänden. Trotz der etwas steril wirkenden Umgebung war er zufrieden mit dem, was er vorfand. Hatte er doch von Vater und Großvater ganz andere Geschichten über die Unterbringung von Seeleuten gehört.

Die Kammer war mit einer Koje, einer Sitzbank, einem großen Schrank und einem Schreibtisch versehen. Zwischen der nächsten Kammer und seiner lag ein Waschraum mit einer Dusche, einem Waschbecken und einem WC, den man sich offensichtlich mit seinem Nachbarn teilen musste. Man konnte nur duschen oder auf die Toilette, wenn der Kollege nebenan gerade einer anderen Beschäftigung nachging. Die Türen ließen sich über ein Gelenk von innen so verriegeln, dass mit einem Handgriff beide Türen zu waren. Eine Erfindung, die mit Sicherheit aus der Praxis des alltäglichen Miteinanders kam. Wie oft war es wohl schon passiert, dass der Nachbar im Glauben, er hätte beide Türen verriegelt, bei einer Sitzung überrascht wurde?

Die „Reiman Najade“ gehörte schon zu einer Generation von Schiffen, die kein Seemann mehr als „sein“ Schiff bezeichnete. Sie war nur auf Nutzen getrimmt. Alles andere auf einem Frachter ist teuer und bringt keinen Ertrag. Komfort, Luxus und Vergnügen sind den Passagierschiffen vorbehalten, sie sollen mit ihrer Eleganz den Gästen das Geld aus der Tasche ziehen. Der Reeder sieht sein Schiff als Mittel zum Zweck. Die Ladung muss Geld bringen. Ihm ist es egal, was man transportiert. Wo ein Markt, da auch die passende Tonnage. Doch legten die Reedereien inzwischen keinen Wert mehr auf Stammbesatzungen, sondern arbeiteten nach einem Personalkonzept, das individuelle Wünsche ausschloss. Die Seeleute waren sechs Monate an Bord, und dann kam nach zwei Monaten Urlaub der nächste Dampfer dran. Von Großvater wusste Jan, dass die Bedingungen an Bord von der Verfügbarkeit der Seeleute abhängig waren. Bei Reiman jedoch war das anders. Von Luxus konnte zwar auch hier keine

Rede sein, aber alles war zumindest sauber und ordentlich. Jeder Seemann besaß seine eigene Kammer und war vernünftig untergebracht. Und Reiman zahlte pünktlich.

Jan verstaute seine Ausrüstung wie auch sein restliches Hab und Gut in die Fächer unter seiner Koje und war froh, dass er seinen Rekorder doch noch mitgenommen hatte. Vor vielen Jahren schenkte ihm seine Tante zum Geburtstag eine Kassette mit Stücken von Led Zeppelin. Seither liebte er gute Rockmusik. Nach und nach staubte er immer etwas von der Tante ab und ergänzte so seine Sammlung mit aktuelleren Bands.

Es klopfte und noch bevor Jan „Herein“ sagen konnte, stand ein etwas dicklich wirkender Mann vor ihm. Ohne eine Miene zu verziehen und mit heller Stimme, teilte er Jan mit, dass er sofort ins vierte Deck zum Ersten Offizier kommen solle. Kaum war der Satz beendet, fiel die Tür mit lautem Scheppern wieder ins Schloss. Merkwürdig, dass der Überbringer der Nachricht sich gar nicht vorstellte; immerhin hatte man inzwischen bemerkt, dass er an Bord war. Mit einem Blick in den Spiegel kontrollierte er sein Äußeres und machte sich auf den Weg nach oben. Noch drei Stufen, und er war endlich im vierten Deck, den „heiligen Hallen“. Hier wohnten der Kapitän, der Erste Offizier und der Erste Ingenieur.

Anklopfen, Vorstellen und Gehen war seine Hoffnung, so könnte es funktionieren. Bloß nicht verquatschen und irgendein belangloses Geschwafel mit einem Offizier anfangen. Ihm tönten die Worte von Jens noch im Ohr, so ’ne Reise ist irre lang.

„Bährenkiel, Bernd Bährenkiel, ich bin hier der Erste Offizier, für die nächsten Monate dein oberster Chef, verstanden?“ blaffte ihn der Chief Mate an.

„Jan Meier, guten Morgen, Herr Bährenkiel“, antwortete Jan und nickte dem Ersten zu.

„Leck mich am Arsch, so sieht heute also ein Moses aus. Ein viertel Pfund Schüttelfrost auf 1,90 Meter verteilt! Was hat man dir auf der Berufsschule in Hamburg beigebracht? Wie man einen Offizier vernünftig grüßt oder wie man sich vor Angst in die Hose scheißt? Ach, du warst ja gar nicht in Hamburg auf der Schule, du warst ja in Bremen auf der Schwulenschule! Stimmt doch, in Bremen sind sie auf der Matrosenpenne doch alle schwul, oder?“

Du redest vielleicht einen ätzenden Mist, dachte Jan und hielt sich bedeckt. Dieses Kaliber hatte ihm gerade noch gefehlt. Besser keine Antwort geben. Das ist der Typ Mensch, der einem das Wort im Munde umdreht. Mit einem archaisch wirkenden Gesichtsausdruck und den Mund voller Katjes ließ Bährenkiel seine markigen Sprüche ab. Deutlich roch Jan seine Alkoholfahne, die von der Lakritze offensichtlich überdeckt werden sollte. Wahrscheinlich blieb Bährenkiel auch aus diesem Grunde etwa zwei Schritte auf Distanz. Gut für Jan, denn sonst hätte er neben den beleidigenden Sprüchen auch noch mit Bährenkiels feuchter Aussprache kämpfen müssen. Er wirkte schon auf den ersten Blick unsympathisch – und das sollte sich später noch häufig bestätigen. Der stumpfe Ausdruck nach einer Frage nebst dem hinterhältigen Lächeln nach einer selbst gegebenen Antwort ließen Böses ahnen.

„Ich soll mich bei Ihnen melden, ich bin der neue Decksjunge und beginne hier meine Ausbildung."

Förmlich bleiben, bloß förmlich bleiben, so kann er dich nicht kriegen.

„Mann, wo sind wir bloß in der Seefahrt gelandet? Heute wird der Nachwuchs wohl mit dem Lasso auf dem Bahnhof gefangen! Ok, du Schlauscheißer, dir zieh ich irgendwann auch noch die Eier lang, gib mir die Papiere und dann meldest du dich beim Bootsmann! Hat man dir auf deiner Schwulenschule in Bremen wenigstens beigebracht, was ein Bootsmann ist? Natürlich nicht, ihr habt euch bestimmt gegenseitig die Haare geföhnt! Oder?"

Eine Antwort war nicht nötig. Jan wusste, das war der Beginn einer langen Freundschaft.

Westafrika

„In Lima sind die Mädchen plima!“ witzelte der Koch, worauf der chinesische Wäscher Zin antwortete: „In Nigelia auch!“

Drei Wochen waren vergangen, und Jan hatte sich gut eingelebt. Nach Bremen folgten weitere Ladehäfen in Nordeuropa. Die Zeiten in der Seeschifffahrt waren nicht einfach. Die Reederei-Agenturen buhlten um jede Tonne Fracht, nur ein voll beladenes Schiff garantierte Erträge. Die Arbeit war hart und ganz anders als gedacht. Mit Seefahrerromantik hatte das alles nichts zu tun. Acht bis zehn Stunden Arbeit pro Tag galten auf See als völlig normal. Wochenende gab es nicht. Ein Teil der Leute musste Seewachdienst schieben. Wie auf den meisten deutschen Schiffen ließ man sie in einem Dreiwachen-System arbeiten. Jede Wache bestand aus einem Offizier und einem Seemann. Da das Schiff rund um die Uhr fuhr, wechselten sie sich im Vierstundentakt ab. Die Offiziere navigierten das Schiff nach den Vorgaben des Kapitäns zum Zielort. Er war der Einzige an Bord, der sich seine Arbeitszeiten selber aussuchen konnte. Bei widrigen Bedingungen stand jedoch auch er oft stundenlang auf der Kommandobrücke, versuchte mit seiner Erfahrung, das Schiff von Gefahren fernzuhalten, und unterstützte seine Offiziere.

Jan wurde die 4/8 Wache mit Bährenkiel zugeteilt. Ausgerechnet mit Bährenkiel. Jan hatte schon den Rest der Offiziere und den Kapitän flüchtig kennengelernt. Alle waren netter als Bährenkiel. Er dachte schon an ein Komplott, bis der Bootsmann ihm klar machte, dass der Moses immer mit dem Ersten Offizier Wache gehen müsse: „Da musst du durch, Jan! Davor kann man nicht weglaufen. Ich gebe dir nur einen heißen Tipp. Halt die Klappe und antworte nur, wenn du gefragt wirst. Bährenkiel hat einen an der Klatsche. Er hat immer Recht und beantwortet ganz oft eine Frage im gleichen Satz schon selber. Du wirst dir manches Mal auf die Lippen beißen müssen, aber wenn du die erste Reise da oben durchhältst, kommst du auf eine andere Wache. Ich weiß es ganz sicher, bei der nächsten Reise kriegen wir wieder einen neuen Moses, der hat dann das Vergnügen. Stell dich also nicht zu blöd an, es wird schon. Und Jan, wenn etwas aus dem Ruder läuft, sag mir Bescheid.“

*

Pünktlich um 3:25 Uhr erschien jede Nacht Krause, der 0/4 Wachgänger, und weckte Jan. Die Deckenbeleuchtung mit ihrem grellen Neonlicht riss ihn unsanft aus dem Schlaf, gefolgt von Krauses Spruch: „Reise, Reise, Jan, du musst mich ablösen! Hör auf zu träumen, knick die Latte ein, du sollst jetzt wieder Seemann sein!“ Stets ein leicht debil wirkendes Lachen dabei; Krause fand sich selber am witzigsten. Jede Nacht der gleiche Spruch, jede Nacht die gleiche Prozedur. Schon nach ein paar Tagen nervte ihn der Typ extrem.

„Krause, du Arsch, lass das Licht aus, ich stehe auf, aber lass gefälligst das Licht aus, Mann, das blendet doch wie blöde!“ giftete Jan ihn an. Es half nichts, Krause war nicht von seinen Gewohnheiten abzubringen, er konnte gar nicht anders.

Einfach gestrickt, wie er war, freute sich Krause immer wieder aufs Neue, sein Sprüchlein aufzusagen. Allerdings funktionierte der Weckvorgang nur, weil der Wachoffizier ihn an die Ablösung erinnerte. Krause selbst, so schien es, war offenbar mit dem Lesen der Uhr überfordert oder kam ganz einfach nicht damit zurecht, sich an eine gewisse Reihenfolge zu halten. Jan fragte den Zweiten Offizier: „Was wäre wohl, wenn Sie dem Krause nichts sagen würden. Vermutlich stünde er dann noch um acht Uhr auf der Brücke.“

„Nee, lass mal Jan, das wäre bestimmt ein großer Spaß, aber ich werde ja auch um vier abgelöst – und du weißt ja von wem. Wenn Bährenkiel davon Wind bekäme, hätten wir aber ein echtes Problem, da hab ich wirklich keinen Bock drauf.“

Alle an Bord fragten sich, wie Krause wohl seinen Matrosenbrief schaffen sollte, ganz ohne Bildung ging es auch hier nicht. Krause war schon sehr speziell. Kräftig gebaut, weißblondes Haar, ein bisschen einfältig, genau der Typ, wie ihn manche Landratte sich als Seemann vorstellte. Nur wenn er den Mund aufmachte, war es damit vorbei. Jan schätzte ihn auf knapp zwanzig Jahre und erschrak, wenn Krause bei jedem Lachen sein völlig verfaultes Gebiss präsentierte. Ein Besuch beim Zahnarzt reichte sicher nicht aus, eher müsste hier wohl ein Chirurg ran.

Auf seinem letzten Schiff ging es deutlich rüder zu als auf der „Najade“. Krause war Kettenraucher, was ihm zum Verhängnis wurde. Die Seeleute hatten schnell herausgefunden, dass er sogar auf der Toilette rauchte. Also schüttete man ihm vorher einen Liter Spiritus in die Schüssel. Es kam, wie es kommen musste, Krause ließ beim Kacken die Kippe ins Klo fallen. Es gab eine mächtige Verpuffung, die ihn vom Deckel hob und ihm sämtliche Sackhaare verbrannte. Zum Glück passierte nichts Schlimmeres. In der ganzen Flotte nannte man ihn fortan nur noch „Brennpiedel" oder als Kürzel BP.

Jeden Tag der gleiche Trott. Morgens um vier auf der Brücke zum Ausguck antreten, um halb sechs die Seeleute wecken und Kaffee kochen, ab sechs an Deck arbeiten. Um Acht hatte er – bei guter Laune des Bootsmanns – Feierabend; von sechzehn bis achtzehn Uhr ging es an Deck weiter, bevor er sich wieder auf der Brücke melden musste. Auf See stellt sich schnell eine Alltagsroutine ein. Wären da nicht die Bährenkiele, denen immer was einfällt, um Schiffsjungen wie Jan – wie sie es nennen – bei Laune zu halten. Und Bährenkiel war geradezu versessen darauf, Jan zu trietzen.

Schon in der zweiten Nacht kam starker Wind auf, und es schneite leicht. Eigentlich soll der Ausguck dann am Radargerät stehen und die See beobachten. Bährenkiel hielt davon nichts. Ein Ausguck müsse sich nach draußen bewegen, in der Brücke habe ein Wachgänger seiner Überzeugung nach nichts zu suchen.

„Wenn du mal die Schule besucht und dein Nautikpatent hast, dann darfst du dich in der Kommandobrücke sogar auf diesen Stuhl setzen! Aber vorher ist dein Platz draußen! Und zwar nur draußen! Du musst fragen, wenn du die Brücke betreten möchtest! Warum wohne ich ganz oben auf diesem Schiff? Na Meier? Weil ich dein Chef bin, dein oberster Chef sogar! Warum stehst du draußen und ich sitze drinnen? Na Meier? Genau, weil ich dein Chef bin! Ist doch ganz einfach, müsste sogar einer wie du von der Schwulentruppe kapieren!"

Die Schneeflocken reflektierten im Licht der Steuerbordseitenbeleuchtung. Man konnte die Hand vor Augen nicht sehen. Um ihn herum wirbelte es grüne Flocken, und er sollte Hindernisse oder andere Schiffe erkennen. Unmöglich, dachte Jan. Er wusste, dass Bährenkiel auf dem Radargerät einen Warnabstand eingegeben hatte. So konnte er sicher sein, dass bei Annäherung eines Schiffes das Radargerät ein Signal von sich gab und auf eine Gefahr hinwies. Jan kauerte sich mit dem Wissen, dass sein Einsatz hier etwas mit einer Arbeitsbeschaffungsmaßnahme zu tun hatte, in die Ecke neben der Sichtschutzscheibe und hoffte, dass die Wache bald vorbei sei. Unangenehm kalt war es, was die überbordende Gischt noch verstärkte. Trotz seines schweren Parkas spürte er die Nässe bis auf die Haut.

Plötzlich öffnete sich die Brückentür für einen Spalt. Jan spürte die warme, von Kaffeegeruch durchtränkte Luft. Bährenkiel lugte um die Ecke und fragte spitz: „Na Meier, frierst du?“ Wumm, schon krachte die Tür wieder zu. Welche Freude in seinen Augen! Das Gefühl, Macht ausüben zu können, das war seine Welt! Ein bisschen auf dicke Hose machen und – wie vom Bootsmann schon gesagt – den Chef raushängen lassen!

Neben den üblichen Ratschlägen zum Verhalten an Bord hatte Vater ihm empfohlen, unter allen Umständen immer fünf Minuten vor Wachbeginn die Brücke zu betreten und sich beim zuständigen Offizier anzumelden.

„Das macht man so, Junge. Du bekommst die Wache von deinem Vorgänger übergeben, er erklärt dir, welche Fahrzeuge wo fahren und welche davon schon dem Offizier gemeldet wurden. Es hat also mehrere Vorteile, du bist sofort im Bilde und dein Kollege kommt pünktlich in die Koje. Du freust dich selber auch, wenn man dich rechtzeitig ablöst.“ Jan fand Vaters Rat einleuchtend und trat deshalb immer pünktlich um 3:55 Uhr seine Wache an.

Bährenkiel wusste aber selbst hier noch seinen Senf hinzuzugeben. „Zehn Minuten vor der Zeit, ist des Seemanns Pünktlichkeit! Dass Sie mich gleich richtig verstehen Meier, von meinen Leuten erwarte ich absolute Disziplin. Ihre Augen müssen sich erst an die Dunkelheit gewöhnen, sie müssen wissen, was los ist, darum Meier, heißt es wie?“ fragte Bährenkiel mehr als fordernd. Jan wiederholte den Reim mit der Pünktlichkeit und gab so die gewünschte Antwort.

„Ha, wenigstens kannst du dir was merken, Meier, ich will mal hoffen, dass du es auch verstanden hast!“

„Jawohl Herr Bährenkiel, das habe ich“, äußerte Jan kleinlaut.

„Sehr gut, so will ich dich hören, Meier.“

„Herr Bährenkiel, ich hätte da noch eine Frage.“

„Na los, frag schon.“ Bährenkiels Gesicht verzog sich zu einer finsteren Miene, weil das Frage- und Antwort-Spiel ihm aus dem Ruder zu laufen drohte. Plötzlich stellte jemand anderes die Frage. Jan ließ sich aber nicht einschüchtern.

„Herr Bährenkiel, wie ist es nachmittags, muss ich da auch zehn Minuten früher da sein? Ich meine wegen der Dunkelheit und so. Da ist es ja noch hell.“

„Mensch Meier, du Friseur, wie kannst du nur so eine dämliche Frage stellen? Wer hat dir denn in dein kleines Bremer Hirn geschissen? Lieber Herrgott im Himmel, warum lässt du so was auf meinem Schiff zu? Warum dürfen solche Vollgasidioten mit mir zur See fahren?“

Trotz der Dunkelheit sah Jan Bährenkiels hochroten Kopf und Jan schien es, als würde er gleich kollabieren.

„Stell dich gefälligst in die verschissene Brückennock und halt die Klappe, du Trottel! Damit du dir merkst, welche Fragen man besser nicht stellt, feudelst du nachher die Brücke! Hast du das kapiert, du Bratwurst?“

„Jawohl Herr Bährenkiel, habe ich.“ Die Beschimpfungen gingen Jan mittlerweile rechts rein und links raus. Vielmehr bereitete es ihm von Tag zu Tag mehr Spaß, Bährenkiel auf 180 zu bringen. Er hatte einen Weg gefunden, sich zu wehren. Es war wie ein Spiel. Auch wenn er wusste, dass er zumeist den Kürzeren zog, ließ Jan nicht locker, Bährenkiel das eine oder andere Mal zu foppen. In den ersten Tagen fürchtete Jan sich ein wenig, später spürte er jedoch, dass Bährenkiel sich häufiger aus der Reserve locken ließ, als diesem lieb war. Die Schwierigkeit lag darin begründet, den Ersten Offizier mit seinen eigenen Unzulänglichkeiten zu schlagen. Plumpes Ärgern wäre nicht in Jans Sinn gewesen. Er dachte sich ganze Handlungsabfolgen aus, um Bährenkiel einmal mehr aufzuzeigen, dass er es bei ihm mit einem anderen Kaliber zu tun hatte.

Die Brücke zu feudeln, war an sich nicht schlimm. Ausfegen, mit Seifenwasser den Boden reinigen und danach mit klarem Wasser nachwischen. Für Bährenkiel stellte es jedoch einen Hochgenuss dar, dem Schauspiel beizuwohnen und jeden Handgriff zu kommentieren. „Sag mal, Meier, habe ich von Brücke reinigen oder von Dreck verteilen gesprochen? Wenn alle die Brücke so sauber machen würden wie du, Meier, dann müsste der Reeder das Schiff schon nach ein paar Jahren verkaufen, weil man hier vor lauter Scheiß und Dreck nicht mehr arbeiten könnte! Hast du schon mal was von Grundreinigung gehört? Nicht immer gleich Bohnerwachs drauf! Erst sauber schrubben, dann pflegen! Wenn einer hier hinpissen würde, schmierst du gleich Bohnerwachs drauf, damit es glänzt oder was? Mensch, Meier, wie ist das zu Hause bei dir, räumst du erst auf, wenn du keinen Fuß mehr vor den anderen setzen kannst? Was nimmst du da, einen Schneeschieber?“

„Nein, Herr Bährenkiel, wir haben Teppiche zu Hause, wir benutzen den Staubsauger, nicht den Feudel“, konterte Jan treffsicher in den Monolog hinein. Ihm war klar, dass der Spruch seine Wirkung nicht verfehlen würde.

„Aahhrrr, ich spring gleich in den Schrank! Gibt es denn so was? Ein Klugscheißer ist der junge Herr auch noch! Führ doch einen Meierverbesserungsverein ein und schlag unserem Reeder vor, Teppiche an Bord auszulegen, damit es hier gemütlicher ist! Meier, du Nebelpuster, mach hier bloß nicht auf arrogant, sonst trete ich dir den Arsch in Flammen!"

Bährenkiel war jetzt bei 120 Dezibel. Seine Wutausbrüche steigerten sich auch in der Lautstärke ins Unerträgliche. Der muss mal in die Therapie, sonst wird der keine 50, dachte Jan.

Der Kommandosessel war bei jeder Reinigung der krönende Abschluss. Bährenkiel saß auf dem Stuhl, und Jan musste auf allen Vieren, Auge in Auge mit dessen Sandaletten und mit einer extra dafür angeschafften Bürste, die Ecken reinigen. Mit den befohlenen Unterwürfigkeitsposen konnte er ansonsten gut umgehen. Die Wutausbrüche und alltäglichen Beleidigungen störten ihn schon lange nicht mehr, schließlich fand Jan manchmal ja auch seinen Spaß an dem Spektakel. Aber das hier war unterste Schublade und von einer anderen Qualität. Es handelte sich um Machtmissbrauch. Von diesem Moment an war ihm klar: Käme er einmal in die Lage, als Offizier zur See zu fahren, niemals ließe er einen Mitarbeiter oder Untergebenen spüre, wer die Hosen an hat. Hier ging es nicht um Disziplin, sondern um gottähnliche Selbstüberschätzung und Machtausübung, sadistische Überlegenheitsdünkel und Verhaltensmuster, die er ausbaden musste. So wollte er nicht weiter mit sich umspringen lassen. Es reichte. Er schob den Eimer zur Seite und stellte sich so hin, dass er dem ersten Offizier genau in die Augen schauen konnte. Jans Miene verfinsterte sich, und Bährenkiel, sichtlich verdutzt, erkannte die plötzliche Veränderung.

„Herr Bährenkiel, ich mach das nicht mehr mit. Ok, ich putz die Brücke, wie Sie es wollen, aber ich kriech nie wieder auf allen Vieren vor Ihnen herum oder lass mir Ihre Füße vor die Nase halten, um den Boden, auf dem Ihr vermeintlicher Königsthron steht, zu säubern. Es ist Schluss damit! Ein für alle Mal! Und bevor Sie sich aufregen, ich bin dafür nicht mehr zu haben, auch wenn Sie mich entlassen!"

Jan rechnete mit einem Tobsuchtsanfall und ging in Deckung. Bährenkiel aber wurde weiß und reagierte ganz anders als gedacht. Als hätte ihn jemand bei seinem merkwürdig anmutenden Spiel ertappt. Keine Wutattacke, keine Beschimpfungen. In einem ganz ruhigen Ton erwiderte er: „Meier, zum ersten Mal haben Sie Recht. Das war übertrieben und nicht ganz in Ordnung von mir. Gehen Sie zum Bootsmann. Er soll Ihnen eine Arbeit geben. Die Wache ist für Sie beendet. Der Messboy wird die Brücke putzen.“ Mit einer Handbewegung wies er seinem Moses zur Tür. Jan kam dem gerne nach, ahnend, dass das noch nicht alles gewesen war. In den nächsten zwei Tagen ließ Bährenkiel Jan in Ruhe. Dienst nach Vorschrift, keine Linkereien.

Koch Volker, den alle nur Volka nannten, weil er so schön breit den Hamburger Slang sprach, meinte noch am Morgen, als sie Cap Finistère passierten: „Jan, schau noch einmal genau hin. In den nächsten Tagen gibt's nur Wasser zu sehen. Gleichwohl hörte sich die Route vielversprechend an. Der erste Hafen sollte Las Palmas auf den Kanaren sein. Danach ging es weiter in den Senegal nach Dakar, sodann nach Warri in Nigeria. In der Mannschaftsmesse munkelte man, dass auf der Rückreise Kamerun und die Elfenbeinküste auf dem Plan stünden. Doch jetzt erst einmal weg vom kalten Europa. Obwohl bereits Ende Oktober, waren die Temperaturen selbst am nordwestlichsten Zipfel Spaniens ungewöhnlich niedrig. Das Schiff fuhr mit achtzehn Knoten nach Süden – Richtung Afrika.

*

„Dark and grey, an English film, the Wednesday play, / We always watch the queen on Christmas day, / Won't you stay?“ Phil Collins Stimme klang aus dem Kassettenrekorder. Jan mochte die Band Genesis, vor allem ihre melancholischen Stücke. Kein Song hätte besser zu der Szenerie passen können. Der Nordatlantik galt schon in frühen Zeiten als Herausforderung. Man konnte Glück und auch im Herbst eine schöne Reise haben – aber der Wettergott meinte es mit der „Reiman Najade“ nicht gut. Zur eisigen Kälte kam reichlich Wind dazu. Es gab mächtig auf die Mütze. Mit Windstärke 10 pustete es aus Westnordwest und damit voll von der Seite. Das Schiff arbeitete schwer in der kochenden See. Immer wieder holte es kräftig über und nahm Wasser – für ein gutes Schiff zunächst kein Problem. Das Wichtigste ist immer die Ladung. Ist sie gut gelascht, kann so schnell nichts passieren. Jan war fasziniert von dem immer wiederkehrenden Schauspiel der über das Schiff einbrechenden Wellen. Er glaubte, fast so etwas wie eine Systematik zu erkennen. Seinem Gefühl nach war jede siebte Welle eine deutlich größere als die vorherigen sechs. Doch schon bald merkte er, dass seine Berechnungen nicht zutrafen. Vielleicht sollte er Bährenkiel fragen? Lieber nicht, seit der Verweigerung vor ein paar Tagen wussten beide nicht so richtig, wie sie miteinander umgehen sollten. Da könnte solch eine Frage schnell wie Arschkriecherei aussehen. Bährenkiel wäre wieder obenauf. Besser nicht anecken. Jan machte seine Arbeit und gab keinen Anlass zur Klage. Bährenkiel konnte nicht aus seiner Haut, es würde der Tag kommen, an dem es erneut aus ihm heraus brach. Egal ob er der Leidtragende war oder ein anderer. Peter Sievers hatte er von dem Vorfall erzählt. „Du, der beruhigt sich wieder. Du hast alles richtig gemacht. Mach deine Arbeit, aber lass dich nicht schikanieren. Dann kann dir keiner etwas. Ich werde ihn bei Gelegenheit fragen, ob er mit dir zufrieden ist. Dann wissen wir mehr."

Aus seinem Fenster konnte Jan während der Freiwache alles gut beobachten, auch die Jungs von der Deckscrew, die sich bei dem stürmischen Wetter das eine oder andere Mal in eine Ecke hinter den Containern auf Luke 3 verzogen und glaubten, sie könnten unbeobachtet eine Zigarette rauchen. Jan sah es ihren Gesichtern an, dass sie keine Lust hatten, bei Sauwetter an Deck zu arbeiten. Ihm war es egal, aber gut, dass der Erste nichts davon mitkriegte.

Jan blieb von der Seekrankheit zum Glück verschont; aber die gesamte Mannschaft zeigte sich von Stunde zu Stunde unzufriedener und die Laune einzelner Seeleute bewegte sich auf einen Tiefpunkt zu. Keiner kam richtig zum Schlafen, einige wurden sogar krank. Alles klapperte und nichts ging mehr so, wie man es gewohnt war. Auf den Tischen in der Messe befestigte man Holzschienen, damit die Teller und Schüsseln nicht verrutschten. Volkas Möglichkeiten waren ebenfalls eingeschränkt. Häufig hörte man wildes Fluchen aus der Kombüse, wenn sich wieder einmal etwas selbständig gemacht hatte. Matrose Jens meinte, man müsste den Koch unbedingt bei Laune halten, sonst wäre es ganz Daddeldu.

Der Gang zur Toilette glich einem Parforceritt. Im Stehen pinkeln war nur etwas für Geübte. Die Bewegungen des Schiffes auszugleichen, gelang fast nie – also entweder daneben pinkeln oder hinsetzen. Leicht gesagt, denn das Schiff schaukelte nicht nur, es stampfte geradezu, und eine Sitzung war zumeist mit einem nassen Hintern verbunden – für Jan völlig ungewohnt, dass das Ergebnis seines Bedürfnisses wieder mit ihm in Kontakt trat. Er fluchte und grämte sich. So ging es irgendwie allen an Bord. Schlechtes Wetter, schlechte Laune, gutes Wetter, gute Laune – so einfach war das.

„All Hands an Deck, all Hands an Deck!" blökte es durch den Bordlautsprecher. Es war zwei Uhr nachts, als der Bootsmann bei jedem Seemann die Tür aufriss.

„Beeilung, Beeilung, Jan, Wetterzeug an, wir müssen nachlaschen!"

Innerhalb von zehn Minuten waren alle Seeleute am Sammelpunkt unterhalb des Backbord Rettungsbootes angetreten.

„BP, du Stützstrumpf, hol dein Wetterzeug, wir laschen nach, Mensch! Kerl, wo hast du bloß deine Ohren!"

„Ja, aber Bootsmann, ich hab doch keins mehr!"

Von hinten hörte man eine Stimme. „Das hat er wohl in Freetown verfickt!" Gelächter.

„BP, das gibt es doch gar nicht. Du fährst zur See und hast kein Ölzeug? Mensch, Krause, warum lässt man so einen wie dich nur auf's Wasser? Hat noch jemand Ölzeug für BP?" schrie Peter Sievers gegen den Wind. Matrose Jens wusste von einer alten, verdreckten Öljacke im Kabelgatt, jedoch ohne Hose dazu. „Gut Krause, hol dir die Scheißjacke und sieh zu, dass du so schnell wie möglich zur Luke 2 kommst. Na los! Hopp, hopp, hopp!"

„So Leute, noch mal zur Lage, an der Vorkante der Luke 2 haben sich mehrere Laschings gelöst. Ein Teil der Konstruktionen ist verrutscht. Wir gehen da jetzt raus und bringen das in Ordnung. Sucht Laschmaterial und Hubzüge zusammen und dann los. Krause soll sich ruhig einen nassen Arsch holen und immer schön Material schleppen. Ich spanne mit Jan die Sicherheitsleinen. Und dass sich jeder angurtet, verstanden? Ich will keinen Mann verlieren." Peters Ansagen waren unmissverständlich; niemand zweifelte daran, dass ihm etwas außer Kontrolle geriet.

Die „Najade" hatte schwere Konstruktionsteile für den Bau eines Stahlwerkes in Warri/Nigeria an Deck geladen. Einige waren über zwanzig Meter lang, überaus sperrig. die vorderen Laschgurte im schweren Wetter gerissen und dadurch zwei Konstruktionen verschoben. Der Kapitän ließ die Geschwindigkeit auf langsam voraus reduzieren und die „Najade" so steuern, dass sie die schweren Brecher frontal abritt und es den Seeleuten ermöglichte, etwas geschützter zu arbeiten. Außerdem konnte das

Schiff nicht so stark zur Seite überholen. Die ganze Nacht über musste hart gerissen werden, und die Mannschaft stand im knietiefen, eiskalten Wasser der überkommenden Brecher. Die Gischt biss auf der Haut und in den Augen, aber es half nichts, die verrutschten Konstruktionen waren mit Hilfe von Hubzügen in ihre alte Position zu bringen.

„Es geht nur mit einer Verlängerung! Wir müssen den Hebel erweitern, sonst bewegt sich das Scheißding nie!" schrie Peter seinen Männern zu.

„BP, hol sie aus dem Kabelgatt, Jan, du bringst Spannschrauben und Ketten her!"

Um sie herum tobte ein Inferno aus Regen, Wind und rauer See. Jeder holte das Letzte aus sich heraus. Völlig durchnässt kämpften sie gegen die Naturgewalten an, tauschten die zerstörten Gurte gegen Laschketten aus. Im ständigen Wechsel rissen die Seeleute mit aller Kraft an den Hubzügen. Nach Stunden aufopferungsvoller Anstrengung war es geschafft, sie hatten die Ladung und das Schiff gerettet.

Als Sievers am nächsten Morgen dem Kapitän meldete, dass alles wieder in Ordnung war, spürte man große Erleichterung an Bord. Die Männer, verausgabt, erschöpft und durchgefroren, bekamen in der Mannschaftmesse heißen Kaffee von Volka. Keiner sagte ein Wort. Jeder wusste, was das weitere Verrutschen der Ladung bedeutet hätte.

*

„Meier, wissen Sie was eine Barre ist?"

„Nee, Herr Bährenkiel, ich kenne nur ein Barre, und das ist ein leckeres Bier!"

„Mensch, Meier, eine Barre ist eine flache Stelle in einer Flussmündung, und weil vor dem Scheiß Warri River eine Barre ist, können wir nur bei Hochwasser rüber! Verstanden? Und noch was, hast du schon einmal ein Barre getrunken? Na, haste?"

„Ja, habe ich!"

„War ja klar, ich als echter Hamburger würde nicht mal mein Auto damit waschen! Haha!"

Die Unterhaltungen mit Bährenkiel nahmen in den letzten Tagen immer absurdere Züge an. Jan beschlich das Gefühl, es ginge in die zweite Runde. Die Zeit des Schreiens war nach der Aktion mit dem Feudel vorbei. Bährenkiel wandte eine neue Taktik an, stellte blöde Fragen, die er, wie gehabt, häufig selbst beantwortete. Er wollte seine Macht durch Wissen demonstrieren. Jan durchschaute das Konzept des Ersten Offiziers und stellte sich darauf ein.

„Gehen Sie mal zum Bootsmann, Meier, er soll alles auf der Back vorbereiten, in gut einer Stunde ankern wir. Warum wollen wir das tun, Meier? Weil da eine Barre ist, eine Barre, über die wir mit unserem Tiefgang nicht rüberkommen! Und weil man in diesem Scheißland keine Bagger hat, um die Scheißbarre wegzubaggern, müssen wir auf Hochwasser warten, Meier. Endlich kapiert, was eine Barre ist?“

„Jawohl, Herr Bährenkiel, das Land ist scheiße, eine Barre ist scheiße, und dem Bootsmann Bescheid sagen.“

Es wurde später Nachmittag, als der Steuerbordanker auf der Reede vor dem Warri River mit lautem Getöse aus der Klüse rauschte. Es lagen mehrere Schiffe vor der Mündung. Neben der Barre stellten auch die nigerianischen Behörden ein Hindernis dar. Eine Genehmigung zum Einlaufen erhielt nur, wer gut schmierte oder wessen Fracht heiß begehrt war.

Schon nach kurzer Zeit kamen von den Nachbarschiffen Boote mit Einheimischen längsseits, die nach Lebensmitteln fragten. Volka gab ihnen nach Rücksprache mit dem Kapitän Mehl, Zucker und etwas Milchpulver.

„Ist natürlich echt Mist, wenn du auf ’nem Dampfer fährst, der Zement geladen hat. Mit so ’ner Kackladung wartest du dir hier ’nen schwarzen Arsch! Die Griechen liegen schon über hundert Tage am Haken. Das würde mir mächtig auf die Nüsse gehen.“ Jens lehnte sich über die Verschanzung und blickte zu den anderen Schiffen hinüber.

„Meinst du denn, das kann uns auch passieren?“ fragte Jan besorgt.

„Quatsch, wir haben die Konstruktionen geladen, damit bauen die hier ein großes Stahlwerk. Du wirst sehen, schon morgen früh fahren wir den Fluss hoch. Die brauchen unsere Ladung, unbedingt!“

„Na, dann ist doch alles bestens!?“

„Bestens? Du wirst dich noch wundern, wenn wir erst einmal Besuch von den Charlies bekommen. Sie kommen mit Einbäumen und wollen dir Früchte oder irgendwelches geflochtenes Zeug verkaufen.“

„Was für geflochtenes Zeug?“

„Fußmatten, Körbe oder Taschen, alles was sich aus einer geklauten Leine so machen lässt."

„Wie? Geklaute Leine?"

„Na ja, wenn es blöd läuft, pirschen sich die Charlies nachts an Bord und klauen dir 'ne Festmacherleine. So ein Ding ist immerhin 200 Meter lang, da kann man schon ein paar Fußmatten von machen."

„Wie das? Die klauen uns 'ne Leine, basteln irgendwas daraus und verkaufen uns das dann?"

„Na klar, und das völlig schmerzfrei!"

„Aber so 'ne Leine fällt doch nicht einfach so außenbords, da muss ja wohl irgendjemand nachhelfen!"

„Nee du, die sind ganz geschickt. Sie schmeißen einen Tampen mit einem Haken über die Reling. So wie der Haken greift, klettert einer daran hoch, schleicht sich auf die Back und lässt einen Festmacher durch die Klüse außenbords rauschen. Im Wasser wartet ein Boot zum Abschleppen der Leine. Der Charlie springt über Bord, schwimmt zum Boot, sein Kollege hilft ihm rein. Schon haben wir eine Leine weniger – und die Charlies ein paar Fußmatten mehr. Sie sind aber harmlos, wollen nur abstauben. Anders ist es, wenn richtige Piraten mit Waffen kommen, dann kann es finster werden, und man sollte besser in Deckung gehen. Die sind unberechenbar. Vor drei Jahren hab ich mal gesehen, wie sie nachts einen Griechendampfer auseinander genommen haben. Am nächsten Morgen fand man die Besatzung erschossen an Deck!"

„Was? Sag das noch mal!" Jan war geschockt. Für ihn stellten Piraten ein Relikt der Vergangenheit dar.

„Du hast mich schon richtig verstanden, alle waren tot, und im Flaggenmast hatten sie das Baby vom Kapitän an einem Bein aufgehängt. Brutale Schweine sind das gewesen! Oh, was ich vergessen habe, die Frau vom Kapitän lebte noch, sie wurde zigfach vergewaltigt, na ja, du weißt schon, alles stopfen, was zu stopfen ist und so."

„Oh Gott, die Arme, erst vergewaltigt, dann auch noch der Mann und das Baby ermordet, das ist ja abartig, ich könnte kotzen."

„Stimmt, aber die Alte hat das nicht mehr mitgekriegt, sie ist gleich im Krankenhaus verreckt."

„Aber, Jens, meinst du echt, dass die uns überfallen?"

„Musst du mit rechnen. Wir haben auf Luke 3 die Container stehen. Kann schon sein, dass wir Besuch bekommen."

„Jetzt erzählst du aber Scheiß, Jens. Ich bin zwar neu hier, aber du willst mir doch wohl nicht verkaufen, dass man uns einen ganzen Container stiehlt!"

„Quatsch, die wissen genau, welche Kiste sie aufmachen müssen. Die kennen unsere Staupläne und wissen, wo etwas steht. Das ist moderne Piraterie, von langer Hand vorbereitet."

Jan schaute Jens ungläubig an. Piraten kannte er nur aus dem Fernsehen. Es lag außerhalb seines Vorstellungsvermögens, dass es noch immer welche geben sollte.

„Jetzt mach dir nicht gleich in die Hose. Wir werden schon nicht überfallen. Die Piraten haben Urlaub, und sollte uns ein Charlie 'ne Leine ziehen, dann sei drauf geschissen, da werden wir nicht von sterben. Komm, lass uns eine schmöken und über was anderes reden, Weiber oder so."

„Jens, eine Frage noch. Warum nennt ihr die Schwarzen eigentlich Charlies?"

„Sieh es mal so: Wenn du Neger sagen würdest, könnten die Jungs das in den falschen Hals bekommen. Neger ist so ein Wort, das hört sich in vielen Sprachen ähnlich an. Da reagieren die ein bisschen komisch. Schau mal, da vorne kommen schon die ersten Einbäume mit den Mammies. Stell dir vor, Bährenkiel würde jetzt von der Brücke runter brüllen: ‚Lasst bloß nicht die Neger an Bord!' Wenn die das hören, werden die echt sauer. Da stehen die überhaupt nicht drauf. Das hat mit der Kolonialzeit zu tun. Weißt schon, mit Ausbeutung und so. Mit unserem Charly fahren wir viel besser."

Im Hintergrund hörten die beiden auf einmal Bährenkiel brüllen. „Bootsmann, lass mir bloß nicht die Charlies an Bord! Keine Charlies auf Reede bei uns an Bord, verstanden?"

„Siehste!" frohlockte Jens.

*

Bährenkiel hatte sich offenbar gut vorbereitet. Die Crew saß in der Mannschaftsmesse beim Abendessen. Jan kam der Auftritt gleich verdächtig vor, weil der Erste Offizier seinen Monolog nicht mit der üblichen unsachlichen Kritik begann, sondern mit einem Lob. „Seeleute, ich muss etwas loswerden. Der Kapitän und die gesamte Schiffsleitung wollen sich bei euch für euren Einsatz bedanken. Ihr habt das Schiff vor einem großen Schaden bewahrt. Soweit verstanden? Gut, ich komme zum nächsten Punkt. Auch heute gilt es, aufzupassen. Wir fahren erst morgen den Warri River hoch und müssen daher die Nacht am Anker verbringen. Nicht weiter schlimm, aber ihr wisst ja, wie die Regeln sind. Und für alle, die es noch nicht wissen, erzähl ich es gern noch mal: Wir lassen keine Charlies an Bord! Haben Sie das begriffen? Ich will hier keinen Einzigen sehen. Und damit es für alle klar ist: Auch keine Einzige! Es gibt keine Ausnahmen. Kein Quickie an der Lukenvorkante, kein Blasorchester im Kabelgatt, verstanden, meine Herren? Und sollte ich doch jemand dabei erwischen, trete ich ihm höchstpersönlich in den Arsch und jage ihn von Bord! Und wenn mir danach ist, ziehe ich ihm auch noch die Eier lang und zwar von hier bis nach Meppen! Ist das klar? Sie können dann sehen, wie Sie nach Hause kommen. Keine Ausnahmen, kapiert?" Sein Gesicht verzog sich zur schon bekannten finsteren Miene. „Ich habe gefragt, ob Sie mich verstanden haben?" Ein Raunen ging durch die Messe, und wenn man lange genug dabei war, hörte man ein Ja heraus.

„BP, hast du es auch geschnallt?" brüllte Bährenkiel in Richtung Krause.

„Jawohl, Chief Mate!" bestätigte BP.

„Bootsmann, leihen oder verkaufen Sie dem Mann bloß kein Ölzeug; Sie wissen, was er damit anstellt!" Alles grölte, Krause verstand gar nicht, was Sache war, und lachte mit.

Nach Bährenkiels Auftritt übernahm Peter Sievers das Wort. „Passt auf, Leute, in Nigeria auf Reede liegen, ist auch nicht mein Ding. Wir müssen damit rechnen, dass wir Besuch kriegen und gehen daher verstärkt Wache. Es gibt keine normale Wache, sondern wir machen es mit jeweils vier Männern sechs um sechs Stunden. Für die harmlosen Fälle liegen unsere C-Rohre an Deck. Solltet ihr einen Übergriff bemerken, sofort mit einem Strahl draufhalten. Wir halten aus der Brückennock mit den großen Scheinwerfern Ausschau. Keine Heldentaten, das Schiff ist versichert, nichts ist zu schützen außer uns selbst. Wenn es bewaffnete Piraten mit Speedbooten sind, sofort Generalarm auslösen und alles in den Aufbau. Wir stellen dann den Verschlusszustand her. Denkt dran, den Piraten geht es nicht um euch, sondern um Teile der Ladung. BP, hast auch du alles begriffen?" Krause nickte. Sievers nahm Jens beiseite: „Du achtest auf BP, du weißt, mit dem Denken hat er es nicht so."

*

Jan begleitete den ganzen Abend über ein mulmiges Gefühl. Nach Jens' Piratengeschichte und Peter Sievers' Einstimmung darauf, das Schiff wie auf einen Kriegszustand vorzubereiten, kam er trotz seiner Freistunden nicht zur Ruhe. Für den Törn von Mitternacht bis früh um sechs Uhr eingeteilt, ging er Wache mit Jens sowie dem Decksmann Martin, und natürlich durfte Krause nicht fehlen. Alles kräftige Burschen, die keine Angst hatten. Jan schätzte seine Lage ein und fand, dass die Konstellation ok war. Jens, ein ausgesprochen gewiefter Kerl, wusste schon, was im Falle eines Falles zu tun war. Martin war zwar nicht gerade der Hellste, aber ein Eindringling würde sich bei seiner Statur sicherlich zweimal überlegen, ob er es tatsächlich mit ihm aufnehmen sollte. Martin redete nie viel und wirkte ständig gereizt, wie unter Hochspannung. Als Jan am dritten Tag beobachtete, wie Martin den Bordelektriker an der Kehle packte und ihn anschrie, aus dem Weg zu gehen, obwohl der „Blitz“ ihn lediglich um Feuer gebeten hatte, war klar, dass er zu ihm besser Distanz hielt. Jens meinte, Martin käme aus der Fremdenlegion, sei etwas verstört, aber eigentlich harmlos. Jan ging ihm trotzdem lieber aus dem Weg.

Bis zwei Uhr verlief alles in normalen Bahnen. Jens hatte die Positionen gut besetzt. In jeder Brückennock stand ein Mann an einem großen Suchscheinwerfer und leuchtete die Seiten des Schiffes ab. Währenddessen spazierten die anderen beiden die Gangbords auf und ab. Ein eventueller Angreifer erkannte zwar die Scheinwerferkegel, wusste aber nie ganz genau, wo sich die beiden beweglichen Posten befanden. Auf Schiffen der BRD gab es keine Waffen. Man munkelte zwar, der Alte habe eine Waffe im Tresor deponiert, bestätigen konnte das aber keiner. Die Russen waren da anders. Näherte sich jemand in auffälliger Weise ihrem Schiff, zeigten Wachposten kurz die Kalaschnikow, und schon war Ruhe. Jens erzählte ihm noch, dass die Russen erst vor zwei Jahren sechs Charlies umgelegt hatten. „Beim Überfall gestellt und sofort erschossen. Damit sich das alle hinter die Ohren schreiben, fuhren die Russen sie mit dem Rettungsboot an Land und legten die russische Flagge als Mahnung über die Leichen. Seitdem sind sie nie wieder überfallen worden.“ „Genau die richtige Ansage für das Pack“, stimmte Jens zu.

Die Nacht war schwül und warm. Am Ufer brannten kleine Lagerfeuer, und immer wenn ein leichter Windzug herüber kam, konnte Jan sie riechen. Seit zwei Stunden schwenkte er den Scheinwerfer nun schon hin und her. Jetzt löste ihn Krause ab, und er befand sich mit Jens auf Decksrunde.

„Na, Jan, immer noch 'nen Ködel in der Hose? Musst du nicht haben, wir sind zu viert, Mann, da kann nichts schief gehen. Lass uns eine rauchen, und dann drehen wir die nächste Runde, ok?"

„Du machst die Ansage, Jens, meinetwegen gern."

Immer wieder hörten sie in der Dunkelheit das Aufheulen von Bootsmotoren. Da sie außer den Lagerfeuern an Land und den hell erleuchteten am Anker liegenden Schiffen nichts erkennen konnten, maßen sie dem ganzen keine größere Bedeutung bei. Sie standen kurz vor der Back, als Jens ein metallisches Klirren vernahm. „Heh, Jan, da ist was. Hört sich an, als hätte jemand einen Haken an Deck geschmissen." Sie schauten sofort über die Verschanzung, aber es war nichts zu sehen. „Vielleicht versuchen sie es über den Anker. Manchmal klettern sie an der Kette hoch und kriechen durch die Klüse an Bord."

Sie sprinteten auf die Back und schauten durch die Steuerbord-Ankerklüse nach unten. Jens legte den Finger auf den Mund und bedeutete Jan, leise zu sein. Einer der Piraten war schon fast an Deck. Jetzt erklärte sich auch das metallische Klirren. Ihr Boot war an der Ankerkette mit einem Haken befestigt. Jens flüsterte: „Geh ans Wasserventil, wenn er noch höher kommt, drehst du volles Eisen, und er macht einen Abflug. Ich fiere den Anker einen Schlag weit, was meinst du wie das scheppert, die fassen unsere Kette nie wieder an!"

Jan sah in die Augen des Angreifers. Der Junge war höchstens fünfzehn. Wie sollte ein ausgewachsener Mann auch durch die enge Ankerklüse passen? Er drehte die Ankerkettenspülung auf und hörte nur noch einen fallenden Schrei. Jens lockert die Ankerbremse, und sofort knallten zwei Glieder aus dem Kettenkasten und gaben dem Schiff einen deutlichen Ruck. Die Angreifer erschraken und verschwanden so schnell, wie sie gekommen waren.

„Ich sag nur, Jumbo lass die Ketten rasseln, und schon ist er weg, der kleine Scheißer, jetzt weiß der Junior-Charly auch, auf welchem Schiff man besser nichts mitgehen lässt. Die haben wir gut in die Flucht geschlagen, die alten Schweine!"

Die Szenerie war beängstigend. Die tropische Nacht ließ Jan an Urlaub und Vergnügen denken, aber damit hatte das nichts zu tun. Hier war alles anders. Zum ersten Mal in seinem Leben spürte er Angst – vor den fremden Menschen und Bräuchen. Nichts von all seinen bisherigen Erlebnissen war auch nur annähernd mit dem zu vergleichen, was sich gerade abgespielt hatte. Er dachte ständig an die Geschichte von Jens. Wie kann man einfach einen Menschen ermorden, wie kommt man auf die Idee, ein Baby zu töten und es an einer Leine aufzuhängen. Wo waren die netten Schwarzen, die er aus dem Dritte Welt-Kurs in der Schule kannte. Was wollten die Piraten?

„Dem nächsten Charly verpasse ich eine Hafenrundfahrt mit dem C-Rohr! Darmspülung inklusive. Mich kotzen die Penner total an. Ich wünsch mir eine Million Chinesen am Himmel, damit sie das Räubernest zuscheißen!“ Jens kam aus dem Fluchen gar nicht mehr heraus.

Auf dem Rückweg zum Aufbau spürte Jan in Höhe der Luke 2 plötzlich etwas im Nacken. Reflexartig drehte er sich um und blickte in die Mündung einer Maschinenpistole.

„Don't speak! Go!“ befahl der bewaffnete Gangster. Mit dem Gewehrkolben bekam Jens einen Hieb an die Stirn, sodass er sofort zusammenklappte. Zwei weitere Piraten sprangen herbei und zogen ihn an den Haaren hinter sich her. Jan begriff, dass es sich um mehr als zehn Piraten handeln musste. Gegenwehr war unmöglich. Hoffentlich geht das gut, er konnte nicht einmal die anderen warnen. Ob Krause etwas gesehen hat und Alarm gibt? Eben noch im Gefühl des sicheren Sieges, saßen die beiden, ihre Hände auf dem Rücken gefesselt, nun auf einer Hiev Stauholz in einer Ecke gleich hinter der Luke 1. Von hier aus war vom Rest des Schiffes nichts zu erkennen. Jens hatte sich nach dem Schlag wieder erholt und fragte Jan: „Siehst du die Scheinwerfer von Martin und BP?“

„Nee, kann nichts erkennen, wir befinden uns in einer absoluten Null-Sicht-Ecke. Was macht deine Birne?“

„Es blutet, aber es geht schon. Hauptsache, die Arschlöcher verschwinden bald wieder. Hab keinen Bock, hier die ganze Zeit abzuhängen. “

„Die haben uns ganz schön verarscht. Die Nummer mit dem Anker war nur eine Ablenkung. Wir sind so blöd und fallen drauf rein.“

„Stimmt, die haben uns vorgeführt. Wir machen Wasserspiele, und die Herren Neger kommen durch die Hintertür an Bord spaziert. Was haben bloß Martin und BP mit ihren Scheinwerfern veranstaltet? So blind kann man doch nicht sein! Die hätten Alarm schlagen müssen!“

„Du Jens, Hauptsache, sie lassen uns am Leben!“

„Heh, Mann, piss dich nicht ein. Wenn sie uns umlegen wollten, hätten sie das längst getan!“

„Ja, aber die Griechen!“

„Alter, das ist drei Jahre her! Weißt du, ob die Scheißtypen überhaupt noch hier sind? Vielleicht treiben sie sich schon woanders rum, vielleicht sind sie aber auch irgendwo an der Küste jämmerlich ersoffen. Verdient hätten sie es auf jeden Fall!“

Sie hörten Schritte. Ein groß gewachsener Mann mit einer Pistole im Anschlag kam auf sie zu. „Hey man, look at me! I am Anthony, listen man, Sir Anthony, my name is not Charly! Got it man?“

„Yes.“

„Hum?“

„Yes, Sir Anthony!“

Kaum hatte Jan sich auf das Wortspiel eingelassen, spuckte Anthony ihm ins Gesicht. Mit Jens machte er das nicht, gab ihm dafür aber eine fette Backpfeife.

„You have to smile, when I stand beside you!“

Sie nickten, wollten jede weitere Provokation vermeiden.

Von nun an ging es im Fünf-Minuten-Takt. Mal bekam Jan den Rotz ab, mal erhielt er kräftig eine gescheuert. Und immer schön lächeln.

„Siehst du jetzt, was ich meine? Bei uns zu Hause laufen sie mit 'ner Klapperbüchse durch die Gegend und sammeln für die Spacken! Aber das hier, das ist die Realität! Da will in Deutschland aber niemand was von wissen! Das passt nicht ins Konzept.“

Zack! Jens kriegte wieder einen ab.

„Shh! Don't speak!" Anthony zog alles durch die Nase, was an Schleim in seinem Körper steckte. Zum Glück traf er Jan nicht voll im Gesicht. Der Speichel roch ekelerregend. Undefinierbar und schleimig tropfte der Rotz von seiner Augenbraue auf die Wange. Er schüttelte den Kopf, um den Schleim loszuwerden.

„Wisch den Scheiß an meinem T-Shirt ab!“ schlug Jens vor.

„Ich will mir gar nicht vorstellen, wie es ist, wenn ich den Dreck in meinen Mund bekäme!“ schauderte es Jan.

„Hör auf, Jan, das ist ja pervers. Die alte Charly-Rotze ätzt bestimmt Schlieren in deine Haut.“

Mittlerweile dämmerte es. Anthony schien es auf einmal eiliger zu haben. Wildes Treiben an Deck deutete darauf hin, dass die

Piraten gefunden hatten, was sie suchten. Mehrfach hörten sie ein metallisches Knirschen. Jens vermutete, dass sie einige Container mit einem Hebeleisen aufbrechen und sich des Inhalts bemächtigen wollten.

„Heh, Jan, hast du es gemerkt, der Charly kommt nicht mehr.“

„Hoffentlich, meinetwegen kann der Arsch verrecken!“ Jan erschrak selbst über seine Wortwahl. Wie sich die Zeiten doch ändern. Vor kurzem in der Schule noch „Kumbaya my Lord“ gesungen, jetzt solche Sprüche.

„Los, dreh dich um, wir versuchen, die Fesseln zu lösen. So lange der Arsch mit der Ladung beschäftigt ist, haben wir die Möglichkeit abzuhauen.“ Sie hantierten auf See jeden Tag mit Tauwerk, nach einiger Mühe streiften sie die Fesseln ab. Jens schnappte sich einen Schäkel und setzte sich wieder in die gleiche Position. „Komm, wir hauen ab!“ forderte Jan.

„Schnauze, da vorn kommt er, nimmt deinen Platz ein!“ befahl Jens.

„Was willst du mit dem Schäkel?“ flüsterte Jan.

„Warte ab, wenn er hier ist, zieh ich dem Arsch ein Horn!“

„Hör auf Mann, der hat ’ne Knarre, du hast sie doch gesehen!“

„Ist mir scheißegal, der rotzt mich nicht noch mal an, ich schwör‘s dir!“

„Los, Hände auf den Rücken, da isser!“

„Hey, white Man, don’t talk! I told you!”

Anthony nahm Jans Gesicht in die Hand, zog es zu sich heran und sprach langsam „Did you hear me, fucking bastard?“ und spuckte ihn erneut an. Im selben Moment holte Jens aus und schlug den Schäkel kräftig auf Anthonys Kopf. Ein knirschendes Geräusch ließ ahnen, wie gut er getroffen hatte.

„Hier du Sau, der ist auch noch für dich!“ Dieses Mal landete der Schäkel in der Magengegend. Anthony sackte auf die Knie und brach röchelnd zusammen. Sie nahmen ihm die Waffe ab, fesselten ihn und schoben ihn unter die Vorkante der Luke.

„Jetzt nichts wie weg, Jens, wenn die anderen merken, was los ist, legen sie uns um. Los Mann, Abgang!“

„Nee du, das würde ich mir mein Leben lang vorwerfen, Jens Lehmann rotzt keiner ungestraft ins Gesicht. Und meinem Kumpel Jan auch nicht. Schon gar kein scheiß Charly.“

„Was soll das, Mann? Los, hauen wir ab!“

„Nee Jan, dem Dreckschwein pisse ich noch in die Fresse!“

Jens hantierte gerade an seinem Hosenschlitz herum, als Jan hinter sich Schritte hörte. „Scheiß drauf Jens, da kommt einer, los, weg hier!“

„Soll er ruhig, der kriegt auch noch was vor den Latz geknallt, wir haben jetzt ’ne Wumme!“

Die Schritte entfernten sich wieder. Dafür wurden nun die Rufe nach Anthony lauter. Nur eine Frage der Zeit, bis die ersten Piraten ihn an dieser Stelle suchen würden. Mit einem Grinsen hatte sich Jens inzwischen erleichtert und flüsterte: „Wir schleichen uns an der Backbordseite nach achtern zum Aufbau! Falls er noch verschlossen ist, verstecken wir uns im Decksklo. Es hat eine Stahltür, die sich von innen versperren lässt. Da kommen die nie rein.“

Die Backbordseite, soweit überschaubar, war frei. Die Scheinwerfer in der Brücke standen nach oben und leuchteten in die Nacht.

„Wir versuchen, uns da hoch zu schleichen. Wenn wir es schaffen, lösen wir Alarm aus, ich hab den Schlüssel für die Kommandobrücke dabei.“

„Ja, aber was machen wir, wenn...“ Jens unterbrach Jan und zeigte auf die Pistole. „Da zögere ich keine Sekunde! Ich sag nur, einer weniger!“

Zu ihrer Verwunderung kamen sie problemlos über die äußeren Treppen bis zur Kommandobrücke. In der Steuerbord-Nock saßen Krause und Martin Rücken an Rücken gefesselt. Martin blutete stark am Kopf, Krause hatte einen Zahn verloren.

„BP, der Zahn ist dir wohl vor Schiss rausgefallen, oder?“

„Ist nicht schlimm, müssen sowieso alle neu gemacht werden.“ Krause war hart im Nehmen und zwang sich zu lächeln.

„Martin, was ist mit dir?“ fragte Jan besorgt.

„Mir ham se die Knarre übern Kopf gezogen. Tut weh, aber ich lebe und bin ok. Befrei mich, ich will mir noch einen von denen schnappen!“ Martin war wütend und damit unberechenbar. Jens herrschte ihn an, dass es jetzt um das Schiff und die Besatzung ginge und nicht um seinen privaten Rachefeldzug. Martin versprach dann aber, bei der Gruppe zu bleiben.

Jens lugte über die Brückenverschanzung, um herauszufinden, wie viele Piraten noch an Bord waren. „Ich schätze, sie sind weg!“ sagte Jens erleichtert.

„Dreh doch den Scheinwerfer nach unten. Wenn jemand schießt, weißt du, ob die Charlies noch da sind“, schlug Krause vor.

„Ich bin doch nicht irre. Soll ich mich als Zielscheibe hinstellen? Ich schieße zweimal in die Luft. Wenn noch welche da sind, feuern sie bestimmt zurück. Vom IQ sind die ja eher bei dir, BP, und nicht gerade helle!"

„Immerhin so hell, dass sie uns mit dem Anker richtig verarscht haben!" stellte Jan klar. Jens lud die Pistole durch und verschoss zwei Patronen. Keine Erwiderung, lediglich ein Bootsmotor heulte auf und entfernte sich hörbar schnell vom Schiff.

„Welcher Schwachkopf ballert da herum? Wir sind doch hier nicht im wilden Westen! Habt ihr denn alle den Arsch offen?" schrie Bährenkiel vom Deck zur Brücke hoch. „Wo ist die Ankerwache? BP, Meier, Lehmann, wo seid ihr? Was ist das für eine gequirlte Affenscheiße?"

„In Deckung Chief Mate, es sind noch Charlies an Bord!" brüllte Jens nach unten. Jan raste die Treppe hinunter zum Bootsdeck. Er sah, wie sich Bährenkiel neben der Bootswinde vor dem Steuerbord-Rettungsboot verkrochen hatte. Jan machte sich bemerkbar und bedeutete ihm, besser herüber zu kommen, da es im Schutz des Aufbaus sicherer war. Vorsichtig robbte Bährenkiel in Richtung Jan, der in seinen Augen blanke Angst sah. Erst als er sich hinter dem Schott in Sicherheit wähnte, kehrte er sein hinterhältiges und hochmütiges Wesen wieder heraus. „Sag mal, Meier, was macht ihr denn hier für einen Mist? Wir sind doch nicht in einem Piratenfilm! Wer von euch Schwachköpfen ballert hier in der Gegend herum? Und vor allem, wo habt ihr die Knarre her?" klang Bährenkiel mittlerweile doch mehr besorgt als aufgeregt.

Von den Piraten war nichts mehr zu sehen. Jan berichtete in kurzen Sätzen, was in den letzten Stunden vorgefallen war.

„Na, das sind ja tolle Nachrichten, Meier!"

*

Jan schaute auf die Uhr. Es war kurz vor Eins. Seit der Rückreise ging er die 0-4 Wache mit dem Zweiten Offizier Jochen Gehrke. Sie passierten gerade Wangerooge in einem Abstand von zwei Seemeilen und steuerten auf die Schlüsseltonne zu, die sich mit ihrem Racon-Signal schon seit längerem von allen anderen Echos auf dem Radarbildschirm abhob. Es ähnelte einem Ausrufezeichen. Selbst für einen ungeübten Radarbeobachter war das Signal als etwas Besonderes erkennbar und eine Verwechslung mit anderen Tonnen somit ausgeschlossen. Die Nacht, klar und angenehm warm, gab dem Meer eine Undurchdringlichkeit, die dem Sternenhimmel einen Glanz und eine Weite verlieh, stärker und tiefer, als es anderenorts je der Fall sein konnte. Der Mond schien hell und spiegelte sich auf dem Wasser. Es duftete nach Land Er bemerkte es bereits, als sie die ersten westfriesischen Inseln passierten. Ein anderer Geruch. Vielleicht lag es nur an seiner Aufregung. Alles ging seit der Nachricht, die „Najade“ führe zurück nach Bremen, irgendwie schneller. Damit verband sich ein außergewöhnliches, wohltuendes Gefühl.

Jan kniff die Augen zusammen, um sich besser zu orientieren. Das Wetter erlaubte es, Tonnen und Leuchtfeuer auszumachen, die weiter entfernt waren und eher störten als nützten. Ein Blick durch das Fernglas zeigte ihm den Lotsenversetzer, der sich durch seine weiße und rote Topplaterne deutlich von den anderen Fahrzeugen unterschied. Seine Position war etwas südlich der Schlüsseltonne.

„2 Strich an Steuerbord liegt der Lotsenversetzer, Herr Gehrke“, meldete Jan.

„Sehr gut, dann geh runter, häng die Lotsentreppe außenbords und schalte den Strahler an. Wir nehmen den Mann an der Steuerbordseite auf. Jan, was liegt Standby?“

„Der Rettungsring, Herr Gehrke, ich hätte aber daran gedacht, ganz bestimmt.“

„Na, dann schieß mal los.“

Jan mochte Gehrke. Er war diszipliniert, in vielen Dingen kleinlich, gleichwohl nett und aufgeschlossen. Gehrke machte die Ausbildung auf der Brücke selber Spaß, und er ließ das seine Leute auch spüren. Mit ihm verging die Seewache wie im Fluge. Jan musste nicht wie bei Bährenkiel in der Brückennock ausharren, sondern durfte bei Regen oder schlechtem Wetter in der Kommandobrücke Ausschau halten. Schon in der ersten Woche erklärte Gehrke ihm das Radargerät, damit seine Beobachtungen mit dem Fernglas sich fundiert einordnen ließen. Sehen, begreifen, kontrollieren und dann erst melden – eine von vielen Regeln, die jeder sofort verstand und behielt. Gehrkes Vater, als Lotse in Kiel beheimatet, war in einer stürmischen Nacht beim Übersetzen auf einen Tanker in die tosende See gestürzt. Ein aufmerksamer Matrose warf sofort einen Rettungsring hinterher und rettete ihm damit das Leben. Gehrke erzählte ihm davon gleich auf der ersten gemeinsamen Wache mit solch bewegenden und eindringlichen Worten, dass Jan die Schilderung nie vergaß.

Gleich würde der Seelotse an Bord kommen. Jan hatte alles zur Übernahme vorbereitet. Das Schiff verlangsamte die Fahrt. Das Tenderboot des Lotsenversetzers näherte sich längsseits, der Lotse stieg die wackelige Jacobsleiter hinauf. Kaum an Deck der „Najade", drehte das Boot wieder ab. Alles lief routiniert ab. Die Jungs verstanden ihren Job; sie waren es gewohnt, selbst bei den schlechtesten Wetterverhältnissen Menschen auf Schiffe zu bringen. Der Lotse grüßte mit einem kurzen Blick, den Jan mit einem Lächeln erwiderte.

In der Wesermündung war ein Lotse nicht nur Pflicht, sondern auch als Berater wertvoll. Die Nordsee sowie die Flusseinläufe der Weser und Elbe gelten als tückisch und gefährlich. Die Gezeiten verändern die Gegebenheiten ständig. Ohne die Erfahrung eines Revierkundigen ist das Befahren der Außenweser glatter Wahnsinn. Viele Schiffe haben in den vergangenen Jahrzehnten ihre Reise unfreiwillig auf den Sänden beendet. Als Jan für den Lotsen die Brückentür öffnete, stand Kapitän Schumann zur Begrüßung bereit und schüttelte dem Mann kräftig die Hand. Für ihn kam der Kapitän immer selber auf die Kommandobrücke. Nicht allein um das Manöver zu fahren, nein, er wollte auch vom Lotsen darüber informiert werden, was in seiner Abwesenheit so alles passiert war.

Der Kapitän verfügte über viel Zeit, wenn sich das Schiff auf See befand; es war für ihn kein Problem, über Kurzwelle die Deutsche Welle und die Nachrichten zu hören. Er hielt sich durchaus auf dem Laufenden, für ihn war es aber wichtig, die Geschehnisse von dritter Seite kommentiert zu bekommen.

Nur noch wenige Stunden bis Bremen. Das Schiff bahnte sich den Weg durch die neue Weser, vorbei an den bekannten Leuchtfeuern Tegeler Plate, Hohe Weg und Robbennordsteert, bis die Umrisse der Columbuskaje in Sicht kamen. Jan stand die ganze Zeit über in der Backbordbrückennock und verglich seine Beobachtungen mit der Seekarte. Der „Alte" schwafelte mit dem Lotsen über politische Vorgänge und wollte offenbar zeigen, dass er voll auf der Höhe war. Dem Lotsen behagte sein Monolog nicht. Für Jan sah es so aus, als würde er lieber seinen Kaffee trinken und in Ruhe Richtung Bremerhaven schippern.

Auch Jan scherte das Gesülze des „Alten" wenig. Er wusste, es geht nach Bremen. Nur das war für ihn heute wichtig. Noch vor dem Ende seiner Wache verließ der Seelotse in Höhe der Geestemündung, kurz vor dem Blexer Bogen, das Schiff, und der Weserlotse kam an Bord. Für Jan war ein solcher Wechsel mittlerweile zur Routine geworden. Nach der Fahrt von über acht Monaten mit insgesamt 23 Häfen saß jeder Handgriff. Jan begleitete den Lotsen auf die Brücke.

„Kapitän, wie schnell läuft die ‚Najade'?" wollte der Flusslotse wissen.

„Wir sind zwar voll abgeladen, aber ich denke, sie müsste wohl an die sechzehn Meilen schaffen", antwortete der Kapitän.

„Gut, es gibt keine Behinderungen bis Bremen, die Tide schiebt noch ein bisschen mit, wir werden gegen 7.30 Uhr am Überseehafen in Bremen sein. Wir gehen an Schuppen 17. Wenn Sie wollen, können Sie sich ruhig schlafen legen."

„Ja, das tue ich sogar, die wichtigsten Neuigkeiten kenne ich schon von ihrem Vorgänger. Für den Rest bis Bremen steht ihnen natürlich der Erste Offizier zur Seite. Haben Sie etwa geglaubt, wir lassen Sie allein die Weser hochfahren?"

„Ich hab's nur gut gemeint, viele Ihrer Kollegen freuen sich, wenn sie noch eine Mütze Schlaf bekommen."

„Wollen Sie damit etwa andeuten, dass es Kapitäne oder Offiziere gibt, die Ihnen das Schiff überlassen und sich einfach in die Koje legen? Auf einer Revierfahrt? Sie machen Scherze, so etwas gibt es vielleicht bei der ‚Never Come Back-Line', aber nicht auf einem deutschen Schiff und schon gar nicht bei Reiman!"

„Ist schon gut, Kapitän, ich wünsche Ihnen eine angenehme Nachtruhe", gab der Lotse klein bei. Er war sich sicher, dass der Kommandant nicht auf dem neuesten Stand der Dinge war. Und schlafende Hunde zu wecken, war ihm zu heiß. In den letzten Monaten hatte es in der Reederei Reiman mächtig Unruhe gegeben. Das in der Seefahrt übliche Vierstunden-Wachsystem war auf den kleineren Schiffen abgeschafft worden. Für das Drei-Wachensystem benötigte man drei Offiziere, die nach vier Stunden Arbeit acht Stunden frei hatten. Die Reederei Reiman war das erste deutsche Schifffahrtsunternehmen, das das Sechsstunden-System einführte. Mit ihm sparte man den dritten Offizier ein, was fortan Mehrarbeit zur Folge hatte. Es bedeutete natürlich auch, dass ein Kapitän, gerade an der europäischen Küste, wo viele Häfen anzulaufen waren, häufiger einen Teil der Wache übernehmen musste. Es war absehbar, dass Reiman das neue System auch in der großen Fahrt einführen würde. Dann wären die ruhigen Zeiten – zumindest für Kapitäne – endgültig vorbei. „Seeleute sollen an Bord ihr Geld verdienen und nicht die Wellen zählen!"

verkündete Conrad Reiman, der Inhaber der Reederei, bei einer Sitzung des Betriebsrates. „Fragen Sie doch die Männer, was ihnen wichtiger ist, mehr Geld oder mehr Freizeit?“ hatte er dem Betriebsrat mit spöttischem Unterton vorgehalten. Eine Diskussion darüber war müßig. Reiman wusste seit langem, wie scharf die Leute auf See auf Überstunden waren, die damit ihr Gehalt mächtig aufpolierten.

„Es ist für alle von Vorteil. Noch einmal: Die Mitarbeiter haben am Ende des Monats dank der Überstunden mehr Geld als vorher in der Tasche, ich komme mit weniger Personal aus und kann die Reederei trotz sinkender Frachtraten und steigender Ölpreise marktfähig halten. Außerdem: Warum soll ein Kapitän nicht einen Teil der Seewache übernehmen? Es hat mich schon immer beunruhigt, dass die Herren mit den vier Streifen sich den Allerwertesten wund sitzen.“ Reiman vertrat seine Meinung offensiv und gab nicht auf. Schon gar nicht dem Betriebsrat gegenüber. Streikdrohungen folgten dem Gespräch. Der Betriebsrat torpedierte Reimans Vorschlag entschlossen, befand sich damit aber in einer Klemme, da er sich eigentlich nur für die Seeleute stark machte. Mit seinen Argumenten versuchte er zwar den dritten Offizier zu bewahren, kämpfte aber zugleich – ohne es zu wollen – für die Kapitäne, an denen ihm gar nichts lag, galten sie ihm doch als Vertreter des Reeders. Reiman hatte seinen Schachzug lange durchdacht und mit ihm ins Schwarze getroffen. Sein Weg war in der Vergangenheit nicht immer der bequemste gewesen, doch hatte er nie die erwünschte Wirkung verfehlt. Selbst in der Ölkrise behauptete er sich. Der Kostendruck trieb viele Reedereien in den Konkurs. Reiman gelang es jedoch, einen Ausweg zu finden. Mit dem Wachsystem wollte er einen neuen Coup landen. Er sprach von Wettbewerbsvorteil, der Betriebsrat von Ausbeutung.

Nach wochenlangen Wortgefechten stoppte Reiman den – wie er es nannte – „Unfug“, indem er den nächsten Neubau, die „Reiman Hunter“, auf Antigua registrieren ließ und ausländische Besatzungsmitglieder anheuerte. „Wenn Argumente nicht mehr zählen, sind irgendwann unpopuläre Entscheidungen zu treffen.“ So die Worte Conrad Reimans anlässlich der Taufe seines „Hunter“.

Der Betriebsrat gab nach, als der Reeder drohte, auch die restlichen Neubauten der „H-Serie“ dem steuerbegünstigten St. Johns zu übertragen.

„Gute Wache“, knurrte Kapitän Schumann. Offenbar hatte er in den vergangenen Monaten etwas verpasst. Oder wollte er die Realität einfach nicht zur Kenntnis nehmen?

Die „Reiman Najade“ passierte Nordenham und Brake. Jan konnte und wollte nicht schlafen. Es war Sommer, und er freute sich auf die Sonne. Im Herbst, trüb und kalt, war er von Bremen aus auf große Fahrt gegangen. Nun stand er im T-Shirt an Deck und hielt eine Mug mit heißem Kaffee in der Hand, den er aber wegen seines bitteren Geschmackes vor der Seefahrt nicht angerührt, hatte. Er ekelte sich damals davor. Inzwischen war er, weil es nachts auf der Brücke nichts anderes gab, daran gewöhnt.

*

Von Bährenkiel war ihm in der letzten Woche ein freier Tag in Bremen versprochen worden. Jan wunderte sich immer noch über seinen Ersten Offizier. Seit seiner Weigerung, kriechend zu feudeln, schien Bährenkiel wie ausgewechselt. Die Retourkutsche, mit der er gerechnet hatte, blieb aus. Nichts dergleichen passierte. Selbst in Amsterdam lief alles ohne Attacken ab, obwohl Bährenkiel allen Grund gehabt hätte, durchzudrehen. Peter, Jens und Jan hatten sich ein fettes Ding geleistet. Sie waren zu spät gekommen. Aber das war nicht die ganze Wahrheit.

Da es an Bord keine Telefone gab, war es in holländischen Häfen üblich, dass die Seeleute zum nächsten Zollhäuschen gingen und dort gegen Gebühr ihre Anrufe erledigten. Peter verspürte aber keine Lust zu laufen und ließ sich von den Matrosen den bordeigenen Gabelstapler auf die Pier setzen. Er fragte Jan und Jens, ob sie auch telefonieren wollten. So fuhren sie mit dem Stapler in Richtung Zoll. Peter gab ordentlich Gas, die drei wollten schnell wieder zurück sein, da Bährenkiel Peter signalisiert hatte, dass in einer guten Stunde die Schlepper zum Auslaufen kämen. Nach einer Rechtskurve steuerten sie auf das Zollhäuschen zu. Peter beschleunigte nochmals kurz, um sodann mit einer Vollbremsung eindrucksvoll zum Stehen zu gelangen. Leider war der Gabelstapler an Bord nicht so gewartet worden, wie es nötig gewesen wäre. Trotz seiner Fahrkünste schaffte Peter es nicht, den alten „Clark“ zu stoppen. Mit voller Wucht bohrten sich die beiden Hebeforken durch die Außenmauer in das kleine Haus. Die Szene war grotesk. Ein Bootsmann, der wie ein spätpubertierender Aufschneider einen Gabelstapler in ein Zollhaus fährt, und drei Zollbeamte, denen vor Schreck die Kinnladen herunterfielen. Die Zöllner stürmten heraus und waren außer sich. Alle Verwünschungen, die es in holländischer Sprache gab, prasselten auf die drei ein. Zum Glück war niemand verletzt. Jan und Jens hatte der Aufprall zu Boden gerissen, mehr als ein paar kleine Kratzer trugen sie von ihrer Flugeinlage jedoch nicht davon. Es vergingen einige Minuten, bis sich eine Entschuldigung anbringen ließ. Selbst als Peter den Stapler mit eigener Kraft aus dem Gemäuer zog, war an eine Beruhigung nicht zu denken. Der Schock saß den Zöllnern zu sehr in den Knochen.

„Meine Herren, seien Sie ganz beruhigt, ich unterschreibe Ihnen gern einen Damage-Claim, und unsere Reederei begleicht dann den Schaden“, versicherte Peter. Trotz seiner Entschuldigung wollten die Zöllner mit Peter nur noch das Nötigste reden, bei der Aufnahme der Daten ließ man ihn stehen.

„Also: Schiffsname, Heimathafen, Reederei, Ihr Name und die Namen der beiden Kollegen.“ Der Zöllner füllte das Blatt aus.

Nach der Unterzeichnung der Schadensmeldung bat Peter wie selbstverständlich darum, jetzt doch bitte das Telefon benutzen zu dürfen. Einer der Zollbeamten nahm die zerstörten Enden der Telefonleitung in die Hand und hielt sie Peter mit hochrotem Kopf vor die Nase. „Wie denn? Wie wollen Sie das denn tun?“ Eine neue Salve von Schimpfwörtern hagelte auf den Missetäter ein.

Peter hob die Hände und sagte noch mehrfach „Sorry“, während er das Zollhäuschen verließ.

Er bat Jens und Jan aufzusteigen und erklärte: „Kommt, lasst uns ganz schnell ’ne Biege machen.“

Der „Clark“ war ohne größere Schäden geblieben, und so konnten sie wieder zum Schiff zurück fahren. Nachdem Peter mit dem Stapler bis zur ersten Ecke eines Schuppens eher getuckert war, gab er Vollgas.

„Jetzt aber flott, wir laufen gleich aus, und ich habe den Grünen ein falsches Schiff genannt!“ Jens und Jan schauten Peter ungläubig an. „Na logo, was glaubt ihr, warum ich die Zöllner gefragt habe, ob ich noch telefonieren kann? Mir war doch klar, dass die mich hochkant rausschmeißen! Die regen sich jetzt noch ewig lange auf, und bis die tatsächlich merken, was hier gespielt wird, sind wir schon an Texel vorbei!“

„Was?“ Jens war entsetzt. „Du hast denen einen vom Pferd erzählt? Du bist echt verrückt Peter, wenn das rauskommt! Bährenkiel gibt uns allen einen Sack! Alter, was bist du abgebrüht, die Nerven hätte ich nicht gehabt. Wir haben doch alle unsere Reedereioveralls an, Mann, da war unser Emblem drauf! Das checken die doch!“

„So’n Quatsch, das Emblem vom Lloyd sieht doch fast genauso aus! Meinst du, die würden den Unterschied erkennen? Nie im Leben! Ich habe denen gesagt, dass wir von der ‚Friesenberg‘, sind und fertig. Die sind so sauer, wenn die mir nicht geglaubt hätten, wäre es doch schon vorhin schief gegangen. Glaub mir, das Ding geht glatt. Wir laufen gleich aus – und damit sind wir sauber.“ Peter war sich seiner Sache sehr sicher.

„Was machst du, wenn einer vom Zoll zur ‚Friesenberg’, fährt und sich beschwert?“ wollte Jan wissen.

Peter runzelte die Stirn, während er weiter mit Vollgas die „Najade“ ansteuerte.

„Ich glaube, dann machen die Jungs auf der ‚Friesenberg‘, ein ziemlich dämliches Gesicht! Haha!“ Sie freuten sich, Jens hob seinen rechten Arm und ballte die Faust, als hätte er gerade ein wichtiges Match gewonnen. Mit Gebrüll fuhren sie die Pier entlang. Nachdem auch sie sich wieder beruhigt hatten, fragte Jens: „Aber was passiert, wenn die Kaasköppe auf der nächsten Reise kommen und den ‚Clark’ kontrollieren? Dann sind wir doch geliefert!“

„Der Stapler ist kaputt, das wissen wir doch jetzt. Also geht er in Bremen in die Reparatur und wird ausgetauscht. Und wir kommen auf der nächsten Reise gar nicht hierher. Das passt schon! So, und jetzt genug darüber gequatscht.“ Für Peter war die Sache damit erledigt. Ein für alle Mal. Jan schüttelte den Kopf. Niemand war ihm bislang begegnet, mit dem er so viel in so kurzer Zeit erlebt hatte. Er bewunderte ihn wegen seiner abgedrehten Nummer noch mehr. Wieder an Bord, stand Bährenkiel schon schnaufend an der Gangway.

„Bootsmann, der Lotse ist schon an Bord, und Sie veranstalten hier eine Sight-Seeing-Tour! Sind Sie denn ganz und gar bescheuert? Wissen Sie nicht, was so eine Scheißstunde von so einem Schiff hier kostet? Aber das war ja klar, wo Scheiße passiert, sind Meier und Lehmann ja immer dabei.“

„Sie haben Recht, Herr Bährenkiel, aber das ist meine Schuld, ich habe mich auf der Rückfahrt verfahren“, gab Peter klein bei.

„Verfahren nennen Sie das? Glauben Sie, ich schlafe auf ’nem Baum? Erzählen Sie mir nicht so ’nen Mist. Ich will es auch gar nicht wissen. Machen Sie endlich das Schiff seeklar und hören

Sie auf zu quatschen! Und zwar plötzlich!" Bährenkiel drehte sich auf dem Hacken um und wandte sich der Brücke zu.

„Du Jens, wenn der den wahren Grund wüsste, wäre richtig Tango gewesen!" flüsterte Jan.

„Lass gut sein, ich bin froh, dass er die Geschichte geschluckt hat. Du siehst ja, wie er sich wegen so einer Kleinigkeit schon aufregen kann. Ich glaube, wenn er die Nummer mit dem Zollhaus erfährt, stirbt er mit 'nem Herzklabaster! Besser wir halten die Klappe!"

*

Die Weser roch nach Tang, Algen und Ufer – eine eigenartige Mischung und doch intensiv und angenehm. Aus der Kombüse stieg der Duft von frisch gebackenem Brot in seine Nase. Bäcker Jörg fing gerade an zu arbeiten, wenn Jan mit seiner Wache durch war. Sie frühstückten häufig zusammen und hatten sich inzwischen angefreundet. Auf dem Elsflether Sand, den sie gerade passierten, brannte noch der Rest eines Lagerfeuers, und man sah zwei Gestalten mit einem Schlafsack umhüllt in die Glut starren. Jan zündete sich eine Zigarette an, inhalierte den Qualm und genoss den Zug. Er lehnte an der Steuerbordseite auf der Verschanzung und freute sich auf die Ankunft in Bremen. Plötzlich stand Peter neben ihm. Jan war so in Gedanken versunken, dass er sein Kommen gar nicht bemerkt hatte.

„Na Jan, die erste Reise ist ja nun vorbei. Wie fühlst du dich?" wollte der Bootsmann wissen.

„Gut Peter, wirklich sehr gut. Ich bin noch nie im Sommer mit einem Schiff hier vorbei gefahren. Vom Wasser aus sieht alles anders aus. Ich hab' nicht einmal gewusst, dass es in Elsfleth einen Strand gibt. Und ich bin natürlich auf zu Hause gespannt!"

„Verstehe ich, ging mir damals auch so. Auf meiner ersten Reise bin ich aber erst nach über einem Jahr wieder nach Hause gekommen. Da hast du es noch ganz gut getroffen. Übrigens, die Reederei hat gestern noch ein Telex geschickt, du wirst in Bremen abgelöst, du kannst also sogar zu Hause bleiben. Ich wollte es dir gestern Abend schon sagen, aber du hast schon gepennt."

„Ach komm Peter, das ist doch ein schlechter Scherz!"

„Nein, bestimmt, du gehst in Urlaub, ganz sicher!"

„Mann, das ist ja super, da kann ich ja machen, was ich will! Und was ist mit dir? Gehst du auch von Bord?"

„Nee, ich hab' noch 'ne Reise vor mir. Ist aber nicht dramatisch. Soll eine schnelle Fahrt werden, Bremen, Emden, Lissabon und zurück. Wir transportieren Material für die Bundeswehr. Da ist wohl in Portugal ein großes Manöver. Also, in drei Wochen bin ich auch zurück, dann sollten wir uns mal auf ein Bier treffen. Was hältst du davon?"

„Finde ich klasse, das sollten wir unbedingt machen! Ruf einfach durch, wenn du wieder in Bremen bist, ok?"

„Gute Idee. Ach, was ich noch sagen wollte, weißt du, warum Bährenkiel dich in den letzten Wochen nicht mehr angezählt hat?" Jan war überrascht, reagierte aber gelassen: „Nö, keine Ahnung!"

„Er hat mir gesagt, dass du aus der Nummer raus bist. Er hätte dich bis aufs Äußerste gereizt, aber du hast irgendwann dem Ganzen ein Ende bereitet. Wie du das gemacht hast, hat ihm imponiert. Er meinte noch, der Meier, das ist doch kein schwuler Bremer, der Bursche wird mal ein guter Seemann!"

„Aber warum macht der Typ einem das Leben so zur Hölle? Ist das ein Wettbewerb? Eine Kommandobrücke als Boot-Camp? Das ist doch echt krank!"

„Entspann dich Mann, du hast es geschafft, du bist nicht zusammengeklappt, hast dich behauptet. Bährenkiel ist nun mal so. Bei ihm taugt ein Seemann erst etwas, wenn er seine Tortur überstanden hat. Ist halt seine Macke."

„Das glaube ich nicht! Du meinst, der wollte mich die ganze Zeit über nur testen, ob ich dem Druck gewachsen bin?"

„Na klar, der nächste Moses muss sich mit Sicherheit den gleichen Kram anhören!"

„Aber da hättest du mir schon einen Tipp geben, mir etwas sagen können."

„Hätte ich tun können, hab ich aber nicht. Weil es gut war für dich; unser Job ist hart, da muss man auch mal was einstecken können. Bei einem kleinen Wind von vorne fällt man doch nicht gleich um, sondern stellt die Segel anders. Das hast du gemacht. Und jetzt macht dir so schnell keiner mehr was vor. Ich bin richtig zufrieden mit dir. Auch wenn es absurd klingt, du solltest Bährenkiel dankbar sein. Selbst wenn er einen an der Klatsche hat. Du hast gelernt, dich durchzubeißen."

Als Jan von Bord ging, stand ein zierlicher junger Mann an der Gangway. Sein Gesichtsausdruck wirkte verunsichert. Bährenkiel brüllte von der Brückennock nach unten „Meier, ist der Friseur da neben Ihnen der neue Moses?"

Wieder zurück

Endlich wieder in Grolland, in seinem Stadtteil, wo er alles und jeden kennt. Wie es wohl sein wird, die Kumpels wieder zu treffen? Was wohl inzwischen so alles passiert ist? Vater holte ihn ab. Sie fuhren über die Hochstraße, vorbei an der Brauerei, über die Ochtum, rechts der „Grollander Krug“, Vaters Stammkneipe, zwei Mal links, und sie waren da. Kein großer Bahnhof, keine Nachbarn, die auf ihn warteten, keine Freunde. Wie auch, dachte Jan, ich weiß ja selber erst seit ein paar Stunden von meiner Ablösung. Mutter, ganz gerührt, war überglücklich. Jan erzählte den ganzen Nachmittag von seinen Erlebnissen.

„Leute, seid mir nicht böse, aber ich würde jetzt gern zu meinen Freunden gehen. Ich habe zwei Monate frei, da gibt es in den nächsten Tagen noch genug Zeit zum Erzählen“, eiste Jan sich los.

Die ersten Tage in Bremen flogen nur so vorbei. Jan traf sich mit allen wieder und musste alles berichten. Vater und Mutter waren viel lockerer als früher. Die Diskussion, wann er zu Hause zu sein habe, erstickte Vater gleich am zweiten Tag im Keime. Auf die Frage von Mutter, wie spät es denn bei Jan wohl werden dürfe, meinte Vater lediglich, dass es nicht angehe, wenn Jan, der acht Monate in der Welt herumgetörnt habe, jetzt an Land eine Rückkehrzeit mit auf dem Weg bekäme. Jan hielt sich aus dem Disput heraus, war er doch froh, dass die Eltern sich in seinem Sinne verständigten. Sehr gut, dachte er, tagsüber am Grollander See rumhängen und am Abend in die „Eule“ oder ins „Stubu“, den besten Diskotheken der Stadt. Mehr ging nicht.

*

Die Linie 6 fuhr bis zum Brill. Er stieg um in die 2 bis zum Sielwall. Die Bahn hielt vor dem „Cinema“ und der Punkerkurve. An der Ecke Ostertorsteinweg und Sielwall stand ein rundes Geländer – schon seit längerer Zeit Treffpunkt der Punker. Ohne Anmache kam man an der Ecke gewöhnlich nicht vorbei. Die Jungs waren eigentlich harmlos. Meistens reichte ein strenger Blick, und sie ließen einen in Ruhe. Es gab aber immer wieder Unbedarfte, die dem Betteln um eine Mark nachgaben, ihr Portemonnaie zückten und Geld geben wollten. In solchen Fällen hatte der Spender fast keine Chance. Schnell war er umringt und, ehe er sich versah, seine Geldbörse los. So waren die Regeln; wer sie nicht kannte, zahlte drauf. Jan passte nicht in ihr Beuteschema. Zu groß und zu kräftig. Die Chance, dass sich einer wie Jan schwerlich einschüchtern ließ, taxierten die Punker richtig ein. Die beiden Türsteher vor der „Lila Eule“ nahmen nicht weiter Notiz von ihm, ein sicheres Indiz dafür, dass noch nicht viel los war. Er öffnete die schwere metallene Eingangstür und ging die Treppe hinunter. An der „Eule“ hatte sich nichts verändert. Frankie stand am Tresen, und immer noch legte Markus die Mucke auf. Gerade als Frankie ihm ein Becks in die Hand drückte, dröhnte es aus den Lautsprechern: „Hold the Line, love isn't always on time, oh, oh, oh.“

„Frankie, was ist denn das für eine abgefahrene Nummer, erzähl mal Alter, von wem kommt das Hammerstück, Mann? Das ist ja das geilste seit ‚Smoke on the Water‘!“

„Das ist ‚Hold the Line‘ von Toto, einer gerade angesagten Band aus L.A.! Läuft hier jeden Abend ein paar Mal. Du musst dir unbedingt die LP holen, lohnt sich auf jeden Fall!“

Er ging durch den Durchbruch zur Tanzfläche und setzte sich gleich auf eine der Stufen. Von hier aus konnte er alles gut überblicken. Der Tanzboden war schon so voll, dass es gar nicht aufgefallen wäre, wenn er sich dazugesellt hätte. Er traute sich noch nicht so richtig. Viel mehr fiel ihm ein Mädchen mit roter Jeans auf. Jan hatte das Gefühl, als sei „Hold the Line“, für sie geschrieben worden. Jan konnte seine Augen nicht von ihr lassen. Auch wenn er sie im Schein des Schwarzlichtes kaum erkennen konnte, sein Gefühl sagte ihm, dass sie gut aussehen musste. Ihre langen, blond gelockten Haare verdeckten beim Tanzen zwar ihr Gesicht, aber allein schon der Anblick ihrer Figur haute ihm die Füße weg. Kein Zweifel, er musste sie kennenlernen. Es war noch nicht spät, also würde sie nicht schon bald gehen. Wie aber an sie herankommen? Jan überlegte, verwarf aber seine Pläne gleich wieder. Es half nichts, er musste sie ansprechen. Wie sollte sie wissen, dass er etwas von ihr wollte. Sie hatte ihn wahrscheinlich noch nicht einmal bemerkt. Er saß im Dunkeln auf den Stufen und beobachtete sie. Der Diskjockey legte „School“ von „Supertramp“ auf. Yep, das war seine Chance. Das Intro des Liedes spielte die Szenerie eines Schulhofes nach – Zeit genug, sich auf der Tanzfläche in ihre Nähe zu mogeln.

„After school is over, you're playing in the park." Roger Hodgson sang mit seiner unnachahmlichen Stimme eines seiner Favoritenstücke, und Jan kam in Fahrt. Alles um ihn herum drehte sich. Er verausgabte sich völlig. Lange hatte er sich nicht mehr so gut gefühlt – bis der DJ seine Hochstimmung mit Donna Summer zerstörte. Was für ein Vollidiot! Als hätten sich alle verabredet, war die Tanzfläche im Nu leer. Die „Eule" war kein Laden für 70er Diskosound. Hier musste etwas anderes her. Donna fand man hier scheiße. Also zur Bar zurück. Durch das Nadelöhr zum Thekenraum mussten sie alle. Es gab nur diesen Weg. Jan fand Donna Summer nicht zum Aushalten, der Umstand aber, dass sie ihr „MacArthur Park" durch die Boxen schmetterte, sorgte dafür, dass er plötzlich neben seiner neuen Entdeckung stand. Die Menge drückte sie beide in Richtung Theke. Im Gedränge und Geschiebe blieb ihr Haar an einem Knopf seiner alten Lee Jeans-Jacke hängen. Mit schmerzverzerrtem Gesicht drehte sie sich um und versuchte, sich zu befreien. Ihm kam alles vor wie in Zeitlupe. Die Augen, das Gesicht, er wollte sich gar nicht von ihr lösen.

„Aua, Mann, das tut weh, mach mich sofort los", giftete sie ihn an.

„Sorry, ich wollte dir nicht weh tun", stammelte Jan, der sich die ersten Worte mit ihr anders vorgestellt hatte.

„Guck doch mal genau hin, deine Haare haben sich in der Jacke verheddert, da kann ich wirklich nichts für. Komm, ich helf dir."

Schnell und geschickt befreite er sie aus ihrem Dilemma.

„Entschuldige bitte, kann ich das mit einem Becks wieder gut machen?" schlug Jan vor.

„Schon gut, musst dich nicht entschuldigen, ich hab's ja selber verbockt", grinste und zwinkerte sie ihm zu.

Ihr Lächeln wirkte ansteckend. Jans Gedanken fuhren Karussell. Bloß nicht aufgeben. Ein zweiter Versuch. Wie wohl ihr Name sein mag?

„Darf ich dich auf einen Drink einladen? So als Wiedergutmachung, meine ich. Mein Name ist Jan, Jan Meier."

„Ist das eine Anmache oder soll das ein Date werden?" musterte sie ihn forsch.

„Von beidem etwas. Vor allem ein Date", bekannte Jan und sah ihr fest in die Augen. Auf seinen Namen reagierte sie nicht, und – noch schlimmer – auch ihren Namen verriet sie ihm nicht. Stattdessen zwinkerte sie ihm erneut lächelnd zu.

„Ok, wir treffen uns im ‚Storyville'!"

„Aber wo ist das?"

„Find es heraus!"

„Ja – und wann?"

„Hm, musst du auch herausfinden!" Sie drehte sich um und verschwand in Richtung Ausgang. Er sah noch, wie sie die Treppe hinaufging und ihr Blick noch einmal zurückkehrte, dann war sie weg. Wenigstens hat sie sich noch mal umgeschaut. Die Theke war überfüllt. Alles schrie nach Becks, und Frankie kam gegen die Bestellungen nicht an. Ihn jetzt nach dem „Storyville" zu fragen, würde nach hinten losgehen. Jan folgte ihr zum Ausgang und sprach die Türsteher an. Die beiden Typen machten schon durch ihre Körperhaltung klar, dass sie nicht davor zurückscheuten, keinem Streit aus dem Weg zu gehen. Solch finstere Visagen anzuquatschen, war nie ganz ungefährlich; wenn es dumm lief, konnte man sich schon mal 'ne Backpfeife einfangen. Jan riskierte es trotzdem. Das Mädchen war es wert.

„Sagt mal, wisst ihr, wo das ‚Storyville' ist? Ich bin da verabredet und habüberhaupt keinen Schimmer, wie ich da hinkomme!"

„Ey, der Typ kennt das ‚Story' nicht!" argwöhnte der breitere von den beiden.

„Was willst du da, Alter?" wollte der andere wissen. Es nutzte nichts, Jan kam um eine Antwort nicht herum.

„Ich treff mich dort mit einem Kumpel", log er.

„Was? In dem Schweineschuppen? Da geh'n doch nur Kiffer und Alternative hin! Wie bist du denn drauf, Mann?"

„Sagst du's mir jetzt oder nicht?" gab Jan zurück.

„Ho, ho, ho, was ist das denn? Willst du hier 'n Dicken machen, Alter? Wenn du unbedingt willst, pusten wir dich ganz fix von der Straße! Dann gibt's ein Paar auf die Mappe, verstehste?"

Wie Jan solche Gespräche hasste. Die Typen drehten einem das Wort im Munde um. Zum Glück zeigte der Breite ein Einsehen.

„Komm mal wieder runter, er hat doch nur was gefragt; wir könnten ihm ja ausnahmsweise mal antworten."

„Das können wir schon, aber hast du gehört, wie aggressiv der gefragt hat? Ich finde, der Typ provoziert uns ganz schön!"

Jetzt wurde es selbst dem Breiten zu doof, er schubste die Nervensäge beiseite und klärte Jan auf: „Du gehst am Sielwall rechts, dann kommt da gleich 'ne Straße, die heißt Körnerwall. Aber nicht gleich rechts abbiegen, sondern erst die nächste. Ist nämlich 'ne Ringstraße. Weißt du was 'ne Ringstraße ist?"

„Ja, weiß ich!"

„Na also, geht doch. Die zweite gehst du rechts rein, und dann siehst du den Scheißschuppen gleich auf der linken Seite. So ein bisschen nach hinten versetzt. Kapiert?"

„Ja, hab ich. Vielen Dank dafür!" Jan lief los. Er hörte noch, wie die Nervensäge zu dem Breiten sagte, dass er für den Tipp hätte zwei Zigaretten und Bier verlangen können. Den Rest verstand er nicht mehr. Er wollte auf schnellstem Wege ins „Storyville". Es lag tatsächlich etwas abgelegen; lediglich eine bescheidene kleine Laterne wies auf das Lokal hin. Schon auf dem Weg zur Eingangstür fielen ihm die zahlreichen Fahrräder auf. Der Laden war brechend voll. Der Zigarettenqualm brannte in den Augen. Im schummerigen Kerzenlicht konnte er kaum etwas erkennen. Es kam ihm vor, als wäre er in einer Sperrmülldeponie gelandet. Viele Gäste sahen aus, als hätten sie einen Joint zu viel genommen. In solch einer Atmosphäre, wusste Jan aus seiner Zeit vor der Seefahrt, war er nicht wirklich zu Hause. Das waren weder seine Leute noch sein Ding. Wo aber konnte sie sein? Das „Storyville" nichts weiter als eine Finte, um ihn loszuwerden? Warum hat sie sich dann aber noch einmal umgedreht und gelächelt? Er kniff die Augen zusammen und suchte nach ihr. Nach zwanzig Minuten gab er auf. Er fühlte sich wie ein kleiner Schuljunge, dem man ein x für ein u verkauft hatte. Entnervt machte er sich auf den Weg nach Hause. Mit einem solchen Reinfall hatte er nicht gerechnet. Das Einschlafen fiel ihm schwer. Das Mädchen mit der roten Jeans wollte ihm nicht aus dem Kopf gehen. Hatte sie ihn aus dem Konzept gebracht? Gab es überhaupt noch eine Chance, sie wiederzusehen?

Am nächsten Morgen fuhr Jan mit der Straßenbahn wieder ins Viertel. Vor dem Steintor wollte er sich im „EAR" die neue Toto-LP kaufen. Ein Plattenspieler zum Probehören war noch frei. Hinter dem Tresen machte sich Ernie, das Brain in der Musikszene, zu schaffen. Es gab kaum ein Stück, das er nicht kannte oder zumindest einer Band zuordnen konnte. Natürlich sagte ihm Toto etwas, und er wusste sogar zu berichten, dass in Kürze ein weiteres Album zu erwarten sei. Jan genoss die Atmosphäre im „EAR" und hörte die Platte in einem durch. Der sauber eingespielte Westcoast-Mainstream-Rock gab den Ausschlag.

„Ernie, pack' das Teil ein, das ist es." Jan war ganz aus dem Häuschen.

„Alter, ich kann dir noch die erste von Lake empfehlen, die kannst du bedenkenlos mitnehmen. Auch sie wird dir gefallen. Ich schwör's dir!" Ernie hatte immer eine gute Nase, Jan kaufte gleich beide Alben.

Eigentlich wollte er sich noch mit seinem Bruder im „Taubenschlag", einer Eckkneipe auf dem Peterswerder, treffen. Auf dem Weg dahin wunderte er sich über die vielen Polizeifahrzeuge, die mit Blaulicht und Sirene in Richtung Weser-Stadion fuhren. Er spürte: Ärger lag in der Luft. Je näher er der Kreuzung Lüneburger-Hamburger Straße kam, desto mehr vermummte Leute sah er auf das Stadion zuströmen. Sollte heute nicht eine öffentliche Vereidigung von Bundeswehrrekruten im Weser-Stadion stattfinden? Neugierig bog er in die Lübecker Straße ein und ging bis zum Osterdeich, um sich einen Überblick zu verschaffen. Er traute er seinen Augen nicht. Zahllose Polizisten gingen gegen ebenso viele gewaltbereite Demonstranten vor, die aber wohl nur einen Bruchteil aller Protestierenden ausmachten. Autos brannten, Steine flogen, Wasserwerfer spritzten aus allen Rohren auf alles, was sich bewegte. Die Szenerie erinnerte an einen schlechten Film. Ein Straßenkampf, wie ihn Bremen noch nicht erlebt hatte. Krankenwagen, die Verletzte bergen sollten, wurden für den Nachschub benutzt und transportierten Dachlatten, Steine und was sich sonst noch werfen ließ. Bürgerkriegsähnliche Zustände, vielleicht von langer Hand geplant. Jan war erschrocken und betroffen zugleich. Der Lärm, der beißende Qualm, der ganze Osterdeich glich einem Schlachtfeld. Verletzte schleppten sich blutüberströmt zu den Sanitätern. Von allen Seiten dröhnten Martinshörner, wurden Kommandos gebrüllt, schrien Menschen aus Angst und verloren die Orientierung. Krankenwagen, die wirklich noch ihrem Zweck dienten, konnten nicht schnell genug nachrücken, weil die Polizei sie auf Waffen kontrollierte. Alles war aus den Fugen geraten. Jan sah Polizisten, die Steine auf Demonstranten warfen. Viele von denen, die in friedlicher Absicht dabei waren, reagierten aggressiv, weil sie in dem Chaos etwas abbekommen hatten und sich nun in die Rolle gedrängt sahen, sich wehren zu müssen. Das Ende der Eskalation war, so Jans Einschätzung, noch lange nicht in Sicht.

Im Stadion vereidigte man derweil im Beisein des Bundespräsidenten und des Verteidigungsministers Rekruten. Über 10000

Menschen protestierten gegen das Militärspektakel, den neuerlichen Wehrgeist und die damit zusammenhängende Traditionspflege der Bundeswehr. Kirchen, Sozialverbände und politische Gruppen hatten dazu aufgerufen, weil sie der Nato-Doppelbeschluss dazu veranlasste, etwas gegen Krieg und Aufrüstung zu unternehmen. Nun aber gelang es ein paar Hundert Chaoten, selbst einen Kriegszustand herzustellen und damit den eigentlichen Grund der Demonstration ad absurdum zu führen. Wie kann man gegen den Krieg mit kriegerischen Mitteln demonstrieren? Jan war schon häufiger auf Demonstrationen gewesen. Gegen die Atomkraftwerke war er sogar mit der Bahn nach Bonn gereist, weil er es für wichtig und nötig hielt. Aber das hier hatte nichts mehr mit friedlichem Bürgerprotest zu tun. Wo er auch hinsah, es ging alles drunter und drüber. Die Situation spitzte sich von Minute zu Minute zu und nahm bizarre Züge an. Auf der einen Seite standen Autos in Flammen, und auf der anderen Seite, wenn man zum Wasserturm in den Westen blickte, ging die Sonne fast malerisch unter.

Jan entschied sich für den Sonnenuntergang und machte sich in Richtung Sielwall auf. Er verspürte keine Lust, am Ende noch selbst etwas abzubekommen. Ob das Mädchen vielleicht wieder im „Storyville" wäre? Die Kneipe, zwar schon geöffnet, wirkte ganz anders auf ihn als am Vortag. Es war noch hell, und im Garten hockten ein paar Leute auf alten Bierbänken. Die Bedienung brachte ein paar Humpen Haake-Beck an den Tisch. Ein paar Augenblicke später lächelte ihn das Mädchen an.

„Na, Jan Meier, heute ohne Blindenstock unterwegs?"

„Blindenstock? Wie meinst du das?" stellte Jan sich dumm.

„Du bist gestern hier rein gekommen und gleich zweimal an mir vorbei gelaufen", sagte sie schnippisch und räumte dabei die leeren Gläser der vorherigen Runde ab.

„Ja, aber warum hast du denn nichts gesagt? Ich hätte dich gern noch getroffen."

Sie gingen hinein, und Jan setzte sich zu ihr an den Tresen.

„Möchtest du etwas trinken?" überraschte sie ihn.

„Ich wollte dich doch einladen."

„Papperlapapp, du bist jetzt hier und hast mich tatsächlich gefunden. Du hast dir einen Kaffee verdient. Also, wie wär's damit?"

„Ist ok! Aber vorher möchte ich von dir wissen, wie du heißt. Ich werd' meschugge, wenn ich nicht weiß, mit wem ich rede."

„Ich heiße Benny. Und bevor du mir die Frage stellst, die jeder stellt, nein, es ist kein Jungenname sondern eine Abwandlung von Benedikte. Das klingt aber nach Zicke, und deswegen benutze ich lieber die Kurzform“, erklärte sie Jan.

„Für mich ist beides ok, Hauptsache, ich weiß, wer du bist.“ Jan erzählte von seinen Erlebnissen am Osterdeich und von den gerade gekauften Platten.

„Was, du hast die LP von Toto gekauft? Ist ja stark. Lass sie uns gleich hören! So richtig volle Pulle? Hast du Bock?“

„Na klar, aber geht das einfach so? Beschwert sich denn keiner von den Leuten?“ wandte Jan ein.

„Ach, Quatsch, die sollen froh sein, wenn sie endlich mal fetzige Mucke hören; das ewige Gedudel von Joan Baez geht mir sowieso auf den Keks!“ Jan entfernte die Folie und gab ihr die Platte. Sie war geschickt beim Auflegen der LP und innerhalb von Sekunden dröhnte der Sound von Toto durch den Laden. Sie stellte den Becher mit Kaffee auf den Tresen und setzte sich zu ihm.

„Danke für den Kaffee“, sagte Jan und nahm noch etwas Milch.

„Nun erzähl mir mal, warum du dich gestern mit mir treffen wolltest?“ kam Benny auf den Punkt.

„Ja, äh…“, stammelte Jan. Doch bevor er den Satz beenden konnte, fuhr Benny dazwischen. „Sag es einfach! Wir kennen uns nicht – und du willst dich sofort mit mir treffen!? Doch nicht etwa, weil sich meine Haare in deiner Jacke verfangen haben?“

„Nein, das war reiner Zufall.“ Er schaute sie eindringlich an und überlegte, wie sich ihrer direkten Art begegnen ließe.

„Wie Zufall?“ bohrte sie nach.

„Na Zufall, was die Jacke angeht, das war doch nicht geplant. Ich hatte dich schon vorher beobachtet. Es hat mich fasziniert, wie du zu meiner neuen Lieblingsmusik getanzt hast“, suchte Jan verlegen zu erläutern.

„Das hab ich schon gemerkt. Aber du bist auf der Tanzfläche neben mir gewesen. Du hättest mich doch auch fragen können?“

„Mir fiel es schon schwer genug, mich auf das Tanzen zu konzentrieren, ich wollte dich nicht aus den Augen verlieren. Und stell dir mal vor, ich quatsch dich an und frage, ob du mit mir etwas trinken möchtest. Da hätte ich es ja gleich vermasselt“, wich Jan ihr aus und rührte erneut mit dem Löffel in seiner Tasse herum.

„Und jetzt? Wie geht es deiner Meinung nach weiter? Was denkst du? Muss ich mich jetzt in dich verlieben und dir ewige Treue schwören?“ fragte Benny provokant, während die Leute draußen eine weitere Runde orderten. Sie zapfte die Gläser voll und zwinkerte ihm zu. „Sag schon, wie geht es weiter, Jan Meier? Bist du jetzt ratlos? Fällt dir nichts ein?“ Benny ließ ihn verblüfft sitzen, nahm das Tablett mit den schweren Humpen und ging an den Tisch im Freien. Sie sprach so entlarvend und schnell, dass er kaum zum Überlegen kam, was er ihr antworten sollte, ohne sich zum Deppen zu machen. Natürlich konnte er ihr sagen, er habe sich Hals über Kopf in sie verliebt. Aber nach nicht einmal 24 Stunden würde jede halbwegs gescheite Frau ihn dafür vor die Tür schicken. Er wollte auch nicht in der Ecke einer schnellen Anmache landen. Ihn interessierte Benny sehr, aber es fiel ihm nicht ein, wie er es ihr so sagen konnte, dass sie ihn ernst nahm. Wieder am Tresen, reinigte sie ein paar Aschenbecher und schaute ihn an. „Was ist, Jan Meier, bist du immer noch sprachlos? Sag’s mir, wie ist dein Plan? Wie willst du es anstellen?“ Es reichte Jan. Er hatte keine Lust auf ein Verhör, sondern wollte Benny kennenlernen. Am Anfang noch nett geplaudert und Musik gehört, entwickelte sich das Gespräch immer mehr in eine falsche Richtung. Es fiel ihm schwer, aber ihm war klar, jetzt musste er die Reißleine ziehen. „Du Benny, danke für den Kaffee, aber ich gehe jetzt. Was immer du vielleicht mit irgendwelchen Jungs erlebt hast, ich kann nichts dafür. Ich hätte dich wirklich gern kennengelernt, weil du einfach das niedlichste Mädchen bist, das ich jemals gesehen habe. Und bevor du antwortest, ja, ich kann manchmal schon nach kurzer Zeit sagen, dass ich für einen Menschen etwas empfinde und er mir sympathisch ist. Aber ich hab echt keine Lust auf deine Ansagen! Die Toto-Scheibe kannst du behalten!“ Jan nahm die Tasche mit den restlichen Platten, legte einen Zehner auf den Tresen und verließ – ohne sich noch einmal umzudrehen – das „Storyville“.

Nach Argentinien

Das Telefon klingelte. Jan hatte keine Lust, mit jemandem zu reden, aber es läutete nun schon zum wiederholten Male. Er ging in das Esszimmer zum Apparat und nahm den Hörer ab.

„Das wird aber auch Zeit, Herr Meier, ich versuche schon seit Stunden, Sie zu erreichen. Wo waren Sie denn nur?“ schnarrte sein Einsatzleiter.

„Herr Schütte, ich habe Urlaub, und da bin ich mal hier und mal da. Ich sitze doch nicht den ganzen Tag zu Hause herum und achte auf das Telefon!“ antwortete Jan genervt.

„Herr Meier, sind Sie noch da? Herr Meier?“ reklamierte Schütte am anderen Ende der Leitung.

„Natürlich bin ich noch dran. Was ist so wichtig, dass Sie mich anrufen?“

Jan, erst seit ein paar Tagen von der letzten Fahrt zurück, fragte sich, warum Schütte ihn anrief. Ihm war sofort klar, dass er seinen Urlaub vorzeitig abbrechen musste und Schütte ihn an Bord schicken wollte.

„Tja, Herr Meier, das ist so, wir bräuchten Sie in Argentinien auf der ‚Reiman Explorer‘.“

„Was soll ich bitte schön in Argentinien? Herr Schütte, ich habe in sechs Monaten meine Prüfung und noch viel Urlaub. Wenn ich alles zusammenzähle, müssten es über drei Monate sein“, gab sich Jan verwundert.

„Ich weiß, aber Bootsmann Sievers hat darum gebeten, dass Sie mit nach Argentinien gehen“, druckste Schütte herum.

Jan horchte auf. Wenn Peter Sievers dahinter stand, wurde es interessant. Sie waren seit der Zeit auf der „Najade“ noch einmal zusammen gefahren, trafen sich auch privat oft und verstanden sich prächtig.

„Herr Schütte, Peter Sievers ist doch ebenfalls im Urlaub, ich glaube sogar, dass er mit seiner Frau wegfahren wollte.“

„Stimmt, aber wir mussten kurzfristig umdisponieren und haben ihn zurückbeordert. Er war ganz froh, die Berge sind wohl nichts für ihn. Er fliegt morgen mit Ihnen zusammen nach Buenos Aires.“

„Wie bitte, morgen schon? Ich bin doch gerade erst seit einer Woche wieder in Bremen!“

„Tut mir Leid, Herr Meier, es geht nicht anders. Oder möchten Sie etwa ablehnen?“ Jan wusste, dass es sich lediglich um eine rhetorische Frage handelte.
„Wo soll ich mich melden?“

Schütte erklärte ihm die weiteren Schritte bis zum Abflug, vor allem, dass er am Vormittag noch in der Reederei zu erscheinen habe, um wichtige Unterlagen mitzunehmen.

Die Eltern waren gar nicht begeistert. Mutter glaubte zunächst an einen Scherz, als Jan ihr eröffnete, dass er schon wieder wegmusste. – „Holt ihr den Dampfer nach Europa oder bleibt ihr in Südamerika?“ Jan konnte Vater nicht antworten, da er es selber nicht wusste.

Am nächsten Morgen fuhr Jan mit der Straßenbahn zur Reederei. Das Kontor für die Seeleute befand sich im ersten Stock eines großen Gebäudes in der Langenstraße. Die schwere Eichentür am Eingang verzierte ein goldenes Emblem der Reederei. Auf den Fluren standen in großen Glaskästen Modelle älterer Reiman-Schiffe. Es roch nach Bohnerwachs und Reinigungsmittel. Die Tür zu Schüttes Büro war mit einem Knauf versehen. Sie öffnete sich erst, nachdem Jan geklingelt hatte. Es wird schon seinen Grund haben, dachte Jan, dass hier nicht jeder einfach so hereinspazieren kann. Der Einsatzleiter saß an einem großen Schreibtisch, der hinter einem Tresen so aufgestellt war, dass er jeden Eintretenden sofort erkannte. Schütte war ein Mann mit nur noch wenig Haaren und schlecht sitzender Kleidung. Seine dunkelblaue Krawatte glänzte leicht speckig im Neonlicht. Mit einer nicht zu erwartenden Gewandtheit kam er hinter seinem Schreibtisch vor und baute sich hinter dem Tresen auf. Damit wirkte er deutlich größer. Jan vermutete, dass Schütte sich gewöhnlich in diese Position begab, bevor er den Summer drückte. Sein Eindruck täuschte ihn nicht, denn als Schütte die Unterlagen holen wollte und sie sich am Tresen Auge in Auge gegenüber standen, bat er Jan, zunächst auf der Bank neben der Eingangstür Platz zu nehmen. Erst nachdem sich Jan gesetzt hatte, verließ Schütte zunächst den Tresen und dann den Raum. Noch nie hatte er sich im Beisein Dritter von seiner Position entfernt. Jetzt aber blieb ihm keine Wahl; die Papiere waren zu wichtig, um sie einem Hausboten in die Hand zu drücken. Jan bewegte sich vorsichtig in Richtung Tresen und beugte sich über ihn. Schütte hatte sich über dessen gesamte Fläche einen etwa 30 cm hohen Tritt bauen lassen. Jan schmunzelte zufrieden, war sein Eindruck doch richtig gewesen. Ein junges Mädchen saß am anderen Ende des Büros und beobachtete ihn. Als er sie bemerkte, lächelte er sie an und hielt seinen rechten Zeigefinger vor den Mund. Das Mädchen errötete leicht und deutete an, nichts gesehen zu haben. Jan saß gerade wieder auf der Bank, als Schütte zurück kehrte und seine Stellung bezog.

„So Herr Meier, treten Sie bitte wieder vor", winkte Schütte ihn mit seiner rechten Hand herbei. Sie befanden sich erneut auf Augenhöhe, und Jan vermochte sich ein leicht abwertendes Lächeln nicht zu verkneifen.

„Darf ich mich mit Ihnen freuen?" Schon bei der Frage verfinsterte sich Schüttes Blick. Wie andere kleine Männer versuchte auch er seine Verunsicherung und sein Minderwertigkeitsgefühl durch einen strengen Gesichtsausdruck zu kaschieren. Jan spürte, dass Schütte sich entdeckt fühlte.

„Nee, Herr Schütte, ich glaube nicht", log Jan.

„Nun denn, Spaß bei Seite, Meier! Sehen Sie hier den Bauchgurt. Er ist gefüllt mit wichtigen Schiffspapieren und verplombt. Wenn Sie in Buenos Aires gelandet sind, nehmen Sie sich mit Bootsmann Sievers ein Taxi, fahren direkt zum Schiff und melden sich sofort bei Kapitän Schniers. Sie gehen weder auf dem Flughafen oder sonst wo vorher in eine Kneipe oder dergleichen. Auch wenn Bootsmann Sievers Sie noch zu einem Bier einladen möchte; die Antwort ist immer nein. Haben wir uns verstanden?"

„Natürlich, Herr Schütte", bestätigte Jan.

„Ich würde aber schon gerne wissen, warum ich die Papiere mitnehmen soll und nicht Bootsmann Sievers?" ließ Jan nicht locker.

Schütte verdrehte genervt die Augen und reagierte deutlich bissiger: „Weil wir es so wollen!" Er schob Jan die Flugtickets zu und wünschte gute Reise. Auf die Frage, wie lange der Einsatz wohl ungefähr dauere, meinte er ebenso desinteressiert wie abweisend: „So lange, wie es eben dauert, verstanden?" ‚Aha', dachte Jan, ‚jetzt bin ich wieder der Azubi und nichts weiter als der Arsch vom Dienst.'

Das Einchecken auf dem Bremer Flughafen verlief reibungslos. Peter hatte dafür gesorgt, dass sie nebeneinander saßen. Er erklärte ihm während des Fluges eine Menge über die „Reiman-Explorer". Vor allem aber schwärmte er ihm von Mar del Plata vor, einem Badeort im Süden Argentiniens. Als gegen 14 Uhr

Ortszeit die Boeing 747 „Frankfurt“ der Lufthansa in Jorge Newbery landete, waren sie bereits mehr als 22 Stunden unterwegs.

Sie wunderten sich, wie schnell und unkompliziert alles ging. Kaum im Flughafengebäude, brachte das Gepäckband die Koffer aus Europa zu den Reisenden. Ihre Seesäcke waren nicht zu übersehen. Sie gingen mit ihnen zur Zollkontrolle, die sie ohne weitere Schwierigkeiten passierten. Jan stellte sich vor, wie es in Frankfurt wohl zuginge, wenn ein Jumbo-Jet mit Südamerikanern landete. Alle Passagiere würde man wohl genauestens kontrollieren. Die Aufregung und die vielen neuen Eindrücke hatten ihn den Bauchgurt vergessen lassen. Er erinnerte sich erst wieder daran, als sie ein großer, kräftiger und braungebrannter Mann ansprach.

„Wer von Ihnen ist Meier?“ herrschte der Hüne sie an.

„Die Frage stellt sich für uns nicht“, fuhr Peter dazwischen und musterte den Fremden argwöhnisch. „Sie sagen erst mal, wer Sie sind, dann entscheiden wir, ob jemand von uns Meier ist.“

„Gut, dann ist das ja gleich geklärt. Sie müssen Sievers sein“, deutete der Hüne mit einem Blick auf Peter an. „Man hat mir schon angekündigt, dass Sie der mit der großen Klappe sind. Ich bin Kapitän Schniers. Reden wir nicht lange drum herum, ich möchte, dass Sie mir folgen und zwar sofort. Bitte erregen Sie kein Aufsehen, mir ist es sehr wichtig, dass wir auf direktem Wege zu meinem Wagen gehen. Möglichst unauffällig, wenn ich bitten darf. Ich erkläre Ihnen gleich im Auto, worum es geht.“ Selbst Peter war baff. Wortlos folgte er dem Kapitän. In der dritten Parkreihe wartete ein alter, aber gut erhaltender grauer Mercedes 190 auf sie.

„Na, die Karre hat aber auch schon ein paar Mal Geburtstag gehabt“, suchte Sievers die Situation aufzulockern.

„Sievers, sparen Sie sich Ihre blöden Sprüche. Packen Sie die Seesäcke in den Kofferraum. Wir dürfen keine Zeit verlieren!“

Peter machte nicht mehr mit. „Hören Sie, mein Herr, ob Sie Kapitän sind oder der Papst, ich steige nirgendwo ein – und damit das gleich klar ist, mein Kollege auch nicht. Sie holen uns ab und führen sich auf wie James Bond; glauben Sie wirklich, dass Sie uns mit ihrer Agentennummer beeindrucken?“ echauffierte sich Peter. „ Woher sollen wir wissen, wer Sie tatsächlich sind? Man hat schon die wildesten Geschichten aus diesem Land gehört; es ist es nicht selten, dass jemand verschwindet und nicht wieder auftaucht. Ich will hoffen, dass ich deutlich genug war!

Wir nehmen uns jetzt ein Taxi und fahren zum Schiff. Sollten Sie tatsächlich unser Kapitän sein, sehen wir uns dort spätestens wieder! Sie dürfen uns gern an der Gangway die Hand schütteln. Komm Jan!“ Peter bewegte sich gerade zurück zum Eingang, als Schniers ungemütlich wurde.

„Jetzt habe ich aber die Faxen dicke, meine Herren, was glauben Sie denn, warum ich Sie persönlich abhole? Glauben Sie, ich habe nichts Besseres zu tun? Herr Meier hat einen Bauchgurt von Herrn Schütte erhalten. Er soll ihn mir übergeben. Ihnen hat er aufgetragen, weder in eine Bar gehen, noch sonst irgendeinen Umweg zu machen und direkt zum Schiff fahren. Stimmt das, Herr Meier?“

„Ja, aber ich glaube, Sie sind eher der Grund für unseren Konflikt.“ Jan kniff die Augen zusammen.

„Meine Herren, woher sollte ich solche Details kennen, wenn ich nicht die Reederei verträte. Schauen Sie vorne rechts in das Handschuhfach, da liegt mein Ausweis.“ Peter öffnete die Klappe und sah hinein.

„Das ist zwar nur ein Landgangsausweis, aber die Angaben und das Bild stimmen überein. Unter Profession steht: Capitano. Scheint zu passen!“

„Na also, können wir das Theater nun beenden und einsteigen?“

Sie packten die Seesäcke in den Kofferraum und setzten sich in den Fond des alten 190er. Trotz des tadellosen Zustands roch das Auto etwas muffig und nach kaltem Rauch. Jan kannte den Geruch von Zuhause, sein Vater war passionierter Zigarrenraucher.

Sie fuhren in Richtung Süden auf der Avenida Leopoldo Lugones. Kapitän Schniers blickte wiederholt in den Rückspiegel. „So, meine Herren, keiner folgt uns, ich hoffe, alles ist gut gegangen.“ Peter und Jan schauten sich fragend an. Die Sache kam ihnen schon wieder komisch vor. „Erklären Sie uns bitte, warum Sie mit uns einen Agentenfilm nachspielen!? Ich wüsste gerne, welche Rolle uns dabei zugedacht sein soll?“

Schniers lachte vergnügt in den Spiegel. „Ich gebe gern zu, dass alles etwas merkwürdig erscheint, aber glauben Sie mir, es ist besser so. In diesem Land ist zurzeit alles möglich. Sie haben es vorhin schon richtig erkannt, Herr Sievers, hier verschwinden nicht selten Menschen, von denen keiner mehr etwas erfährt. Normalerweise sind es nur Leute aus dem politischen Umfeld;

aber bei Ihrer Fracht ist alles möglich. Wir haben im Monat bis zu dreißig Prozent Inflation! Was glauben Sie, wenn es eine undichte Stelle in der Reederei gäbe und Ihnen ein paar unangenehme Zeitgenossen auflauerten!? Ich habe Sie persönlich abgeholt, weil ich der Landessprache mächtig bin und ich keine Überraschungen liebe."

„Versteh ich nicht", meinte Jan.

„Herr Meier, ich will Ihnen kurz auf die Sprünge helfen. In Ihrem Bauchgurt befinden sich 50000 Dollar. Was glauben Sie, wie schnell Sie irgendwo auf der Müllhalde liegen, wenn diese Information vor Ihnen ankommt."

„Ich soll 50000 Dollar in dem Bauchgurt haben? Nein, es handelt sich um Schiffspapiere! Von Geld weiß ich nichts!"

„Schütte wollte Sie nicht nervös machen. Leute, die wissen, dass sie mit so viel Geld unterwegs sind, machen Fehler. Das wollte Schütte vermeiden."

„Ich glaub das nicht. Sie schicken einen Azubi mit knapp zwanzig Jahren und 50000 Dollar in dieses Land? Das ist Devisenschmuggel! Wenn Jan am Flughafen erwischt worden wäre, hätte man ihn auf ewig weggesperrt! Das ist unverantwortlich! Schütte hätte wenigstens mir den Gurt geben können", wurde Peter energischer.

„Nun mal langsam, Bootsmann, hier gibt es keine komischen Geschäfte, wir bezahlen mit dem Geld unseren Proviant und die Vorschüsse der Seeleute. Ohne die Dollars könnten sie nicht an Land gehen. Aufgrund der Inflation lässt sich in Argentinien nur in US-Dollars bezahlen. Sie werden es in den nächsten Monaten noch merken, wie abhängig wir von der US-Währung sind," suchte Schniers die Situation zu beruhigen.

„Aber damit hat das doch alles nichts zu tun. Mir geht es um die Abgebrühtheit von Schütte, wie kann er ein solches Risiko eingehen? Wie wollte er das je den Angehörigen erklären, wenn es schief gegangen wäre? Sagt er: Wir haben uns verschätzt? Oder noch besser: Das konnten wir nun wirklich nicht ahnen? Was sind denn das für Methoden? Sie nehmen in Kauf, einen Seemann ins offene Messer laufen zu lassen? Wenn man ihn beim Zoll gefragt oder in die Mangel genommen hätte, was wäre dann gewesen? Er hätte unwissentlich gelogen! Sie wissen genau, was passiert, wenn man die Behörden für dumm verkaufen will! Sie müssen es wissen Kapitän Schniers, Sie schon!" Peter konnte sich kaum beruhigen.

Sie fuhren durch Boca weiter in Richtung Süden. Kurz vor Doc Sud verließen sie die Avenida Buenos Aires La Plata und bogen links zum Hafen ab. Obwohl in Argentinien die Winterzeit angebrochen war, empfand Jan die Temperaturen sommerlich. Je näher sie der Hafenrandstraße kamen, desto mehr schob sich ein stechender Ölgeruch durch das offene Schiebedach.

„Beruhigen Sie sich doch bitte, und glauben Sie mir einfach, dass nichts passiert wäre. Die unauffälligste Variante ist die von Schütte gewählte. Selbst wenn man Herrn Meier entdeckt hätte, ich wäre ja vor Ort gewesen und hätte reagieren können. Glauben Sie mir eines, Deutschen passiert in diesem Lande so schnell nichts!"

„Na das ist ja ein toller Trost! Das beruhigt mich jetzt tatsächlich", winkte Peter ironisch ab.

Beim Einbiegen auf die Avenida Juan Diaz sahen sie auf der anderen Seite des Hafenbeckens die „Explorer" liegen. Kapitän Schniers deutete mit der linken Hand auf den Liegeplatz. „Da, unser Schiff!"

Anders als die „Najade" war die „Explorer" – wie bei Gastankern üblich – in leuchtendem Orange angemalt. Von weitem ließ sich nur ein Wust von Rohrleitungen ausmachen, die sich über das ganze Deck des Schiffes zogen. Mittendrin erhoben sich zwei große, deutlich stärkere Masten, die mit einem Deckshaus verbunden schienen. Auch einen kleinen Kran konnte Jan erkennen. Er hatte ein solches Spezialschiff noch nie gesehen.

„Tja, Herr Meier, Ihnen dürfte sich eine ganz neue Welt auftun. Ein Gastanker ist eben kein Stückgutschiff. Da werden Sie sich umstellen müssen. Aber Herr Sievers erklärt Ihnen sicher alles ganz genau; er ist ein Profi in der Gasschifffahrt, Sie werden sich bestimmt schnell zurechtfinden."

Jan ging auf Schniers' väterlichen Rat nicht weiter ein und fragte stattdessen: „Warum stinkt es so fies nach Öl, Herr Kapitän?"

„Oh, ich merke das schon gar nicht mehr, habe mich wohl oder übel an den Gestank gewöhnt! Ein Tanker ist vor Jahren gegen die Pier gefahren. Über 1000 Tonnen Öl sind in das Hafenbecken gelaufen. Da die Behörden nichts tun, um das Öl zu entfernen, müssen wir uns mit dem Dreck leider abfinden. Die Regierung kann den Schaden nur von ausländischen Firmen beheben lassen. Hier gibt es niemanden, der das Öl richtig entsorgen könnte. Ausländische Firmen kosten jedoch Devisen und die hat keiner.

Ganz ehrlich, biologisch ist in diesem Gebiet alles tot. Fallen Sie bloß nicht ins Wasser, Sie könnten sich vergiften", mahnte der Kapitän.

An Bord waren die Kammern schon vorbereitet, und der Koch führte sie zu ihrer Unterbringung. Das Schiff war schon in die Jahre gekommen. Die Mannschaft wohnte unter Deck und musste sich Toiletten und Dusche teilen. Es gab keine Möglichkeit, das Bulleye zu öffnen, zu groß war die Angst vor einströmendem Gas. Damit nicht doch ein besonders schlauer Seemann auf die Idee verfiel, die Regel zu umgehen, waren die Bulleyes zugeschweißt worden.

„Ist gar nicht so schlimm mit den Bulleyes, die Luft draußen willst du sowieso nicht atmen, sie ist entweder zu heiß oder sie stinkt. Es gibt Air-Condition, die sorgt für eine gute Temperatur!" bemerkte der Koch, als er Jans Gesicht beim Betrachten seiner künftigen Bleibe beobachtete. Er zog sich wieder in die Kombüse zurück, und Jan blieb allein.

„Mein Gott, was für ein finsteres Loch!" Jan konnte gar nicht glauben, dass es sich tatsächlich um seine Kammer handelte.

„Du, Jan, der Dampfer hat schon über zwanzig Jahre auf dem Buckel, da sind ein paar Gebrauchsspuren nicht selten. Meine Kammer ist weder größer noch besser. Aber du wohnst wenigstens alleine. Sauber ist es auch. Du wirst sehen, in ein paar Tagen hast du dich eingelebt, und alles geht seinen Gang", munterte Peter ihn ein bisschen auf.

Jan schmiss den Seesack auf die Koje und zog sein Hemd aus. Der Bauchgurt klebte förmlich auf der Haut. Er gab ihn Schniers, der vor der Tür wartete. „Machen Sie sich kurz frisch und kommen Sie dann bitte mit dem Bootsmann zu mir." Schniers deutete mit der Hand an, dass es einen Begrüßungsschluck geben sollte.

Der Kapitän wohnte recht komfortabel. Neben dem Raum mit Sofa und Schreibtisch stand ihm noch ein weiterer mit einem Bett und eigenem Bad zur Verfügung. Jan schätzte, dass allein der Wohnraum die doppelte Größe seiner Kammer hatte. Über dem Sofa hing ein Ölgemälde, das die „Explorer" in schwerer See zeigte. Eine Flasche „Old Smuggler" sowie drei Gläser standen auf dem Tisch.

„Tja, meine Herren, ich möchte Sie endlich gebührend begrüßen. Es tut mir wirklich leid, dass insbesondere für Sie, Herr Meier, ein solcher Eindruck entstanden ist. Lassen Sie mich die Unannehmlichkeiten mit einem Drink wieder gutmachen. Sie werden sich fragen, warum kein Becks auf dem Tisch steht, aber das ist nun wirklich der Lage im Land geschuldet. ‚Old Smuggler' tut es auch, Cola oder Mineralwasser als Verdünnung ist reichlich vorhanden." Er schenkte jedem etwas von dem argentinischen Whisky ein und bat darum, die Mischung selber zu bestimmen. Jan wunderte sich immer mehr. Während seiner Ausbildung zum Matrosen hatte er verschiedene Schiffe und Kapitäne kennengelernt, solch einen Empfang allerdings noch nicht erlebt. Auch Peter fragte sich nach dem Grund für den Umtrunk am späten Nachmittag. Schniers berichtete von der Situation im Lande, von den Demonstrationen auf der Plaza de Mayo, wo tausende Mütter vor dem Präsidentenpalast zusammenkamen, um ihrer Wut und Trauer wegen ihrer verschwundenen Kinder Ausdruck zu geben, sowie über den bevorstehenden Krieg um die Falkland-Inseln. Er sprach davon, dass die Argentinier sehr gastfreundlich und hilfsbereit seien, Peter und Jan sollten sich allerdings vor dem Militär in Acht nehmen. „Seien Sie bitte auf der Hut, wenn Sie an Land gehen, führen Sie stets Ihren Landgangausweis bei sich. Der Ausweis besteht aus einer Din-A-4-Seite mit ihren Daten, Fingerabdrücken und Bild. Morgen kommt ein Fotograf, und ab übermorgen können Sie sich mit dem Ticket frei bewegen. Wir laufen erst in drei Tagen aus. Es wird noch einen Crewwechsel geben. Ich rechne jeden Tag mit der Ankunft der neuen Leute."

„Herr Kapitän", entgegnete Jan, „jetzt bitte mal für uns zum Mitschreiben. Sie holen uns vom Flughafen ab – ok, das verstehe ich noch wegen des Geldes. Sie aber laden uns auf einen Drink in ihre Kammer ein. Bisher war es bei einer Ankunft an Bord eher so, dass der Kapitän mich als Letzten registriert hat! Ich kann mir nicht erklären, warum hier alles anders ist."

„Und ich finde es merkwürdig, dass ich bisher nur einen Kollegen gesehen habe!" ergänzte Peter.

„Genau deshalb will ich ja mit Ihnen reden. Da ist noch etwas, das ich persönlich mit Ihnen klären möchte", druckste Schniers herum.

„Und das wäre?"

„Wir sind in den nächsten Monaten die einzigen Deutschen an Bord. Das Schiff wird ausgeflaggt und mit einer neuen Crew besetzt. Das sind die Fakten. Wir hissen ab Freitag die Panama-Flagge!"

„Kapitän Schniers, soll das ein Scherz sein?" Jan war nicht darauf vorbereitet, dass man sie so vorführen wollte. Zunächst die Unannehmlichkeiten mit dem Bauchgurt und nun eine solche Hiobsbotschaft. Viel zu oft hatte er auf anderen Schiffen mit Kollegen darüber diskutiert, welche Nachteile die Ausflaggung für die Seeleute mit sich brachte.

„Es hört sich schlimmer an, als es ist. Das Schiff ist unter der Bedingung verkauft worden, dass es noch mit einer Crew von uns begleitet wird. Für Sie ändert sich nichts, außer Ihrer Heuer."

„Na das fehlt uns ja gerade noch, jetzt gibt's womöglich weniger Geld? Mensch Kapitän, ist Ihnen das gar nicht peinlich?" Peters Laune fing schon wieder an, sich zu verschlechtern.

„Im Gegenteil, Sie erhalten für Ihren Einsatz deutlich mehr Geld. Peter, Sie bekommen die Heuer eines Zweiten Offiziers und Sie Jan, die eines Matrosen. Sie sind natürlich weiterhin in Deutschland versichert, Ihr Status in der Reederei verändert sich nicht. Sollte die Übergabe reibungslos von statten gehen, löst man uns in zwei Monaten ab, und wir können das Schiff dem neuen Eigner übergeben."

Peter machte ein besorgtes Gesicht. Er wusste, dass ein Schiff unter der Flagge Panamas anderen Gesetzen unterlag.

„Kapitän, mit was für Seeleuten müssen wir rechnen? Wir sind auf einem Gastanker. Der kleinste Fehler kann fatale Folgen haben."

„Ich weiß es nicht genau. Die Agentur sagte nur, es handle sich um erfahrene Seeleute. Aber was heißt das schon. Ich habe bei der Reederei Druck gemacht, aber sie ließen sich nicht erweichen. Auch meinen Hinweis auf die Ladung nahmen sie nicht sonderlich ernst. Ich meine, wir fahren hier mit jeder Tour 8000 Tonnen Butangas durch die Pampa. Wenn nur einmal etwas schief geht, brennt Argentinien. Und ich bekomme eine Crew aus wer weiß woher! Was glauben Sie, wie wütend ich bin!" Schniers wurde zornig, und der Whisky lockerte seine Zunge. „In meiner Not fielen Sie mir ein, Herr Sievers. Ich kenne Sie zwar nicht, aber in der Reederei genießen Sie den Ruf als absoluter Gasprofi. Tja, und Sie, Herr Meier, sind nur hier, weil Herr Sievers es so wollte. Ich hatte eigentlich noch einen Matrosen bestellt. Aber gut, Ihre Ausbildung ist ja fast zu Ende, Sie werden es ohnehin bald sein."

„Peter, wusstest du etwa von der Geschichte? Dann hättest…" Schniers unterbrach Jan. „Nein, niemand war unterrichtet, außer vielleicht Schütte. Er hat gestern fast die ganze Crew ausfliegen lassen. Lediglich der Koch und der zweite Ingenieur sind noch an Bord. Den Koch haben Sie schon kennengelernt. So wie es aussieht, werden die beiden jedoch das Schiff nach Eintreffen der neuen Crew verlassen“, fügte der sichtlich enttäuschte Schniers hinzu. Peter fand den Einwand von Jan nicht so passend und wies ihn sofort zurecht.

„Ich hatte geglaubt, wir haben ein paar schöne Monate in Argentinien, und du unterstellst mir eine solche Sauerei! Spinnst du? Die Nummer mit dem Bauchgurt ging mir schon gegen den Strich und jetzt so etwas!“ Peter war sauer. Auch bei ihm schien der Alkohol zu wirken.

„Wir wollen uns doch nicht in die Haare kriegen. Gehen Sie bitte davon aus, dass die Reederei nicht ganz sauber gespielt hat. Mich hat man an Bord gelassen, weil ich mit einer Argentinierin verheiratet bin und die Verhältnisse genau kenne“, erstickte Schniers den aufkommenden Streit.

Er erklärte den beiden, dass die „Explorer“ die Gasversorgung im Landesinneren aufrechterhielt. Mangelnde Infrastruktur ließ eine flächendeckende Energieversorgung nicht zu. Das Schiff holte entweder aus San Sebastian auf Feuerland oder von einem auf Reede liegenden Supertanker Butangas und verteilte es in verschiedene argentinische Zielhäfen. Von dort ging das Flüssiggas ans Land und an die Haushalte.

„Wenn alles glatt läuft, sind wir am Freitag auf der Reede zum Leichtern. Danach fahren wir nach San Lorenzo“, sagte der Kapitän.

*

Als am Donnerstag gegen Nachmittag die Crew eintraf, erschrak selbst der von der Reederei bestellte und zusätzlich angereiste nautische Inspektor. Die neue Crew bestand lediglich aus elf Seeleuten. Zwei Spanier, die sich als Maschinenmänner vorstellten, ein Holländer als Maschineningenieur, sechs für den Decksbetrieb vorgesehene Gilbertesen und zwei Philippinos, die als Nautiker fungieren sollten.

„Tja, Kapitän Schniers, die Rückreise für den Koch und den zweiten Ingenieur ist damit wohl gestrichen. Die bleiben auf jeden Fall hier. Und ob es schlau ist, mit zwei unerfahrenen Philipinos Butangas durch Argentinien zu schippern, darf man wohl eher bezweifeln.“ Inspektor Strenger klang besorgt. Das war mit dem neuen Eigner anders abgesprochen gewesen. Strenger kannte die Bemannungsrichtlinien auf deutschen Schiffen sehr genau. Unter deutscher Flagge hätte das Schiff mit so wenig Besatzung nicht auslaufen dürfen, unter panamaischer Flagge schon. Sie saßen in einer Zwickmühle. Auf der einen Seite wollte Strenger die vertraglichen Vereinbarungen nicht torpedieren, andererseits stand für ihn die Sicherheit an erster Stelle.

„Ich mache Ihnen einen Vorschlag, ich muss ohnehin die nächsten Wochen an Bord verbringen, um die Übergabe und die Abnahme zu begleiten. Ich gehe ebenfalls eine Seewache mit. Wir müssten uns abwechseln. Jeder von uns hat einen Philippiner dabei und kann so kontrollieren, ob die Jungs ihr Handwerk tatsächlich verstehen“, sagte Strenger. Rasch entwickelten sie ein Konzept, wie sich der Schiffsbetrieb vernünftig fortführen ließ. Noch am Abend bat er zunächst alle Deutschen und danach die neue Crew in die Mannschaftsmesse, um ihnen sein Vorhaben zu erklären. Der Koch sprühte nicht gerade vor Begeisterung, es blieb ihm aber nichts anderes übrig, als die neue Situation zu akzeptieren.

In den folgenden Tagen pendelten sie zwischen Rosario, San Lorenzo und der Mündung des Rio de la Plata. Etwa sechs Seemeilen südlich des Feuerschiffes Recalada lag die „World Gas 1“, ein 140000 Tonnen Gastanker der Superlative. Als Jan das Schiff sah, begriff er sofort den Auftrag der „Explorer“. Der Supertanker mit einer Länge von über 220 Metern und einer Breite von etwa 45 Metern war zu riesig, um die Ladung in den kleineren Häfen abzugeben. Dazu benötigte man ein Schiff wie die „Explorer“. Sie war wendiger und in der Lage, auch die Häfen mit nur geringem Tiefgang anzusteuern.

Das Löschen der Ladung war ein gefährlicher Vorgang. An der Steuerbordseite der „World Gas 1“ schützten vier riesige Yokohama-Fender die beiden Schiffe vor Berührungsschäden. Die Fender waren mehr als vier Meter lang und sahen aus wie großvolumige Gummiblasen. Sie gaben bei Berührung etwas nach, so dass an den Schiffen keine größeren Beulen entstanden. Kapitän Schniers bewies selbst bei widrigsten Wind- und Strömungsverhältnissen äußerstes Geschick, um die „Explorer“ längsseits an den Supertanker zu manövrieren. Nach dem Verbinden der Schiffe mit Leinen wurde ein mächtiger Schlauch mit dem bordeigenen Kran zur „Explorer“ gefiert und an den Manifold angeflanscht. Fortan flossen 200 Tonnen Butangas pro Stunde in die „Reiman Explorer“. Bei schlechtem Wetter musste der Ladevorgang unterbrochen werden, weil sonst der Schlauch hätte reißen können. Manchmal ging die Dünung so hoch, dass die großen Yokohama-Fender bis über die Verschanzung schossen. Also, alle Leinen wieder los und in Sichtweite ankern. Es kam vor, dass sie tagelang auf besseres Wetter warten mussten. Inzwischen trimmten Strenger, Schniers und auch Peter die Crew in allen sicherheitsrelevanten Dingen. Feuerschutzübungen, Aussteigen im Seenotfall, Verhalten bei einem Gasunfall. Mehrmals unterbrachen spontane Übungen den Alltag.

Jan fühlte sich bald sicher, da die deutsche Crew professionell arbeitete und die ausländischen Kollegen sich als besser und belastbarer herausstellten, als zunächst angenommen. Lediglich Peter hatte es nicht leicht. Er verständigte sich mit den Seeleuten auf Englisch mehr schlecht als recht. Zu mangelhaft waren die Sprachkenntnisse auf beiden Seiten. Peter selbst wusste, dass alle Bemühungen am Ende nichts brachten, da die späteren Verantwortlichen noch gar nicht an Bord waren. Er verstand nicht, wie unter solchen Umständen eine Übergabe erfolgreich abgeschlossen werden sollte.

Abends in der Messe wies Peter erneut auf die prekäre Situation hin und führte Schniers und Strenger vor Augen, dass das Trainieren der Crew nur dann Sinn machte, wenn die künftigen Vorgesetzten das Konzept auch begreifen würden. Seine Sorge, die ausländischen Crewmitglieder brächten zwar seemännisches Verständnis mit, taugten aber zur Bedienung der Gasanlage nicht, tat Strenger als unwichtig ab und erklärte stattdessen noch einmal ihren Auftrag. „Unser Job besteht darin, das Schiff bis zur endgültigen Übergabe mitzubegleiten. Wenn der neue Reeder uns nur diese Crew schickt, ist das nicht unser Problem. Ich verstehe ihre Einwände nur zu gut, Bootsmann, es ändert aber nichts an der Tatsache, dass wir das Schiff in ein paar Wochen dem neuen Eigner übergeben. Die Reederei Reiman ist dann nicht mehr der Eigentümer und hat ihren Vertrag erfüllt. Das Schiff ist damit endgültig verkauft. Wir sollten bis dahin das Beste aus den Gegebenheiten machen. Ich weiß, dass die Lage für uns alle nicht einfach ist, aber, ich sage es ungern, in unserem Fall heißt das: Augen zu und durch!“

Strenger verzog keine Miene. Jeder verstand, dass es ihm nur um die Abwicklung des Auftrages ging. Sein Job war es, die „Explorer“ vertragskonform zu übergeben, damit die letzte Rate des Kaufpreises floss.

Die Tage vergingen schnell. Sie lernten, sich den widrigen Umständen anzupassen und fanden heraus, an welchen Ecken man in Buenos Aires ungefährdet etwas trinken gehen konnte und wie man wieder sicher zurück zum Schiff kam. Jan mochte das Land und die Menschen, aber nicht die Umstände. Zu sehr war die Bevölkerung der Willkür Einzelner ausgesetzt. Er hielt es durchaus für vorstellbar, irgendwann einmal zurückzukehren, aber nur, wenn die Junta abgedankt hatte. Jan selbst musste eine Nacht im Gefängnis des Polizeirevieres von Doc Sud verbringen, weil er vergessen hatte, eine Fünf-Dollar-Note als Schmiergeld in den Landgangausweis zu legen. Für die Militärpolizei war er wegen seiner über 1,90 Meter und seiner blonden Haare leicht als Europäer zu identifizieren. Eine Kontrolle lohnte sich immer. Jan fand das Vorgehen der Militärpolizisten zynisch. Stets behielten sie – so vorhanden – die fünf Dollar ein. Wer den Ausweis ohne Geld vorzeigte, landete für eine Nacht im Knast und war am nächsten Tag nicht nur das Portemonnaie, sondern auch noch die Uhr los. Fragen nach dem Verbleib des Eigentums stellte man besser nicht; eine Nacht in einer der Zellen reichte völlig aus, um sich fortan davor zu hüten, auch nur in die Nähe einer Polizeistation zu kommen. Um sich den Knast zu ersparen, hatte der Koch einige Wochen zuvor sein gefülltes Portemonnaie angeboten. Das legte man ihm als Bestechung aus und bestrafte ihn mit einer Woche Gefängnis und Prügel. Wieder an Bord, waren sein Gesicht und Oberkörper mit blauen Flecken übersät. Der an Bord bestellte Arzt verschrieb ein paar Schmerzmittel und empfahl dem verdutzten Schniers, die geprellten Stellen gut zu kühlen, da es Salbe zum Abschwellen der Hämatome zurzeit in ganz Buenos Aires nicht gebe. Über eine Woche intensiver Pflege mit Quarkwickeln und einem Gemisch aus Erdnussöl und Zitronen war nötig, bis der Koch sich wieder erkennen ließ. Sie befanden sich in einem unfreien und durchweg korrupten Land. Nur wer im Besitz von Dollars war und die erwarteten Verhaltensmuster erfüllte, konnte sich einigermaßen frei bewegen. Jan beschloss, nur noch mit mehreren Seeleuten an Land zu gehen, um die Gefahr eines Übergriffes zu vermeiden. Mit Zeugen wollte selbst der korrupteste Militärpolizist nichts zu tun haben.

Sieben Wochen waren bereits vergangen, als Strenger an einem Abend die deutschen Besatzungsmitglieder in die Mannschaftsmesse bat. Die „Explorer" lag gerade auf Reede vor San Sebastian in Feuerland. „Mit dieser guten Nachricht überrasche ich Sie besonders gern, meine Herren! Wir werden in der nächsten Woche abgelöst! Es geht zurück nach Bremen! Morgen laden wir Butangas für Rosario und verholen von dort nach Buenos Aires. Den Weg vom Doc Sud zum Flughafen kennen Sie ja." Strenger war außer sich vor Freude. Kapitän Schniers setzte dem Glück noch eins drauf. „Auf diesen Tag warte ich schon lange. Seit zehn Monaten bin ich an Bord. Meine Herren, ich habe die letzten Kisten ‚Becks' auf Eis gelegt und möchte Ihnen für Ihren Einsatz danken." Allen fiel ein Stein vom Herzen, die Rückreise war greifbar nahe.

Die „Reiman Explorer" schob sich den Rio Parana hinauf in Richtung Rosario. Das braune und dreckig wirkende Wasser verzweigte sich in mehrere Nebenarme des dschungelartig bewachsenen Ufers. Es wurde früh und schnell dunkel. Jan und Peter saßen nach dem Abendbrot mit dem Koch in der Mannschaftsmesse und spielten Skat. Der Kapitän hatte als Ankunftszeit für Rosario 23.45 Uhr angegeben. Jan schaute gerade auf die Uhr, als die „Explorer", begleitet von starken Vibrationen, ein mächtiger Ruck durchfuhr. Die Zuckerdose rutschte vom Tisch und zerbrach scheppernd auf dem Boden der Messe. Die „Explorer" hatte plötzlich Schlagseite. Sie waren mehr als verdutzt. Erst das Ertönen des Generalarms machte ihnen bewusst, dass etwas Schlimmes passiert sein musste.

„Los Jan, in die Klamotten, wir sehen uns gleich auf dem Bootsdeck! Ich flitz zur Brücke und check die Lage! Schätze, wir sind wohl aufgelaufen! Koch, zieh deine Klamotten und festes Schuhwerk an. Alle sollen sofort aufs Achterdeck kommen! Los, Los, Tempo, Mann!" Auf der Brücke traf Peter auf Strenger, der gerade den Feueralarm aus dem Maschinenraum entgegen nahm. Dessen Verstand arbeitete auf Hochtouren. Was er an Befehlen gab, war klar und durchdacht.

„Bootsmann, wir liegen fest, das Schiff scheint soweit ok, wir machen kein Wasser, aber in der Maschine gibt es Feuer. Der Holländer hat Wache. Runter mit Ihnen und lassen Sie durchzählen. Wenn er nicht da ist, melden sie mir das sofort. Dann gehen wir rein und holen ihn! Alles klarmachen für einen Feuerstoßtrupp. Sie, Meier und ich machen das! Ich bin gleich auf dem Achterdeck! Los Bootsmann, jede Sekunde zählt!" Peter rannte sofort los.

Auch wenn die Schlagseite nur 15 Grad betrug: Jan konnte sich auf der Treppe ins untere Deck, wo sich die Kammern der

Crew befanden, nur herunterhangeln. Er lief zu seiner Kammer, stülpte sich einen Overall über, riss sodann alle Türen auf und holte die Gilbertesen und die beiden Spanier aus ihren Kojen. „All Hands on Deck! Hurry up! Fire Alarm! This is no Exercise! Out, Out, Out!" brüllte er, durchquerte den Backbord Gang und befand sich auf dem Weg zum Bootsdeck. Vor der Tür zum Duschraum hing ein Bordtelefon. Er wählte rasch die Nummer der Kommandobrücke: „Herr Strenger, aus der Maschine kommt mächtig Qualm, es brennt!" meldete Jan dem Inspektor.

„Wissen wir schon, kommen Sie aufs Achterdeck und bereiten Sie mit Peter alles für den Stoßtrupp vor. Der Bootsmann ist auf dem Weg nach unten. Beeilen Sie sich, wir glauben, der Holländer ist noch drin. Wir holen den Mann raus! Beeilung Jan, Sie wissen was wir geladen haben!"

Peter befand sich bereits an Deck und schnallte sich schon sein Atemgerät auf den Rücken. Strenger und Jan halfen sich gegenseitig beim Anlegen der Anzüge.

„Wir wollen hoffen, dass der Holländer im Maschinenkontrollraum ist und sich das Gerät geschnappt hat. Sonst sehe ich schwarz!" rief Peter besorgt.

„Passt mal auf Leute!" sagte Strenger und schaute die beiden mit ernster Miene an. „Wir nehmen bis in das erste Deck den Schlauch mit. Wenn wir keine Flamme erkennen können, lassen wir ihn am Ende der Treppe liegen. Er dient auf dem Rückweg zur besseren Orientierung. Jan, Sie nehmen das Atemgerät für den Holländer und Peter, Sie, den Feuerlöscher. Wir gehen von der Treppe direkt zum MKR und befreien den Mann. Peter, Sie sind die 2, Jan, Sie die 3. Wenn wir den Holländer finden, Maske über's Gesicht und Flasche auf den Rücken. Beatmen können wir da unten nicht! Sollte er bewusstlos sein, nehmen wir ihn mit der Trage; wenn er laufen kann, kommt er an Position 3. Wir gehen dann sofort wieder zurück! Denken Sie daran, im Maschinenraum sehen Sie die Hand vor Augen nicht! Bleiben Sie immer zusammen! Keine Heldentaten, verstanden? Männer, das ist kein Spaziergang, aber wir schaffen das!" Sie zogen sich die Masken über, prüften die Funktion und Dichtigkeit und zeigten mit dem Daumen nach oben. Der Koch stülpte ihnen den feuerfesten Helm über. Von nun an hatten sie maximal 17 Minuten Zeit, um den Holländer in Sicherheit zu bringen.

Sie rissen die schwere Tür zum Maschinenraum auf. Schwarzer Rauch strömte ihnen entgegen. Jan war sofort klar: Nur ein

Wunder konnte den Holländer retten. Sie schlurften über den Boden, um nicht über ein Hindernis zu stürzen. Ein offenes Feuer war nicht zu erkennen. Offenbar erwies sich der Brand als eine Verpuffung, und die Gefahr für das Schiff als nicht mehr ganz so groß. Am Ende der Treppe legten sie den Schlauch auf den Boden und tasteten sich zum Kontrollraum vor. Strenger bemühte sich, mit einem Halogenscheinwerfer etwas zu sehen. Vergeblich. Jan schwitzte und atmete schwer. Es kam ihm vor, als müsse er um jeden Atemzug kämpfen. Jeder Schritt verlangte ihm viel Kraft ab. Wie sähe das erst mit einem Verletzten aus? Auf der Seemannsschule hatten Feuerwehrleute berichtet, dass man den Rückweg häufig unterschätzte, da die Anstrengungen noch größer würden. Jan wusste, dass man unter gar keinen Umständen die Maske vom Gesicht reißen durfte, und er erinnerte sich an die bizarren Worte des Feuerwehrmannes, dass es besser sei unter der Maske zu ersticken als im Qualm. Unter der Maske würden wenigstens nicht die Augen brennen. Tot sei man ohne Maske auf jeden Fall, es gebe keine Chance auf Wiederbelebung.

Plötzlich zog Peter an der Sicherheitsleine. Strenger hatte die Tür zum Maschinenkontrollraum gefunden. Er leuchtete durch das Bulleye in der Tür. Der Holländer lag flach auf dem Boden. Er rührte sich nicht, trug zwar eine Maske, aber offensichtlich ohne Flasche. Wo man sonst den Lungenautomat anschloss, hatte er sich provisorisch ein Tuch als Filter vorgewickelt. Das war seine Rettung. In den Raum war noch nicht viel Rauch eingedrungen. Sie klopften gegen das Schott. Der Holländer sah den Lichtkegel von Strengers Lampe und deutete an, dass die Luft knapp würde. Jan stellte sich neben Strenger, holte sich genügend Lose für die Sicherheitsleine und signalisierte, bereit zu sein. Peter und Strenger zogen die Tür auf, Jan schlüpfte hinein, nahm das Gerät und schloss es nach Entfernen des Lappens an die Maske des Holländers an, der während der Aktion ausatmete, damit kein Rauch unter die Maske geriet. Jan war überrascht, wie diszipliniert der Holländer reagierte. Menschen in Panik verhalten sich häufig konträr zu dem Beigebrachten. Viele Retter geraten selbst in Bedrängnis, weil der zu Rettende durchdreht. Tief sog Jan die Luft aus der Pressluftflasche ein. Es gab keine Zeit zum Ausruhen. Sie mussten zurück; irgendwann war der Vorrat verbraucht. Jeder Atemzug tat weh. Unter dem Schutzanzug breitete sich ein beklemmendes Gefühl aus. Da auch weiterhin keine Brandherde zu erkennen waren, nahmen sie den Holländer wie abgesprochen auf Position 3. Jan war damit als Nummer 4 letzter in dem Trupp. Die Sicherheitsleine half ihnen, sich zu orientieren. Sie kamen gut voran, auch weil sie wussten, dass keine Hindernisse ihren Weg versperrten. Jan schrak das Signal für die letzte Luftreserve auf. Er legte den kleinen Hebel an der Pressluftflasche um. Drei Minuten blieben ihm noch zum Atmen. Er tastete nach dem Geländer des Treppenaufgangs, der an Deck und an die frische Luft führte. Das Pfeifen der Flasche machte ihn nervös. Wir sind schon an der Treppe, wann geht endlich die Tür auf? Ich will wieder an Deck! Jans Lungen standen unter Druck. Sein Puls raste und jeder Atemzug wurde zur Qual. Er hatte das Gefühl, als würden ihm die Beine nicht mehr gehorchen. In seinem ausgetrockneten Hals schmeckte es mechanisch und bitter. So kurz vorm Ziel noch auf der Strecke bleiben? Ein heftiger Ruck an der Sicherheitsleine brachte ihn zurück in die Realität. Strenger hatte die Tür geöffnet, die Gilbertesen zogen den Trupp an der Leine nach oben. Sie taten es so heftig, dass der Holländer sich an der Schottkante sein rechtes Schienbein aufschlug. Gerade an Deck, hörte Jans Flasche auf zu pfeifen. Der Koch riss ihm sofort den Helm und die Maske vom Gesicht. Luft, endlich Luft! Jan fühlte sich als wäre er dem Tod von der Schippe gesprungen. Peter und Strenger lagen neben ihm und waren genauso erschöpft.

Strenger röchelte mehr, als dass er einen richtigen Ton heraus bekam und wollte von Schniers immer wieder wissen, ob der Holländer am Leben sei. Jan verstand nur Bruchteile. Er spürte die frische Nachtluft seine Lungen füllen und atmete tief und schnell. Er konnte gar nicht genug davon bekommen. Nie zuvor hatte er dem Tod so direkt ins Auge geschaut, sein Leben für einen anderen Menschen riskiert und es dabei fast verloren. Es dauerte einige Minuten, bis er wieder bei klarem Verstand war. Als er den Geretteten sah, war ihm klar, dass sie alles richtig gemacht hatten.

Der Holländer saß mit dem Rücken an eine Winde gelehnt und verzog sein Gesicht vor Schmerz. Schniers verband sein stark blutendes Bein. Er erwiderte Jans Blick und lächelte. In den vergangenen Wochen hatten sie kaum ein Wort gewechselt und waren sich eher aus dem Weg gegangen. Der Holländer war ein Eigenbrötler und außerdem in der Maschine als Ingenieur tätig. Da gab es nicht viele Gelegenheiten, um ein Gespräch zu führen.

Schniers wollte von ihm erfahren, wie es zu dem Brand gekommen war. Durch die Schlagseite, erklärte der Holländer, sei eine Wanne mit Gasöl umgekippt und der Inhalt habe sich auf die heiße Abgasleitung der dritten Hilfsdieselmaschine ergossen. Eine riesige Stichflamme und mehrere Verpuffungen waren die Folge. Er hielt sich gerade im MKR auf. Noch am Vormittag hatte er die Pressluftflasche gewartet und vergessen, sie an ihren Platz zurückzulegen. Die Lösung mit der Maske und dem Lappen stellte seine einzige Hoffnung dar. Zum Glück war er gleich gefunden worden.

Jan sah zu Strenger und fragte, was eigentlich vorher passiert sei. „Wir sind mitten in der Pampa aufgelaufen. Der Lotse hat dem Mann am Ruder ein falsches Kommando gegeben. Ich befand mich gerade am Kartentisch und merkte nur noch, wie das Schiff langsamer wurde und zu vibrieren anfing. Als ich in der Brücke durch die Fenster schaute, sah ich schon Bäume auf uns zukommen."

„Bäume?" fragte Jan ungläubig.

„Ja Bäume, unser Vorschiff liegt sozusagen unter Palmen", antwortete Strenger eher kleinlaut.

„Wie beruhigend", konnte sich Peter einen kleinen Seitenhieb nicht verkneifen.

Kapitän Schniers, der das Gespräch verfolgte, griff ein. „Meine Herren, wir haben Indios als Lotsen, und da kann schon einmal was falsch verstanden werden. Ich weiß, es klingt absurd, aber ich habe schon viel früher damit gerechnet. Ich bin grundsätzlich gegen Nachtfahrten auf dem Fluss. Aber der Charterer ist davon überzeugt, dass stets die besten Bedingungen vorherrschen. Wir checken gleich die Schäden im Maschinenraum durch und entscheiden danach, wie es weitergeht. Der zweite Ingenieur belüftet die Räume. Über Ihren tapferen Einsatz reden wir später. Nur schon so viel: Ich ziehe den Hut vor Ihrer Leistung!"

Der Maschinenraum war zwar an der Steuerbordseite stark verrußt, aber alle Aggregate mit Ausnahme der Nummer 3 waren in Ordnung.

„Wie lange brauchen Sie noch, bis wir startklar sind?" fragte Schniers den zweiten Ingenieur.

„Ich hoffe, in einer halben Stunde."

„Irgendwo Wassereinbruch?"

„Nein Kapitän, der Dampfer scheint in Ordnung zu sein", gab der Zweite erleichtert zu verstehen.

Schniers versuchte die ganze Nacht, das Schiff wieder flott zu machen. Er ließ die Maschine rückwärts laufen, um aus der unangenehmen Situation herauszukommen. Gegen sechs Uhr bewegte sich die „Explorer“ endlich und rutschte in Richtung Fahrwasser. Doch der Jubel über die Befreiung war verfrüht. Die „Explorer“ schwamm zwar wieder, ließ sich aber nicht mehr steuern. Um weiteres Unheil zu vermeiden, wurde der Anker geworfen.

„Ich lege mich jetzt zwei Stunden aufs Ohr, was ich Ihnen auch empfehle. Wir haben eine lange Nacht hinter uns. Um 8.30 Uhr möchte ich Sie, Herr Strenger, und den Bootsmann auf der Brücke sprechen. Bringen Sie auch die beiden Ingenieure mit. Wir sehen dann, welche Möglichkeiten wir haben.“

Die Männer trafen pünktlich ein. Der Koch hatte frischen Kaffee aufgebrüht. Schniers ergriff als Erster das Wort: „Ich fasse zusammen, das Schiff schwimmt wieder, wir haben keinen Wassereinbruch, Hilfsdiesel 3 ist ausgefallen, aber reparabel, die Ladung ist in Ordnung. Es gibt also keine nennenswerten Schäden. Warum steuert das Schiff nicht dahin, wo wir es hin haben wollen? Mir sind nur zwei Möglichkeiten vorstellbar. Entweder haben wir einen oder mehrere Flügel unseres Propellers verloren oder mit dem Ruderblatt stimmt etwas nicht. Meine Herren, was schlagen Sie vor?“ Schniers musterte sein Team. Der Holländer erwiderte, was alle dachten: „Kapitän Schniers, es muss das Ruderblatt sein. Die Rudermaschine ist ok, das haben wir bereits geprüft. Wir sind aus eigener Kraft aus dem Schlick gekommen. Wie soll das gehen ohne Propeller?“

„Mag sein, aber was ist, wenn der Propeller bei der Rückwärtsfahrt beschädigt wurde? Ich möchte absolut sicher sein und keinen Fehler machen. Wozu raten Sie?“

„Es muss einer runter!“ sagte Peter trocken.

„Wie bitte?“ fragte Strenger etwas irritiert.

„Da muss einer runter. Tauchen meine ich. An das Ruderblatt kommt man heran. Bei der Schraube ist es schon schwieriger.“

„Bootsmann, ist Ihnen bekannt, welch starke Strömung der Fluss hat?“

„Na klar weiß ich das, aber hat jemand eine bessere Idee? Fiese Viecher gibt es hier, soweit ich weiß, nicht. Wir müssen uns also nur etwas gegen die Strömung einfallen lassen“, klang Peter sehr optimistisch.

„Wir lassen das Steuerbord-Rettungsboot zu Wasser und lassen uns langsam mit dem Strom ans Ruder fieren. Die lange Vorleine läuft über die Steuerbordwinde auf der Back, und die etwas kürzere Achterleine nehmen wir auf die hintere Backbordwinde. Die Leinen müssen jederzeit gut durchgeholt sein, sonst klappt es nicht. Wenn wir uns in die richtige Position vorgearbeitet haben, sehe ich nach, was mit dem Ruder ist. Wenn Sie nicht einverstanden sind, sagen Sie es bitte jetzt. Ansonsten schnappe ich mir gleich Jan Meier und beginne mit den Vorbereitungen", erklärte Peter entschlossen.

Keinem war bei dem Gedanken richtig wohl. Es blieb aber nur diese Möglichkeit. Schniers bestand jedoch darauf, dass Jan nicht mit ins Boot ging, sondern die vordere Winde bediente, die seiner Meinung nach das Nadelöhr darstellte.

„Meinen Sie wirklich, ich hätte einen anderen an die Winde gelassen? Wenn vorne jemand Mist macht, war es das für mich. Auf den Jungen kann ich mich verlassen, der passt schon auf, dass alles glatt läuft. Mein Bedarf an Sondereinlagen ist seit heute Nacht wirklich mehr als gedeckt."

Kapitän Schniers und der Holländer machten sich am Vormittag daran, mit zusätzlicher Aufnahme und Umverteilung von Ballastwasser das Schiff kopflastig zu trimmen, damit das Heck so weit wie möglich aus dem Wasser ragte. Als sie das Rettungsboot zu Wasser ließen, wurde ihnen klar, wie mächtig die Strömung des Rio Parana war. Der Fluss zerrte an dem heruntergelassenen Boot, als wolle er es abreißen. Schniers und Strenger schauten sich irritiert an, als Peter das Boot nicht auspickte, sondern mit einer Bewegung der rechten Hand andeutete, die Männer sollten das Boot wieder nach oben hieven.

„Warum brechen Sie das Manöver ab, Bootsmann?"

„Das Ruder ist weg, Kapitän. Das Umfluten der Tanks hat das Ruder, oder besser das, was noch von ihm übrig ist, freigelegt. Ein glatter Schnitt. Wir können wohl den Schlepper bestellen! Mit der ‚Explorer' fahren wir aus eigener Kraft keinen Meter mehr, soviel ist klar!"

Es dauerte noch einen Tag und eine Nacht, bis Strenger endlich zwei Schlepper aufgetrieben hatte. Zunächst wurde das Schiff zum Entladen in Richtung Rosario gebracht. Danach ging es flussabwärts zurück nach Buenos Aires zur Werft Tandanor. Peter erklärte Jan, dass das Docken allein Seilwinden bewerkstelligten. „Das Prinzip kommt aus den Staaten! Es hat den Vorteil, dass die Schiffe sich nach dem Docken noch auf dem Yard bewegen lassen", sagte Peter. Sie standen an der Bordverschanzung der Back, hatten die Leinen durchgeholt und waren bis zur vollständigen Dockung zum Nichtstun verurteilt.

„Oh Peter, jetzt hör aber auf! Du willst mir doch wohl nicht erzählen, dass wir gleich noch mit unserem Schiff über Land fahren“, winkte Jan ab.

„Aber ganz bestimmt! Was glaubst du, wie der Fischdampfer da drüben an das andere Ende gekommen ist? Wenn wir aus dem Wasser sind, holen wir die Leinen rein, und sie ziehen uns mit verschiedenen Bodenwinden auf einen anderen Platz!“

So richtig glauben wollte Jan die haarsträubende Behauptung von Peter immer noch nicht. Sollte es tatsächlich gelingen, einen Frachter über Land zu ziehen? Er konnte zwar auf dem Werftgelände überall eingelassene Gleise sehen, vorstellbar und geheuer war ihm die Sache trotzdem nicht. Umso erstaunter zeigte sich Jan, als nach dem Docken plötzlich drei schwere Caterpillar Radlader vorfuhren. Noch immer standen die beiden an der Bordverschanzung. Durch den Wechsellautsprecher erteilte Schniers ihnen den Befehl, die Leinen los zu werfen.

„Jetzt wirst du's gleich sehen. Das Schiff steht wie auf einem Schlitten und wird auf seine Position gezogen. Ich dachte zwar, dass die Winden alles erledigen, du siehst es ja selbst, hier nehmen sie Radlader!“ Peter behielt tatsächlich Recht. Im Schneckentempo bewegte sich das Schiff über das Werftgelände, bis die endgültige Position erreicht war.

„Wenn ich meinem Vater erzähle, dass wir mit einem Gastanker über Land gezogen worden sind, erklärt er mich für verrückt!“

„Mach ein Foto, dann glaubt er es dir“, lachte Peter.

Beim Frühstück am nächsten Morgen in der Messe wartete Kapitän Schniers mit einer Nachricht auf, die die deutschen Seeleute erfreute.

„Männer, es geht noch heute zurück nach Bremen! Herr Strenger und ich bleiben noch bis zur Übergabe hier, aber für die Reiman-Mitarbeiter ist der Trip beendet. Um 11 Uhr werden Sie von der Agentur abgeholt und zum Flughafen gebracht. Morgen Abend sind Sie wieder bei Ihren Familien. Ich danke Ihnen für die gute Zusammenarbeit. Es war eine aufregende und spannende Zeit. Auch wenn ich Sie das eine oder andere Mal mit den Feuerschutzübungen genervt habe – ich denke, jeder hat bei unserem Unfall gemerkt, wie wichtig eine gut eingespielte Mannschaft ist. Mit Ihnen habe ich in drei Monaten mehr erlebt, als in vielen

Jahren Seefahrt zuvor! Sie waren eine wirklich gute Crew! Ich wünsche mir, dass wir uns auf irgendeinem Schiff unserer Flotte wiedersehen! Ich danke Ihnen!“ Schniers schluckte, ihm fiel der Abschied genauso schwer wie dem Rest der Mannschaft. Er verließ die Messe, ohne sich noch einmal umzudrehen.

Jan ließen die Worte nicht unberührt. Er hatte trotz der schlechten Bedingungen an Bord einen enormen Zusammenhalt gespürt. Der zusammengewürfelten Truppe war es innerhalb kurzer Zeit gelungen, sich zu einer Mannschaft zu entwickeln. Der Abschied fiel schwer, aber Jan wollte endlich wieder nach Hause. Zurück nach Bremen.

Benny

„Mensch Jan, wo kommst du denn her?“

„Oh Benny, wie lange haben wir uns nicht gesehen?“ Jan war irritiert. Seit dem Abend im „Storyville“ war Benny nicht nur reifer, sondern noch hübscher geworden. Ihr Lächeln faszinierte ihn wie ehedem.

„Ist ja ewig her, war es nicht an dem Tag der Mai-Krawalle?“ Sie sagte nichts darüber, dass er sie entnervt an der Theke hatte stehen lassen.

„Stimmt, aber ich musste wenig später aus Bremen weg. Ich hab nicht geglaubt, dich noch einmal wieder zu sehen.“ Jan tat so, als bedeutete ihm das neuerliche Zusammentreffen nichts. Innerlich sah es in ihm dagegen ganz anders aus. Wie oft hatte er sie in den letzten Monaten ihr Gesicht vor Augen gehabt. Es war ihm unerklärlich, wie ihm geschah. Ein Mädchen, von dem er kaum mehr wusste als ihren Namen. Er besaß keine Adresse, kein Bild von ihr, nur die Erinnerung an den Abend im „Storyville“. Jetzt stand sie vor ihm, auf der Obernstraße, direkt vor Karstadt. Blaue Augen strahlten ihn an. Sie trug ein weißes Kleid mit einer Jeansjacke, und ihre Haare waren zu einem Zopf geflochten, den sie durch ihr Baseball Cap gesteckt hatte. Ihre leicht gebräunte Haut brachten ihre blonden Haare noch mehr zur Geltung. Mein Gott, dachte er, wie schön sie ist!

„Was heißt denn aus Bremen weg? Wo musstest du denn hin? Bei der Bundeswehr bist du bei deiner Haarlänge gewiss nicht!“

„Stimmt, über solche Dinge haben wir damals gar nicht gesprochen. Mein Beruf ist eher ungewöhnlich. Ich fahre zur See und muss eben das eine oder andere Mal weg.“ Dummes Zeug fuhr es ihm durch den Kopf. Er hätte sich ohrfeigen und auf die Zunge beißen können.

Doch Benny überhörte die etwas rüde Antwort. „Oh, zur See, dann bist du ja nur selten zu Hause. Nicht gerade eine gute Voraussetzung für eine Freundschaft.“

„Ideal ist sicher etwas anderes, doch nun ich bin schon seit längerem in Bremen. Ich studiere Nautik an der Hochschule, bin so gut wie fertig und mit meinen Prüfungen durch, warte eigentlich nur noch auf meinen ersten Einsatz als Offizier.“

„Wie spannend. Du wirst Kapitän. Ich gehe am Ende des Sommers wieder nach Australien, wo ich so etwas wie Betriebswirtschaft studiere. In Bremen verbringe ich gerade die Winterferien.“

„Winterferien? Wie komisch das klingt, aber logo, das Ganze findet ja auf der Südhalbkugel statt. Ist aber wohl praktisch. Wenn es in Australien kalt wird, fährst du halt in den Sommer nach Bremen.“

„So betrachtet, hast du Recht. Aber die übrige Zeit bin ich von zu Hause weg und das ist nicht immer das Wahre für mich. Australien ist zwar sehr eindrucksvoll, aber Bremen ist doch eher mein Ding.“

In Australien, soviel war Jan klar, konnte nur jemand mit einem Stipendium oder gut situierten Eltern studieren. Im „Storyville“ hatte sie nicht gewirkt, als würde sie eine Universität besuchen. Nicht, dass er ihr die Uni nicht zutraute. Im Gegenteil. Sie war intelligent, wortgewandt und sehr präsent. Damals lief sein Eindruck eher darauf hinaus, sie ließe sich lieber ein wenig treiben. Und nun Australien. Er vermied es, weitere Fragen zu stellen. Warum sollte er sich Gedanken darüber machen, wie Benny ihr Studium finanzierte. Er war selbst stets auf der Suche nach einem Job, um in der Studienzeit besser über die Runden zu kommen. Sie gingen die Obernstraße hinunter und bogen in die Sögestraße ein.

„Wollen wir in’s Knigge auf einen Kaffee oder uns lieber heute Abend zum Essen verabreden?“ Jan war selber überrascht, wie leicht ihm die Frage über die Lippen ging. Jetzt nur keine Absage, hoffte er. „Soll ich ehrlich sein?“ Bennys Frage kündigte Schlechtes an.

„Oh verstehe, entschuldige bitte, war wohl nicht ganz so geschickt von mir, dich nach so langer Zeit gleich zu überrumpeln."

„Was für ein Quatsch! Ich wollte dir sagen, dass es mir noch lieber wäre, wenn wir jetzt einen Kaffee trinken und heute Abend gemeinsam Essen gehen!" Benny sah ihn an und bemerkte, wie sein Gesicht glänzte und ganz weiche Züge bekam. Sein Kopf war so rot, als hätte er ihr gerade eine Liebeserklärung gemacht.

„Ich freue mich doch auch", sagte Benny und streichelte ihm über seine Wange.

*

Als der Kellner den Espresso brachte, war es fast Mitternacht. Die „Fattoria" auf den Höfen, Bennys Lieblingsitaliener, war dafür bekannt, die besten Nudeln im ganzen Viertel zu servieren. Sie hatten viel erzählt und gelacht. Jan überredete sie, von den gegrillten Tintenfischen zu probieren, und Mario, der Wirt, hatte auf Bennys Bitte hin für die beiden ein „O sole mio" geschmettert. Die Gesangseinlage empfand Jan als peinlich, weil sich alle Gäste zu ihnen umdrehten und Mario durch seine Gestik beim Singen keinen Zweifel aufkommen ließ, dass es um ein frisch verliebtes Paar ging. Es regnete, als sie die „Fattoria" verließen.

„Gehen wir noch in die ‚Eule'? Heute ist für Studenten freier Eintritt", fragte Jan.

„Nein, Jan, ich möchte nach Hause."

„Kann ich dich bringen?"

„Nee, lass mal. Ich komm schon klar!"

„Das weiß ich, aber ich wäre gern noch ein Stück mit dir gegangen", ließ Jan nicht locker.

„Jan, bitte, lass mich einfach nur gehen. Du kannst nicht mit zu mir nach Hause. Ich mag dich sehr. Wir können uns auch gerne morgen wieder treffen, aber gib uns Zeit." Regen tröpfelte auf ihr Gesicht, sie wirkte traurig, und er konnte ihre Wehmut nicht einordnen. Warum war sie plötzlich so anders?

„Ist schon gut, ich möchte nur nicht, dass wir uns wieder aus den Augen verlieren. Ich weiß weder, wo du wohnst, noch, wie ich dich erreichen kann. Ich kenne nicht einmal deinen Nachnamen."

Sie gab ihm einen Kuss auf die Wange und drückte ihn fest an sich. „Ich werde dich finden! Immer! Verlass dich drauf!" Sie schaute ihm tief in die Augen, zwinkerte ihm zu und ging.

Jan war irritiert, aber was sollte er machen? Ein Abend mit Benny gab ihm noch lange nicht das Recht, mehr von ihr zu erwarten, als sie zuließ. Sie strahlte eine Selbstgewissheit und Unabhängigkeit aus, die ihm gefiel und auf ihn nicht überheblich wirkte. Sie besaß das, was auch ihn antrieb: Freiheitsliebe und Rebellentum – und sie wollte das Heft in der Hand behalten. Aber warum rückte sie nicht mit ihrer Adresse oder wenigstens ihrer Telefonnummer heraus? Gab es vielleicht einen Freund? Was verbarg sie vor ihm? Am Abend hatten sie über alles Mögliche geredet, nur nicht über seinen oder ihren Job. Benny erzählte viel über Australien, über die Menschen an der Uni und ihre Erlebnisse mit australischem Essen. Auf seine Frage, was sie vor ihrem Studium gemacht hätte, antwortete sie ausweichend und dass sie nach dem Abitur die Zeit bis zum Studium mit verschiedenen Aushilfsjobs verbracht habe. Er wunderte sich, dass sie nichts von seinem Beruf wissen wollte. Seefahrt war für Landleute immer ein besonderes Thema. Noch nie hatte er es erlebt, dass nur bei der Erwähnung seines Jobs nicht umgehend Fragen auf ihn einprasselten. Anders bei Benny, sie wollte nichts von der Seefahrt wissen.

Jan schlenderte durch die Albrechtstraße in Richtung Ostertorsteinweg und kehrte im „Brazil“ für einen Absacker ein. Adrenalin raus, Alkohol rein. Nicht die beste Lösung, aber für den Moment eine, die schmeckte.

*

Seine Mutter weckte ihn viel zu früh, und damit schien der Tag eigentlich schon gelaufen. Ihr Hinweis auf das tolle Wetter war nicht nötig, da er in der Nacht vergessen hatte, die Rollläden herunter zu lassen. Die Sonne blendete in den Augen. Im „Brazil“ war es nicht bei einem Glas geblieben, sein Schlafdefizit und der Restalkohol machten ihm zu schaffen.

„Oh Mudder, warum holst du mich zu dieser Spießerzeit aus den schönsten Träumen? Ich habe heute frei“, maulte Jan seine Mutter an.

„Tut mir leid, aber ich dachte, du willst zu deiner Verabredung pünktlich kommen. Wenn du nicht hingehen möchtest, schlafe ruhig weiter! Soll ich die Rollläden herunter lassen?“

„Was denn für eine Verabredung? Ich weiß von nichts!“

„Na ja, vorhin hat ein Mädchen mit einer netten Stimme angerufen und…“ – „Was für ein Mädchen?“ unterbrach Jan.

„Eine Benny oder so. Ich wollte nicht nachfragen, aber ich glaube Benny ist richtig."

„Mensch Mama, was hat sie gewollt? Wo soll ich hinkommen? Wann soll ich da sein? Los Ma, was hat sie gesagt?"

„Jan Meier, nicht in diesem Ton. So sprichst du bitte nicht mit deiner Mutter!" Sie versuchte ihr beleidigtes Gesicht aufzusetzen. Ihr war natürlich aufgefallen, dass der Anruf für ihren Sohn wichtig war.

„Entschuldige Ma, so war es nicht gemeint!"

„Schon gut, mein Junge. Du sollst um 14 Uhr am Unisee sein. Du bräuchtest nichts mitzubringen. Sie würde sich um die Badeklamotten schon kümmern. Du wüsstest schon, an welchem Strand ihr euch trefft. Mal ganz im Ernst, Jan, bringen dir die Mädels jetzt schon die Badesachen mit? Ich versteh das nicht. Woher will sie wissen, welche Größe du hast? Kauft sie dir etwa eine?"

„Nee, Ma, sie kauft mir nichts. Sie trifft sich mit mir am FKK-Strand!

*

Der Parkplatz war überfüllt. Gut, dass er seine Vespa genommen hatte. Auf dem Weg zum Unisee schmunzelte er in seinen Helm hinein. Was für eine abgefahrene Idee von Benny! Er stellte den Motorroller neben dem Imbiss ab, kaufte eine eisgekühlte Cola gegen den Nachdurst und machte sich auf zum Strand. Er kannte FKK von mehreren Sylt-Urlauben, war aber noch nie am Unisee gewesen, da sich seine Freunde stets am Grollander See trafen. Jan suchte Benny und spürte, wie ihn viele FKKler argwöhnisch beobachteten. Überall Nackte – und er spazierte angezogen durch die Menge; bestimmt glaubten alle, er wäre ein Spanner. Jan fühlte sich abgestempelt. Andererseits glaubte er, dass viele sich gern nackt sehen ließen. Plötzlich hielt ihm jemand von hinten die Augen zu. Freudig drehte er sich um und war entsetzt: Nicht Benny, sondern Bettina stand vor ihm.

„Be…äh, Bettina! Was machst du denn hier?" stammelte Jan. Das fehlte ihm gerade noch. Seine Ex strahlte ihn an – und vermasselte ihm womöglich sein Date mit Benny. Schreck lass nach, wie werde ich sie bloß wieder los? Ihr Körper war nicht mehr so sportlich wie früher, aber immer noch so in Form, dass sich mit Sicherheit jeder Kerl nach ihr umdrehte.

„Jan, mein starker Kapitän, wie geil, du hier!? Wie lange haben wir uns nicht mehr gesehen? Ich muss gestehen, mit den langen Haaren siehst du richtig kernig aus. Habe ich damals was falsch gemacht, Jan?“ Sie legte ihren Arm um seine Schulter. Jan überlegte, wie er Benny die Situation erklären könnte.

„Jan, das war eine Frage“, bohrte Bettina nach.

„Äh, nee, kein Fehler von dir. Du weißt ja, ich fahr zur See und bin kaum zu Hause. So einer wie ich ist nichts für dich.“ Jan versuchte, sich von Bettina zu lösen, aber sie packte noch fester zu.

„Jan, wenn ich dich so sehe, kann ich es kaum erwarten“, hauchte sie ihm ins Ohr.

„Was kannst du kaum erwarten?“

„Na, wie du nackt aussiehst. Ich bin ganz aufgeregt. Zum Glück kann man das bei mir nicht gleich sehen. Wie ist es bei dir? Bist du aufgeregt?“ Es war nicht zu fassen, er hatte Bettina seit Jahren nicht mehr gesehen, und jetzt machte sie ihn mitten auf dem FKK-Gelände an.

„Du, ich bin verabredet, wir können gerne mal telefonieren, aber jetzt passt es wirklich nicht!“

„Komm schon, warum so schüchtern? So kenne ich dich ja gar nicht“, ließ Bettina nicht locker.

„Bettina“, schrie Jan, „lass mich los und nerv mich nicht! Begreifst du es nicht? Du bist draußen!“

Alle drehten sich zu ihm um und schauten ihn vorwurfsvoll an. Hoffentlich hat Benny nichts mitbekommen. Seine Lage war so schon peinlich genug. Die Leute glaubten sicher, er sei von Bettina als Spanner entlarvt worden. Es blieb nur eins: Ausziehen und sich unters Volk mischen. Jan entfernte sich ein paar Schritte von Bettina, um aus ihrer Reichweite zu sein. Neben einer großen Kastanie zog Jan sich aus. Er stopfte die Hose und das T-Shirt in seinen Helm, stapfte nackt durch die Menge und überlegte, ob er das Gelände am anderen Ende wieder verlassen sollte. Erneut hielt ihm jemand von hinten die Augen zu. Jan schnellte herum. „Mensch, Bettina! Hau endlich ab“, schrie er Benny an. „Ach du liebe Scheiße, Benny! Sorry, heute geht aber auch wirklich alles schief. Ein Glück, dass du es bist. Ich wollte schon wieder gehen.“

„Was habe dir gesagt? Ich finde dich immer! Aber wer, bitte schön, ist Bettina?“„Ach, hör bitte auf, wenn du wüsstest, was gerade passiert ist.“

„Komm runter, Jan, ich habe alles gesehen. Heißt das Mädchen da hinten Bettina?"

„Ja, ich war mal vor Jahren mit ihr zusammen. Ich wollte gar nicht mit ihr reden, aber sie ließ mich nicht in Ruhe." Jan war immer noch genervt. Erst als er sich zu Benny auf die Decke legte, sah er sie das erste Mal nackt vor sich. Ihr sonnengebräunter Körper, ihre blonden Locken, dazu ihr hübsches Gesicht – der liebe Gott hatte bei ihr wirklich ganze Arbeit geleistet. Jetzt aber schnell auf den Bauch legen.

„Komm Jan, wir gehen schwimmen. Ein wenig Abkühlung kann nicht schaden." Sie sprangen auf, liefen ins Wasser und verbrachten den Rest des Tages am See. Als die Dämmerung hereinbrach und es kühler wurde, legte Jan seinen Arm um Benny. Sie fröstelte, und er sah, wie sich die kleinen blonden Härchen auf ihrem Arm aufstellten.

„Komm Benny, bevor uns kalt wird, sollten wir 'ne Biege machen. Ich habe Hunger. Was hältst du von einem Arabic Rollo? Im Viertel gibt es das Beste."

„Oh ja, da könnte ich drauf. Aber wie kommen wir dahin?"

„Ich habe noch einen Helm unter der Sitzbank, wir fahren mit meiner Vespa."

Sie packten ihre Sachen und gingen zum Parkplatz. Der Imbiss hatte bereits geschlossen, und es war schon dunkel. Er klemmte ihre Badetasche auf den Gepäckträger und holte den zweiten Helm unter der Sitzbank hervor. Gerade als er ihn Benny geben wollte, legte sie ihren Arm um seinen Hals und küsste ihn. Sie taumelten an die Rückseite des Imbiss-Ladens.

„Wenn der Imbiss-Heini wüsste, was hier gerade geschehen ist", sagte Benny später.

„Ich glaube, er würde uns für das nächste Mal eine Liege hinstellen, weil er Angst um seinen Container hätte!"

Jan zündete zwei Zigaretten an, während Benny ihren Walkman aus der Tasche nahm. Sie drehte so weit wie möglich auf, lehnte ihren Kopf sanft an seine Schulter, so dass beide etwas hören konnten. „Ist nicht der beste Sound, aber anders geht es im Moment nicht."

„And from the shelter of my mind / Through the window of my eyes / I gaze beyond the rain-drenched streets / To England were my heart lies." Paul Simons unnachahmliche Stimme säuselte Kathy's Song, und beide sangen leise mit. Mit sich und allem zufrieden, hätten sie noch stundenlang so sitzen können.

„Was macht ihr da? Aufstehen! Hände nach vorne! Los, los, los, ich will die Hände sehen", herrschte der Polizist sie an. Benny und Jan taten, was er verlangte.

„Wir haben nur ein bisschen gequatscht und eine geraucht", antwortete Jan.

„Doch wohl nicht irgend so 'ne Drogenscheiße, oder?"

„Quatsch, nur 'ne Marlboro. Sonst nichts. Mit Drogen haben wir nichts am Hut! Wir kennen uns erst seit heute und haben uns verquatscht. Da ist doch nichts dabei", log Benny.

„So so, dann mal bitte die Personalausweise."

Der Polizist überprüfte die Ausweise und gab sie ihnen zurück. „Frau Carstens, Herr Meier, ich möchte Sie bitten zu gehen. Hier ist in den letzten Wochen mehrfach eingebrochen worden. Wir beobachten den Imbiss seit Tagen. Es wäre sicher nicht gut für Sie, wenn Sie damit in Zusammenhang gebracht würden."

„Was heißt denn beobachten? Und vor allen Dingen wie lange schon?"

„Lange genug, Frau Carstens." Der Polizist grinste und hob die Hand zum Gruß. „Ich wünsche Ihnen noch einen entspannten Abend."

Benny und Jan gingen zum Roller und stülpten ihre Helme über. „Meinst du, der hat uns zugeschaut?" fragte Benny.

„Ich glaub schon. So wie der gegrinst hat."

„Oh, wie peinlich. Stell dir vor, er hätte uns gekannt!"

„Ich kenne dich jetzt aber wenigstens mit deinem Nachnamen. Carstens, klingt doch ganz schön, hättest ihn gar nicht verschweigen müssen."

„Ach, Jan, ich erklär dir das später einmal. Bitte frag jetzt nicht danach, ok?"

„Warum denn noch? Ich kenn ihn ja jetzt."

Jan nahm ihren Kopf in seine Hände und küsste sie. „Benny, ich will ganz ehrlich sein. Selbst wenn der Bulle uns beobachtet hat, es ist mir scheißegal! Ich kann dir gar nicht sagen, wie ich mich fühle! Ein Platz im Paradies ist nichts dagegen!"

Benny schaute ihm tief in die Augen. „Jan, wir kennen uns kaum, und ich weiß gar nicht, was mit mir passiert ist. Ich hab noch nie mit einem Jungen geschlafen und es mir auch ganz anders vorgestellt. Und nun am Unisee hinter einer Imbissbude. Aber es war irre, und ich kann gar nicht beschreiben, was mit mir los ist."

„Du hast noch nie mit einem Jungen geschlafen?"

„Nein, es sollte unbedingt der Richtige und im richtigen Moment sein. So happy wie jetzt war ich noch nie!"

Jan startete den Roller. Sie hielt ihn ganz fest umschlungen. Richtung Viertel. Erst Rollo, danach in die „Eule" zum Abrocken. Er spürte den warmen Fahrtwind auf seiner Haut. Was für ein Tag und Erlebnis! Vierter Gang und mit 100 Sachen über die Parkallee. Jan hob die linke Faust und fühlte sich unsterblich.

*

Benny ging Ende des Sommers wieder nach Australien. Beiden war klar, dass die nächsten Monate, ja sogar Jahre, nicht einfach werden würden. Kein Zweifel, sie liebten sich, aber würde ihre Liebe auch über eine so weite Distanz halten? Jan war sich seiner Sache sicher. Er konnte mit Trennungen umgehen, kannte den Zustand aus seiner Seefahrtzeit. Er würde ihr treu bleiben und die Zeit bis zum nächsten Wiedersehen überstehen. Benny hingegen war nicht so optimistisch. Sie ertrug den Schmerz der Trennung nicht, weinte schon seit Tagen, oft heimlich, aber ganz konnte sie es Jan gegenüber nicht verbergen. Sie fühlte sich leer und verloren, dachte darüber nach, das Studium in Australien aufzugeben. Sie wollte an Jans Seite bleiben und verdrängte jeglichen Gedanken an seinen Beruf. Ein Albtraum, wenn sie nach Bremen käme und er sich irgendwo auf hoher See befände.

Seit dem Unisee waren sie fast Tag und Nacht zusammen gewesen. Benny fühlte sich wohl in seiner Zweizimmerwohnung in der Brautstraße. Ihr gefiel die Einfachheit der Einrichtung. Alles gut durchdacht und praktisch, aber auch sehr wohnlich. Jeder Tag war für sie wie ein Abenteuer. Mit ihm erlebte sie den ganzen Sommer über die verrücktesten Dinge. Aber je näher der Tag des Abschieds rückte, desto unwohler fühlte sie sich. Ihre Mutter konnte in den ersten Tagen nur wenig Verständnis dafür aufbringen, dass sie nur noch selten zu Hause war und spürte den Gründen nach. „Ich glaube gern, dass du in den Ferien viel mit Freunden unterwegs bist, aber ich meine, du solltest auch ein wenig Rücksicht auf uns nehmen. Mit uns bist du gar nicht mehr zusammen. Du kommst nicht zum Essen, schläfst kaum noch hier. Vater macht sich auch schon Sorgen. Was ist los mit dir? Du bist so verändert?"

Benny kannte den Blick, der Gesichtsausdruck ihrer Mutter ließ keinen Zweifel aufkommen, dass sie eine ehrliche Antwort erwartete. „Ich habe mich verliebt, Mama. Ich weiß gar nicht, wie ich es dir beschreiben soll. Aber wenn ich nur eine Stunde nicht bei ihm bin, geht es mir ganz schlecht."

Bennys Mutter, zunächst irritiert und überrascht, war eine erfahrene und verständnisvolle Frau. Nach kurzem Überlegen sagte sie: „Aber Kind, das ist doch ganz normal. Als ich deinen Vater kennenlernte, war es bei mir ebenso. Ich freue mich für dich. Wie heißt er denn?"

„Jan, er sieht fantastisch aus und ist einfach unglaublich! Ach Mama, wenn du wüsstest, was für ein toller Mann er ist. Du würdest ihn mögen", schwärmte Benny.

„Ja, aber dann lade ihn bald einmal zu uns ein. Wir könnten doch gemeinsam essen und ihn kennenlernen."

„Ja gerne, aber es gibt da zwei Probleme."

„Nämlich?"

„Er ist Seemann!"

„Nun, das dürfte wohl nicht gerade ein Hindernis sein. Dein Vater besitzt eine Reederei. Für uns sind Seeleute keine Exoten", beruhigte Mutter sie.

„Aber Mama, da kommt schon das zweite Problem. Jan weiß gar nicht, dass ich eine Reiman bin. Er kennt nur meinen zweiten Namen. Ich wollte auch zu Anfang gar nicht, dass er es erfährt, weil ich wissen wollte, ob er mich auch wirklich liebt und nicht unseren Namen! Ich befinde mich in einer Zwickmühle. Es könnte sogar die Möglichkeit bestehen, dass er bei uns beschäftigt ist. Ich glaube nicht, dass Papa begeistert wäre, wenn er wüsste, dass ich mich mit einem seiner Seeleute eingelassen habe. Bitte versprich mir, dass du ihm nichts sagst. Erst wenn ich genau weiß, dass Jan es ebenso ernst meint wie ich, kann ich ihm immer noch erklären, wie alles zusammenhängt. Bitte Mama, versteh mich doch."

„Victoria Benedikte Reiman-Carstens. Du verlangst von mir, dass ich deinen Vater anlügen soll?"

„Nein Mama, nicht lügen, nur ein wenig flunkern. Bitte, ich wünsche mir so sehr, dass es mit Jan etwas Festes wird. Schau, bald muss ich wieder nach Australien. Bis ich wieder in Bremen bin, fließt viel Wasser die Weser herunter. Ich mag gar nicht daran denken! Aber wenn unsere Beziehung nach meiner Rückkehr weiterhin so schön ist, können wir den Beiden reinen Wein einschenken. Ich denke, sie würden es verstehen." Benny schaute ihre Mutter mit großen Augen an.

„Kind, ich weiß nicht, worauf ich mich da einlasse."

„Mir fällt es doch auch schwer, und ich möchte weder Jan noch Papa anlügen."

„Du bist aber schon dabei", gab Mutter zu bedenken.

„Ach, Mama, du hilfst mir?"

„Was sagen wir deinem Bruder?"

„Mama, du weißt doch, Julius interessiert sich überhaupt nicht für mich."

„Ich möchte dir einen Vorschlag machen. Wenn du mir versprichst, in den nächsten Ferien alles aufzuklären, sage ich nichts. Bis dahin wissen wir auch, ob dein Jan mehr als nur eine Sommerliebe ist. Möge alles so in Erfüllung gehen, wie du es dir erträumst, mein Kind." Charlotte nahm ihre Tochter in den Arm und drückte sie fest an sich.

*

Die Reederei hatte an der Hochschule für Nautik darum gebeten, die Ausgabe der Patente etwas zu beschleunigen. So erhielt Jan binnen einer Woche sein Kapitänspatent. Stolz zeigte er es Benny. „Mein lang ersehntes Ticket", freute er sich. Benny reagierte gelassen. „Kapitänspatent hört sich ja ziemlich wichtig an. Nur hätte ich mir einen Kapitän deutlich älter vorgestellt."

„Ganz so ist nun auch wieder nicht. Ich muss zunächst zwei Jahre als Wachoffizier fahren und werde dann, wenn mein Reeder es möchte, irgendwann auch Kapitän. Den Job bekommst du nur, weil es dir der Reeder zutraut. Wenn es blöde läuft, bleibst du ewig Offizier."

„Mal ehrlich, Jan, du kannst sehr stolz auf dich sein. Ich jedenfalls bin es!" Sie strahlte ihn an, plötzlich klingelte das Telefon. Jan hob ab, und Benny erkannte sofort an seinem Gesichtsausdruck, dass die Zeichen auf Abschied standen. Früher als Jan es für möglich gehalten hatte, beorderte ihn die Reederei nach Belem im Norden Brasiliens. Er versuchte zu lächeln. Sie hoffte noch, dass sie sich täuschte. Als Jan ihr sagte, dass er schon am nächsten Morgen fliegen müsse, brach alles in ihr zusammen.

„Was? Das ist nicht dein Ernst? Du musst morgen schon weg?" Sie war geschockt, schüttelte den Kopf und starrte ihn mit weit aufgerissenen Augen an. Jan wusste auch nicht, wie ihm geschah. Einerseits freute er sich auf seinen ersten Einsatz, andererseits war ihm ein Tag ohne Benny nicht vorstellbar.

„Ich hätte auch nicht gedacht, dass es so schnell gehen würde", stammelte er.

Benny stand die Ausweglosigkeit ihrer Situation klar vor Augen. Es gab kein Zurück. Sie kannte die Regeln der Reedereien. Einen Ruf an Bord konnte ein Seemann ohne triftigen Grund nicht ablehnen. Ein junger Offizier schon gar nicht. Eine verstorbene Mutter hätte die Reederei vielleicht respektiert und ihm einen Aufschub gewährt. Eine verliebte Frau gehörte hingegen zum Alltag. Hunderte von Paaren mussten den Trennungsschmerz immer wieder ertragen. Das gehörte zum Beruf. Warum sollte es für Jan eine Ausnahme geben? Würde er allerdings wegen einer Beziehung ablehnen, wäre er sofort draußen und seine Karriere vorbei, noch bevor sie angefangen hätte. Benny wollte weinen, ihre Verzweiflung herausschreien, aber sie war wie versteinert. Im Hintergrund verstärkte das Säuseln von Barclay James Harvest die traurige Stimmung: „I give up my life / And giving it up, it ain't easy / I give up everything I have / Even give this heart of mine / I would give up my soul / Giving it all for you."

Jan versuchte, sachlich zu bleiben. „Wir wussten beide, dass der Tag irgendwann kommt, Benny. Es war uns doch beiden klar, oder? Ich dachte nur, dass du zuerst weggehst. Jetzt bin ich es. Ich kann mir das alles noch gar nicht vorstellen."

„Jan, können wir nicht zusammen bleiben? Ich könnte mein Studium schmeißen. Wir würden schon gemeinsam etwas aufbauen", war sich Benny sicher.

„Benny, ich möchte auch am liebsten jeden Tag und jede Nacht mit dir verbringen, aber ich muss morgen früh fliegen. Ich habe zugesagt. Es ist mein Beruf. Wir sehen uns doch wieder. Ich werde jeden Tag an dich denken, und dann geht die Zeit schnell vorbei. Es führt ja zu nichts, wenn du alles hinschmeißt. Bitte Benny, mach es mir, dir und uns nicht schwerer, als es ohnehin schon ist."

Benny, unglücklich und wütend zugleich, schluchzte: „Warum hast du dir auch gerade diesen Beruf ausgesucht? Warum gerade Seemann? Und dann diese Reederei. Sie rufen einfach an, und schon springst du! Wo gibt es denn so etwas? Was ist das für eine komische Firma? Sag schon, wie heißt sie?"

„Reiman. Es ist die Reederei Reiman. Hast Du schon einmal was von ihr gehört?"

Algier

Jan fuhr als Zweiter Offizier auf der „Reiman Tunis". Benny und er schrieben sich regelmäßig Briefe, und gelegentlich telefonierten sie miteinander. Zwei Jahre waren seit ihrer neuerlichen Begegnung im Sommer vergangen. Sie hatten sich daran gewöhnt, sich selten zu sehen. Immerhin war es Jan gelungen, in seiner Urlaubszeit Benny in Australien zweimal zu besuchen. Beide wollten so ihr Leben nicht dauerhaft verbringen. Die langen Phasen der Trennung fielen ihnen zunehmend schwerer. Benny hatte sich im vergangenen Sommer eigentlich in Bremen aufhalten wollten. Als Jan anrief und ihr erklärte, dass er keinen Urlaub bekomme und stattdessen im Persischen Golf auf einem Containerschiff im Einsatz sei, reagierte sie überempfindlich. Ihre Enttäuschung war so groß, dass sie nach vierzehn Tagen wieder zurück nach Australien flog. Er konnte Benny besänftigen, indem er sich in das Fahrtgebiet Europa/Nordafrika versetzen ließ. Die Schiffe fuhren im Liniendienst und steuerten alle sechs Wochen Bremen an. Zusätzlich rang sie ihm das Versprechen ab, sie zu Weihnachten in Australien zu besuchen.

Jan stand an Deck und schob Ladungswache. Der Hafen von Algier glich einem Ameisenhaufen. Das Schiff war voll mit Arbeitern oder Typen, die sich als solche ausgaben. Diebstahl war an der Tagesordnung und wurde von den Behörden kaum geahndet. Jeder nahm sich, was er in die Finger kriegte. Jan hatte eine Wache an die Gangway stellen lassen und vermied so, dass noch mehr Einheimische an Bord gelangten. Das Schiff konnte nur verlassen, wer sich einer peniblen Taschenkontrolle unterzog. Auch hier zeigten sich die Hafenarbeiter nahezu unbeeindruckt. Sie stopften die gestohlene Beute in die Ladung, die per Kran mit jeder Hiev an Land ging. Jan ärgerte sich nicht mehr über den Diebstahl, sondern versuchte, die Crew so zum Aufpassen zu motivieren, dass nicht alle Dämme brachen. Er wollte seine Arbeitshandschuhe vom Lukensüll nehmen und sich einen Kaffee holen – doch die Handschuhe waren weg. „So eine Mist," fluchte er. „Muss man in diesem Scheißhafen sogar seine Handschuhe anketten?"

Ein stattlicher, schon etwas älterer Herr tippte ihm auf die Schulter und wedelte mit seinen verloren geglaubten Handschuhen. „Nicht so aufbrausend junger Mann, ich hab sie nur sichergestellt, damit sie Ihnen nicht gestohlen werden. Ich möchte mich kurz vorstellen: Reiman, Conrad Reiman."

Trotz der Hitze trug Conrad Reiman einen Anzug und eine Krawatte, wenn sie auch etwas gelockert um den Hals gebunden war. Allein der Blick auf die Schuhe verriet Jan, dass sein Chef in den besten Häusern einkaufte.

„Herr Reiman", stammelte Jan, „was für eine Überraschung! Wie kommen wir zu der Ehre?"

Conrad Reiman war als Vollblut-Reeder häufig unterwegs und besuchte seine Schiffe unangekündigt, aber regelmäßig, egal in welchen Häfen sie lagen. Für ihn gab es nur eine Devise: Selber sehen und begreifen. Er hatte sich in der Vergangenheit schon oft über die langen Lade- und Löschzeiten seiner Schiffe, insbesondere in den nordafrikanischen Häfen geärgert. Der Grund seines Besuches galt also nicht nur dem Schiff, sondern auch seinem Streben, mangelnde Infrastrukturverhältnisse zu lokalisieren und sich aus eigener Anschauung Ideen für Verbesserungen zu holen.

„Die Häfen ohne Landkräne machen jeden Reeder zum armen Schlucker! Wie soll man da Geld verdienen, wenn sich bei jeder Hiev der Kran auch noch drehen muss? Sehen Sie mal Steuermann, an Land kannst du den Kran so in Position bringen, dass du nur auf- und abtoppen musst. Bei unseren Schiffen ist der Kran in der Mitte und muss sich immer zeitaufwendig drehen. Was für ein Nachteil! Weißt du eigentlich, was so ein Dampfer am Tag kostet?"

Reiman verfiel leicht in das Du, wenn es um die pragmatischen Dinge im Job ging. Jan war von so viel Offenheit überrascht. Immerhin sprach er gerade mit seinem Dienstherren, dem Chef und Inhaber der Reederei, der ihm gerade gestand, dass seine eigenen Schiffe einen signifikanten Konstruktionsfehler aufwiesen. Das war schon sehr ungewöhnlich.

„Es gibt nur einen Weg, den Nachteil zu überwinden – die Kräne müssen auf die Seite", erwiderte Jan.

„Sag das nochmal, Steuermann", gab sein Chef erstaunt zurück.

„Die Kräne müssen auf die Seite des Schiffes, damit hätten wir den gleichen Effekt wie bei einem Landkran. Der Baum müsste nur auf- und abgetoppt werden und die Drehung ist damit auf ein Minimum reduziert!"

„Aber hör mal, Steuermann, wie sollen wir denn so eine enorme Gewichtsverlagerung kompensieren? Die Schiffe kippen doch sofort um!"

„Schwergutschiffe werden mit über 500 Tonnen beladen, da kompensieren die Ingenieure die Gewichtsverlagerung temporär mit Ballastwasser. Warum sollte das bei einem Stückgutschiff nicht auch funktionieren?"

„Was sind Sie denn für ein Kandidat? Wenn das ginge, stellten wir ja den ganzen Schiffbau auf den Kopf. Andererseits: Warum ist sonst noch keiner darauf gekommen? Es muss einen Haken geben, sonst wäre so ein Schiff längst gebaut worden", wandte Reiman ein.

„Herr Meier, weisen Sie doch bitte den Funker an, dass er mir unbedingt eine Flugverbindung von hier nach Mostaganem organisieren soll. Am besten mit einem Hubschrauber, der kann mich hier aufpicken." So viel war von Reiman bekannt, wenn er „unbedingt" sagte, gab es nichts zu verhandeln.

„Steuermann, ihre Wache ist ab sofort beendet. Folgen Sie mir bitte in die Offiziersmesse."

„Herr Reiman, bei allem Respekt, wir sind mitten im Ladegeschäft. Sie sehen doch selbst, was hier los ist. Ich kann doch das Schiff nicht einfach alleine lassen oder meinen Kollegen bitten, für mich zu übernehmen. Er hat schon die ganze Nacht an Deck zugebracht. In zwei Stunden bin ich mit meiner Wache durch, lassen Sie uns dann zum Mittagessen in der Offiziersmesse treffen. In der Zwischenzeit kläre ich mit dem Funker Ihre Rückflugoptionen!"

Jan wusste, dass Reiman keinen Widerspruch duldete, aber er war sich auch der Konsequenzen bewusst, die eine Vernachlässigung seiner Deckswache bedeuteten.

„Eine Notwendigkeit begründet sich immer selbst – es stellt sich nur die Frage, welche höhere Priorität genießt, lieber Steuermann. Ich gestehe, dass mich Ihre Einsatzbereitschaft an der richtigen Stelle trifft. Bringen Sie also Ihren Job zu Ende. Wir treffen uns um 12.30 Uhr in der Messe zum Lunch."

Die Offiziersmesse war ein besonderer Raum. Anders als in den Mannschaftsunterkünften deckte man weiß ein, ein Steward bediente, und es gab es einen Farbfernseher mit Videorecorder. Nur bei der Verpflegung wurde nicht unterschieden. Die Reederei bestand darauf, dass der einfache Seemann dieselben Mahlzeiten erhielt wie der Kapitän.

„Mir ist nach einem Pastis vor dem Essen, bietet Ihre Bar das?" fragte Reiman den Steward. In Windeseile servierte er drei Pastis mit Eiswasser. „Herrliches Gesöff, wie ich es liebe", schwärmte er und trank.

Der Koch hatte Steaks zubereitet, um dem Reeder seine Wertschätzung zu dokumentieren. Es ließ sich bei der Mittagsrunde nicht vermeiden, dass auch Kapitän Decker an der Besprechung teilnahm. Die beiden wussten nur zu gut, dass ein Treffen ohne Decker nicht nur böses Blut gäbe, sondern auch die Autorität des Kapitäns untergraben würde.

Nach dem Abräumen des Geschirrs brachte der Steward Kaffee, Cognac und Zigarren. „Meine Herren, sie leben ja recht feudal hier. Zum Nachtisch Cognac ist nicht gerade alltäglich", wunderte sich Reiman.

„Herr Reiman, ein Besuch von Ihnen ist es auch nicht. Bitte sehen Sie es dem Koch und dem Steward nach, dass sie Ihnen den Aufenthalt möglichst angenehm gestalten wollen", konterte Decker geschickt den kleinen Seitenhieb seines Chefs.

Jan verstand den Einwand von Conrad Reiman nicht. Soll er sich doch freuen, dass man sich so um ihn kümmerte. „Gut gemeint ist das Gegenteil von gut!" fiel ihm ein Zitat von Bertolt Brecht ein. Damit die Situation nicht entglitt, ergriff Jan das Wort.

„Herr Reiman, ich habe mir das Ganze noch einmal durch den Kopf gehen lassen. Wenn man die Kräne auf der Backbordseite montiert, müsste genau der gewünschte Effekt eintreten. Betrachten Sie die Schachtel Zigaretten als Schiff und den Kugelschreiber als Kran." Jan führte mit einem improvisierten Modell vor, wie es funktionieren sollte. „Natürlich ist in der Theorie alles einfacher, aber hier geht es um hohe Einsparpotenziale und damit um viel Geld!"

„Sie sagen es, Jan Meier. Aber wir haben es auch mit einem großen Risiko zu tun. Glauben Sie im Ernst, wenn es nicht einen Haken an der Sache gäbe, dass man solch ein Schiff nicht schon gebaut hätte? Ich kann mir nicht vorstellen, dass uns in Algier an der Luke mal so nebenbei einfällt, worauf andere längst hätten kommen müssen!"

Jan faszinierte die Ausstrahlung des Mannes, und er überhörte gern, dass er seine Idee zu „unserer" deklarierte. Reiman ging aber noch einen Schritt weiter. „Wir werden viel in die Planung investieren müssen. Einen neuen Schiffstyp zu konstruieren, ist sehr kostspielig. Was schätzen Sie, wie hoch die Entwicklungskosten wohl sein werden?“ Reiman schaute Jan fragend an.

„Keine Ahnung, Herr Reiman, aber ich denke, die Investition würde sich lohnen.“

„Da bin ich aber gespannt. An ihnen ist offenbar ein Kaufmann verloren gegangen“, frotzelte Reimann.

„Nein, nein, ich bin weder Kaufmann noch Werftingenieur, ich versuche nur logisch zu sein und ein Problem zu lösen. Ich glaube allerdings, dass ein Erfolg weitere Aufträge nach sich zöge. Und daran ließe sich doch bestimmt mitverdienen.“

„Junge, Junge, Sie sind ja ein ganz ausgeschlafenes Kerlchen. Sie meinen, wir produzieren zunächst einmal unsere eigenen Schiffe, schaffen sodann Begehrlichkeiten und schließlich partizipieren wir an den Neubauten unserer Wettbewerber. Also wirklich, ich staune nicht schlecht!“

„Mag sein, Herr Reiman, es ist vielleicht ein steiniger Weg ist, aber ich bin überzeugt, dass es klappt. Das einzig Neue dürfte der atypische Anblick der Schiffe sein. Die traditionelle Silhouette ist damit Geschichte. Ein neuer Schiffstyp verändert alles. In den Häfen mag man das Aussehen belächeln, aber nur bei der Ankunft. Wenn wir wieder auslaufen, fragen sich alle: Warum sind wir nicht selbst auf die Idee gekommen?“

Jans Worte lösten bei Reiman Euphorie aus. Schon allein die Vorstellung, sich einen langfristigen Wettbewerbsvorteil in dem hart umkämpften Markt durch eine konstruktive Veränderung zu sichern, elektrisierte ihn. Sollten sie doch über das Aussehen der Schiffe schmunzeln, letzten Endes würde er als lachender Sieger dastehen. Auch die Überzeugungskraft, die Jan ausstrahlte, imponierte ihm.

„Wir müssen zunächst eine Werft finden, die unseren Schritt mitgeht. Ich muss zudem die Kapitalgeber überzeugen, dass die Konstruktion zu deutlich höherer Wertschöpfung führt.“ Reimans Augen glänzten. Seine Reederei als Ideenträger von Innovationen. „Willkommen in meinem Team, Jan Meier. Ich werde ein solches Schiff bauen. Ach, was rede ich, eine ganze Serie soll entstehen, und Sie werden mein engster Berater sein. Wenn sich nur annähernd bewahrheitet, was sich in meinem Kopf abzeichnet, sind wir die Reederei der Zukunft! Verbessern, sparen, den Gewinn steigern! Das ist ganz nach meinem Geschmack!“

Kapitän Decker war perplex, traute den Vorstellungen seiner Gesprächspartner nicht und lehnte ihre Ideen als futuristisch ab:

„Jan, Sie werden schnell merken, dass Ihnen das Schiff schon beim ersten Mal in der Hamburger Schiffsversuchsanstalt umkippt. Glauben Sie mir, so geht es nicht. Herr Reiman, auch Ihnen möchte ich sagen, dass ich große Bedenken hege. Bei diesem Schiffstyp – sollte es ihn denn überhaupt jemals geben – müssten Sie immer mit der Steuerbordseite festmachen, sonst ist ihr gewonnener Effekt dahin, sie wären andernfalls gezwungen, jede Hiev um mehr als 120 Grad zu drehen. Ich möchte nicht wissen, wie dann die Hafenrechnungen aussehen!"

„Aber, aber, aber! Sie wissen doch, lieber Decker, wenn man in der Seefahrt immer ‚aber' gesagt hätte, würden Sie heute noch segeln und nicht mit 5000 PS in acht Tagen von Algier nach Bremen fahren! Nur wenn wir uns weiterentwickeln, bestehen wir im Wettbewerb. Eine moderne Reederei muss jede mögliche Innovation nutzen, sonst ist es ganz schnell zappendüdel. Glauben Sie mir eines, Decker, wenn es machbar ist, schlage ich diesen Weg ein! Ich gehe sogar noch weiter und lasse achtern nur eine Festmacherwinde auf der Steuerbordseite montieren, damit von euch Seeleuten erst gar nicht einer der Idee verfällt, mit der Backbordseite festzumachen. Verstehen Sie mich, Decker? Wer nichts wagt, der kann auch nicht herausfinden, ob etwas klappt. Bedenkenträger gibt es genug in Deutschland. Unternehmer zu sein heißt, ständig etwas zu unternehmen! Meine Leidenschaft ist die Reederei! Wenn es auch Ihre ist, dann wird es unserer Reederei auch immer gut gehen, meine Herren! Jan Meier, Leute wie Sie brauche ich in meinem Umfeld. Halten Sie sich bitte bereit! Sie hören in den nächsten Tagen von mir!"

Reiman stand auf und bat den Steward, ihn zum Funker zu begleiten. Auf Kapitän Decker wirkten die Worte seines Chefs wie eine Ohrfeige. Er war irritiert und blickte verunsichert in die Runde. Jan wusste, dass Conrad Reiman entschlossen war, das Schiff zu bauen. Es gab kein Zurück. Ob mit Kapitän Decker oder ohne ihn.

Dem Funker gelang es nicht, mit der Reederei über UKW in Kontakt zu geraten. Immer wieder brach die Verbindung zusammen. Die Gespräche ließen sich nie direkt führen. Eine Küstenfunkstelle in der Nähe war als Relaisstation zu benutzen, über die man mit Hilfe einer Telefonverbindung an Land den Anschlussnehmer in Deutschland zu erreichen versuchte. Die Qualität war nicht nur haarsträubend, die Übertragung konnte auch von allen anderen Besitzern eines UKW-Gerätes mitgehört werden. Wie oft hatte Jan schon heikle Gespräche verfolgt, vom Ehedrama und wichtigen Geschäftsmitteilungen bis zur Benachrichtigung über die Geburt eines Kindes. Von Bord des Schiffes aus gab es also nur über die Funkstation Algier die Möglichkeit, die Reederei zu erreichen. Es half nichts, der Funker überbrachte die schlechte Nachricht mit zittriger Stimme: „Herr Reiman, wir kriegen leider keine gescheite Funkverbindung nach Bremen, ich kann Ihnen also mit einem Rückflug nicht dienen, tut mir wirklich sehr leid." Reiman lehnte an der Eingangstür der Funkbude und fragte sich, was er tun konnte, um möglichst schnell nach Hause zu kommen. „Schon gut, ich mache Ihnen keinen Vorwurf! Können wir denn wenigstens innerhalb Algiers telefonieren?"

„Sicher, wenn Sie eine Nummer haben, stelle ich sofort eine Verbindung über den Hafenmeister her." Reiman gab ihm eine lange Nummer und forderte ihn auf, sich auf keinen Fall abwimmeln zu lassen.

Der Funker lächelte ihn an und überreichte ihm schon nach zwei Minuten den Hörer mit dem gewünschten Teilnehmer. Reiman staunte, mit welcher Energie sich der Funker in exzellentem Französisch durchsetzte.

„Conrad hier, Conrad Reiman, hallo, mein lieber Pierre, lange nichts mehr von dir gehört. Aber ja, meiner Frau geht es gut, ich werde sie von dir grüßen, ja, ganz bestimmt."

Schließlich erklärte Reimann seinem Freund, in welch misslicher Lage er sich befand. Seine Übertreibungen führten schon bald zum gewünschten Ziel.

„Ich danke dir, mein lieber Pierre, du hast mir sehr geholfen. Natürlich spendiere ich dir beim nächsten Mal in Hamburg wieder ein Rendezvous mit Suzanne, natürlich inkognito – versteht sich doch von selbst. Adieu Pierre!"

Etwa zwanzig Minuten später vernahm man von weitem das Geräusch von Rotoren. Pierre Le Foret schickte Reiman einen Hubschrauber. „Der fliegt mich jetzt nach Mostaganem, wo der Lear Jet meines Freundes steht und mich weiter nach Ganderkesee in der Nähe von Bremen bringt. In vier Stunden sitze ich am Schreibtisch und werde mich sofort mit dem neuen Projekt befassen. Wie schon gesagt, Jan Meier, ich melde mich bei Ihnen. Meine Herren, ich wünsche Ihnen noch eine angenehme Reise!"

Reiman schritt die Gangway hinunter und lief zum Helikopter. Der Co-Pilot riss die Seitentür auf und wies ihm einen der Passagierplätze zu. Noch bevor er seinen Gurt richtig verzurrt hatte, hob der Hubschrauber mit ohrenbetäubendem Lärm ab und flog gen Westen. Jan schnappte nach Luft. Mein Gott, was hat der Mann für ein Tempo drauf! Einen Augenblick schauten Jan und Kapitän Decker dem Helikopter noch hinterher. Schließlich meinte Decker: „Jan, Sie sind nicht mehr lange an Bord. Ich gebe Ihnen Brief und Siegel darauf, dass Sie spätestens in Spanien abgelöst werden.“ Decker kniff die Augen zusammen und zündete sich eine Zigarette an.

„Wie kommen Sie darauf, Kapitän?“ wunderte sich Jan.

„Sie wissen nicht, wer Conrad Reiman ist. Wenn der sich etwas in den Kopf gesetzt hat, wird das gemacht. Immer! Ich kenne ihn schon über zwanzig Jahre und weiß, wie er tickt. Das ist ein Wühler, der den ganzen Laden aus dem Nichts aufgebaut hat. Im Krieg seine Eltern verloren, musste er mit seiner Frau bei null wieder anfangen. Das sind fleißige und nette Leute. Sie haben ihn schwer beeindruckt.“ Decker lächelte und zog an seiner HB.

„Ja, Tempo hat er drauf, vielleicht aber hätte er sich die letzten Sprüche in der Messe lieber verkneifen sollen“, wollte Jan seinen Kapitän etwas aufmuntern.

„Ach wissen Sie, Jan, Reiman wirkt häufig wie ein Bulldozer, im Herzen aber ist er ein guter Mensch. Sie werden noch merken, wenn sie demnächst in seinem Team sitzen.“

„Ich wäre wohl der unwichtigste Teil in dem Team. Die Idee ist nun im Groben heraus. Was sollte ich jetzt noch von Nutzen sein? Ich stehe kurz vor der Ernennung zum Ersten Offizier; das dürfte für mich von größerer Bedeutung sein.“

„Jan, seien Sie kein Narr. Ihre Beförderung ist nur noch eine Formalität. In der Reederei ist sie längst beschlossene Sache. Die Beurteilungen liegen doch alle in Bremen vor. Aber bei diesem Projekt geht es um Erfolg oder Misserfolg der Reederei. Conrad Reiman würde niemals ihre Idee verraten. Er ist ein Ehrenmann. Wenn er sagt, Sie sind in seinem Team, bleibt es auch dabei. Sie werden sich noch wundern, mit welcher Geschwindigkeit und Zielstrebigkeit er ein Projekt vorantreibt. Ich sagte ja schon, Sie werden die Biskaya überfliegen und nicht mit dem Schiff durchqueren.“ Decker schnippte die Kippe ins Hafenbecken und klopfte Jan auf die Schulter.

„Ich lasse Sie ungern gehen, aber die Sache scheint wichtig und notwendig zu sein. Bauen Sie mir ein richtiges Schiff und nicht irgend so ein Rödeleisen!“ Decker sollte Recht behalten. Noch auf dem Weg zu ihrer nächsten Destination Málaga schickte die Reederei ein Telex, das seine Vermutung bestätigte. Jan sollte in Málaga abgelöst werden und am Nachmittag ein Ersatzoffizier eintreffen.

Gleich nach dem Festmachen kam der Mitarbeiter der Agentur an Bord und holte Jan ab. Offensichtlich wollte Conrad Reiman keine Zeit verlieren. Zum Flughafen war es nicht weit. Reimans Privatjet stand seit der Ankunft des Schiffes auf dem Aeropuerto de Málaga in Warteposition. Jan wunderte sich, warum der Ersatzoffizier nicht mit der Maschine hergeflogen war. Als könne der Agent Gedanken lesen, sagte er unaufgefordert: „Wissen Sie, Herr Meier, warum sollte ein kleiner Ersatzoffizier mit Reimans Lear-Jet fliegen? Das bringt nur alles durcheinander. Der Mann könnte schnell auf den Gedanken kommen, es gäbe für ihn Extrawürste. Nein, nein, das ist nicht sein Stil. Denken Sie erst gar nicht darüber nach: Conrad Reiman setzt seine Prioritäten eben anders als andere."

„Mag sein, aber wenn ich schon auf diesem Wege abgeholt werde, hätte doch mein Ersatzmann gleich mitkommen können."

„Herr Meier, Sie müssen etwas Besonderes sein. Ich habe es jedenfalls noch nicht erlebt, dass Reiman ein Besatzungsmitglied abholen lässt. Und ich kann Ihnen versichern, dass nur wenige in der Reederei wissen, dass ein solches Flugzeug überhaupt existiert."

Sie hielten direkt vor der Gangway. Ein Mitarbeiter nahm ihm das Gepäck ab und verstaute es in einem Raum an der Seite des Flugzeuges. „Sehen Sie irgendeinen Hinweis am Jet, der auf Reiman schließen könnte? Natürlich nicht, offiziell ist es nämlich der Flieger eines Freundes." Der Agent grinste und zwinkerte mit dem rechten Auge.

„Was ist mit dem Zoll? Müssen wir nicht ausklarieren?" erkundigte sich Jan.

„Nein, Herr Meier. Mit den Behörden ist alles geregelt. Grüßen Sie Bremen von mir!" Mit einem „Hasta luego" verabschiedete sich der Agent und kehrte zurück zum Hafen.

Der Pilot startete, und ehe sich Jan versah, rollte die Maschine in Richtung Runway. Erst jetzt wurde ihm klar, wo er sich befand. Alles war aus bestem Material und die Kabine edel und stilvoll eingerichtet. Die exquisiten Ledersessel boten allen nur erdenklichen Komfort. Sie waren nicht nur viel breiter als die in der Economy Class, sondern ließen sich auf Knopfdruck sogar in ein Bett verwandeln. So viel Luxus auf so wenig Raum hatte er noch nicht gesehen. Jan wähnte sich immer noch in einem Traum. Die Stewardess lächelte freundlich und deutete an, dass er nach dem Start etwas zu Essen erhielte. Als der Jet in nordwestlicher Richtung abhob, ließ Jan noch einmal das Geschehene Revue passieren. Seit Algier waren nur drei Tage vergangen. Es kam ihm vor, als habe er in einer Rakete Platz genommen. Alles ging unglaublich schnell. Von der Behäbigkeit des Seefahrtalltags hinein in die Welt des Business! Ihm war noch nicht einmal klar, ob er das alles selber so wollte. In drei Stunden landete er in Bremen. Was dann wohl passiert? Ob er noch nach Hause kann oder Reiman ihn direkt in die Reederei beordert? Beruft er ihn wirklich in seinen engsten Mitarbeiterstab? Was Benny wohl dazu sagen wird? Und erst Vater und Mutter? Fragen, auf die er keine Antwort wusste. Nach dem Essen setzte er sich die Kopfhörer seines Walkmans auf und legte das Tape mit den besten Chicago-Hits ein. Nach dem dritten Song schlief er ein und wurde erst wieder wach, als sich auf seinen Ohren Druck bemerkbar machte. Bei dem Anflug auf den Bremer Airport konnte er Grolland und sogar sein Elternhaus erkennen.

Es regnete leicht, als der Jet aufsetzte. Bremen hatte ihn wieder, schneller als er es sich je hätte vorstellen können. Das schwarzgelb karierte Follow-me-car geleitete die Maschine vom Rollfeld zur Parkposition auf dem Neuenlander Feld. Auch hier ging alles rasch. Gangway hinunter, ein kurzes Tschüs zur Stewardess, und schon saß er in einem VW-Passat, der vor dem Flugzeug bereit stand. Ein Mitarbeiter der Reederei holte Jan ab und brachte ihn in die Langenstraße. Jan erinnerte sich an die Worte von Kapitän Decker. „Wenn Conrad Reiman sich etwas in den Kopf gesetzt hat…“

Teil II
In der Reederei

Schwere Gespräche

„Vater, glaubst du wirklich, ich hätte Schiffbau studiert, damit wir jetzt einen Seemann unsere neue Flotte konzipieren lassen? Ich habe mich angestrengt, jahrelang gelernt und geschuftet, um eines Tages genau dieses Projekt voranzutreiben und zu verwirklichen! Und du kommst mir mit einem Nautiker und irgendwelchen bahnbrechenden Ideen!“ Julius Reiman, Conrads Sohn, war mehr als enttäuscht. Er empfand es als unerträglich, dass sein Vater offenbar die Vorstellungen eines familienfremden Mitarbeiters seinen eigenen vorzog.

„Julius“, versuchte Conrad zu beruhigen, „es geht doch nicht um Eitelkeiten, sondern um unser Geschäft! Die Idee des jungen Mannes ist wegweisend! Wenn wir es verstehen, die Neuerungen auf den Markt zu bringen, werden wir über Jahre hinweg führend sein. Hör ihn an und gestalte mit seiner Hilfe daraus einen neuen Schiffstyp. Euer Wissen, jeder auf seinem Fachgebiet, gepaart mit meinem Geschäftssinn – das kann unser Haus ganz weit nach vorne bringen! Der Markt ist am Boden. Keiner setzt zurzeit auf die Schifffahrt. Warum? Weil sich keiner dieser Pfeffersäcke an neue Dinge herantraut! Aber genau das ist unsere Chance! Versteh doch, mein Junge, wenn wir jetzt nicht anfangen zu investieren, um den Markt zu gestalten, gestaltet er uns!“

„Vater, es ist kein Geld da für Experimente, wir können es uns nicht leisten, ein neues Konzept zu entwickeln. Ich befürchte, dass du der Realität nicht ins Auge sehen möchtest.“

„Red‘ nicht so geschwollen daher! Ich weiß sehr wohl, was eine Neuentwicklung kostet und ich habe bereits mit mehreren Werften wie auch mit Banken gesprochen. Ich weiß, worüber ich rede! Du tust ja gerade so, als ließe sich ein Schiff nur bauen, wenn man studiert hat! Aber ich bin nicht mit schlauem Gequatsche Reeder geworden, sondern…“

„Weil du“, unterbrach Julius, „immer angepackt und du die Firma in der Nachkriegszeit im Alleingang aufgebaut hast! Ich lebe aber hier und heute, es geht nicht mehr um Ruinen die es wieder aufzurichten gilt, es geht um unsere Zukunft! Nimm doch bitte endlich zur Kenntnis, dass ich nicht vorhabe, unsere Reederei in den Ruin zu treiben!“ Julius schnaubte vor Wut. Er konnte kaum an sich halten. Seit längerer Zeit versuchte er seinen Vater davon zu überzeugen, ein Schwergutschiff von nie da gewesener Größe zu bauen. Für einen Ingenieur in der Tat eine technische Herausforderung, für einen Reeder jedoch ein Spiel mit der Existenz. Conrad war schon immer gegen eine Spezialisierung gewesen, weil sie die Einsatzmöglichkeiten einschränkte. Seine Schiffe sollten durch Vielseitigkeit überzeugen, und seine Abneigung gegen Schwergutschiffe lag vor allem darin begründet, dass der Markt auch in den nächsten Jahren nicht viel Projektladung hergab. Die Nachbar-Reederei Hansa kämpfte schon seit längerer Zeit mit den schwierigen Bedingungen. Die Unruhen im Iran und Irak wie auch im gesamten Nahen Osten machten insbesondere der Projektschifffahrt schwer zu schaffen. Aufträge wurden storniert oder nicht bezahlt – keine guten Voraussetzungen für eine Zukunftsinvestition. Conrad kannte den Markt wie kaum ein anderer, und so war seine Ablehnung durchaus begründet. Julius aber wollte unbedingt sein Schiff bauen. Conrad ahnte, dass es Julius mehr um die technische Herausforderung als um die Vermarktung ging. Ein guter Ingenieur – und das war Julius auf jeden Fall – muss noch lange kein guter Kaufmann sein. Für Conrad zeichnete sich immer mehr ab, dass Julius nur aus technischer Sicht argumentierte; die kaufmännischen Grundlagen vernachlässigte er dagegen. Seiner Meinung nach benötigte der Markt ein Schiff mit einem 800 Tonnen Ladegeschirr. Conrad startete noch einen Versuch: „Julius, vielleicht lässt sich, wenn die Marktbedingungen besser geworden sind, etwas machen?“

„Lass sein, Vater, ich gebe auf. Ich mag nicht mehr. Mach du dein Ding und ich mach meines. Du wirst sehen, eines Tages wird mein Schiff fahren, glaube mir.“

„Ich weiß, dass du diese Entscheidung nicht so schnell verwinden wirst, aber ein Schwergutschiff hat nicht die Priorität wie die neuen Multi Purpose Carrier! Um den Ball noch einmal aufzunehmen: Ich weiß genau, was ich tue! Ich investiere in einen Markt, den ich kenne. Wenn du dich meinen Argumenten nicht stellen möchtest, ist das in Ordnung. Aber behandele mich nicht, als müsstest du mir erklären, wie eine Reederei funktioniert! Für ein Schwergutschiff ist jetzt nicht die Zeit! So ist es nun einmal!“ Auch Conrad verlor nun seine Geduld. Die Diskussion strengte ihn an. Wenn Conrad mit keinem Argument mehr überzeugen konnte, brach er das Gespräch ab und hielt an seiner Entscheidung fest. Julius wusste, dass jedes weitere Wort nur noch mehr Öl ins Feuer gießen würde.

In diesem Moment klopfte Frau Beerbaum an die Bürotür. Die zierliche Assistentin Conrads spürte sofort, dass Ärger in der Luft lag. Mit einem freundlichen Lächeln sagte sie: „Herr Meier ist da. Darf ich ihn herein bitten?“

„Natürlich Frau Beerbaum, wir warten schon!“ Conrads Laune verbesserte sich sofort, als Jan durch die Tür kam. Er begrüßte ihn: „Schön, dass Sie da sind. Ist gar nicht so lange her, dass wir uns gesehen haben! Wie geht es Ihnen? Hat alles geklappt mit dem Rückflug?“

„Guten Tag, Herr Reiman, danke, alles in Ordnung, ich bin noch ein bisschen irritiert. Sie legen ja ein Tempo vor…“

„Was mein Vater will, das will er“, unterbrach ihn Julius.

„Entschuldigen Sie meine Unhöflichkeit, Jan, ich vergaß in der Hektik, ihnen meinen Sohn Julius vorzustellen!“ Conrad machte eine Geste in Richtung seines Sohnes. Julius gab Jan die Hand. „Julius Reiman. Herr Meier, schön, Sie kennenzulernen.“

Beide ließen sich ihre Wut nicht anmerken. Trotzdem spürte Jan das Knistern in der Luft.

„Jan, Sie sind sicherlich überrascht, dass wir Sie so schnell nach Bremen geholt haben, aber unser Vorhaben duldet kein Aufschub. Ich möchte möglichst schnell zu Ergebnissen kommen. Mein Sohn ist Schiffbauingenieur und würde sich Ihre Vorschläge gerne einmal anhören.“

Conrad deutete auf den großen Konferenztisch an der Fensterseite des großen Büros. Erst bei genauerem Hinsehen erkannte Jan die verschiedenen Miniaturmodelle, die auf dem Tisch verteilt lagen. Neben kleinen Kränen und Schiffssektionen befand sich ein Brückenhaus, eine Bug sowie eine Hecksektion. Conrad bemerkte seinen Blick und räumte seine Zweifel sofort aus: „Ich weiß, alle denken, wir spielen hier wie die kleinen Kinder. Aber glauben sie mir, mit diesen Teilen kann man viel besser erläutern, was man bauen möchte“, erklärte Conrad.

Sie verließen das Büro erst am späten Abend. Auch Frau Beerbaum blieb bis zum Schluss. Sie versorgte das Trio mit frischem Kaffee und Snacks. Frau Beerbaum musste immer da sein, wenn Conrad im Büro war.

Stundenlang diskutierten sie darüber, ob sich Jans Vorschlag realisieren ließe. Julius anfängliche, konträre Haltung veränderte sich im Laufe des Gespräches immer mehr ins Positive. Ihm gefiel, dass Jan seine Meinung ehrlich vertrat und ihm die Atmosphäre nichts ausmachte. Der Durchbruch wurde erzielt, als Jan vorschlug, Julius' Idee aufzunehmen, die Kommandobrücke vorne auf dem Schiff zu positionieren. Nun zeigte sich auch Julius etwas zufriedener. Das Konzept entsprach zwar nicht ganz seinen Vorstellungen, als Kompromiss war es aber für ihn akzeptabel. Conrad freute sich. Das Neubauprojekt nahm die Formen an, die er sich erhofft hatte. Noch wichtiger aber war ihm, dass auch Julius sich langsam aber sicher mit dem Projekt anfreundete. Er verließ das Büro mit dem Gefühl, einen großen Schritt nach vorn gemacht zu haben.

*

Die Monate vergingen sehr schnell. Jan war viel mit Conrad unterwegs. Sie verhandelten mit den Werften und Banken, während Julius sich mit der Schiffsversuchsanstalt in Hamburg um die technische Ausführung kümmerte. Als sie eines Abends aus Rendsburg von der Werft zurückkamen, nutzte Conrad die Gelegenheit, Jan auf einen Sprung zu sich nach Hause einzuladen. Der Tag war prima verlaufen. Werftchef Jansen wollte den Auftrag unbedingt haben, und so überraschte er die beiden mit einer ganz neuen Finanzierungsart. Nach seiner Idee stellte das Land Schleswig-Holstein mehr als 70 % der Mittel zinsgünstig zur Verfügung. Jansen hatte bei der Landesregierung angedeutet, dass der Verlust von Arbeitsplätzen zu befürchten sei, wenn er den für ihn so wichtigen Auftrag nicht erhielte. Er war Profi genug, um zur richtigen Zeit ein Drohszenarium aufzubauen. Kurz vor den Landtagswahlen und vor allem nach der Pleite der AG Weser in Bremen bedeuteten Werftarbeitsplätze für jede Regierung an der Küste eine Art Damoklesschwert. Jansen war sehr geschickt vorgegangen. Kaum war der Wirtschaftsminister über den ersten Schock hinweg, säuselte er ihm gleich die Lösung des Problems ins Ohr.

„Wie würden Sie es finden, wenn man Sie in Schleswig-Holstein als Jobmaschine bezeichnete?" Jansen wusste, dass seine Worte ihre Wirkung nicht verfehlen würden.

„Das hört jede Regierung und insbesondere jeder Minister gern. Gerade jetzt – in ein paar Monaten sind Landtagswahlen." Wirtschaftsminister Petersen sah sich schon auf den Plakaten mit siegessicherer Miene auf die Wähler blicken. Wie üblich bei Politikern, gingen seine Gedanken auch sofort mit ihm durch. Der Sekundentraum, der ihn als Ministerpräsident vor Funk und

Fernsehen bei der Taufe eines der neuen Schiffe sah, war schnell verflogen, als Jansen andeutete, dass längst noch nicht alles unter Dach und Fach sei.

„Herr Jansen, was ist zu tun, um den Auftrag nach Rendsburg zu bekommen? Ich würde ihrer Werft gern helfen. Nicht auszudenken: Ein deutscher Reeder bestellt sechs Schiffe bei einer deutschen Werft. Was für ein Signal, was für eine Kraft würde eine solche Nachricht ausstrahlen!"

„Herr Minister, ich hätte da eine gute Idee, die uns beiden hohen Nutzen bringt. Wir sollten ein Paket vorlegen, bei dem jede andere Werft kalte Füße bekommt", stichelte Jansen.

„Sie wissen doch, mein lieber Jansen, Protektionismus ist in der freien Marktwirtschaft kein probates Mittel. Wir dürfen uns keinen Faux Pas erlauben!" Jansen sah die Angst in Petersens Augen und wusste, dass sein Ziel zum Greifen nahe lag. Nach zwei weiteren Stunden intensiver Verhandlungen war es so weit. Das Land Schleswig-Holstein finanzierte zunächst den Bau von sechs Schiffen zu besten Konditionen. Conrad Reiman musste eigentlich nur noch unterschreiben, dachte Jansen.

*

Charlotte Reiman öffnete die Tür und begrüßte Jan sehr herzlich. Nachdem sie ihnen die Mäntel abgenommen hatte, führte sie Jan zur hauseigenen Bar.

„Entschuldigen Sie meinen Mann für eine Weile, er macht sich etwas frisch. Darf ich Ihnen schon etwas anbieten? Ich habe ein paar Kleinigkeiten vorbereitet, falls Sie hungrig sein sollten."

„Nein, danke, Frau Reiman, es ist alles bestens, wir haben in einer Raststätte gegessen."

„Na ja, der Hunger kommt von ganz alleine. Nehmen Sie sich etwas, wenn Sie mögen." Ohne weiter zu fragen, stellte sie ihm ein gekühltes Becks auf den Tresen. „Ist eigentlich ganz praktisch, so eine Bar im Haus, leider nutzen wir sie viel zu wenig. Sie merken es ja selber, mein Mann ist viel unterwegs, da bleibt kaum Zeit, um hier mit Freunden zu sitzen."

„Na, dann ist es ja eine Ehre, dass ich einer der Wenigen sein darf, die hier mit Ihnen das Vergnügen teilen dürfen", gab Jan mit freundlichem Lächeln zurück. Er überlegte die ganze Zeit schon, woher er sie kannte. Jan wurmte es, wenn er Gesichter nicht zuordnen konnte. Conrad erschien in Jeans und Polohemd.

„Sorry, dass Sie warten mussten. Meine Frau hat mich bestimmt glänzend vertreten. Wie fühlen Sie sich?“

„Ach, Herr Reiman. Ich freue mich sehr, hier zu sein.“

„Jan, Sie sind jetzt schon ein paar Wochen mit mir unterwegs, und heute ist der Durchbruch gelungen. Ich denke, bei Jansen liegen wir richtig. Er hat mich überzeugt. Der Mann hat mehr Geld von der Regierung eingeworben, als wir eigentlich benötigen. Ich habe auf der Rückfahrt kurz überschlagen, was die Finanzierung für uns bedeutet. Wir sparen nicht nur eine Menge Zinsen, sondern verfügen auch noch über ausreichend Liquidität, um die Einheiten auch gut auf dem Markt zu platzieren!“ Conrad strahlte über das ganze Gesicht.

„Stimmt, Herr Reiman, das Angebot ist wirklich sehr verlockend. Aber ist die Qualität der Werft auch entsprechend? Sind die Zusagen einer Landesregierung vor der Wahl auch danach noch bindend? Ich kenne mich in dem Geschäft nicht so aus wie Sie, ich weiß aber, dass die Politik so manches veranstaltet, um Stimmen zu bekommen. Was ist, wenn es sich um ein Täuschungsmanöver handelt?“ gab Jan zu Bedenken.

„Wie meinen Sie das?“ Conrads Miene verzog sich merklich.

„Ich sehe nur, dass der tatsächliche Gewinner unser Freund Jansen ist. Er hat das Kapital organisiert und steht nicht nur im Wirtschaftsministerium gut da, sondern auch zunächst bei uns! Aber was ist mit der Qualität? Und mit den tatsächlichen Preisen? Jansen ist clever. Es kann also durchaus sein, dass er auch ein zweites Gesicht hat. Wir kennen es nur noch nicht!“ teilte Jan seine Besorgnis mit.

Conrad schaute hinüber zu Charlotte und deutete auf Jan. „Ach, das mag ich an diesem Jungen; er gibt sich nie mit etwas zufrieden. Er schaut mindestens zweimal um die Ecke! Sehr gut! Schon möglich, dass Sie Recht haben. Es lief in der Tat vielleicht etwas zu glatt. Ich könnte mir auch vorstellen, dass da noch ein paar Unwägbarkeiten auf uns zukommen! Vielleicht gibt es einen Haken bei der Sache. Aber das soll uns heute egal sein, und wir wollen unseren ersten Erfolg genießen. Die Pflicht ist erledigt, die Kür steht noch bevor! Charlotte, schenk doch bitte ein.“

Conrad geriet in Höchstform. Er erzählte und alberte herum. So hatte Jan ihn noch nie erlebt. Nach weiteren Bieren bot er Jan das Du an.

„Ich weiß nicht Herr Reiman, ich fühle mich wirklich sehr geehrt, aber…“, antwortete Jan verlegen.

„Papperlapapp", unterbrach ihn sein Chef, „Ich heiße Conrad, und wir duzen uns jetzt! Der Ältere hat das Recht dazu! Also, nimmst du an?"

„Natürlich Conrad, wie kann ich dir etwas abschlagen?"

Bevor sich Charlotte gegen Mitternacht von den beiden verabschiedete, überzeugte sie Jan davon, dass es besser wäre, wenn er im Gästezimmer übernachtet. Charlotte mochte Jan.

Sie tranken die halbe Nacht. Als er um drei ins Bett fiel, sah er ein Bild von Benny auf dem Nachttisch stehen. Wie nett von Charlotte, dachte er, bevor er einschlief.

Der Morgen war grauenhaft. Es machte ihm nichts aus, nach nur kurzem Schlaf und zu viel Alkohol aufzustehen. Das kannte er von der Seefahrt. Sein Problem war ein anderes. Im Gästezimmer, soviel war klar, hatte Charlotte nicht für ihn ein Bild von Benny aufgehängt. Hier hingen mehrere Aufnahmen von ihr. Als kleines Kind am Strand, mit einer Schultüte in der Hand wie auch ein Bild mit Julius Reiman. In seinem Suff war er doch tatsächlich in dem Glauben gewesen, Charlotte hätte für ihn ein Bild von Benny aufgestellt. Welch ein Unsinn! Woher sollte Charlotte seine Freundin kennen? Ein schräger Gedanke! Scheiß Alkohol! Jan war plötzlich hellwach. Er begriff die Zusammenhänge. Benny gehört zur Familie. Benny ist die Tochter der Reimans! Sie muss es sein! Mist, dachte er. Noch schlimmer, sie ist die Schwester von Julius! Jan hatte Julius in den letzten Wochen zwar nicht häufig gesehen, ihm war aber nicht verborgen geblieben, dass Julius eine Art Eifersucht gegen ihn hegte. Er ließ keine Gelegenheit aus, um Jan gegenüber Conrad in ein schlechtes Licht zu rücken. Die Situation war wirklich verzwickt. Wenn er Julius traf, dann stets zu den Meetings und in Begleitung Conrads, der ihm über alle seine Gespräche berichtete, die er mit Jan führte. Julius' Ergebnisse waren zwar genauso wichtig für das Projekt, aber eben immer sehr technisch. Festigkeitsmessungen waren nicht so spektakulär wie die Verhandlung mit einer Werft. Folglich lag es auf der Hand, dass Julius sich vor Conrad besonders beweisen wollte. Anfänglich waren Jan die gelegentlichen Spitzen kaum aufgefallen. In den letzten Tagen nahmen sie aber an Intensität zu. Jan fand bisher jedoch keine Gelegenheit, mit Julius darüber zu sprechen, um die Lage zu entkrampfen. Und nun das! Für Julius bestimmt ein weiterer Grund, seine Abneigung noch deutlicher zu zeigen. Jan spürte förmlich den Druck, der in ihm aufstieg. Er fühlte auch ein wenig Wut auf Benny in sich aufsteigen. Warum brachte sie ihn nur in eine solche Situation? Er hörte die Stimme von Charlotte. „Jan, kommst du zum Frühstück?" Ihre Stimme klang ganz normal. Vielleicht weiß sie gar nichts? Oder wollte sie ihn provozieren? Einfach mal herausfinden, wie er reagiert? Entweder es geht gut oder eben nicht, überlegte er. Was soll schon groß passieren? Ich hab ja nichts verbrochen. Mit einem Lächeln ging er die Treppe hinunter. Charlotte wollte ihn gerade ein zweites Mal zum Frühstück rufen.

„Na, Jan, hast du gut geschlafen?"

„Oh ja, prächtig sogar. Ist aber auch kein Wunder, das Bett ist sehr bequem und der Alkohol tat das Übrige", versuchte Jan das Gespräch in eine andere Richtung zu lenken.

„Ich habe ein paar Eier mit Speck gebraten. Ich glaube, Seeleute mögen das gern zum Frühstück."

Ihr Ton ließ ihn vermuten, dass sie mehr wusste. Was aber, wenn es nicht so war? Conrad saß bereits am Tisch und schlürfte seinen Kaffee. Auch er wirkte angeschlagen. Keine Anspielung auf Benny. Keine doofen Fragen. Gut so, dachte er. Woher sollten sie auch etwas wissen? Bloß nicht verquatschen. Mit Charlotte kann ich bei nächster Gelegenheit einmal unter vier Augen sprechen; Benny allerdings werde ich noch heute Abend anrufen und zur Rede stellen.

Farbe bekennen

Im „Casablanca" saß er gleich vorne rechts. Ein guter Platz, um nach der Arbeit noch einen Espresso zu trinken. Die Atmosphäre gefiel ihm. Ein paar Originale aus dem Viertel, Leute von „Radio Bremen", mal ein Fußballer von „Werder" und viele, die gerne einmal in den Dunst der vermeintlichen Prominenz hineinriechen wollten. Harry, dem der Laden gehörte, verstand es gut, die Mischung zwischen VIPs und den Neugierigen der Stadt für sein Geschäft zu nutzen.

„Weißt du Jan, die VIPs brauchen das genauso wie die anderen. Sie tun zwar so, als wären ihnen die Neugierigen etwas lästig. Tatsächlich genießen sie aber ihren Auftritt inmitten dieser – ihrer Meinung nach – Nobodys. Mein Laden ist nur die Bühne!

Der Rest ergibt sich von selbst", war die simple Erklärung für seinen Erfolg. „Für mich sind es aber alle Gäste. Beide Seiten brauchen sich, um zu funktionieren."

Jan schaute auf die Uhr. Es war bereits nach 20 Uhr. Er zahlte, verabschiedete sich mit einem kurzen Nicken von Harry und machte sich auf den Weg in die Brautstraße. Der Zeitunterschied zu Australien betrug zehn Stunden. Wenn er gleich von zu Hause aus anrief, würde er Benny zwar wecken, aber das war ihm heute egal. Es dauerte fünf Klingeltöne, bis sich Benny am anderen Ende der Welt verschlafen meldete.

„Hi Benny, ich bin's!"

„Jan, du? Das freut mich aber! Wie geht es dir?"

„Ist alles ok hier. Und bei dir?" Jan wollte nicht gleich mit der Tür ins Haus fallen.

„Hier läuft alles prächtig. Aber du klingst ein bisschen komisch. Bedrückt dich etwas? Ist dir nicht gut?"

„Nee, das ist es nicht. Aber ich muss dir was sagen."

„Nein Jan, sag es nicht, du willst doch wohl nicht Schluss machen, bitte, sag jetzt nicht, dass es vorbei ist!" Benny klang fast hysterisch.

„So ein Quatsch, warum sollte ich? Komm mal runter, Benny, es geht um etwas ganz anderes. Ich war gestern bei deinen Eltern!" Jetzt war es raus, nun musste sie sich dazu äußern. Den ganzen Tag hatte er sich gefragt, wie sie reagieren würde.

„Oh Jan, das tut mir leid. Ich wollte es dir schon früher sagen, habe mich dann aber nicht getraut und es auf die nächsten Ferien verschoben. Das ist mir wirklich unangenehm. Ich weiß gar nicht, was ich sagen soll, Jan. Wie hast du es gemerkt?" fragte Benny sichtlich verlegen.

„Ich habe bei deinen Eltern übernachtet. Ich bin in den letzten Wochen viel mit deinem Vater unterwegs gewesen. Gestern hat er mich noch zu euch nach Hause eingeladen. Dein Vater hat mir das Du angeboten, und da es ist spät geworden. Charlotte meinte dann, ich solle im Gästezimmer übernachten. Ich sah die Bilder an der Wand, der Rest war nicht schwer zu erraten."

„Jan, sei mir bitte nicht böse, bitte nicht!"

„Ich bin nicht böse, aber ich bin enttäuscht. Warum hast du mir nicht gesagt, wer du wirklich bist? Ich bin doch auch immer ehrlich zu dir!"

„Jan, bitte versteh doch, ich wollte sicher sein, dass du mich meinetwegen liebst. Zu oft habe ich merken müssen, dass gar nicht ich, sondern das Geld meines Vaters der Grund einer Beziehung war. Ich wollte eine solche Enttäuschung nie wieder erleben. Darum habe ich auch meinen zweiten Namen benutzt."

„Welchen zweiten Namen?" forschte Jan nach. In seiner Enttäuschung war ihm ganz entfallen, dass er Benny gar nicht unter ihrem richtigen Nachnamen kennengelernt hatte.

„Den Namen meiner Mutter. Ich habe zwei Ausweise. Einen auf Reiman, einen auf Carstens. Als ich noch ein Kind war, wurde uns mit Entführung gedroht, und meine Eltern haben mich mit dem Namen meiner Mutter bei einer anderen Schule angemeldet. Seitdem besitze ich zwei Ausweise. Der Name Reiman hat nicht nur Vorteile."

„Verstehe. Und wie ist nun dein richtiger Name? Stimmt denn Benny wenigstens?"

„Mein richtiger Name ist Victoria Benedikte Reiman. Oder eben Carstens. Benny nennen mich nur meine Freunde. Und du natürlich." Sie fing an zu weinen. Ihr war die Situation peinlich.

„Was machen wir denn jetzt? Wie soll ich das alles deinem Vater erklären? Er vertraut mir. Ich möchte sein Vertrauen nicht missbrauchen. Dein Bruder allerdings wartet nur auf eine solche Gelegenheit. Er ist ohnehin schlecht auf mich zu sprechen. Ich glaube, er ist eifersüchtig, weil ich mehr Zeit mit deinem Vater verbringe als er. Ich möchte deine Eltern nicht belügen. Bis heute früh kannte ich ja die Zusammenhänge selber nicht, aber jetzt ist alles anders."

„Du hast ja so Recht, Jan. Aber bitte lass mich alles mit meiner Familie regeln. Ich spreche mit meinem Vater und mit meinem Bruder. Glaube mir, es wird alles gut."

„Und was ist mit deiner Mutter?"

„Die weiß es schon lange."

„Was weiß sie?"

„Na, dass ich einen Freund habe, der zur See fährt."

Noch ein paar Worte, und das Gespräch war beendet. Es hätte nicht schlechter laufen können. Auf alles war Benny gefasst gewesen, aber nicht darauf, dass ihr Vater ihren Freund zu seinem engsten Vertrauten machte. Der Schock, dass Jan tatsächlich in der Reederei ihres Vaters arbeitete, hatte ihr schon genug Sorgen bereitet. Sie war fest davon ausgegangen, dass sich nach ihrer Rückkehr das Problem mit Hilfe ihrer Mutter lösen ließe. Nun hatte sich der Wind gedreht. Jan war mächtig angefressen, und Vater dürfte sich hintergangen fühlen; nein noch schlimmer, er müsste es als Vertrauensmissbrauch auffassen, würde ihre Haltung nicht verstehen, wütend und zugleich enttäuscht sein.

So einsilbig und kurz angebunden hatte sie Jan noch nie erlebt. Sicher, er konnte seine Wut schlecht verbergen, und es gingen ihm schon mal die Pferde durch. Gefährlich wurde es jedoch, wenn er nur noch leise und in knappen Sätzen sprach. Dann war die Explosionsphase schon vorbei, und er befand sich an dem Punkt, Entscheidungen zu fällen. Jan war sehr konsequent. Auch gegen sich selbst. Sie kannte ihn lange genug, um zu spüren, dass die Luft dünn geworden war. Er brachte es fertig, Vater reinen Wein einzuschenken, egal, was es für seinen Job oder seine Beziehung zu ihr bedeutete. Lügen waren ihm verhasst. Da ging mit ihm gar nichts. Sie hatte sich verkalkuliert, ihn und sich in eine schwierige Lage hineinmanövriert. Wie sollte sie ihre eigentlich gute Absicht den beiden glaubhaft erklären? Wenn sie jetzt nicht aufpasst, verliert sie vielleicht beide.

*

Es war schon spät, eigentlich zu spät für einen Besuch bei Conrad. Charlotte öffnete die Tür und war etwas verwirrt, dass Jan um diese Zeit noch klingelte. „Jan, was für eine Überraschung, möchtest du wieder bei uns übernachten?“ suchte Charlotte der Situation etwas Fröhliches abzugewinnen. Sein Blick aber sagte ihr sofort, dass er nicht zum Scherzen aufgelegt war.

„Charlotte, entschuldige die späte Störung, ich möchte, nein, ich muss Conrad sprechen.“ Jans Stimme ließ keinen Zweifel an der Ernsthaftigkeit seines Anliegens aufkommen.

„Jan, ich bitte dich, nach der gestrigen Nacht hat sich Conrad schon hingelegt. Er schläft bereits. Und zugegeben, auch ich wollte mich gerade hinlegen. Hat es denn nicht Zeit bis morgen früh?“

„Wenn er schläft, dann schläft er. Da kann man nichts machen. Du hast Recht, ich werde ihn morgen früh im Büro ansprechen. Entschuldige bitte!“

„Ist nicht schlimm Jan, komm gut nach Hause! Oder willst du doch lieber hier schlafen?“

„Nein Danke, es ist lieb gemeint, aber nicht nötig. Mach es gut, Charlotte, ich geh dann mal.“

Jan stieg in sein Auto und fuhr los. Er hatte gehofft, in einem Gespräch alles klären zu können. Zwischen Tür und Angel wollte er aber auch Charlotte nicht behelligen. Was spielte sie für ein Spiel? Sie kann doch nicht annehmen, dass er die Bilder nicht gesehen hat. Es gibt nur eine Lösung. Sie weiß zwar, dass der Freund ihrer Tochter zur See fährt, aber sie ahnt nicht einmal, dass er der Besagte ist. Das erklärt ihr Verhalten. Heute früh dachte er noch, sie würde etwas wissen oder die Übernachtung geschickt eingefädelt haben. Aber nichts dergleichen. Sie hat wirklich keinen blassen Schimmer.

Er fühlte sich mies und suchte sich mit „Led Zeppelin“ abzulenken: „Hey, Hey, mama said the way you move / Gon make you sweat, gon make you groove…“ Er fuhr die Schwachhauser Heerstraße in Richtung Stadt. Die Ampeln waren nur noch an den großen Kreuzungen eingeschaltet. Er kam zügig voran, und die Musik dröhnte. Es half nichts. Seine Laune verbesserte sich nicht. Er war stinksauer. Wie konnte Benny ihm nur so übel mitspielen und sich so in ihm täuschen? Als würde er darauf achten, aus welchem Haus ein Mädchen kommt. Die Familienverhältnisse waren ihm mehr als egal. Schließlich ging es um Liebe und um den Menschen! Wie konnte Benny nur so von ihm denken?

„Hey Baby, whoa baby, pretty baby, Darling give it to me now.” Selbst Robert Plant regte ihn auf. Er drückte die Eject-Taste. Die Cassette sprang aus dem Recorder, und er feuerte sie vor Wut gegen die Windschutzscheibe. Schnauze voll für heute. In der Brautstraße stellte er sein Auto ab. Nervig genug, jetzt auch noch in die Wohnung gehen zu müssen. Alles darin erinnert an Benny. Nee, das brauchte er im Moment überhaupt nicht. Wahrscheinlich ruft sie noch einmal an. Wenn das passieren würde, wäre die Beziehung am Ende. Einmal richtig die Meinung sagen und dann auflegen. Erledigt. Ein für alle Mal. Todsicher. Doch wie hat es Oma schon immer gesagt: „Nichts überstürzen!“ Die Kneipe an der Ecke war noch auf. Zwei Bier sind besser als ein Telefongespräch mit einem schlechten Ende.

„Moin Herbert, mach mal nen Halben.“

„Du Jan, ich will aber inner halben Stunde dicht machen.“

Herbert war ein Halsabschneider und Halunke. Die Leute kamen nur zu ihm, weil es sonst keine Kneipe in der Nähe gab. Dicker, runder Kopf mit dünnen zurückgekämmten Haaren und dazu die passende Figur. Seine Wampe lugte stets aus einer zu knappen Lederweste hervor. Das Hemd wies schon Salzränder unter den Armen auf, seine weißen Frotteesocken in Opalatschen und der Bleistift hinter dem rechten Ohr rundeten die fast trichterförmige Figur ab. Er tat so, als hantierte er hinter der Theke herum und sagte: „Jan, ich habe hier noch einen Deckel vom letzten Mal. Sind noch drei Bier und zwei Tequila offen. Heute löhnst du aber, ok?“

„Herbert, ich habe es dir schon beim letzten Mal gesagt, es ist kein Deckel offen. Du weißt das, ich weiß das, und ich weiß, dass du das weißt! Und jetzt mach hinne, ich will mein Bier noch vor Feierabend trinken!“ Jan schaute Herbert mit strengem Blick an. Herbert war durchtrieben bis ins Mark. Der Trick mit dem Deckel hatte einen langen Bart, aber bei angetrunkenen Gästen das eine oder andere Mal Erfolg. Immer dann, wenn es Gegenwind gab, grinste Herbert mit seinem goldenen rechten Schneidezahn und zog aalglatt zurück.

„Oh, ich sehe gerade, du hast wirklich beim letzten Mal bezahlt. Sorry Jan.“

„Lass gut sein, Herbert, mach einfach das Bier fertig.“ Herbert war wirklich ein Arsch.

*

Es klingelte. Noch einmal. Jan registrierte erst einen Augenblick später den schrillen Ton. Ein kurzer Blick auf den Wecker verriet ihm die Zeit. Warum klingelt hier jemand so früh am Morgen? Noch etwas Schlaftrunken drückte er auf den Summer der Hauseingangstür. Er schloss die Wohnungstür auf und wollte gerade in den Hausflur hinaus schauen, da stand Conrad bereits vor ihm.

„Ich habe gehört, du wolltest mich dringend sprechen. Nun denn, hier bin ich.“

„Conrad, so eilig ist es nun auch wieder nicht!“ log Jan.

„Es wäre nett, wenn du mich hereinbitten würdest.“

„Oh, entschuldige bitte, selbstverständlich, komm bitte herein. Möchtest du einen Kaffee?“

„Nein, Kaffee können wir im Auto trinken, Kellermann hat alles vorbereitet. Ich möchte, dass du dich anziehst und mich begleitest. Wir fahren nach Kiel. Wir müssen nachverhandeln. Mit dem Wirtschaftsminister. Da läuft ein komisches Ding mit Jansen. Wir klären das heute.“ Conrad schien es eilig zu haben.

„Natürlich, wart‘ bitte einen Moment, ich bin gleich fertig.“

Zehn Minuten später stand Jan in seinem dunkelblauen Anzug vor Conrad, schnappte sich seinen Mantel und begleitete Conrad zum Auto. Sie fuhren den Osterdeich entlang. Am Sielwall musste Jan an Benny denken. Ein Stück weiter die Straße herunter war das „Storyville" und noch etwas weiter die „Eule". Sollte er gleich alles erzählen oder warten, bis Conrad das Gespräch eröffnete. Sein Chef nahm ihm die Entscheidung ab.

„So, jetzt mal raus mit der Sprache, wo drückt der Schuh? Was war so wichtig gestern Abend? Charlotte erzählte mir, dass du noch spät bei uns warst."

„Muss das jetzt sein?"

„Kellermann, machen Sie bitte die Scheibe hoch. Herr Meier hat etwas Vertrauliches zu berichten." Der Chauffeur drückte einen Knopf auf der Mittelkonsole und fast geräuschlos schob sich eine Scheibe nach oben und trennte den vorderen vom hinteren Bereich des Mercedes. „Ich weiß gar nicht, wo ich anfangen soll. Ich bin wirklich ratlos", druckste Jan herum.

„Raus damit. Wir müssen uns noch auf unseren Termin vorbereiten. Wir klären dein Anliegen und reden danach über unser heutiges Vorgehen."

Ohne lange zu überlegen, platzte Jan mit seiner Neuigkeit raus: „Conrad, deine Tochter ist meine Freundin!"

„Sag' das noch einmal!" Conrads Miene ließ Böses ahnen.

Jan versuchte ruhig zu sprechen und vorsichtig zu erklären. Conrad wirkte gefasst und hörte wenigstens zu. Jan war davon ausgegangen, dass er wütend reagieren würde. Am Schluss seiner Erklärungen sagte Jan: „Glaube mir bitte, ich weiß es erst seit gestern Abend. Mir ist das wirklich alles sehr unangenehm, aber ich musste dir das sagen, ich habe keine Lust auf Versteckspielen."

Conrad holte tief Luft und gewann seine Fassung wieder.

„Jan, die Geschichte klingt so absurd, dass man sie für wahr halten könnte. Dennoch bleibt es schwer vorstellbar, was du da sagst."

Da war es wieder. Das bewunderte Jan an Conrad. Obwohl es um seine eigene Tochter ging, sprach er mit ihm, als hätte Jan ihn in ein Geheimnis eingeweiht.

„Je länger ich aber darüber nachdenke, desto mehr würde ich es meiner Tochter zutrauen. Benedikte ist schon sehr speziell."

„Es ist, wie ich es sage. Ich war zunächst richtig wütend auf Benny. Aber nachdem ich eine Nacht darüber geschlafen habe, bringe ich sogar ein wenig Verständnis für sie auf."

„Ich werde ihr trotzdem gehörig den Kopf waschen müssen. Sie kann ihren Eltern doch alles anvertrauen. Ich möchte in meiner Familie keine Geheimnisse. Schon gar nicht solche. Was hat das Kind bloß geritten? Es ist aber müßig zu spekulieren. Ich rufe Benedikte noch heute Abend an. Mach dir bitte keine Gedanken; ob mit oder ohne meine Tochter, du bist in unserer Familie jederzeit herzlich willkommen. Ich danke dir für deine Offenheit."

Conrad gab Kellermann ein Zeichen, die Trennscheibe wieder herunterzufahren, und sagte: „Geben Sie Gas, Kellermann, ich will heute noch ankommen!"

*

Wirtschaftsminister Petersen saß am Schreibtisch und rang nach Luft. „Ich frage Sie noch einmal, Herr Minister, wer zieht noch Vorteile aus dem Deal? Wenn wir die Schiffe in Rendsburg bauen sollten, möchte ich unter allen Umständen vermeiden, dass Provisionen oder Vermittlungsgebühren an Dritte gezahlt werden."

„Herr Reiman, was glauben Sie denn, wo Sie hier sind? Ich möchte darauf aufmerksam machen, dass Sie sich auf ganz dünnem Eis bewegen. Fast könnte man bei Ihren Ausführungen auf den Gedanken kommen, Sie bezichtigten uns, Schmiergelder zu nehmen. Ich finde Ihr Verhalten sehr befremdend und unseres Hauses nicht würdig. Bitte verzichten Sie auf Verdächtigungen, die jeder Grundlage entbehren. Ich müsste das Gespräch sonst beenden", versuchte sich Petersen aus der verbalen Umklammerung Conrads zu befreien.

„Ich sage Ihnen, wie es gemacht wird. Sie schieben die Finanzierung über Ihre Landesbank an die Werft zu einem extrem niedrigen Zinssatz. Nehmen wir mal an, Sie stellen die Mittel für 1,5 % zur Verfügung. Die Werft gibt uns das Geld für 3 %. Bei einem Auftragsvolumen von 72 Millionen kommt da einiges zusammen. Es dürfte sich dabei um mehrere Millionen handeln! Warum sollen 1,5 % an andere gehen? Ich baue diese Schiffe, ich trage das Risiko! Warum soll jemand an meinem Engagement partizipieren?"

„Das ist ja völlig aus der Luft gegriffen! Ist Ihnen eigentlich klar, was Sie uns da unterstellen? Ich will nicht glauben, was ich da höre! Aber selbst wenn es so wäre: Sie, Herr Reiman, haben doch alle Vorteile auf Ihrer Seite. Wenn Sie mit einer anderen Bank zusammenarbeiten würden, müssten Sie einen deutlich höheren Zinssatz zahlen. Warum also die Aufregung? Warum die Unterstellungen?"

Petersen war doch nicht so clever, wie Conrad zunächst vermutet hatte. Indirekt gab er zu, dass es sich nicht um Vermutungen, sondern tatsächlich um Fakten handelte. Conrad hatte voll ins Schwarze getroffen.

„Weil ich nicht einsehe, dass ich mit meinem sauer verdientem Geld anderen Leuten die Taschen vollmache. Es ist mir egal, ob andere Banken teuer wären, es geht um Ihr Angebot. Und mein gesunder Menschenverstand sagt mir, dass hier etwas Krummes läuft. Sie wissen, dass ich Recht habe, Herr Minister Petersen."

„Herr Reiman, ich möchte das Gespräch jetzt beenden. Ich glaube, wir haben keine weiteren Punkte zu erörtern." Petersen stand auf und bewegte sich auf seinen großen Mahagonischreibtisch zu. Er nahm den Hörer ab und bat seine Sekretärin, Herrn Reiman und Herrn Meier zur Tür zu begleiten.

„Herr Minister, es war nett, mit Ihnen zu reden." Conrad grinste, aber Jan wusste nur zu gut, dass er innerlich kochte.

„Herr Reiman, Herr Meier, vielen Dank für ihren Besuch in unserem Hause. Ich würde mich freuen, wenn Sie die Situation noch einmal überdenken und die Schiffe unter den ihnen bekannten Voraussetzungen in Rendsburg bauen ließen. Wenn Sie sich für die Jansen-Werft entscheiden sollten, lassen Sie es mich bitte wissen, Herr Reiman."

„Herr Minister, noch einen angenehmen Abend." Conrad und Jan gaben Petersen die Hand und gingen. Conrad sagte nichts, und seine Miene wirkte versteinert. Kellermann wartete auf dem Parkplatz. Als er die beiden sah, schnippte er seine Zigarette weg, setzte sich hinter das Lenkrad und startete den Mercedes. Sie bogen in den Düsternbrooker Weg und fuhren in Richtung Zentrum. „Herr Reiman, möchten Sie gleich nach Bremen?"

„Ja, Kellermann, fahren Sie durch. Aber nicht nach Hause, wir nehmen noch ein Glas bei Axel."

„Bei Axel?" Jan konnte mit dem Namen nichts anfangen.

„Den Barkeeper im Park Hotel, du wirst ihn mögen."

„Aber Conrad, es gibt doch überhaupt keinen Grund für einen Drink. Ich habe das Gefühl, wir haben es verrissen. Der Minister wird kein Wort mehr mit uns sprechen. Für mich war das ein glatter Rausschmiss."

„So kann man es sehen. Aber es war nichts anderes, als der plumpe Versuch, der Wahrheit aus dem Wege zu gehen. Wir sind auf dem richtigen Weg. Ich lass mich doch nicht von zwei Hafensängern über den Tisch ziehen. Sie wissen jetzt, dass ich im Bilde bin und müssen sich eine neue Strategie überlegen. Dein Misstrauen ist nicht unbegründet gewesen; die beiden spielen nicht ganz sauber. Das Angebot sieht nur auf den ersten Blick gut aus, es ist noch mehr drin. Und das Mehr will ich haben. Warum soll ich mehrere Millionen verschenken?“

„Weißt du es oder vermutest du es nur?“

„Gleich weiß ich es. Kellermann, stellen Sie bitte eine Verbindung mit Jansen her. Wenn Sie nicht durchkommen, versuchen Sie es beim Minister.“

Nach kurzer Zeit meldete Kellermann, dass beide Anschlüsse besetzt sind.

„Siehst du, ich habe Recht behalten. Die beiden telefonieren. Jan, wir sind wieder im Spiel!“

*

Charlotte knipste die Nachttischlampe an. Sie hatte ein Geräusch gehört und war sofort hellwach. Ein Blick auf die Uhr: kurz vor zwei. Sie ging hinaus in den Flur und sah Conrad.

„Du kommst spät. Hat dich der Minister nicht weggelassen?“

„Doch, aber wir haben uns geärgert und sind noch kurz zu Axel in die Hallali-Bar gefahren. Aber du hast Recht, es ist schon spät. Komm, lass uns schlafen gehen.“ Er war müde und wollte nicht mehr reden. Charlotte blieb aber hartnäckig.

„Benedikte hat mehrfach versucht, dich zu erreichen. Es wäre nett, wenn du sie noch zurückrufen würdest. Sie hat heute frei und ist zu Hause. Es scheint wichtig zu sein“, gab sich Charlotte unwissend. – „Ich weiß, Charlotte, ich weiß, was sie mir beichten möchte. Aber sie soll ruhig noch ein wenig schmoren.“

*

Sie saßen am Frühstückstisch, als das Telefon klingelte. Conrad wusste, dass es Benedikte war. „Reiman“, meldete er sich mit scharfer Stimme.

„Papa, hier ist Benny. Papa, ich habe Mist gebaut. Ich muss dir etwas erklären – und es ist mir sehr unangenehm.“

„Ich weiß, mein Kind, Jan hat es mir bereits erzählt.“ Am anderen Ende der Leitung hörte er Benny schluchzen.

„Weißt du, es ist nicht die Tatsache als solche, es ist das mangelnde Vertrauen, das du mir entgegenbringst. Das trifft mich mitten ins Herz und enttäuscht mich sehr. Aber ich werde damit fertig. Du solltest dir vor allem Gedanken über deinen Freund machen. Du hast ihn, wenn ich es richtig verstanden habe, im Ungewissen gelassen. Ganz ehrlich, ich begreife nicht, was du damit bezwecken wolltest." Conrad musste sich bremsen. Er war kurz davor, sich in Rage zu reden. Je mehr er darüber nachdachte, desto wütender wurde er. Auf sich selbst?

„Papa, ich weiß, dass du im Recht bist. Ich bitte dich um Verzeihung. Ich würde es gerne ungeschehen machen, aber ich kann nicht. Bitte glaube mir einfach, dass es nie meine Absicht war, dich zu hintergehen. Zum Schluss wusste ich aber selber nicht mehr, was richtig und falsch war. Ich, ich…" Ihr versagte erneut die Stimme.

Das war Conrads schwache Seite. Er konnte sie nicht leiden sehen und wurde weich. „Nun ist es gut, mein Kind. Hör auf zu weinen. Ich verzeihe dir doch! Ich wünsche mir aber, dass du die Situation mit Jan klärst. Er hat es verdient, dass du ihn nicht nur um Verzeihung bittest, sondern dich auch in aller Form entschuldigst!"

„Ja Papa, ich weiß, dass ich das tun muss."

Dunkle Wolken

Die Maschine aus Frankfurt landete pünktlich um 9.30 Uhr. Julius flog in der Business Class und hatte schon die Tageszeitung gelesen. Wirklich konzentrieren konnte er sich allerdings nicht. Während seines Aufenthalts in den Staaten hatte er von der Beziehung zwischen Benny und Jan erfahren. Er war in Norfolk und versuchte, mit der dort ansässigen Brown Werft in Sachen Neubauten zu verhandeln. Conrad hatte ihm noch vor seiner Abreise davon abraten wollen.

„Julius, die Amis messen in Zoll, wir sind aber im metrischen System zu Hause. Du wirst immer Probleme mit den Ersatzteilen haben. Glaube mir, ich kenne das aus der Nachkriegszeit. Mein drittes Schiff war ein Bau aus den Staaten. Hätte ich nicht so exzellente Beziehungen zu den Amerikanern gehabt, wäre ich nach der ersten Reise schon aufgeschmissen gewesen", wollte Conrad ihn von der absurden Idee abbringen, eine amerikanische

Werft zu konsultieren. Julius beeindruckte der Einwand jedoch überhaupt nicht.

„Vater, die Amerikaner sind keine Idioten, sie bauen auch im metrischen System, glaubst du wirklich, ich weiß als Ingenieur nicht, auf was ich da achten muss?“ – erboste sich Julius.

„Aber darum geht es doch gar nicht. Wenn die Amis in anderen als ihren Systemen bauen, wird es teurer und die Nachversorgung ist nur mit langen Wartezeiten gewährleistet. Sei doch einsichtig, es bringt keinen Vorteil.“

„Ich weiß, Vater, immer wenn die Idee nicht von dir ist, gibt es etwas auszusetzen, das war schon immer so.“

„Junge, red‘ keinen Unsinn, ich weise nur auf die Fakten hin und erzähle dir von meinen Erfahrungen. Wenn deine Theorie stimmen würde, hätte ich die Idee von Jan ja wohl gar nicht erst aufgegriffen.“

„Jan, Jan, ich höre immer nur seinen Namen. Ist dir eigentlich einmal aufgefallen, dass ich auch noch da bin? Jan hat eine Idee und daraus wird die größte Neubauserie, die du jemals in Auftrag gegeben hast. Von meinem Schwergutprojekt willst du dagegen nichts wissen. Du hast gar nicht verstanden, warum ich bei der Neubauserie so intensiv mitgearbeitet habe! Mir geht es gar nicht um die Serie allein, mir geht es um die Konstruktion! Der neue Schiffstyp stellt gleichzeitig die Basis für mein geplantes Schwergutschiff dar. Alles wird größer und massiver! Und ich will dieses Schiff in Norfolk bauen lassen! So, jetzt weißt du es!“

„Du planst hinter meinem Rücken ein Schwergutschiff?“

„So ist es, und du musst dich überhaupt nicht aufregen, ich werde das Schiff unter eigener Flagge fahren lassen.“

„Sag mal Julius, bist du völlig übergeschnappt? Weißt du eigentlich, was du dir damit aufbürdest? Ich muss dir wohl nicht erklären, dass der Bau und der Betrieb eines Schiffes zwei völlig unterschiedliche Dinge sind!“

„Du kannst mich nicht davon abbringen, Vater, ich bin es leid, wie du mich hast links liegen lassen. Ich werde schon morgen nach Norfolk zur Brown Werft fliegen. Meine Ideen haben für dich nie gezählt. Stattdessen vertraust du einem Angestellten, von dem du nicht einmal weißt, aus welchem Stall er kommt!“

„Julius, es reicht! Du redest Quatsch! Du bist mein Sohn und hast für Eifersucht keinen Grund! Aber ich werde ja wohl noch das Recht haben, gegen deine Schwergutpläne zu sein! Ich verstehe nicht, warum du in einer Zeit, wo es kaum Projektladung gibt und es an allen Ecken und Kanten brennt, ein solches Schiff bauen willst? Das ist Wahnsinn, die Pleite ist vorprogrammiert. Sieh dir die Kollegen bei der Hansa an! Denen fliegt zurzeit alles um die Ohren! Die gehen den Bach runter! Glaubst du tatsächlich, dass der Markt auf dich wartet und bei dir alles anders ist? Ich sage es noch einmal, ich bin nicht gegen das Schiff, sondern nur gegen den Zeitpunkt!" Doch Julius war nicht zu überzeugen und bekräftigte: „Ich werde das Schiff bauen, mit oder ohne deine Unterstützung. Ich habe alles berücksichtigt. Die Finanzierung steht schon seit Wochen. Daran könntest du dir mit deinem Seemann ein Beispiel nehmen."

„Spar dir deinen Hohn. Natürlich bekommst du in Amerika öffentliche Gelder, dadurch wird der Preis attraktiver. Aber darum handelt es sich nicht, es geht darum, das Schiff zu guten Raten am Markt zu platzieren. Wenn die Hansa-Reederei absäuft, wird der Markt mit Tonnage überschwemmt. Dann rutschen die Raten noch einmal in den Keller! Julius, komm zur Vernunft. Wir bauen das Schiff, aber lass es uns später machen. Setz nicht alles auf eine Karte!"

„Ich habe lange genug auf dich gehört. Ich begleite deine Neubauten von der technischen Seite her gerne weiter; ich werde mich aber trotzdem um meine Angelegenheiten kümmern."

„Kann ich dich denn gar nicht umstimmen?"

„Nein Vater, unmöglich!"

Julius winkte einem Taxi und fuhr direkt in die Langenstrasse. Seit Bennys Anruf fühlte er sich wie paralysiert. Er hasste Jan. Er begriff nicht, was sich in den letzten Jahren ohne sein Wissen abgespielt hat. Jan wurde ihm gefährlich. Seine Gedanken kamen immer wieder auf den gleichen Punkt. Jan ist offenbar cleverer, als er vermutete. Er hat es nicht nur geschafft, Vater für sich zu gewinnen; auch die Schwester ist ihm auf den Leim gegangen. Seine Wut steigerte sich noch mehr. Selbst Benny spielt bei dieser Intrige mit, dachte er. Die Scheinheiligkeit, mit der sie versucht hatte, ihn einzulullen, kotzte ihn regelrecht an. Nie hätte er geglaubt, dass Benny sich gegen ihn stellt. Was für eine Enttäuschung. Und Mutter. Was spielte sie für eine Rolle? Er hoffte, dass wenigstens sie zu ihm hielt. Eines war jedenfalls sicher: Jan muss weg!

Das Taxi hielt vor der Reederei, Julius stürmte in das Büro seines Vaters. Frau Beerbaum war irritiert und schaute ihn verwundert an. Er riss die Tür auf und musste feststellen, dass niemand am Schreibtisch saß.

„Wo ist er?“ fuhr er Frau Beerbaum an.

„Wo ist wer?“

„Frau Beerbaum, stellen Sie sich doch nicht so dumm, ich suche meinen Vater, was glauben Sie denn wohl, wen sonst? Den Papst?“

„Herr Reiman, ich muss doch sehr bitten, ihr Vater ist nicht im Haus. Er ist geschäftlich in London“, klärte Frau Beermann ihn gereizt auf. Einen solchen Umgangston war sie nicht gewohnt.

„Dann stellen Sie sofort eine Telefonverbindung mit ihm her! Los, Los, kommen Sie in die Füße.“

„Herr Reiman, es reicht. So lasse ich nicht mit mir reden! Ich bin hier nicht als Lakai angestellt. Wenn Sie ihre Launen abreagieren wollen, suchen Sie sich dafür bitte jemand anderen!“

Frau Beerbaum stand auf, setzte ihre Brille ab, nickte Julius mit einem sehr abwertenden Blick zu und verließ wortlos den Raum.

Eine Stunde später betrat Jan das Vorzimmer zu Conrads Büro und wunderte sich darüber, dass Frau Beerbaum nicht an ihrem Platz saß.

„Frau Beerbaum? Sind Sie da? Hallo, ist denn hier niemand?“ fragte Jan. Gerade wollte er das Zimmer wieder verlassen, als er aus Conrads Büro Julius Stimme brüllen hörte.

„Komm rein, du Mistsack!“

Jan betrat das Büro. Julius saß mit leicht zerzaustem Haar an seines Vaters Schreibtisch, auf dem eine angebrochene Flasche Whisky stand. Die Füße auf dem Tisch, rauchte er und hielt ein Glas in der Hand. Jan sah, dass Julius schon ein paar Gläser intus hatte. „Julius, was gibt es zu feiern?“ scherzte Jan.

„Deinen Rausschmiss, du Vogel! Genau, du hast völlig richtig verstanden, deinen Rausschmiss! Du bist wirklich der größte lebende Haufen Dreck, der mir je untergekommen ist! Erst schleimst du meinen Alten voll und dann treibst du es auch noch mit meiner Schwester! Was bist du nur für ein abgebrühtes Schwein! Leider geht die Strategie nicht auf, weil es noch Leute wie mich gibt, die du nicht mit deinem Gelaber blenden kannst!“

„Julius, du hast getrunken und redest dummes Zeug! Werde nüchtern und dann können wir uns in Ruhe unterhalten. Du wirst sehen, morgen sieht die Welt schon ganz anders aus.“ Jan hielt es für ratsam, beruhigend auf ihn einzuwirken. „Du wirst unser

Unternehmen nicht wieder betreten. Verlass' dich drauf! Ich habe meinen Vater über dich informiert. Er weiß nun alles. Benny habe ich auch angerufen und ihr von deinen tatsächlichen Plänen erzählt: dass du es nur auf unser Geld, die Macht in der Reederei abgesehen und du sie nur benutzt hast. Sie hat es immer befürchtet. Deine Geschichte hat zu viele Zufälle. Keiner glaubt dir die Nummer mit Benny", log Julius. Seine abfällige Gestik und seine Unterstellungen provozierten Jan.

„Julius! Was redest du da für einen Blödsinn! Bis vor ein paar Tagen habe ich nicht einmal gewusst, dass Benny deine Schwester ist! Du bist eifersüchtig und konstruierst dir da etwas zusammen. Ich verstehe nicht, warum du solche Dinge behauptest? Was soll das? Ich habe niemanden getäuscht und schon gar nicht hintergangen! Und was soll das mit dem Machtanspruch? Ich habe hier einen Job für deinen Vater zu erledigen und viel Freude daran. Ich bin Nautiker und kein Reeder. Nimm' das einfach mal zur Kenntnis. Außerdem muss ich mich nicht rechtfertigen. Vor dir nicht, Julius!" Jans Puls schlug schneller. Nie zuvor war ein solcher Verdacht gegen ihn erhoben worden.

Julius machte erneut eine abfällige Handbewegung. „Quatsch hier nicht länger rum, du miese Ratte, ich kann dich nicht mehr sehen. Du hast das Vertrauen unserer Familie missbraucht. Es ekelt mich an, deine dämliche Fresse zu sehen. Und kotzen könnte ich, wenn ich nur daran denke, dass du meine Schwester gefickt hast!"

Weiter kam Julius nicht. Jan holte aus und verpasste ihm einen rechten Haken. Die Wucht des Schlages traf Julius am Kinn. Mit schmerzverzerrtem Gesicht sackte er noch tiefer in den schweren Ledersessel seines Vaters.

„Und damit du nicht vergisst, wie man sich benimmt, gibt es gleich noch zwei auf die Mütze! So sprichst du nie wieder mit mir!" Jan verpasste ihm je rechts und links zwei Backpfeifen, die es in sich hatten. In diesem Moment betrat Frau Beerbaum das Büro.

„Herr Meier, was machen Sie da? Sind Sie von Sinnen? Sie können doch nicht einfach den Junior schlagen!" empörte sich Frau Beerbaum.

„Der müsste eigentlich noch viel mehr bekommen!" Wütend eilte Jan hinaus und warf die Tür hinter sich scheppernd zu.

Julius versuchte, sich wieder aufzurichten, aber Frau Beerbaum drückte ihn wieder in den Sessel.

„Sie bleiben besser hier sitzen, Herr Reiman, und ruhen sich lieber noch einen Moment lang aus. Ich frage mich, was hier heute nur los ist? Warum sind alle so aggressiv?“ fragte Frau Beerbaum mit zittriger Stimme, während sie ihm mit einem Kleenex-Tuch die blutende Lippe abtupfte.

„Er ist schuld, hat uns alle betrogen! Wenn Vater erfährt, was der Halunke alles angestellt hat, um in unserer Firma die Macht zu übernehmen, wird er schwer enttäuscht sein. Es wird ihm die Augen öffnen.“

„Ich kann gar nicht glauben. was Sie sagen, Herr Reiman, Jan Meier ist doch immer nett und zuvorkommend gewesen.“

„Ja, das glauben alle, aber genau das ist seine Masche! Frau Beerbaum, ich möchte mich für mein unhöfliches Verhalten von vorhin entschuldigen. Ich hatte gerade erfahren, dass Meier auch noch Geld unterschlagen haben soll, und da habe ich die Nerven verloren“, log Julius weiter.

„Geld unterschlagen?“

„Ja, wie es aussieht, wollte Meier 10000 DM auf sein Konto abzweigen. So etwas Abgebrühtes habe ich noch nicht erlebt.“

„Also, wie man sich in einem Menschen täuschen kann. Er hat doch alles gehabt. Ihr Vater hat ihm sicherlich ein gutes Gehalt gezahlt.“

„Ein sehr gutes sogar. Aber es gibt Typen, die bekommen den Hals nie voll.“

*

„Das kann doch gar nicht wahr sein!“

„Doch Vadder, genauso ist es gewesen. Ich kann es selbst nicht begreifen.“ Die Enttäuschung stand Jan im Gesicht geschrieben. Er war von der Reederei gleich zu seinen Eltern gefahren, musste mit jemandem sprechen.

„Hast du denn Ärger mit dem Alten gehabt?“

„Ach was, im Gegenteil, ich habe ihm doch die Sache mit Benny sofort erzählt. Er war zwar erstaunt, aber nicht böse! Und jetzt so etwas. Ich werde den Laden nicht mehr betreten. Da gibt es keine zwei Meinungen.“

„Und nun?“

„Ich suche mir eine andere Reederei, gehe auf irgendein Schiff und damit basta!“

„Überleg dir das noch mal, Junge. Ich kann mir nicht vorstellen, dass der Alte nichts mehr mit dir zu tun haben will.“

Sein Vater redete noch eine Weile auf ihn ein, aber Jans Entscheidung war getroffen. Schon am nächsten Tag würde er verschwinden. Am besten mit einem Trampdampfer. Einfach weg und nicht erreichbar sein.

*

Das Telefon klingelte. Frau Beerbaum saß noch im Büro. Es war spät geworden. Wie in einem Film sah sie, wie Jan Julius ins Gesicht schlägt und wutentbrannt das Büro verlässt. Als sie abhob, war sie froh, dass Conrad sich am anderen Ende der Leitung meldete. Sie berichtete von den Vorkommnissen und schilderte ihre Eindrücke. Conrad wollte nicht glauben, was er hörte.

„Also, eine Sache stimmt definitiv nicht. Er hat kein Geld unterschlagen. Ich habe ihm die 10 000 Mark als Prämie für die gute Arbeit der letzten Monate zugesagt, damit er sich endlich ein neues Auto kaufen kann. Sein klappriger Kadett fällt ja bald aus dem Leim!"

„Na, welch ein Glück! Ich konnte mir das von Herrn Meier auch gar nicht vorstellen! Aber er hat Ihren Sohn geschlagen!"

„Frau Beerbaum, das ist jetzt kein Spaß mehr! Sie haben es wirklich gesehen, dass Jan ihn geschlagen hat?"

„Ganz bestimmt, Herr Reiman. Ich kam gerade in Ihr Büro."

„Gut, gehen Sie jetzt nach Haus, Frau Beerbaum, es ist spät genug. Heute können wir ohnehin nichts mehr tun." Conrad legte auf und ließ sich einen Gin Tonic aufs Zimmer kommen. Er konnte es nicht glauben, Jan sollte seinen Sohn geschlagen haben. Egal aus welchem Grund es passiert ist, das durfte er nicht durchgehen lassen. Er musste sich an den Gedanken gewöhnen, Jan wohl oder übel entlassen zu müssen. Er hoffte, dass es sich um ein Missverständnis handelte. Charlotte ging nicht ans Telefon. Mit ihr hätte er jetzt gerne gesprochen. Er schaute aus dem Fenster in Richtung Tillbury Docks. Es fing an zu regnen. Was für ein Tag. Am liebsten hätte er sich betrunken – tat es dann aber doch nicht.

*

Kellermann stand in der Ankunftshalle des Hamburger Flughafens. Mit seiner Chauffeuruniform war er nicht zu übersehen. Als er Conrad erblickte, ging er mit raschen Schritten auf ihn zu und nahm ihm sein Gepäck ab.

„Chef, gut dass Sie wieder da sind!"

„Danke Kellermann, was genau ist passiert?" Kellermann kannte seinen Chef genau und wusste, dass Conrad nur die Geschichte mit Jan und Julius interessierte. Zusätzlich berichtete er, dass von Jan jede Spur fehlte.

„Auch seine Eltern wissen nichts. Seine Mutter erzählte, dass er wohl wieder zur See ist. Sie hat aber keine Ahnung, bei welcher Reederei. Sie vermutet, dass er auf einem Ausländer fährt."

„Schöner Mist, und Julius? Was ist mit ihm?"

„Keine Ahnung. Er war heute morgen nicht im Büro. Darf ich Ihnen eine unbequeme Frage stellen?"

„Selbstverständlich!"

„Könnte es sein, dass Julius ihn provoziert hat? Mein Eindruck ist schon längere Zeit…" Kellermann konnte seinen Satz nicht zu Ende bringen.

„Natürlich kann das sein. Mir ist das Sticheln in den letzten Tagen auch nicht entgangen. Aber deswegen schlägt man sich doch nicht!" zischte Conrad zurück.

„Und Ihre Tochter?"

Kellermann hatte ins Schwarze getroffen.

„Ich weiß es nicht. Kann sein, dass es auch um meine Tochter geht. Wir werden es wissen, wenn wir in Bremen sind. Jetzt fahren Sie bitte nach Kiel ins Ministerium. Ich habe in einer Stunde einen Termin." Damit war das Gespräch beendet.

Kellermann steuerte den Mercedes über die A 7 in Richtung Norden. Conrad versuchte, sich auf die bevorstehenden Verhandlungen zu konzentrieren; zu wichtig war der heutige Tag. Sollte es gelingen, sein Konzept durchzubringen, würden die Verträge zum Bau der neuen Serie schon in der nächsten Woche unterschriftsreif sein. Doch seine Gedanken schweiften immer wieder ab. Die Nachrichten über Jan waren ein Tiefschlag. Je länger er darüber nachdachte, desto mehr stand ihm vor Augen, dass er nicht nur einen guten Mitarbeiter, sondern auch einen Menschen verlieren würde, der ihm in den letzten Monaten sehr ans Herz gewachsen war. Heimlich gestand er sich ein, dass er Jan wie einen Sohn sah, und fragte sich, ob er gegenüber Julius ungerecht gewesen sei. War Julius' Eifersucht wirklich unbegründet? Eine mehr als vertrackte Situation. Julius war sicher noch enttäuscht wegen seiner ablehnenden Haltung zum Bau seines Schwergutschiffes. Bestimmt glaubte er auch, dass Conrad Jan bevorzugte. Egal wer im Recht war, eine solche Demütigung würde Julius nie vergessen. Da er immer noch nicht zu erreichen war, ließ er sich mit seiner Tochter verbinden. Noch ehe Conrad eine Frage stellen konnte, legte Benny los.

„Vater, was ist los bei euch? Julius rief mich gestern an und war sehr aufgeregt. Er sagte mir, dass er Jan entlassen werde, weil er das Vertrauen unserer Familie missbraucht habe. Er soll Geld unterschlagen haben und, was noch viel schlimmer für mich ist, er soll mich nur ausgenutzt haben!“ Benny fing an zu weinen. „Ich kann mich doch nicht so in Jan getäuscht haben?“

„Also, bitte noch einmal ganz von vorn. Julius hat dich angerufen und erzählt, dass Jan unser Vertrauen missbraucht hat?“

„Ja, und er hat gesagt, dass Jan nur mit mir zusammen ist, weil er die Reederei haben will! Papa, wenn das wahr ist, dann komme ich nie mehr zurück! Ich will das nicht mehr! Ich will endlich einen Freund, der mich um meiner selbst Willen liebt! So lange ich lebe, geht es nur um die Reederei! Immer nur die Reederei!“ Bennys Enttäuschung wandelte sich langsam in Wut. Conrad versuchte, sie zu beruhigen, und erklärte ihr, was er wusste: „Ich kann mir das von Jan auch nicht vorstellen. Er hat kein Geld unterschlagen. Ich hatte es ihm zugesagt. Und über deine Beziehung mach dir man keine allzu großen Gedanken. Du hast ihn doch ganz wo anders kennengelernt. Wie sollte er denn wissen, wer du bist? Ich gewinne immer mehr den Eindruck, dass Julius falsch spielt und ihn eine mächtige Portion Neid antreibt. Ich konnte aber bislang weder mit dem einen noch mit dem anderen sprechen.“

„Erst vor kurzem habe ich Jan alles erklärt und mich für die Verheimlichung meines Namens entschuldigt. Und nun überstürzen sich die Ereignisse. Ich weiß gar nicht, was ich tun soll! Seit Julius’ Anruf versuche ich, Jan ans Telefon zu bekommen.“ Benny war enttäuscht, dass sie nicht mit Jan selbst sprechen konnte, um seine Sicht der Dinge zu hören und um zu spüren, ob er die Wahrheit sagt.

„Du wirst ihn genauso wenig erreichen wie ich.“

„Wieso denn, warum denn nicht?“

„Er soll nicht mehr in Bremen sein. Kellermann hat mit seinen Eltern telefoniert.“

„Was? Wo ist er denn hin?“

„Er fährt wohl wieder zur See.“

*

„Ich glaube, er wacht gerade auf. Schau nur, er öffnet ein Auge."

„Was für ein Glück! Ich denke, jetzt ist er über den Berg."

„Sag schnell dem Doktor Bescheid", rief Schwester Johanna ihrer Kollegin zu.

Jan hörte, dass sich die Krankenschwestern unterhielten, verstand aber den Sinn nicht. Sein Schädel schien zu platzen. Alles drehte sich, sein rechter Arm war taub und seine Lippe fühlte sich stark geschwollen an. Was war passiert? Und wo bin ich? Bei dem Versuch, die rechte Hand zu bewegen, spürte er einen stechenden Schmerz und einen Verband. Mein Gott, dachte er, was ist los mit mir? Immer noch konnte er keinen klaren Gedanken fassen; er kam sich vor, als wäre er gegen einen Bus gelaufen.

„Hallo, können Sie mich verstehen? Ich heiße Gärtner und bin Ihr behandelnder Arzt. Wie ist Ihr Name?" Dr. Gärtner leuchtete mit einer kleinen Lampe in Jans Auge und kontrollierte seine Pupillenreflexe. Jan versuchte ihm zu antworten, brachte aber kein Wort heraus.

„Schwester, er ist noch nicht so weit. Geben Sie ihm bitte noch ein Mittel für die Nacht. Wir wollen sehen, wie er morgen reagiert." Um Jan wurde es dunkel.

Erst zwei Tage später erwachte Jan erneut. Noch immer tat alles weh. Aber der Schmerz war intensiver. Dafür nahm er verschiedene Dinge deutlich besser wahr. Es roch nach Krankenhaus. Er sah eine Glasscheibe und Geräte, die er noch nie in seinem Leben vorher gesehen hatte. Er spürte einen Schlauch in der Nase. Eine Schwester befeuchtete seine Lippen vorsichtig mit einem Schwamm. Durst! Mein Gott habe ich Durst! Sein Kopf fühlte sich an, als schlüge ständig jemand auf ihn ein. Sein Verstand fing an, wieder zu arbeiten. Wie bin hier hergekommen? Wie lange liege ich schon hier? Welcher Tag ist heute? Er versuchte, sich zu entsinnen, was geschehen war, aber außer an einen „Atomkraft? Nein Danke!-Button" konnte er sich an nichts erinnern. Dagmar? Genau, Dagmar trug den Button an ihrer Jeansjacke. Aber wo habe ich sie getroffen? Der Geschmack in seinem Mund war unerträglich, seine Zunge pelzig, und er glaubte, sein Atem rieche nach einer Müllhalde. Wann könnte er wieder aufstehen? In diesem Moment trat ein junger Mann in einem weißen Kittel ein und kam zielstrebig auf ihn zu. „Guten Abend, können sie mich verstehen? Ich bin Dr. Gärtner, Ihr behandelnder Arzt."

Jan wollte antworten, stieß aber nur ein paar Grunzlaute hervor.

„Sie dürfen nicht sprechen, nicken Sie nur mit dem Kopf oder noch besser, geben Sie mit Ihren Augen ein Zeichen. Sie befinden sich im Zentralkrankenhaus in der St. Jürgen-Straße. Wir haben Sie vor sechs Tagen am Sielwall aufgelesen. Vor zwei Tagen sind sie schon einmal erwacht, wir mussten Sie aber noch einmal ins Koma versetzen. Wissen Sie, wie Sie heißen?" Jan bestätigte.

„Können Sie sich erinnern, wie Sie hierhergekommen sind?" Jan verneinte.

„Das habe ich mir schon gedacht. Es ist Folgendes geschehen: Sie sind am letzten Donnerstag mit 2,6 Promille im Blut aus der ‚Lila Eule' getorkelt und haben sich wohl mit den falschen Leuten angelegt. Wie es aussieht, hat man sind Sie mit einem Baseball-Schläger traktiert. Ihr Kiefer und Ihr rechter Unterarm sind gebrochen, fünf Rippen angebrochen, und ihr Körper ist übersät mit Hämatomen. Sie haben großes Glück gehabt. Wir fanden weder Geld noch Papiere bei Ihnen. Sie sind sich sicher, dass Sie wissen, wer Sie sind?" fragte Dr. Gärtner und schaute Jan dabei prüfend in die Augen.

„Jan", stammelte er.

„Ihr Name ist Jan. Das ist gut. Wir wissen jetzt, wie wir sie ansprechen können. Ihren Nachnamen sagen Sie mir morgen. Sie werden sehen, es geht schon bald wieder bergauf. Wir verringern in der kommenden Nacht das Morphium. Die Reduktion verursacht zwar ein paar Schmerzen, aber Ihr Verstand funktioniert dann bald wieder völlig normal. Morgen früh komme ich wieder zu Ihnen." Dr. Gärtner lächelte ihn aufmunternd an und verließ das Krankenzimmer. Als ihm auf dem Flur Schwester Johanna begegnete, wies er sie an, sich mit der Polizei in Verbindung zu setzen. „Er heißt Jan. Kann sein, dass er vermisst wird. Vielleicht haben wir Glück, und es finden sich ein paar Angehörige."

*

„Das ist ja furchtbar! Wo, sagen Sie, liegt er? In der St. Jürgen-Straße? Ich fahre sofort hin. Danke für Ihren Anruf." Jans Vater war kreidebleich.

„Was hat das zu bedeuten? Wer liegt in der St. Jürgen-Straße?" Das Gesicht von Jans Mutter war von Sorgenfalten zerfurcht. „Ist etwas mit dem Jungen?"

„Leider ja, er ist verprügelt worden und liegt im Krankenhaus. Zieh deine Jacke an, wir machen uns auf den Weg!"

Unterwegs erzählte er ihr, dass sie nur angerufen hätten, weil ein Jan auf der Vermisstenliste stehe und er heute das erste Mal seit sechs Tagen ansprechbar sei und nur seinen Vornamen herausgebracht habe. „Nach der Beschreibung der Schwester muss es sich um Jan handeln, sie hat seine Kleidung und die Jeansjacke beschrieben!“

„Wie furchtbar! Ich hab doch gleich gesagt, der Junge fährt nicht einfach wieder auf See, ohne sich von uns zu verabschieden!“

„Ja, aber ich dachte…“

„Du dachtest? Wenn ich ihn gestern nicht vermisst gemeldet hätte, würden wir immer noch glauben, er wäre auf einem Schiff. Der Junge liegt seit Tagen im Krankenhaus und benötigt unsere Hilfe! Ich könnte mich selbst ohrfeigen, dass ich nicht schon eher auf mein Gefühl geachtet habe. Mir kam es gleich komisch vor, dass er nicht erreichbar war. Mein Gott, der Junge hätte tot sein können, und wir bemerken es nicht einmal!“

„Helga! Es reicht jetzt! Der Junge war bewusstlos! Er ist ohne Papiere! Versteh‘ doch endlich, es war die erste Möglichkeit, dass überhaupt jemand mit ihm reden konnte. Vorher wussten die Ärzte auch nichts von ihm. Wir sollten uns jetzt bitte nicht verrückt machen“, sprach Günter Meier ein Machtwort.

Im Krankenhaus standen sie an der Scheibe zur Intensivstation und konnten ihren Sohn nur beobachten. Er schlief zwar, aber es war nicht zu übersehen, dass ihn Schmerzen plagten.

„Ich fühle mich unendlich hilflos“, stammelte Helga. Mehrmals putzte sie ihre Nase, ein Zeichen dafür, dass sie heimlich weinte. In diesem Moment sprach Dr. Gärtner sie an. „Er ist über den Berg. Er liegt nur noch zur Beobachtung auf der Intensivstation. Schon Morgen verlegen wir ihn. Wenn alles normal verläuft, haben Sie ihn nächste Woche wieder, allerdings noch mit ein paar Gipsverbänden.“

„Wird etwas zurückbleiben?“ fragte Helga besorgt.

„Nein, auf keinen Fall. Ihr Sohn hat Glück gehabt. Die Brüche sind glatt, und die Hämatome heilen schnell ab. Der Kopf hat nichts abbekommen, sieht man einmal von dem Kieferbruch ab. Er hat keine Wirbelfrakturen oder Quetschungen. In drei Wochen ist er wieder wie neu. Keine Sorge, er ist ein harter Brocken! Seine kräftige Muskulatur hat ihm das Leben gerettet.“

„Danke. Jetzt geht es mir gleich viel besser. Wann können wir zu ihm?“ wollte Günter wissen.

„Morgen Mittag liegt er auf der Station, dann können Sie ihn gerne besuchen. Ich hoffe, die Schwellungen sind dann so weit zurück, dass er sich wenigstens verständigen kann. Fahren Sie wieder nach Hause und gehen Sie schlafen. Heute können Sie nichts mehr für ihn tun."

Wieder in Grolland, entschloss sich Günter, Conrad Reiman anzurufen. Helga meinte zwar, Jan würde das auf keinen Fall gutheißen, aber er ließ sich nicht umstimmen. Ihm stand deutlich vor Augen, wie sehr Jan von den Vorfällen in der Reederei betroffen gewesen war. Und schließlich hatte nicht nur Kellermann, sondern auch Conrad selbst bei ihm angerufen und sich danach erkundigt, wo Jan abgeblieben sei. Günter war überzeugt, dass Julius ein Intrigant war und bewusst falsche Informationen streute. Jan würde niemals jemanden betrügen, und für Conrad Reiman wäre er durchs Feuer gegangen. Jans Bewunderung für Conrad ging ihm manchmal schon zu weit. Nicht, dass er Eifersucht verspürte, nein, viel mehr befürchtete er, sein Sohn würde eines Tages eine große Enttäuschung erleben. Als Jan ihm die Geschichte mit Julius erzählte, dachte Günter, nun sei es soweit. Als sich aber Conrad fürsorglich bemühte, Jan aufzuspüren, war ihm klar geworden, dass auch Conrad an dem Jungen hing. Es war auffallend, wie Conrad nach den richtigen Worten suchte, um sich zu erklären. Er sprach wie ein besorgter Vater, nicht wie ein Chef.

„Reiman", meldete sich Conrad am Telefon.

„Hier ist Günter Meier, der Vater von Jan."

„Oh. Herr Meier, wie wunderbar, dass Sie sich melden. Gibt es Neues von Jan?"

„Ja, aber leider sind es keine guten Nachrichten. Wir waren vorhin bei ihm. Jan liegt schwer verletzt im Krankenhaus!" Günter schilderte, was geschehen war. Conrad hörte aufmerksam zu.

„Wissen Sie, Herr Meier, ich habe seit meiner Rückkehr aus England und unserem Telefonat nichts mehr von Jan gehört. Mein Sohn weicht mir aus und lässt sich verleugnen. Glauben Sie mir, ich wüsste selbst gerne, warum die beiden so aneinander geraten sind. Meine Tochter ist in großer Sorge und ruft mich jeden Tag an. Das einzig Positive ist wohl, dass wir nun wissen, wo er ist. Wann glauben Sie, darf ich Jan sehen?"

„Wir gehen gleich morgen wieder zu ihm. Ich denke, er würde sich freuen, wenn Sie ihn in den nächsten Tagen besuchten. Er hält sehr viel von Ihnen und ist seit dem Streit mit Ihrem Sohn in dem Glauben, Sie wollten nichts mehr mit ihm zu tun haben. Ich meine, Sie sollten das klären. Selbst wenn es so wäre."

„Ich wünsche mir vor allem, dass die Probleme wieder aus der Welt kommen. Meine Tochter liebt Jan, und mein Sohn kann ihn offenbar nicht ausstehen. Das macht es für mich nicht gerade einfach. Mein Junge scheint von Neid getrieben zu sein."

„Warten wir ab, bis Jan uns seine Sicht der Dinge erzählt."

Günter war erleichtert, dass er mit Conrad gesprochen hatte. Er vermied es bewusst, seine wahren Gedanken zu äußern. Er wollte Conrad nicht verletzen. Wie wäre es wohl, wenn Jan sich anstelle von Julius so verhalten hätte? Wie fühlt man sich dann als Vater?

*

Seit Günters Anruf waren drei Tage vergangen. Als er Jan erzählte, dass sich Conrad ständig nach ihm erkundigte, wirkte Jan sehr erleichtert.

Der Gang schien endlos lang. Fast wie im Ministerium in Kiel. Blankgeputzter Linoleumboden. Drumherum eine fast schon erdrückende Betriebsamkeit. Und hier sollen Menschen gesund werden, dachte Conrad. Endlich stand er vor der Tür mit der Nummer 317. Er öffnete das Zimmer, in dem sich drei Männer befanden, von denen einer gebannt auf den Fernseher starrte. Conrad wunderte sich, dass er ihn nicht wahrnahm, sah dann aber, dass der Kranke einen Kopfhörer trug. Die Luft war zum Zerschneiden. Jan lag in dem Bett vor dem Fenster. Seine Haare waren ungepflegt und fettig, die Haut wirkte aschfahl.

„Da hat es dich aber ganz schön erwischt mein Junge!" begrüßte er ihn.

„Das kannst du wohl sagen. Ich fühle mich, als hätte mich ein Panzer überrollt." Jan versuchte zu lächeln.

„Wie lange wirst du hier noch liegen müssen?"

„Ich denke, noch eine Woche. Dann lässt man mich wenigstens wieder nach Hause. Was ist mit Benny? Weiß sie, wo ich bin? Will sie noch etwas von mir wissen?"

„Benny ist über alles informiert, sie macht sich große Sorgen. Ich konnte sie kaum beruhigen. Sie hat Julius zunächst die Geschichte mit dir geglaubt und war am Boden zerstört. Später konnte ich mit ihr telefonieren und ein paar Ungereimtheiten aus dem Wege räumen."

„Wird sie mich verlassen?“ Jans Blick richtete sich hilfesuchend an Conrad. Fast schon, als wollte er sagen, nur nicht noch eine schlechte Nachricht.

„Ich denke nicht. Sie ist auf dem Weg nach Bremen, sie sitzt gerade im Flieger. Als ich das erste Mal mit ihr telefonierte, waren wir noch davon ausgegangen, dass du wieder auf See bist. Erst dein Vater erzählte mir, dass du hier bist. Als Benny davon hörte, hat sie sich sofort um ein Flugticket bemüht. Kellermann ist mit unserem Jet nach London und pickt sie dort auf. Ich hoffe, sie werden am Nachmittag in Bremen landen.“

„Danke Conrad. Ich weiß gar nicht, was ich sagen soll.“

„Nichts, werd‘ du erst mal gesund, das ist viel wichtiger.“

„Vertraust du mir noch?“ wechselte Jan das Thema.

„Natürlich, sonst wäre ich nicht hier. Möchtest du jetzt schon darüber reden oder wollen wir warten, bis du aus dem Krankenhaus bist?“

„Ich weiß selber nicht, was in der Nacht passiert ist. Ich versuche, mich zu erinnern. Jeden Tag kehrt ein bisschen mehr ins Bewusstsein zurück. Es wäre wohl besser, wenn wir erst in ein paar Tagen darüber sprechen.“

„Kein Problem. Sag einfach, wenn du soweit bist.“

Conrad verabschiedete sich von Jan und verließ das Zimmer. Wenige Meter weiter auf der rechten Seite des Ganges war das Büro der Stationsschwester. Freundlich lächelte er Schwester Johanna an und fragte sie, wie er es anstellen müsse, dass Jan in ein Einzelzimmer verlegt würde. Schwester Johanna wollte Conrad gerade einen ganzen Stapel Formulare in die Hand drücken, als dieser dankend ablehnte.

„Schwester Johanna, darf ich kurz telefonieren?“

„Ja, es kostet aber 30 Pfennige.“

Er wählte die Nummer der Reederei und legte ein 50 Pfennig-Stück auf den Tisch.

„Frau Beerbaum? Reiman hier. Jan Meier liegt im St. Jürgen-Krankenhaus. Ich gebe Ihnen jetzt Schwester Johanna. Bitte regeln Sie alles so, dass Jan ab sofort ein Einzelzimmer zur Verfügung gestellt wird. Die Kosten übernimmt die Reederei. Ich kann mich darauf verlassen? Danke, Frau Beerbaum. Ach, noch etwas, haben Sie etwas von Kellermann gehört? Ah, sehr gut, dann klappt ja alles.“ Conrad gab Schwester Johanna den Hörer, lächelte und verabschiedete sich. Zwei Stunden später lag Jan auf der Station für Privatpatienten.

Kellermann fuhr Benny direkt vor das Eingangsportal des Krankenhauses. Frau Beerbaum hatte ihm die neue Zimmernummer bereits mitgeteilt. Benny öffnete die Tür und sprang aus dem Mercedes.

„Sie müssen in die 8. Etage, Frau Reiman!" rief er ihr noch hinterher. Benny war nicht zu halten. Sie stürmte in den Empfangsbereich. Fast hätte sie den Mann umgerannt, der mit einer Armschlinge den Fahrstuhl verlassen wollte. Der Weg kam ihr wie eine Ewigkeit vor, bis sich endlich die Tür öffnete. Fast 31 Stunden war sie schon auf den Beinen. Ihre Ungeduld war kaum noch zu zügeln. Wie Jan wohl jetzt aussieht? Wird alles noch so sein wie früher? Sie riss die Tür von Zimmer 808 auf und wollte ihr Glück und ihre Freude herausschreien, doch Jan lag im Bett und schlummerte vor sich hin. Sie hielt inne, wollte ihn nicht erschrecken und bei ihm sein, wenn er aufwachte. Vorsichtig zog sie einen Stuhl ans Bett und setzte sich zu ihm. Sie stützte den Kopf auf ihre Hände, lächelte zufrieden und fühlte sich auf einmal ganz leicht. ‚Alles wird gut', dachte sie, ‚jetzt kann nichts mehr passieren. Ich habe Jan endlich wieder.'

*

„Du bezahlst diesem Typen ein Einzelzimmer im Krankenhaus? Von unserem Geld? Vater, was ist in dich gefahren? Dieser Mann betrügt uns – und von Benedikte will ich gar nicht sprechen! Du hilfst einem Mann, der deine Tochter benutzt hat, um in der Reederei die Kontrolle zu übernehmen?" Julius baute sich vor Conrads Schreibtisch auf und nahm eine drohende Haltung an.

„Deine Anschuldigungen sind ganz und gar haltlos! Du führst dich geradezu auf wie ein spätpubertierender, eifersüchtiger Halbstarker! Seit Tagen gehst du mir aus dem Weg und lässt dich nicht blicken. Jan liegt schwer verletzt im Krankenhaus, da ist es nur selbstverständlich, dass ich ihm helfe!"

„Helfen? Hier ist ja wohl eher von einem Verwöhnprogramm zu sprechen. Und das alles für diesen Idioten!" schrie Julius.

„Setz dich gefälligst auf den Stuhl und plustere dich nicht so vor mir auf! Was glaubst du, wer du bist? Du behauptest Dinge, von denen du gar nichts weißt. Ich habe Jan die 10 000 DM für den Kauf eines neuen Autos gegeben. Und Benedikte kennt er schon seit einer Zeit, da wusste ich noch nicht einmal, dass er bei uns beschäftigt ist! Du hetzt die ganze Zeit gegen einen Mann, der sich enorm für die Reederei einsetzt! Deine Eifersucht ist geradezu krankhaft! Was hast du gegen Jan? Seine wie auch deine Ideen bringen das ganze Unternehmen nach vorn! Wir dürften mehr als zufrieden sein, stattdessen entfachst du unnützen Streit!"

„Dich hat er genauso eingelullt wie Benedikte. Du scheinst blind zu sein. Dieser Kerl ist durchtrieben bis ins Mark. Zu schade, dass er nicht noch mehr abbekommen hat! Meinetwegen hätte er auch verrecken können!" Julius Gesichtszüge wurden merkwürdig finster. Seine Augen starrten Conrad an, wie er es bei seinem Sohn noch nie gesehen hatte. Er spürte den Hass, den Julius für Jan empfand.

„Julius! Was soll das heißen? Der Mann hat dir nichts, aber wirklich rein gar nichts getan. Du hast dich nicht mehr unter Kontrolle! Was ist bloß passiert, dass du so geworden bist? Ich erkenne meinen eigenen Sohn nicht wieder!"

„Ah, sehr interessant, du bemerkst, dass du noch einen Sohn hast. Sehr löblich", versuchte Julius die Situation ins Lächerliche zu ziehen. Conrad musterte ihn mit einem prüfenden Blick.

„Woher weißt du eigentlich, dass er nicht, wie du sagst, noch mehr abbekommen hat? Steckst du etwa hinter der Prügelattacke? Konntest du es nicht verwinden, dass er dir für deine falschen Unterstellungen zwei Ohrfeigen verpasst hat? Sag schon, hast du etwas damit zu tun? Rede mit mir, Julius! Ich will endlich wissen, was tatsächlich in der Nacht passiert ist! Also, hast du etwas damit zu tun? Ist es wieder so wie damals in der Schule, als du den Lehrer auch für alles beschuldigt hast? Ja, ist es das?"

„Weißt du Vater, allein dass du diese Geschichte erwähnst, zeigt doch, dass du mit mir abgeschlossen hast! Du und die anderen hier! Mach deine Reederei alleine, ich gehe ab sofort meinen eigenen Weg! Ich will nichts mehr mit euch zu tun haben! Nichts mehr! Ich bin raus!"

„Was bezweckst du mit deinem Verhalten? Mir ist auch nicht klar, was ich dir getan haben soll. Ich weiß aber Recht und Unrecht immer noch zu trennen. Und deswegen frage ich dich ein letztes Mal: Hast du etwas damit zu tun?"

Conrad war wütend und enttäuscht. Er hatte in den letzten Wochen immer wieder vergeblich versucht, Julius Zweifel an seiner Zuneigung auszuräumen. Nun riss ihm der Geduldsfaden. Seine Stimme bebte.

„Ja, Vater, ich habe ihn in der ‚Eule' gesehen, ein reiner Zufall. Ich wollte dort noch einen Absacker nehmen. Er war besoffen und quatschte an der Theke mit irgeneineiner von den Atomkraftschlampen. Wie er da saß und blöde grinste, habe ich zwei Typen einen Hunderter gegeben und ihnen gesagt, sie sollen es ihm richtig besorgen, weil er dauernd meine Freundin anmacht." Julius schien es Freude zu bereiten, davon zu erzählen.

„Es war so einfach. Für einen Hunderter bekam er richtig was in die Fresse. Hundertfach hat er für die Ohrfeigen bezahlt. Und glaub mir, auch wenn ich selber betrunken war, es war ein gutes Gefühl ihn dort liegen zu sehen. Ja, ein wirklich gutes Gefühl!"

„Ich kann nicht glauben, was ich da höre, es widert mich an. Ich schäme mich für dich! Mein eigener Sohn übt Selbstjustiz! An einem Unschuldigen! Aus verletzter Eitelkeit! Wie kannst du nur!?" Weiter kam Conrad nicht.

„Schrei so viel du willst! Ist mir scheißegal! Einen Julius Reiman schlägt niemand ungestraft! Auch dein Zögling nicht. Wenn ich ihn nicht an diesem Abend erwischt hätte, wäre es halt später passiert. Glaubst du wirklich, ich lasse es zu, dass mich ein Angestellter in meinem eigenen Haus diszipliniert?" herrschte Julius seinen Vater an. Conrad erschrak und wurde ganz blass. Seine Augen füllten sich mit Tränen. Ihm wurde plötzlich klar, dass der Riss zwischen ihnen nicht mehr zu kitten war. Die Auseinandersetzung wirkte wie ein Dammbruch, als hätte er einen tragenden Balken aus einem Haus gezogen, das danach zusammenfiel. Nichts ging mehr. Es schmerzte nahezu unerträglich, dass er keinen Zugang mehr zu Julius fand. Er brachte kaum einen Laut heraus. Mit zittriger Stimme krächzte er: „Es ist nicht mehr dein Haus! Geh‘ mir aus den Augen!"

Julius starrte ihn an, drehte sich um, verließ das Büro, indem er die Tür hinter sich zuknallte. Conrad sackte auf seinen Stuhl. Er fühlte sich so verloren, leer und einsam wie noch nie. Er wollte nur noch weg. Er wies Kellermann an, ihn nach Hause zu bringen. Die ganze Fahrt über sagte er kein Wort. Kellermann spürte, dass es besser war, einfach gar nichts zu sagen. Charlotte stand schon im Flur und schluchzte. Ihm war sofort klar, dass Julius angerufen und alles erzählt hatte. Er ging auf sie zu, nahm sie in den Arm und sagte: „Charlotte, wir haben unseren Sohn verloren."

*

Das Telefon klingelte. Charlotte hoffte, es sei Julius. Seit Tagen war er verschwunden. Immer noch konnte sie nicht begreifen, warum ihr eigener Sohn sich so verändert hatte. Was war von ihnen nur falsch gemacht worden?

Als liebende Mutter stellte sie sich andere Fragen als Conrad, der noch nie nachtragend gewesen war. Wenn Julius sich entschuldigte, würde er es auch jetzt nicht sein. Sie hob den Hörer ab, hörte enttäuscht die sonore Stimme von Kellermann:

„Frau Reiman, entschuldigen Sie bitte die Störung, aber ich wollte Sie kurz informieren, wie es um Ihren Sohn steht."

„Gibt es etwas Neues?"

„Leider nichts, ich war bei ihm zu Hause, habe am Flughafen gefragt, und auch in unserem Reisebüro ist nichts gebucht. Ich weiß nicht, wo ich noch etwas erfahren könnte."

„Ach, es ist zum Haare raufen. Er kann doch nicht so einfach vom Erdboden verschluckt sein?"

„Ich habe da noch Kontakte zur Polizei, soll ich."

„Um Gottes Willen!" unterbrach Charlotte, „Bloß das nicht! Wir warten weiter. Ich danke Ihnen für Ihre Bemühungen." Die Ungewissheit ließ Charlotte nicht zur Ruhe kommen. Warum das alles nur?

Sie setzte sich in den Wintergarten und hörte in sich hinein. Julius war immer ein Einzelgänger gewesen. Für eine Freundin fand er selten Zeit. Nach dem Abitur ging er in die Staaten, danach das Studium in Kiel und die Stelle bei Blohm & Voss in Hamburg, seit fünf Jahren schließlich in der Reederei. In den letzten zehn Jahren war er nicht oft bei ihr zu Hause gewesen, ihr war die Situation also nicht fremd. Neu war jedoch, dass sie nicht wusste, wo er ist oder was er tat. Sie holte sich einen Brandy, schaltete die Stereoanlage ein und ließ Keith Jarrett seinen Part 1 aus dem legendären Köln Concert spielen. Benutze deinen Verstand, sagte sie zu sich selbst. Es muss etwas anderes als pure Eifersucht dahinter stecken. Vielleicht ging es ja gar nicht um Conrad? Warum war Julius so in Rage geraten, als er von der Liaison zwischen Jan und Benny erfuhr? Je länger sie nachdachte, desto mehr wuchs in ihr der Gedanke, dass Julius Eifersucht nicht allein der vermeintlich mangelnden väterlichen Fürsorge galt, sondern auch der unerwiderten Zuneigung Jans. Julius benötigte einen gewissen Grad an Bewunderung. Blieb sie aus, konnte er sehr aggressiv werden. In der Schule hatte er seinem Lehrer die Reifen aufgeschlitzt, weil er sich über Wochen nicht aufmerksam genug beachtet gefühlt hatte. Conrad konnte den Schaden erst nach dem Versprechen aus der Welt bringen, Julius über längere Zeit von einem Psychologen betreuen zu lassen. Wenn Jan, was durch die viele Zeit, die sie gemeinsam verbrachten, nicht verwunderlich war – deutlich stärker also auf Conrad fixiert war, empfand Julius das als Zurücksetzung. Nicht auszuschließen, dass er eine Art Hass entwickelte. Jans Beziehung zu Benny brachte das Fass dann zum Überlaufen. Wahrscheinlich war der alte Gegensatz wieder in ihm aufgebrochen. Wie würde Jan reagieren, wenn er die Wahrheit erfuhr? Der Konflikt ließ sich unter normalen Umständen nur sehr schwer lösen. Und jetzt? Sie wirkte ratlos und fand keine echte Lösung. Das machte ihr Angst.

Klar Schiff

Benny klopfte und trat ein. Jan saß auf einem Stuhl und wartete darauf, abgeholt zu werden. Benny küsste ihn auf die Wange und wollte ihn an sich drücken, aber er schob sie sanft von sich.

„Lass mal bitte, ich sehe zwar aus wie neu, aber meine Rippen schmerzen noch mächtig und mein Arm ist auch noch nicht wieder ganz der Alte."

„Oh, verzeih bitte, hab ich dir wehgetan?"

„Nein, alles in Ordnung. Lass uns schnell gehen. Ich stehe überhaupt nicht auf Krankenhäuser."

Erst am Morgen war ihm der Gips abgenommen und durch einen Spezialverband ersetzt worden. Vater hatte sich in den letzten Tagen oft darüber aufgeregt, dass man Kassenpatienten wie Menschen zweiter Klasse behandelte. Was für Möglichkeiten es in der Medizin bereits gebe, sehe man seit Jans Verlegung auf die Privatstation. „Wenn du nichts dagegen hast, würde ich gern zu uns nach Hause fahren. Vater und Mutter müssen dir etwas erklären und wollen unbedingt mit dir sprechen. Bitte sag nicht nein."

„Nee Benny, so geht das nicht. Ich möchte erst in unsere Wohnung fahren, mich duschen und umziehen, dann zu meinen Eltern nach Grolland und irgendetwas Leckeres essen. Später können wir gerne noch zu deinen Eltern. Überleg` mal, ich war fast vier Wochen nicht zu Hause."

*

Als sie am frühen Abend vor Bennys Elternhaus hielten, blinkte hinter ihnen Kellermann mit den Scheinwerfern auf. Conrad war auch gerade angekommen. Er küsste Benny auf die Stirn und nahm Jan mit offenen Armen in Empfang.

„Jan, schön dass du wieder bei uns bist. Ich freue mich, dass es dir besser geht."

„Schon gut, Conrad, du hast ja nicht unwesentlich dazu beigetragen."

„Das war doch selbstverständlich. Kommt, lasst uns hineingehen, Charlotte wartet schon!" Jan erschrak, als sie ihnen auf der Diele entgegenkam. Wo war die attraktive, lebensbejahende Frau, die er vor ein paar Monaten kennengelernt hatte? Ihr Gesicht war aschfahl, er sah in ihren Augen, dass sie mit der Situation nur schwer zurechtkam. War sie krank?

„Guten Abend Charlotte, schön dich zu sehen." Mit einem kurzen Blick zu Benny versuchte er, die Situation zu entkrampfen.

„Jan, ich freue mich, dass es dir besser geht. Ich habe jeden Tag für dich gebetet." Sie schaute ihn mit ihren klaren blauen Augen an. Jetzt, wo er ganz nah vor ihr stand, bemerkte er, dass sie in den letzten Tagen viel geweint hatte. Benny nahm ihre Mutter in den Arm und strich ihr mit der rechten Hand durchs Haar.

Charlotte, nein die ganze Familie, musste seit den Geschehnissen vor der „Lila Eule" mit einem Konflikt leben, der sich nur schwer aushalten ließ. Noch am gleichen Abend, als Conrad die wirklichen Hintergründe zu Hause erzählte, hatten sie sich darauf verständigt, Jan erst nach seiner Entlassung aus dem Krankenhaus die Wahrheit zu erzählen. Jan ahnte nichts. Conrad bat alle auf die Terrasse.

„Jan, heute ist einerseits ein wunderschöner Tag und andererseits der mieseste, den sich Eltern wohl vorzustellen vermögen", begann Conrad umständlich.

„Ich verstehe, ihr wisst nicht, wie ihr jetzt mit mir umgehen sollt. Auf der einen Seite ist klar, dass ich mit eurer Tochter seit langer Zeit zusammen bin, andererseits gab es einen mächtigen Streit mit Julius, bei dem es bedauerlicherweise zu Handgreiflichkeiten gekommen ist. Glaubt mir bitte, auch ich denke in den letzten Tagen nur noch über eine Lösung nach. Natürlich kann ich nicht in der Reederei bleiben – ich bin ja kein Träumer. Nur möchte ich euch inständig bitten, mir nicht die Beziehung zu eurer Tochter zu untersagen. Beruflich trage ich die Konsequenzen, aber ich liebe Benny wie niemanden sonst auf der Welt. Die Vorwürfe, die mir Julius gemacht hat, sind aus der Luft gegriffen. Ich wusste bis vor wenigen Wochen nicht, dass Benny eure Tochter ist und ich habe auch nie eine Machtposition in der Reederei angestrebt. Hätte Conrad mich nicht in Algier angesprochen, würde ich noch heute zur See fahren und Benny Briefe schreiben. Für mein Verhalten Julius gegenüber entschuldige ich mich – nicht als Jan, denn dafür waren seine Unterstellungen und Beschimpfungen zu persönlich – sondern als Angestellter der Reederei. Ich habe mich provozieren lassen und muss mit den Konsequenzen leben."

„Nein Junge, das ist nicht alles. Es ehrt dich, wie du versuchst, die Situation zu klären. Es ist aber alles noch viel schlimmer!" Conrad und Charlotte schauten verlegen auf den Boden. Ihnen war sehr unwohl zumute.

„Conrad, Charlotte, ich bitte euch, hier muss es sich um einen Komplott handeln, ich habe in der Reederei nichts falsch gemacht. Julius hat zwei Backpfeifen bekommen, aber ansonsten ist jeder Vorwurf haltlos", rechtfertigte sich Jan weiter.

„Hör bitte auf!" fiel ihm Conrad ins Wort. „Wir sind es, die dich um Entschuldigung bitten." Er sah Jan in die Augen.

„Wie bitte? Jetzt verstehe ich gar nichts mehr."

„Julius ist für deine Verletzungen verantwortlich. Er hat dir zwei Schläger auf den Hals gehetzt."

„Mein Gott, wie furchtbar!" stammelte Charlotte. Benny und sie schluchzten, während Conrad beschämt zur Seite schaute. Jan ließ sich auf die Hollywoodschaukel fallen und holte tief Luft. „Wie bitte? Ich habe den ganzen Scheiß Julius zu verdanken!?"

„Leider ist es so", erwiderte Conrad kleinlaut.

„Benny, sag, dass das nicht wahr ist!"

„Würde ich gerne, aber es wäre eine Lüge. Es stimmt, was Papa sagt. Julius hat es selber zugegeben."

Jan steckte sich eine Zigarette an und versuchte krampfhaft, sich an den Abend zu erinnern. Was hatte das alles zu bedeuten? Ist womöglich die Privatversorgung im Krankenhaus nichts weiter als nur eine Beruhigung des schlechten Gewissens der Familie gewesen? Sollte die Einladung nur die Fassade aufrechterhalten? Wie verlogen war dieses Spiel? Welche Rolle kam ihm dabei zuteil? Jan versuchte, Zeit zu gewinnen.

„Charlotte, darf ich dich um einen Brandy bitten?"

„Gern, möchte noch jemand etwas trinken?"

„Ja, bringe mir bitte auch einen mit, aber einen Doppelten!“ bat Conrad.

Benny folgte Charlotte. Sie spürte, dass Jan mit Conrad allein sein wollte. Wie gut sie ihn kannte. Immer wenn es um ein Problem ging, rieb er sein linkes Ohrläppchen zwischen Daumen und Zeigefinger.

„Conrad, seit wann weißt du das mit Julius?“

„Wie bitte?“

„Na ja, dass er mich verprügeln ließ?“

„Nach eurem Streit war Julius erst einmal verschwunden. Irgendwann kam er in mein Büro und machte mir eine Riesenszene. Er warf mir vor, Geld zu verschwenden, weil ich für dich die Privatbehandlung veranlasst hatte. Wir stritten uns. So heftig, dass er am Ende zugab, zwei Männer beauftragt zu haben, dich zu verprügeln. Ich habe ihn daraufhin hinausgeworfen.“

„Verdammt, was ist das denn alles für ein Dreck?“

„Du sagst es. Als ich später zu Hause eintraf, hatte Julius bereits Charlotte angerufen. Sie weinte, und seit dem Tag ist sie niedergeschlagen und leer. Mir geht es nicht viel besser, ich bin allerdings durch meinen Job abgelenkt. Ich weiß auch nicht, wie ich mit alldem umgehen soll. Dabei fehlt er uns nicht nur in der Familie. Auch bei unserem Neubauprogramm wäre er sehr wertvoll. Ich bin ehrlich: Ich denke ans Aufhören.“

„Conrad, das ist nichts für dich. Du würdest kaputtgehen. Du ohne Reederei. Das funktioniert nicht. Du weißt, dass ich Recht habe.“

„Vielleicht, aber ich kriege den Streit mit Julius nicht aus dem Kopf. Es belastet mich ungeheuerlich und ich habe Angst, dass Charlotte vor Kummer krank wird.“

Benny und Charlotte brachten ein Tablett mit vier Gläsern und einer Flasche Carlos Primero auf die Terrasse. Conrad schenkte ein. Der erste Schluck rann Jan die Kehle runter wie Öl. Wärme breitete sich in seinem Körper aus. Er wusste jetzt, dass sie es ehrlich mit ihm meinten. Sie sprachen den ganzen Abend nur über die Geschehnisse der letzten Jahre und Monate. Benny erzählte, wie sie sich kennengelernt hatten, welche Komplikationen es gab, wie sie ihre Mutter zum Flunkern anstiftete und über jenen Tag, als sie von Jans Beschäftigung bei der Reederei ihres Vaters erfuhr..Conrads Blickwinkel sah ganz anders aus. Er berichtete über den Streit mit Julius, seine vergeblichen Versuche, ihn doch noch für die Familie zu gewinnen und letztendlich über seine Gedanken, Jan als Konsequenz der Ereignisse entlassen zu müssen. Und schließlich der Schock, als er hörte, was sich tatsächlich zugetragen hatte.

„Verzeih, was wir dir angetan haben. Ich bitte dich zu bleiben. Bei Benny, bei uns und – wenn es dir noch möglich ist – auch in der Reederei“, sagte Conrad.

Die Aufrichtigkeit, mit der sie ihm begegneten, berührte Jan. Er bedankte sich für die Fürsorge im Krankenhaus, bat aber um ein paar Tage Bedenkzeit, um zu klären, ob er in die Reederei zurückkehren wollte. Charlotte hielt sich den ganzen Abend zurück. Sie nickte zeitweise bestätigend oder lächelte gelegentlich in die Runde. Jeder spürte, wie tief ihr Schmerz saß. Trotzdem tat allen die Aussprache gut, und man hoffte, auch Julius wieder zur Vernunft zu bringen.

Als Jan am nächsten Morgen zum Frühstück kam, war Conrad schon in der Reederei, und Benny schlief noch. Charlotte lächelte und bot Jan einen Platz am Tisch an.

„Ich möchte gern mit dir unter vier Augen reden. Was meinst du? Wäre jetzt eine gute Gelegenheit?“

„Ja, um was geht es?“

„Ich möchte keinen alten Kaffee aufwärmen. Wir haben gestern recht viel miteinander gesprochen. Ich will versuchen, dir meine Sichtweise zu verständlich zu machen. Was mein Sohn gemacht hat, ist kaum zu entschuldigen. Mir geht seitdem nichts anderes mehr durch den Kopf. Unsere Familie hat sich zumeist in einem ausgeglichenen und ruhigen Fahrwasser bewegt – nun ist plötzlich alles anders. Ich gewinne einen Schwiegersohn und verliere vielleicht meinen eigenen Sohn. Kannst du es verstehen, dass ich als Mutter – und sei das Vergehen auch noch so schwer – meinen Sohn nicht verstoßen kann? Bitte gib mir eine ehrliche Antwort.“ Charlotte nahm einen Schluck Kaffee und sah Jan direkt in die Augen.

„Er ist und bleibt euer Sohn. Daran gibt es nichts zu rütteln. Aber ich bin für euch ein schlechter Berater. Auch wenn Julius betrunken war, ich musste seinetwegen vier Wochen im Krankenhaus liegen. Ich kann das nicht einfach alles und schon gar nicht sofort vergessen. Natürlich verstehe ich dich. Auch ich hätte gern auf das Erlebnis verzichtet, aber wir können die Zeit nicht mehr zurückdrehen. Es ist passiert.“

„Aber genau das denke ich auch. Jeder ist teils Opfer und teils Täter. Die Frage ist doch vor allem: Wie schwerwiegend ist die jeweilige Schuld? Ich mache mir solche Vorwürfe, weil ich eure Beziehung verschwiegen habe. Hätte ich es erzählt, wäre vielleicht alles ganz anders gekommen. Julius wäre es vielleicht leichter gefallen, dich zu akzeptieren, weil er dich unter anderen Umständen kennengelernt hätte."

Charlotte erzählte ihm die Geschichte aus Julius' Schulzeit und dass es ihre Hoffnung gewesen sei, Julius könne seinen Jähzorn nach der langen psychologischen Behandlung unter Kontrolle bringen. „Aber der Alkohol, der Streit mit Conrad, und dann noch die Nachricht von Bennys geheimer Liebe zu dir – das war wohl alles zu viel für ihn. Ich denke, er war einfach überfordert. Noch einmal Jan, ich möchte den Überfall nicht als Kavaliersdelikt abtun, ganz gewiss nicht, ich will nur um ein wenig Verständnis bitten. Auch wenn es schwer fällt. Ich möchte meinen Jungen nicht verlieren!" Charlotte schaute ihn erwartungsvoll an. Tief in seinem Innern spürte er immer noch den Wunsch nach Vergeltung. So schnell ließ sich nicht ausblenden, was Julius ihm angetan hatte. Charlotte wirkte hilflos und fertig. Was soll eine Mutter auch anderes tun, als wenigstens nach dem letzten Rettungsanker zu greifen. Jan dachte an seine Mutter: Wie würde sie sich verhalten? Wenn jemand am Boden liegt, dann tritt man nicht nach, sagte sein Vater immer. Jan hatte es nicht vergessen.

Hase und Igel

Kurz hinter Hamburg war ein LKW in eine Baustelle gerast und die A7 gesperrt. Sie mussten auf die Landstraßen ausweichen. Ihr Zeitplan geriet durcheinander. Conrad und Jan befanden sich auf dem Weg nach Kiel, um die letzten Formalitäten mit Wirtschaftsminister Petersen und Werftchef Jansen zu klären. Jan hatte sich nach einem langen Gespräch mit seinem Vater, der ihm auch jetzt ein guter Ratgeber war, entschieden zu bleiben. „Wenn du Benny liebst und auch alle anderen in der Familie magst, dann wäre es töricht, sich nicht weiter zu engagieren. Julius wird sich entschuldigen. Alle wissen das. Es wird der Tag kommen, wo er dich um Verzeihung bittet."

„Aber..."

„Irgendwann gibt es kein Aber mehr, Jan. Denke an Charlotte

Reiman, was soll sie noch tun? Sie ist ehrlich zu dir. Würde es so sein, wenn ihr nichts an dir läge? Die Situation ist nicht einfach, aber lösbar."

*

Conrad und Jan berieten ihr Vorgehen. Kellermann fluchte über den Rentner, der vor ihm mit 60 km/h über die Landstraße kroch und an dem er nur schwer vorbeikam.

„Kellermann, regen Sie sich nicht auf. Der Mann ist Rentner und hat Zeit."

„Chef, dass sehe ich anders. Er sollte möglichst zügig fahren, damit er noch viel von seiner verbleibenden Zeit hat. Sie verstehen, was ich meine?"

„Kellermann, wie alt sind sie?"

„58, Herr Reiman."

„Sehr interessant. Dann schlage ich vor, Sie beherzigen Ihren Rat. Verstehen Sie, was ich meine?" Kellermann drückte aufs Gaspedal und zog an dem VW-Käfer vorbei.

„Wir wollen heute unterschreiben. Ich möchte noch im kommenden Jahr die ersten Einheiten in Dienst stellen, aber wir haben noch ein Problem zu lösen: die Bürgschaften."

Conrad hatte sich damit schon seit zwei Wochen auseinandergesetzt. Die Werft wie auch das Land Schleswig Holstein waren schließlich auf alle seine Forderungen eingegangen. Jedes Schiff kostete 12 Millionen DM. 30 % des Kapitals hatte Conrad über Emissionshäuser und von Privatanlegern eingeworben. Den Rest finanzierte die Landesbank Schleswig Holsteins; sie sicherte auch die Werft mit Teilbürgschaften ab – ein Modell ganz nach seinem Geschmack. Er ließ Schiffe bauen, ohne dabei selber große Summen in die Hand nehmen zu müssen. Das Konzept hatte er vor zwei Wochen mit dem Wirtschaftsprüfer der Reederei dem Ministerium vorgestellt. Jedes Schiff sollte als eigene Gesellschaft geführt werden, und die speziell ins Leben gerufene Reiman Europe Shipping GmbH diente als Holding zur Steuerung der Einheiten.

Die Einfachheit des Geschäftsmodells verblüffte alle Beteiligten. Ihnen wurde plötzlich klar, dass Conrads Konzept nur auf einen Gewinner hinauslief. Staatssekretär Hilker bemerkte spitz: „Herr Reiman, bei all dem, was Sie uns hier präsentieren, sind Sie der Hauptprofiteur. Zugegeben, der neue Schiffstyp ist Ihre

Idee und Sie haben ihn mit auf den Weg gebracht. Aber wo ist Ihr Risiko? Sie bauen Schiffe und haften selbst nur mit Ihrem Stammkapital. Das befremdet mich sehr."

„Herr Staatssekretär, Sie sollten die Kosten für die Entwicklung nicht mit einer Handbewegung abtun. Ich stelle immerhin ein 72-Millionen-Projekt auf die Beine und stehe mit meinem Namen dafür ein. Wenn dabei etwas schief geht, werden die Leute mich dafür verantwortlich machen."

„Das ist so, in der Tat. Noch eleganter wäre es jedoch, wenn auch Sie – im Sinne einer Signalwirkung – eine persönliche Bürgschaft übernähmen. Ich könnte mir gut vorstellen, dass ein Betrag von sechs Millionen, also pro Schiff eine Million, als angemessen betrachtet werden würde."

Daher wehte also der Wind! Conrad verstand den fast schon frechen Vorstoß des Staatssekretärs sofort. Hilker stellte nur das Sprachrohr für Minister Petersen dar, der sich mit solchen Forderungen nicht die Hände schmutzig machen wollte. Dafür hatte er seine Leute. Sollte der Versuch schief gehen, konnte Petersen immer noch erbost reagieren und Hilker aus der Runde entfernen lassen. Einer musste die Drecksarbeit machen.

„Meine Herren, Ihr Kurswechsel ist mir nicht nachvollziehbar. Bisher haben wir nie über eine Bürgschaft unseres Hauses diskutiert. Sie erwarten doch nicht im Ernst, dass ich dazu jetzt Stellung nehme. Ich bin mehr als befremdet – um in Ihrer Sprache zu bleiben, Herr Staatssekretär Hilker – mit welcher Kaltschnäuzigkeit sie Ihr Verlangen in den Raum stellen."

„Wir meinten dabei auch nicht eine Bürgschaft Ihrer Reederei, Herr Reiman", entgegnete Hilker mit eiskaltem Blick.

„Sondern?"

„Eine persönliche Bürgschaft von Ihnen, lieber Herr Reiman. Ihre Reederei hat lediglich ein Stammkapital von drei Millionen Mark. Das reicht wohl nicht ganz." Hilkers Auftritt war an Arroganz kaum noch zu überbieten. Conrad spürte genau, dass Hilker ihn provozieren wollte. Er sollte Fehler machen. Ihre Taktik war leicht zu durchschauen, wenn man einen kühlen Kopf bewahrte. Man wollte ihn auf den letzten Drücker noch mit ins Risiko ziehen. Der Braten war serviert, nur das Besteck zum Essen fehlte.

„Herr Minister Petersen, ich möchte an dieser Stelle abbrechen. Für mich sind diese Gegebenheiten neu. Ich werde Sie zunächst mit meinen Fachleuten besprechen. Ich will aber nicht verhehlen, dass mich Ihre Vorgehensweise sehr irritiert." Conrad stand auf und gab seinem Steuerberater einen Wink, ihm zu folgen.

„Aber Herr Reiman, ich bitte Sie, nun nehmen Sie doch wieder Platz, unsere Forderungen sind ja nicht völlig aus der Luft gegriffen! Es muss doch im Gespräch mit Ihnen möglich sein, ein paar eigene Ideen vorzubringen. Lassen Sie uns sachlich diskutieren“, suchte Petersen zu beschwichtigen.

„Nein Herr Minister, ich möchte jetzt gehen. Von einer Bürgschaft meinerseits war in den vergangenen Monaten nie die Rede. Mir am Tag der Unterschrift mit einem solchen Vorschlag zu kommen, lässt mich daran zweifeln, ob Sie auf Ihrer Seite die richtigen Berater ausgewählt haben. Es ist besser, wir überdenken alles in Ruhe und fragen uns, ob ein weiterer Termin sinnvoll ist.“ Conrads Worte verfehlten ihre Wirkung nicht. Hilker stand da wie ein ein begossener Pudel, und Conrad hatte Zeit gewonnen. Jansen steckte sich eine Zigarette an, Petersen wischte sich den Schweiß von der Stirn, Hilker verzog keine Miene. Schließlich ergriff Jansen das Wort und fragte erregt:„Soll das heißen, Sie wollen von der Sache Abstand nehmen?“ Er sog an seiner Zigarette, als wollte er sie verschlingen.

Verloren, lieber Jansen, dachte Conrad. Jetzt ist klar, dass ihr alle richtig unter Druck steht. Petersen hat offenbar Ärger wegen der hohen Finanzierung und versucht das Risiko mit einer Bürgschaft zu mildern – und Jansen steht das Wasser bis zum Hals. Wenn er die Aufträge nicht bekommt, kann er seine Werft schließen und Insolvenz anmelden. Und in ein paar Monaten sind Landtagswahlen.

„Sehen Sie, Herr Jansen, ich kann meine Schiffe überall bauen. Sie hatten bis gestern das attraktivste Paket. Wenn ich aber einen solchen Auftrag platziere, dann muss ich ein gutes Bauchgefühl haben. Damit ist es leider vorbei. Ich lasse mich nicht vorführen wie ein Schuljunge.“ Conrad grüßte in die Runde und verließ das Ministerium.

*

Jan verstand nicht recht, warum Conrad die Gespräche abgebrochen hatte. „Und was jetzt? Die Fronten sind verhärtet. Was bedeutet das für uns? Was passiert, wenn wir die Schiffe auf einer anderen Werft bauen lassen?“

„Das wäre mehr als unglücklich und kostet uns viel Zeit. Eine neue Ausschreibung ist nicht vor zwei Wochen vom Tisch. Ich muss die Schiffe unbedingt bauen, sonst bekommen wir mächtig Ärger."

„Warum? Was hat sich verändert?"

„Ich lasse bereits Ladung akquirieren. Für eine Raffinerie in Algier sind Verträge unterzeichnet, die uns eine Top-Rate bringen. Es bestehen Verpflichtungen. Wenn wir die ersten Teile nicht Anfang August anlanden, gibt es eine hohe Konventionalstrafe."

„Aber du könntest doch im Zweifel fremde Tonnage chartern. Dann musst du wenigstens nicht bezahlen."

„Wir benötigen aber unseren Schiffstyp. Darauf gründet sich das ganze Konzept. Wenn ich die Ladung mit einem herkömmlichen Frachter transportierte, würde ich die Raten nicht erhalten. Wir bieten an, was kein anderer hat. Ziemlich einfach, oder?"

„Das schon. Was aber ist, wenn Hilker oder Petersen etwas von der Ladung nach Nordafrika wissen? Sie werden Druck ausüben, weil du sonst bei den Algeriern dran bist. Fragt sich nur: Was ist teurer?"

„Sehr gut, Jan. Genau darum geht es. Hilker muss es wissen. Es kann gar nicht anders sein. Er hätte sonst nie gewagt, so mit mir zu reden. Jeder ist auf seinen Vorteil bedacht. Petersen will den Auftrag unbedingt und hofft, so die Wahl zu gewinnen. Sein Problem ist wohl die hohe Finanzierung. Eine Bürgschaft von mir machte ihn zum absoluten Gewinner. Arbeitsplätze gesichert, solide finanziert, erfolgreich. Wenn aber einer Hase und Igel spielt, muss er wissen, wem die Rolle des Hasen zugeteilt ist."

„Mag sein. Dennoch: Was ist am Ende teurer?"

„Keine Ahnung. Vielleicht zeigen ja bereits meine Gegenmaßnahmen Wirkung. Wir werden sehen." Conrad wies Kellermann an, die nächste Tankstelle anzusteuern und die „Kieler Nachrichten" zu kaufen.

Als er die Zeitung nach hinten reichte, sprang ihnen die Schlagzeile geradezu in die Augen: „Jansen-Werft vor dem Aus?"

„Ich kann dir sagen, was da drin steht. Bremer Reederei zieht ihren Großauftrag zurück. Fünfhundert Arbeitsplätze in Gefahr. Alle in Sorge usw." Conrad lächelte und freute sich wie ein Kind, dem ein Streich gelungen war.

„Wie hast du das denn gemacht? Das ist ja wie ein Ass im Ärmel!"

„Stimmt. Ich freue mich schon auf das doofe Gesicht von Hilker.

*

Carsten Gerlandt, Ministerpräsident des Landes Schleswig-Holstein, war ein großer, stattlicher Mann. Seine kurzen grauen Haare und markanten Gesichtszüge verliehen seinem Äußeren einen eher grimmigen Ausdruck. Er hatte sich seine Karriere hart erarbeiten müssen, und ihm flogen die Sympathien der Bevölkerung nicht einfach zu. Allein die Tatsachen zählten: Arbeitslosenzahl runter, Steuern senken, Kindergartenplätze schaffen, Schulen modernisieren. Gerlandt wusste genau, was die Menschen in Schleswig Holstein auf seine Seite brachte. Sein taktisches Verständnis war auch in Bonn gefragt – seine Wiederwahl galt als sicher.

Als Gerlandt am Morgen die „Kieler Nachrichten" aufschlug, war ihm sofort klar, dass dunkle Wolken am Horizont heraufzogen. Die Schlagzeile vom Aus der Werft passte überhaupt nicht in seine Strategie. Der Wahlkampf war so nicht zu gewinnen. Sein komfortabler Vorsprung könnte in wenigen Tagen dahinschmelzen. Niemals würde er akzeptieren, durch Dritte in Bedrängnis zu geraten. Umgehend bestellte er Petersen zu einem Gespräch.

Der Wirtschaftsminister brachte zur Sicherheit seinen Staatssekretär gleich mit. Ohne ein Wort der Begrüßung kam Gerlandt direkt auf den Punkt: „Staatssekretär Hilker, bitte gedulden Sie sich noch ein wenig, ich würde zunächst gerne mit Minister Petersen allein sprechen." Hilker war von der Autorität Gerlandts so eingeschüchtert, dass er wortlos den Raum verließ. Gerlandt legte sofort los.

„Sag mal , bist du wahnsinnig? Was soll dieser Mist?" Mit einer gekonnten Bewegung schmiss er Petersen die „Kieler Nachrichten" auf den Tisch.

„Ich dachte, die Geschichte wäre safe! Wir wollten der Presse eine Erfolgsmeldung kurz vor der Wahl präsentieren! Und jetzt so etwas!"

„Ich weiß nicht, woher die das haben. Von uns kommt es jedenfalls nicht!" antwortete Petersen.

„Das ist mir schietegal! Ich will jetzt umgehend Vorschläge, wie das noch heute wieder ins Lot kommt! Der Verlust von Arbeitsplätzen zählt in der Wahl immer doppelt! Das muss ich dir doch nicht näher erläutern! Welcher Teufel hat dich da bloß geritten?"

„Du hast doch selbst gesagt, wir müssen noch etwas bei den Sicherheiten machen", wehrte sich Petersen.

„Und jetzt? Was ist mit deinen Sicherheiten? Na, wo sind sie? Ich dachte, Hilker hätte gut recherchiert. Ihr habt gesagt, Reiman habe die Kontrakte für die Raffinerie gezeichnet und er benötige die Schiffe unbedingt pünktlich! Wie du siehst, ist er in der besseren Position."

„Ich weiß, Carsten, ich weiß. Er wird heute um 12 Uhr im Ministerium sein. Wenn alles gut läuft, unterschreibt er gleich", machte sich Petersen eher selber Hoffnung.

„Sag mal, muss ich dir dein Geschäft erklären? Reiman hat das Spiel gewonnen. Du kannst die Bürgschaft vergessen. Ich gehe davon aus, dass du mir heute Abend die unterzeichneten Verträge vorlegst. Schieb mir den Hilker weg, es war sicher seine Idee. In den Urlaub mit ihm oder dahin, wo der Pfeffer wächst. Ich will ihn in den nächsten Wochen nicht sehen! Und noch etwas: Sollte ich keine Erfolgsmeldung erhalten, ist deine politische Karriere morgen schon Geschichte. Wir haben uns verstanden?" Gerlandts Blick konnte ernster nicht sein. Petersen schwitzte.

„Selbst wenn es gelingen sollte, Reiman zur Unterschrift zu bewegen, wie stecken wir es der Presse, dass alles nur ein Irrtum war und sie einer Falschmeldung aufgesessen sind?"

„Du brauchst gar nichts tun, das macht Reiman. Er hat es gestern schließlich auch getan. Oder glaubst du vielleicht, die ‚Kieler Nachrichten' haben die Geschichte vom Mann im Mond?"

*

Petersen war erbost. Alles schien sich gegen ihn zu wenden. Hätte er sich doch nur nicht auf das Spiel mit Hilker eingelassen. Er stopfte seine Pfeife, lehnte sich zurück und entzündete sie mit einem Streichholz. Der süßliche Rauch des Tabaks legte sich über sein Arbeitszimmer.

Welche Absichten verfolgte Hilker? Wollte er seinen Posten? Dagegen sprach die schriftliche Bestätigung aus Algerien. Hilker hatte sich über Mittelsmänner eine Kopie des Kontraktes besorgt. Oder hat Jansen der Presse eine Information zuspielen lassen, um den Auftrag auf diesem Weg zu erlangen? Wer hat den größten Nutzen? Wenn Jansen den Auftrag nicht bekommt, gehen bei ihm vermutlich die Lichter aus. Reiman dagegen kann den Bau seiner Schiffe auch bei einer anderen Werft in Auftrag geben. Von mehreren Informanten wusste Petersen, dass Reiman in den letzten Tagen mehrfach mit Dr. Winkler, dem Vorstandsvorsitzenden des Bremer Vulkan, zusammengetroffen war. Die Leute vom Bremer Vulkan würden das bestimmt noch hinbekommen. Die Pläne sind fertig und die Versuche der Schiffsversuchsanstalt in Hamburg ebenfalls abgeschlossen. Wenn Reiman in Bremen produzieren ließe, wäre nicht nur Jansen pleite, dann gäbe es auch keine Zukunft mehr für den Wirtschaftsminister Petersen. Ihm lief es kalt den Rücken herunter. Egal wer nun tatsächlich dahinter steckt, die Sache musste bereinigt werden. Am besten so, dass auch Gerlandt dabei noch Federn ließ. Ministerpräsident Petersen würde sich gar nicht so schlecht anhören. Reiman mochte Hilker nicht, das war klar. Nicht auszudenken, wenn er nur käme, um abzusagen, um beide bloßzustellen.

Er legte die Pfeife in den Aschenbecher, trank den Rest seines Kaffees, drückte auf den grünen Knopf an seinem Telefon, der ihn direkt mit seiner Sekretärin verband: „Frau Nissen, stellen Sie mir doch bitte eine Verbindung mit Conrad Reiman her. Er müsste im Auto zu erreichen sein. Ach, Frau Nissen, sagen Sie Hilker, er soll sofort zu mir kommen."

Kellermann nahm den Hörer ab, begrüßte Frau Nissen und stellte das Gespräch zu Conrad durch.

„Herr Minister, was verschafft mir die Ehre Ihres Anrufs?"

„Guten Morgen Herr Reiman, kann unser Gespräch jemand mithören?"

„Ich denke nicht, hier im Auto kann nur ich Sie hören. Aber ich bin in Begleitung meines Fahrers und Herr Meier sitzt neben mir. Wie ist es mit Ihren Leitungen, sind die sicher?" frotzelte Conrad.

„Das ist jetzt nicht der Moment für Witze. Was glauben Sie, was hier los ist. Irgendjemand hat der Presse gesteckt, dass der Bau ihrer Schiffe in Gefahr ist und es eventuell zu Massenentlassungen kommt. Sie wissen genau, dass mich so eine Nachricht vor den Wahlen den Kopf kosten kann."

„Entschuldigen Sie bitte, aber ich kenne den Inhalt der lokalen Presse nicht", log Conrad.

„Hören sie, Herr Reiman, vergessen Sie die Bürgschaften und vergessen Sie auch Hilker. Ich regele das alles intern. Ich bitte Sie nur um eines: Wenn die Presse auf Sie zukommt, leugnen Sie einen Disput mit meinem Ministerium, sprechen Sie ausschließlich von einer vertrauensvollen Zusammenarbeit. Kann ich mich darauf verlassen?"

„Herr Minister, Sie erwarten von mir, dass ich lüge? Finden Sie nicht auch, dass Sie hier ein wenig zu weit gehen?" Conrad trieb es auf die Spitze. „Herr Reiman, bei allem Respekt, aber es ist jetzt genug. Sie verstehen Deutsch und deswegen will ich es einmal ganz deutlich sagen. Ich kenne Ihre Kontrakte mit den Algeriern und ich weiß auch, dass Sie ein ziemliches Problem haben dürften, wenn Sie nicht pünktlich die ersten Einheiten in Fahrt bringen. Ist das deutlich genug?"

„Herr Minister, ich habe Sie gut verstanden. Halten Sie sich an Ihr Wort, dann werde ich auch meines halten."

„Kann ich mich darauf verlassen?"

„Herr Minister, ich habe schon Verträge gebrochen, aber noch niemals ein Wort! Auf Wiederhören!" Conrad gab Kellermann den Hörer zurück.

„Der Mann ist cleverer, als ich dachte. Das verdient Respekt", sagte Conrad anerkennend. Jan schaute ihn irritiert und fragend an.

„Die Bürgschaften sind vom Tisch", frohlockte Conrad. „Wir können die Verträge noch heute unterzeichnen. Aber er weiß von den Algeriern. Darum gibt es auch nichts mehr zu verhandeln. Man muss wissen, wann Schluss ist!"

„Er weiß von Algerien. Woher nur?"

„Was soll's. Wir haben unser Ziel erreicht. Warum soll ich mir jetzt noch darüber Gedanken machen. Die ‚Kieler Nachrichten' haben ihre Wirkung nicht verfehlt. Alles andere ist nicht weiter zu erörtern. Wir ändern es sowieso nicht mehr. Kellermann, rufen Sie Frau Beerbaum an, sie soll einen Tisch bei Vosteen reservieren, es gibt etwas zu feiern."

Stapellauf

Die Arbeiten auf der Werft erwiesen sich als anstrengend und ungewohnt. Jan konnte sich zwar selbst ein Team zusammenstellen, das den Bau des ersten Schiffes begleiten sollte, die meiste Zeit verbrachte er jedoch mit Strenger. Die Kapitäne und Maschineningenieure wurden erst gebraucht, wenn die Installationen im Schiff an der Reihe waren. Strenger kannte er schon seit Argentinien, bei ihm stand Verlässlichkeit ganz oben. Jansen stellte den beiden einen Bürocontainer auf das Gelände, und so befanden sie sich stets am Ort des Geschehens. Oft saßen sie bis spät in den Abend hinein zusammen, überprüften die Pläne und kontrollierten die Abläufe. Die Zusammenarbeit zwischen Reederei und Werft funktionierte prächtig. Zwar waren im Vorfeld alle Pläne gezeichnet und Ausrüstungsgegenstände definiert worden, aber es gab viele Detailentscheidungen zu treffen und jede zweite Woche Gespräche mit dem Germanischen Lloyd, der Schiffklassifizierungsgesellschaft. Die Reederei hatte sich dafür stark gemacht, dass während der Bauphase immer wieder ein Abgleich stattfinden müsse, um für die Schiffe das höchste Sicherheitszertifikat zu bekommen. Für Jan war fast jeder Vorgang Neuland; zudem besaß er den Ehrgeiz, den Bau eines Schiffes von der Pieke auf kennenzulernen. Oft nahm er Pläne sogar mit in die Pension, in der sie während der Bauzeit wohnten. Aber er wusste auch, dass mit jedem weiteren Schiff alles einfacher wurde. Nach der Klassifizierung des Prototyps gab es keine unvorhersehbaren Veränderungen mehr. Strenger war ihm als früherer Leiter einer Bauaufsicht eine große Hilfe. Die Zeit der Planung sah hingegen ganz anders aus. Vor allem war Kreativität gefragt. Was ihnen einfiel, mussten die Ingenieure auf Machbarkeit überprüfen. Aber beim Bau war es ihre Aufgabe, alles zu überwachen, um später Reklamationen auszuschließen. Der Bau kam gut voran. Jansen erwies sich als sehr kooperativ. Er stand einer mittelständischen Werft vor, die für exzellente Handwerksarbeit bekannt war. Alle verstanden den Schiffbau als Leidenschaft, und man konnte mit ihnen sogar am Samstag rechnen. Auf dem von Jansen in mehrere Felder eingeteilten Werftgelände sollten verschiedene Sektionen des Schiffes gefertigt werden. So entstand unabhängig voneinander Sektion für Sektion, die man nach ihrer Herstellung in ihre endgültige Position verschob. Erst dann feierte man „Hochzeit“, wie die Arbeiter das Verbinden der Sektionen zu einem Schiff nannten. Parallel dazu produzierte man weitere Sektionen für die Folgebauten. Jan erinnerte die Szenerie an Fließbandarbeit. Dahinter steckte eine professionelle innerbetriebliche Logistik. Jedes noch so kleine Teil musste zum genauen Zeitpunkt am richtigen Ort verfügbar sein. Jan war fasziniert von der Arbeitsweise und hoffte, dass sich das Tempo bis zum letzten Schiff halten ließ und die Präzision nicht darunter litt.

Die „Reiman Bremen“ lag als erstes Schiff der Serie gut in der Zeit. Jansen prophezeite, mit der Fertigstellung sei etwa 25 Tage früher als geplant zu rechnen. Die Samstagsarbeit wie auch die täglichen Doppelschichten zahlten sich nun spürbar aus – insbesondere im Hinblick auf die Algerien-Kontrakte ein großer

Vorteil. Trotz des Zeitgewinns verzichtete die Reederei bei der „Bremen" auf einen früheren Einsatz und platzierte das Schiff nicht eher auf dem Markt, sondern verabredete mit der Werft eine verlängerte Probezeit. Bevor die nächsten Einheiten fertig waren, wollte Conrad sicher sein, dass sich eventuell auftretende Fehler unter keinen Umständen wiederholten.

Es galt, jede noch so kleine Nachlässigkeit zu vermeiden. Nach der „Bremen" sollten weitere fünf Schiffe folgen. Ein sehr ehrgeiziges Projekt, fast vierteljährlich einen Neubau in Dienst zu stellen. Gleichzeitig waren die älteren Frachter mit ihrer klassischen Silhouette vom Markt zu nehmen und zu verkaufen. Die Erträge daraus stabilisierten die Reederei. Zugleich half die so gewonnene Liquidität Conrad, sich aus jenen Fahrtgebieten zurückzuziehen, die kaum noch Perspektiven versprachen. Conrad krempelte die gesamte Reederei um. Was nur wenig oder keine Erträge erbrachte, stieß er ab. Aus dem Nordamerikageschäft verabschiedete er sich in den späten 1960er Jahren nach dem Aufkommen der ersten Containerdienste, weil nur noch sehr große Schiffseinheiten einen betriebswirtschaftlichen Erfolg gewährleisteten. Auf diesem Gebiet sollten sich andere behaupten. Seine Spezialität war die Nische, und seine Flotte so aufgebaut, dass man ihn als Spezialisten wahr- und ernstnahm.

„Ich betreibe mein Geschäft, weil ich Geld verdienen will. Es nützt mir nichts, wenn jeder Hafenarbeiter auf der Welt unsere Reedereiflagge kennt und wir zu Haus am Hungertuch nagen. Am Ende bestimmt noch ein Banker, wie ich meinen Betrieb zu führen habe! Nein, das kommt nicht in Frage. Es ist nicht wichtig, die größte Reederei zu besitzen, es bedeutet aber etwas, Eigentümer der besten Reederei zu sein. Das ist mein Anspruch. Ich will nicht zu den Unternehmen gehören, die an ihrem Wachstum zugrunde gegangen sind", erklärte Conrad auf der Rückfahrt von Rendsburg. Jan lernte viel von solchen Gesprächen, Dinge, die nur ein Vollblutunternehmer vermitteln konnte. Conrad, obwohl in der Bremer Reederschaft außerordentlich geachtet, galt gleichwohl als Eigenbrötler, weil er sich nie von anderen vereinnahmen ließ. „Darum gehen meine Leute immer leicht nach vorne gebeugt über Deck. Die kennen Gegenwind, die wissen, wie man damit umgeht!"

Nicht nur in Jans Team, auch in der Reederei lief alles auf Hochtouren. Ohne Ladung brachte kein Schiff Gewinn ein; die Akquisiteure der Reederei schoben daher schon seit Monaten

Überstunden. Der deutsche Markt reagierte zunächst sehr skeptisch. Der neue Schiffstyp war nicht nur erklärungsbedürftig, sondern ließ auch viele Zweifel aufkommen. Die Branche galt Neuerungen gegenüber als nicht sehr aufgeschlossen; lieber wollte man abwarten, ob das Versprochene auch wirklich hielt. Conrad schickte den Befrachtungskontoren eine Postkarte mit einem Bild des neuen Schiffstyps und dem Slogan „Kompakt, Effizient und Sicher", was eher dazu führte, dass sich alle die Mäuler zerrissen. Jan war sich nicht immer ganz sicher, ob er es mit solchen „Provokationen" nicht übertreibe. Darauf angesprochen, entgegnete Conrad lediglich: „Wer nicht mit der Zeit geht, geht mit der Zeit!"

Er tat die Reaktionen als Neid ab und schimpfte die Kritiker ideenlose Sesselfurzer. In England beurteilte der Markt den neuen Schiffstyp ganz anders. Dort erfassten die Fachleute sofort die Vielseitigkeit und waren von der Leistungsfähigkeit überzeugt. Insbesondere bestanden für den libyschen Markt glänzende Aussichten. Kein Wunder, dass Conrad in den vergangenen Wochen häufiger auf der Insel geschäftlich zu tun hatte und sich bereits intensiv mit einer Linienverbindung nach Nordafrika befasste. Die Jungfernreise der „Reiman Bremen" würde allen Kritikern den Wind aus den Segeln nehmen. Der Plan, einen Liniendienst zwischen den Nordseehäfen und Nordafrika zu unterhalten, der eine monatliche Abfahrt vom Kontinent gewährleistete, dürfte die Branche überraschen und seinen Wagemut belohnen. In Conrads Überlegungen gab es immer einen Plan B. Nicht umsonst achtete er peinlichst genau darauf, das Schiff so vielseitig wie irgend möglich zu konstruieren. Es verfügte neben den Containerstellplätzen über zusätzliche Wein- und Chemietanks und war mit einer Heckrampe versehen, über die sich rollende Ladung aufnehmen ließ. Das Schiff war mit zwei Antriebsmaschinen und einem 400 PS starken Bugstrahlruder ausgestattet, damit es in den Häfen keine Schlepper zum Manövrieren benötigte. „Schon heute an die Kosten von Morgen denken!" lautete Conrads Devise.

Nach sechs Monaten und 23 Tagen war es endlich soweit. Kamerateams des NDR filmten nahezu jedes Detail der Schiffstaufe. Die Pressefotografen schossen ihre Bilder und „Radio Bremen" berichtete Live darüber. Conrad gab mehrere Interviews.

„Ich taufe dich auf den Namen ‚Reiman Bremen'." Mit einem geübten Griff betätigte die Frau des Wirtschaftsministers den Auslöser für die Doppelmagnumflasche „Moet Chandon".

Sie zerschellte an der Backbordseite des Stevens. Arbeiter entfernten eine große Persenning, die bis dahin den Schiffsnamen verdeckt hatte. Majestätisch glitt das Schiff in sein neues Element. Das Typhon der „Reiman Bremen" beschallte das gesamte Werftgelände, während die Gäste Beifall klatschten.

Jans Blick ging hinüber zu Benny, die das Schauspiel fasziniert und staunend beobachtete. In den letzten Wochen und Monaten hatten sie wenig voneinander gehabt. Während Jan sich fast täglich auf der Werft in Rendsburg befand, war Benny zwischenzeitig in London gewesen, um ihren Abschluss zu machen. Jan freute sich, dass sie heute an seiner Seite stand. Für ihn war es ein ganz besonderer Tag.

„In Natura sieht das Schiff wirklich ungewöhnlich aus. Einen Schönheitspreis wird es eher nicht gewinnen."

„Das stimmt sicherlich. Aber es wird die Reederei weit nach vorne bringen. Zurzeit ist kein Schiffstyp auf dem Markt, der so vielseitig einsetzbar ist. Selbst die Kräne können wir zusammenkoppeln und für Schwergut nutzen. Es ist schon etwas Besonderes, solch einen Neubau wachsen und ihn in sein neues Element rutschen zu sehen. Wirklich ein erhebendes Gefühl" antwortete Jan stolz.

„Eigentlich müsste es Jan heißen. Findest du nicht? Schließlich war es deine Idee."

„Nein Benny, das stimmt nun wirklich nicht. Sicher, ich hatte den Einfall mit den Kränen. Aber das war ja eher eine spontane Idee, als ich deinem Vater damals eine Frage beantwortete. Was daraus geworden ist, haut mich jeden Tag aufs Neue um. Alle haben hart daran gearbeitet. Strenger, Sievers, die Leute auf der Werft, sämtlich echte Profis. Dazu dein Vater, der uns eine Menge Freiheiten gelassen hat. Was du hier vor dir siehst, das ist wirklich eine Symbiose aus kaufmännischem Wunschdenken, unternehmerischen Wagemut und deutscher Ingenieurskunst, an der dein Bruder nicht ganz unbeteiligt ist."

„Nett, dass du Julius nicht vergisst."

„Niemand soll sich mit fremden Federn schmücken. Julius hat die entscheidenden Impulse für die technische Umsetzung gegeben. Dass er in der Bauphase nicht mehr dabei sein wollte, hat er für sich entschieden. Ich hätte mir den heutigen Tag gewiss auch anders vorstellen können."

„So meinte ich es doch gar nicht. Ich bin stolz auf das, was du geleistet hast, und freue mich wahnsinnig für dich. Aber was ich an dir liebe, Jan Meier, ist, dass du trotz deines Erfolges bescheiden geblieben bist.“ Sie gab ihm einen Kuss und drückte seine Hand ganz fest. Conrad steuerte mit Charlotte im Schlepptau direkt auf die beiden zu.

„Seht nur, wie die ‚Bremen‘ schwimmt. In vier Wochen ist die ‚Hamburg‘ dran. Herrlich, endlich verdienen wir wieder Geld. Eine kluge und vorteilhafte Entscheidung, die Segmentbauweise. Die Schiffe entstehen wie am Fließband. Ein guter Tag! Jan, die Presseleute wollen eine Führung durch das Schiff machen. Ich habe das Strenger und Bootsmann Sievers aufgetragen. Um 13Uhr soll es eine Pressekonferenz geben. Da möchte ich allerdings, dass du das übernimmst. Du bist einverstanden?“

„Conrad, ich will dir nicht widersprechen, aber ist das nicht Sache des Reeders?“

„Stimmt, deswegen sollst du ja auch gehen. Mit dem heutigen Tage habe ich dich in die Geschäftsführung berufen. Der Notar hat bereits alles für die Eintragung ins Handelsregister in die Wege geleitet.“

Jan wusste nicht, was er sagen sollte. Nie hatte er damit gerechnet, dass ihm Conrad eine solche Aufgabe zutraut. „Deine Entscheidung ehrt mich sehr. Aber bedenke bitte, ich bin Seemann und kein Kaufmann. Kann ich denn dieser Verantwortung gerecht werden?“

„Du hast etwas Imponierendes an dir, Jan, du denkst praktisch und unkompliziert. Dazu bist du geradlinig und hast ein gutes Gespür für das Machbare. Für mich Gründe genug, um dich dauerhaft an meiner Seite zu wissen. Außerdem, warum soll es einer Reederei schaden, wenn in der Führung jemand sitzt, der auch die andere Seite genau kennt! Also machst du es?“

Verblüfft über Conrads Entscheidung und deren Begründung, stimmte Jan zu. Conrad war wie ein rasender D-Zug. Einmal in Fahrt, ließ er sich nur schwer bremsen. Ihm fielen die Worte von Kapitän Decker ein – wenn Conrad Reiman sich etwas in den Kopf gesetzt hat, zieht er es durch. Benny stand neben Jan und war genauso verblüfft. Beide schauten sich an und verstanden nicht so richtig, was gerade um sie herum geschah.

„Papa, lass uns doch erst einmal Luft holen. Die ‚Bremen‘ ist gerademal fünf Minuten im Wasser! Eigentlich wollte ich Jan zum Stapellauf selber eine gute Nachricht ins Ohr flüstern. Und ehe wir uns versehen, ist er Geschäftsführer und in den Adelsstand der Bremer Reederschaft aufgenommen. Du stampfst hier durch wie eine Dampfwalze! Wäre es nicht besser gewesen, du hättest uns vorher von deinen Plänen etwas erzählt? Was ist, wenn Jan dein Angebot nicht annehmen möchte?“

„Warum sollte er es ablehnen? Schau dir an, was er in den vergangenen Monaten bewegt hat. Er hat das Zeug dazu. Es ist nur folgerichtig, dass gute Arbeit belohnt wird. Ich bin sehr stolz auf Jan, er hat es sich redlich verdient.“ Conrad schaute die beiden mit einem gewinnenden Lächeln an, nahm seine Tochter in den Arm und flüsterte ihr ins Ohr: „Du hast dir den Richtigen ausgesucht!“

„Ach Papa, du bist unverbesserlich! Aber was wird, wenn einmal etwas nicht so funktioniert, wie du es dir überlegt hast?“

„Das ist vor einiger Zeit schon passiert, liebe Benny, und glaube mir, daran knabbere ich noch mein Leben lang. Mir ist durchaus bewusst, dass sich nicht alle Dinge planen oder beeinflussen lassen. Aber so lange ich lebe, gebe ich die Hoffnung nicht auf, dass es immer einen nächsten Morgen mit neuen Chancen gibt.“ Das Signal war deutlich genug, die Anspielung auf Julius führte Benny vor Augen, wie tief der Stachel über den ungewissen Verbleib ihres Bruders saß. Charlotte drehte sich zur Seite, als hätte sie nichts gehört. Benny aber fuhr dennoch fort: „Ich glaube schon, dass du mich richtig verstanden hast. Ich möchte hier keine alten Kamellen aufwärmen, aber ich bitte dich inständig, mit uns über alle Vorhaben zu reden. Beziehe uns mit ein. Wir sind deine Familie!“

„Was genau willst du damit sagen?“

„Hört auf zu streiten, heute wollen wir uns über das neue Schiff freuen“, versuchte Jan zu schlichten.

„Im Gegenteil, wenn jemandem etwas auf der Leber liegt, bitteschön! Dann gerade heraus damit! Nur zu!“ Conrad wirkte getroffen und reagierte fast trotzig.

„Papa, ich habe das Gefühl, du willst mich falsch verstehen! Der Disput mit Julius ist doch nicht nur dem Umstand geschuldet, dass Jan in der Reederei arbeitet. Julius konnte deine Übermacht nicht mehr ertragen! Was er getan hat, war falsch, das steht außer Frage. Aber er hat seine Träume nie verwirklichen können. Immer warst du der Entscheider! Zur Kenntnis nehmen und ja sagen. Ich glaube, daran ist er verzweifelt. Ich liebe dich Papa, aber gib uns Luft zum Atmen. Du kennst doch unsere Pläne gar nicht. Hast du mich einmal gefragt, was ich eigentlich in den kommenden Jahren vorhabe? Natürlich nicht, weil du Jan bereits verplant hast und sich die Frage für dich gar nicht erst stellt." Charlotte schaute zunächst Benny und dann Conrad an. „Ich glaube es reicht jetzt. Es wäre nett, wenn ihr auf eine weitere Auseinandersetzung verzichten könntet. Mein Bedarf an Streit in der Familie ist bis zu meinem Lebensende mehr als gedeckt. Außerdem empfinde ich es recht unpassend, dass ihr über Jan sprecht, als handele es sich um einen Gegenstand, den man liebgewonnen hat und nicht hergeben möchte. Schämt Euch!" Charlotte drehte sich um und ließ die anderen einfach stehen. Jan fühlte sich nicht wohl in seiner Haut. Jeder hatte irgendwie Recht, und doch kam nur Streit dabei heraus. Ratlos schaute er Charlotte nach.

„Na, dann bleibt für mich wohl nur die Pressekonferenz!" sagte Conrad und verschwand in Richtung des Verwaltungsgebäudes.

„Mensch Benny, warum machst du das? Es wäre doch auch diplomatischer gegangen. Deine Eltern sind unglücklich, und du sollst dich meinetwegen auch noch schämen. Auch mein Bedarf an familiären Auseinandersetzungen ist in der Tat mehr als gedeckt!" Jan wäre am liebsten gegangen.

„Ich will einfach nicht, dass er über dich bestimmt. Du bist mein Mann und nicht seine Marionette. So etwas ist am Anfang zu klären. Ich will sein Ansinnen gleich im Keim ersticken. Wir sind doch nicht im Wilden Westen!"

„Noch bin ich nicht dein Mann, und ich bin auch nicht seine Marionette. Ich glaube, ich bin alt genug, um selber zu entscheiden, was gut für mich ist. Dein Vater hat es gut gemeint und mir sein Vertrauen ausgesprochen. Und dir fällt nichts Besseres ein, als ihm zu widersprechen und ihn in Frage zu stellen. Vielleicht fragst du mich mal nach meiner Meinung? Aber dieser Gedanke kommt dir nicht in den Sinn. Merkst du nicht wie du ihm ähnelst? Dein Vater hat mich immer gut behandelt und nie spüren lassen, dass ich ein Angestellter bin. Mir ist es peinlich, wie du mit ihm umgehst. Das hat er weiß Gott nicht verdient!"

Jan ließ Benny einfach stehen und ging hinüber zum Verwaltungsgebäude der Werft – zur Pressekonferenz.

*

Kellermann brachte Benny und Charlotte nach Bremen und war gleich wieder nach Rendsburg gerast, um Jan und Conrad zu holen. Solche Anforderungen bedurften aus Kellermanns Sicht kei-

nes Kommentares. Fahren, Aufpassen und den Mund halten, war seine Devise.
Jan nahm bei dem Pressetermin demonstrativ neben Conrad Platz. Ihm war es wichtig, dass Conrad ihn an seiner Seite wusste. Conrad wollte die Konferenz auch für die Ankündigung nutzen, dass es in der Reederei Reiman noch mehr Veränderungen geben sollte, als nur eine Serie von Neubauten. Er wollte zeigen, dass eine neue Ära angebrochen und es langsam Aufgabe der nächsten Generation sei, ihr Können unter Beweis zu stellen. Natürlich, ein Unternehmen ist nicht von heute auf morgen einfach in andere Hände zu legen. Ein Wechsel muss gut überlegt und geplant werden. Es braucht seine Zeit, bis der Jüngere vom Älteren weiß, wie das Geschäft funktioniert.

Würde er, überlegte Jan, auch auf diesem Platz sitzen, wenn Julius noch da wäre? Der Gedanke an Julius war ihm unangenehm und ließ ihn nicht los. Mit seiner Ernennung zum Geschäftsführer schuf Conrad Fakten, die Julius in seiner kranken Denkweise noch bestärken würden. Irgendwie war es zum Verrücktwerden. Auf der einen Seite empfand er seine Beförderung als eine Art angemessene Belohnung, auf der anderen Seite entstand vielleicht der Eindruck, er gehöre zu den Leuten, die nur ihren eigenen Vorteil im Auge haben und darauf aus seien, in der Reederei Karriere zu machen. Nichts ist absurder als das, dachte Jan. Hätte Conrad mich nicht angesprochen, wäre ich heute als Erster Offizier an Bord eines Schiffes. Es muss doch gelingen, diesen Gedanken aus dem Kopf zu bekommen und ihn bei Dritten erst gar nicht aufkommen zu lassen. Dachte Benny vielleicht ähnlich? War ihr Vorwurf, Conrad sei mit seinen Entscheidungen zu weit vorgeprescht, nur vorgeschoben? Was wollte sie damit erreichen? Auch wenn Benny mit ihrer Kritik nicht ganz falsch lag, sie hätte sich zurückhalten müssen. Conrad ist mit seinem Vorschlag vielleicht zu schnell gewesen; doch gerade seine gewinnende unkonventionelle Art mochte und bewunderte er. Manchmal wünschte er sich selbst etwas davon. Conrad hatte bestimmt nicht spontan gehandelt, auch wenn es so aussah, sondern alles vorher sorgfältig durchdacht. Für ihn gab es keine Vorbehalte gegen Erfolge durch harte Arbeit, und er war überzeugt, dass Jan sich freuen und ihn verstehen würde.

Sie beantworteten alle Fragen zu den Neubauten und Conrad vermied es, die Beförderung anzusprechen. Als Kellermann sie am Abend vom Werftgelände abholte und Richtung Bremen chauffierte, wollte bei beiden keine richtige Freude aufkommen. „Das mit den Frauen hätte nicht sein müssen. Ich kann mich gar nicht richtig wohlfühlen. Der Abend sollte doch der krönende Abschluss eines tollen Tages werden", sprach Jan aus, was auch Conrad dachte.

„Du weißt, woran es liegt?" Conrad schaute Jan mit fragender Miene an.

„Ich denke schon. Es ist wegen Julius."

„Natürlich ist es das. Aber ich bin auch wirklich verzweifelt. Julius ist einfach weg, keiner weiß wohin, und dennoch muss das Leben – wenn es auch schwer fällt – weitergehen. Ich habe alles Menschenmögliche in Bewegung gesetzt, um ihn zu finden. Selbst Interpol unterstützt uns bei der Suche. Schau dir nur Charlotte an, sie ist nur noch ein Schatten ihrer selbst. Oft sitzt sie abwesend im Wintergarten, starrt, von Vorwürfen geplagt, vor sich hin. Dabei bin ich doch der Grund des Zerwürfnisses. Mit mir ist er doch offensichtlich nicht zurechtgekommen. Wenn wir wenigstens wüssten, was mit dem Jungen ist. Wenn es so weiter geht, verliere ich vielleicht auch noch Charlotte. Es steht nicht gut um sie, ihr Dabeisein heute ist reine Selbstdisziplin."

„Das wusste ich nicht. Kann ich helfen?"

„Nein, aber Charlotte ist mein Ein und Alles. Ihr habe ich viel in meinem Leben zu verdanken. Sie leiden zu sehen, ist mir unerträglich!! Weißt du, Jan, mit ihr hat alles angefangen – auf einem kleinen, herunter gekommenen Kümo im Hohentorshafen. Es war eine schwierige Zeit…

Teil III

Kriegs- und Nachkriegszeit

Bombenacht

Frühjahr 1945. Die Engländer warfen Flugblätter über Bremen ab, und forderten die Truppen auf, sich zu ergeben. Conrads Vater Julius brachte ein Exemplar mit nach Hause. Alles was half, den Krieg zu beenden, war besser als das, was die Bevölkerung nunmehr seit Jahren erleiden musste. Dass er das NS-Regime ablehnte, verübelte man ihm von Anfang an und machte ihm deshalb das Leben schwer. Ob es sein letzter Schiffsneubau war, der ohne einen triftigen Grund der Marine unterstellt wurde, oder die Einberufung zur Armee. Sie saßen im Wintergarten ihres ehrwürdigen Alt-Bremer Hauses und tranken Tee. Julius Reiman sprach bedächtig und entspannt, rauchte dabei seine Mittagszigarette. „Der Krieg ist bald vorbei, mein Junge, und hoffentlich bricht dann alles zusammen! Sieh nur, die Engländer werfen schon Flugblätter vom Himmel!“ Er nahm das Blatt und zitierte daraus: „Ihr habt den Krieg verloren! Legt die Waffen nieder! Vermeidet unnötiges Blutvergießen und weitere Zerstörungen!“ Und Julius Reiman fügte sogleich hinzu: „Die Nazis werden wohl nicht so vernünftig sein, und die anderen sie nicht davon abhalten. Na, das sind ja gute Aussichten für unsere Gegend!“

Das Haus in der Richard-Wagner-Straße war bisher von den Bombardements, die häufig auch nachts über Bremen niedergingen, verschont geblieben. Die Familie, durch ihr Schifffahrtsunternehmen gut situiert, wohnte schon in dritter Generation hier. Auch wenn von der einstigen Reederei nicht mehr viel da war, ihr letztes Schiff, das Kümo „Hanseat“ fuhr noch so viel Erträge ein, dass die Familie davon leben konnte.

Einmal in Rage, fiel es dem Vater schwer, sich zu zügeln: „Ich sage dir Conrad, wenn dieser gottverdammte Krieg vorbei ist, werden wir andere Nachbarn haben als heute, also lerne weiter fleißig Englisch!“ – Gefährliche Worte in einer Zeit, wo an jeder Ecke Denunzianten lauerten. „Vater, lass gut sein, ich bin doch bei dir, aber überlege einmal, wenn dich jemand hört. Du wetterst gegen den Krieg, hörst Feindsender und sammelst britische Flugblätter auf, du weißt doch, was das bedeutet.“ Im Radio spielte AFN die neuesten Stücke von Glenn Miller.

„Das ist mir egal! An dem Tag, an dem die Nazi-Bande irgendwo in Berlin oder Berchtesgaden an einem Baum hängt und wir endlich wieder frei atmen können, werden wir hier, genau hier, gemeinsam nicht nur ein Bier trinken."

Er hatte den Satz kaum beendet, als der nächste Fliegeralarm aufheulte. Radio aus, Türen schließen, Fenster öffnen und sofort in den Bunker. Das Haus verfügte über einen Luftschutzraum im Keller, den Conrads Eltern meistens nutzten. Die Räume waren in den 1930er Jahren nachträglich mit erheblichen Fördermitteln des Deutschen Reiches eingebaut worden. Die Klugen unter den Eigentümern stimmten der Baumaßname zu, da es sich um eine Art Arbeitsprogramm für die Bauwirtschaft handelte. Julius fügte sich damals, weil er keine Schwierigkeiten haben wollte.

„Eine Reederei zu führen, ohne in der Partei zu sein, ist schon schwierig genug, da handele ich mir nicht noch Ärger wegen eines dämlichen Luftschutzraume sein", hatte Julius seiner Frau Etta gegenüber argumentiert, die strikt gegen den Einbau des Bunkers gewesen war. Am Ende willigte Etta ein, weil sie spürte, Julius könnte sonst unter Druck geraten. Das wollte sie auf jeden Fall vermeiden. In ihrem Tagebuch notierte sie: „Es ist so weit, sie fangen an, sich in unser Leben zu mischen." Viele weitere Einträge sollten folgen. Verbitterte und Verzweifelte.

Wahrscheinlich hätte ihn die Mitgliedschaft in der Partei auch vor der Front gerettet. Aber Julius Reiman wollte sich nicht verbiegen lassen. „Ich hänge meine Fahne nicht in den Wind dieser Hetzer! Niemals!" Folglich wurde er im Sommer 1941 eingezogen und verlor sein Bein an der Front im Westen. Sein zynischer Kommentar: „Lieber ohne Bein, als ohne Hirn!"

Mit dem Beginn der Luftangriffe im Juli 1940 trieb das NS-Regime den Bau von großen, öffentlichen Luftschutzanlagen voran; die Führung in Berlin ging von einer verstärkten Präsenz der Engländer über dem deutschen Luftraum aus.

Während Conrad mit der Haushälterin Annemarie zu der großen öffentlichen Luftschutzanlage in der Hagenstraße lief, blieben Vater und Mutter stets zu Hause. Annemarie war elf Jahre älter als Conrad und gehörte zur Familie. Etta Reiman hatte sie mit vierzehn Jahren aus einem Waisenhaus geholt und dafür gesorgt, dass sie einen Schulabschluss bekam. Aus Dankbarkeit half sie Etta in der schweren Zeit, als Julius verwundet worden war, im Haushalt. Sie wohnte im Souterrain und war glücklich, eine feste Anstellung bei den Reimans zu haben.

„Geh du mit Annemarie in den Bunker, Conrad, da ist es sicher, und es gibt zu essen." Mutter ergänzte dann noch regelmäßig: „Und pass auf dich auf, mein Junge! Beeilt Euch!" Der behinderte Julius sah sein Dilemma dennoch positiv und äußerte: „Nach den Angriffen kommt hier keiner zum Plündern, sonst gibt es was mit dem Holzbein!"

Etta blieb wie selbstverständlich an seiner Seite. Julius hatte häufig versucht, sie zum Gang in den großen Bunker zu bewegen, es dann aber aufgegeben. „Du kannst schlecht laufen, also lasse ich dich hier auf keinen Fall allein", schnitt Etta jede weitere Diskussion ab.

Es dauerte sechs lange Tage und Nächte bis Conrad mit Annemarie zurückkehren konnte. Statt des Hauses Nr. 42 fanden sie nur eine zerbombte Ruine vor, in der noch einige Holzreste vom Dachstuhl brannten. Der Nachbar von gegenüber, Herr Kleinichen, stand plötzlich neben ihnen. „Das waren die verfluchten Ami-Schweine, die sollte man alle an die Wand stellen!" Kleinichen, Mitglied der NSDAP, fühlte sich in der Richard-Wagner-Straße für alles verantwortlich. Er war ein Denunziant. Seinetwegen mussten die Rosenbergs über Nacht ihr Haus verlassen, und die alte Frau Seidenmacher wurde als Halbjüdin zur weiteren Prüfung ihrer Herkunft auf sein Hinwirken hin einfach abgeholt. Kleinichen führte sich auf wie der verlängerte Arm der Partei. Die Reimans mochten ihn nicht und nannten ihn wegen seiner fettigen Haare und seiner ekligen Art einen „Schmierlappen".

„Frau Reiman, reden Sie noch einmal mit ihrem Mann, es wäre wirklich besser, wenn er sich zur Mitgliedschaft in unserer Partei entschließen würde", nervte Kleinichen jeden Montag Conrads Mutter, wenn er in voller NSDAP-Montur die Nachbarn in der Straße bekehren wollte. Er sprach Julius nie direkt an; zu groß war der Respekt vor seiner Kriegsverletzung und dessen Einsatz an der Front.

Etta verlor beim letzten Mal die Beherrschung und fuhr Kleinichen barsch an. „Wir gehen nicht in Ihre Partei, reicht es denn nicht, dass mein Mann an der Front zum Krüppel geschossen wurde? Soll er auch noch seine Seele verlieren?"

Etta Reimann wusste: Kleinichen war gefährlich und gnadenlos. Nachbarn, die sich nicht – wie er es nannte – konform verhielten, mussten mit Schwierigkeiten rechnen. Mit hochrotem Kopf baute er sich vor Etta auf. „Frau Reiman, ich sage ihnen jetzt mal was: Ihr Mann hat zwar für unser Vaterland gekämpft, das heißt aber noch lange nicht, dass man hier reden kann, wie einem der Schnabel gewachsen ist. Ich will das jetzt mal überhört haben, aber beim nächsten Mal werde ich Sie melden, haben wir uns da richtig verstanden?"

Etta kochte innerlich und hätte ihm am liebsten den Marsch geblasen. Aber ehe sie sich versah, hakte Kleinichen nach.

„Ich höre nichts, Frau Reiman, ich höre nichts?"

„Jawohl Herr Kleinichen, ich habe Sie verstanden."

Noch am Abend war Etta ganz außer sich. „Dieser miese kleine Wicht spielt sich auf und behandelt mich wie ein Schulmädchen! Ich könnte den Kerl auf den Mond schießen!" ereiferte sie sich. Julius fiel es schwer, sie wieder zu beruhigen. „Es wird nicht mehr lange dauern. Glaub mir, der Schmierlappen verbrennt schon bald freiwillig seine Uniform. Das ist ein Dummkopf, ein Fahnenträger!"

„Das ist ja gerade das Verhängnisvolle, diese Opportunisten und Parteigänger sind unerträglich. Wenn ich schon die Uniform sehe, wird mir speiübel!"

„Etta, es reicht jetzt, beherrsche dich bitte, es ist bald vorbei, wir halten das durch, glaube mir!"

*

Annemarie hielt sich entsetzt die Hand vor den Mund und weinte. Überall roch es nach verbranntem Holz und feuchtem Schutt. Eine eigenwillige Stimmung breitete sich aus, alles wirkte bizarr und trotz der Vertrautheit mit der Richard-Wagner-Straße völlig fremd. Conrads Zuhause gab es nicht mehr. Lediglich vom Erdgeschoss und dem Souterrain ließen sich noch Umrisse erkennen. Die Menschen liefen hin und her, fragten nach Angehörigen oder sie versuchten, ihre Habseligkeiten zu retten. Mittendrin war der Schmierlappen dabei, Ordnung in das Chaos zu bringen.

„Herr Kleinichen, haben Sie meine Eltern gesehen?"

„Nee, waren die denn nicht mit euch im Bunker in der Hagenstraße?"

„Nein, Herr Kleinichen, Vater und Mutter sind unten im Luftschutzraum." Sofort gestikulierte Kleinichen wie wild mit den Armen umher, redete auf herumstehende Passanten ein und hielt sie zur Hilfe bei der Suche an. Obwohl Kleinichen wusste, dass Julius und Etta ihn nicht mochten, bemühte er sich um das Freilegen des Kellerzugangs.

„Wir müssen buddeln, verdammt noch Mal, buddelt, der Luftschutzraum ist verschüttet! Da sind noch die Reimans drin!"

Conrad kannte den wahren Grund für Kleinichens Übereifer; ihm ging es um seine Rolle als Verantwortlicher für die Richard-Wagner-Straße und gar nicht in erster Linie um die Rettung der Eltern. Er wollte demonstrieren, dass er alles im Griff hatte. Doch Conrads Wut auf die Profilierungssucht Kleinichens wurde von der Angst um seine Eltern verdrängt. Lebten sie noch?

Stundenlang grub sich Conrad mit den Nachbarn durch die Überreste des einstigen Patrizierhauses. Gegen Abend konnte man endlich die Stahltür, die zum Hausbunker führte, sehen. Sie war schwarz geworden, es war ein verbranntes Schwarz. Kleinichen drehte sich um und sagte: „Conrad, Annemarie, ihr müsst jetzt tapfer sein." Wirklich mitfühlend klangen seine Worte aber nicht.

Charlotte

Es gab nur noch die Eisenbahnbrücke über die Weser. Der Krieg war gerade erst zehn Monate vorbei. Conrad trug schwer an seiner Last. Der Leinensack auf seinem Rücken wog über dreißig Kilo, die Kohlen bohrten sich in seinen Rücken und scheuerten die Haut auf. Trotz des beginnenden Frühlings war es kalt, sehr kalt. Die Anstrengung ließ ihn schwer atmen.

„Nur noch über die Brücke", sagte er sich, „dann ist es nicht mehr weit." Der Übergang war der kritische Punkt. Hier standen die Wachposten der Amerikaner, und bei Auffälligkeiten stelltsie unangenehme Fragen. Wie sollte er ihnen erklären, woher er gerade kam? Wie zugeben, dass er die Besatzer am Bahndamm gerade um einen Sack Kohlen erleichtert hatte?

In Bremen herrschten nun die Amerikaner, obwohl die Engländer als erste Armee einmarschiert waren. Schon im Jahre 1944 hatte man sich darauf verständigt, dass Bremen, Bremerhaven und Wesermünde zur „Enclave Bremen" gehören und unter US-Einfluss stehen sollten. Die Bremer Häfen lagen optimal für den Nachschub der in Deutschland stationierten US-Truppen.

Ein schummeriger Abend. In der Zeit der Luftangriffe war die Stadt künstlich verdunkelt worden, jetzt, in der Nachkriegszeit, musste man die Lichtversorgung erst noch wieder herstellen. Eine Frau kam mit einem Kinderwagen aus Richtung Stephani-

Kirche. Die Ruine stand wie ein Leuchtturm zwischen Bergen von Schutt und Dreck. Bremen war zerbombt und bis zur Unkenntlichkeit entstellt.

Conrad überlegte, ob er die Frau mit dem Kinderwagen ansprechen sollte. Der Kinderwagen war eine ideale und unauffällige Begleitung. Die Entscheidung wurde ihm abgenommen. „Hör mal junger Freund, du hast etwas, was ich brauche, und ich habe etwas, was du brauchst."

„Was meinen Sie?" fragte Conrad erstaunt.

„Mach' es nicht so spannend, pack die Kohlen in den Kinderwagen, und wir kommen problemlos an dem Posten vorbei."

„Meinen Sie wirklich?" freute sich Conrad.

„Nun mach' schon, die Amis merken sonst noch was."

Die Brücke war um diese Zeit stark frequentiert, ein junges Paar mit Kinderwagen fiel nicht weiter auf. Sie gingen auf der rechten Seite der Brücke in Richtung Neustadt. Die Frau trug ein dunkles Kopftuch und einen Regenmantel. Es war schwer auszumachen, wie alt sie war. Conrad schätzte sie auf etwa 25. Der Weg über die Weser war lang, und Güterzüge rauschten dicht an ihnen vorbei.

„Denk nicht einmal darüber nach, Junge, hier ist mit Abstand die schlechteste Stelle für dein Geschäft! Es gibt nur zwei gute Plätze um Ware vom Zug zu organisieren, die eine kennst du, die andere verrate ich nicht."

Ein Teil der Brücke war notdürftig mit Holzbohlen geflickt. Mit einem geübten Schwung schob sie den Wagen über die holperigen Stellen, so dass es nicht auffiel, dass sie etwas ganz anderes als ein Baby beförderte. Die Frau sollte Recht behalten, die Wachposten nahmen nicht einmal Notiz von den beiden.

„So, das wäre geschafft, jetzt gibt es wieder einen warmen Ofen", sagte sie. Conrad bedankte sich und wollte den Sack auf die Schulter nehmen, als die Kinderwagenfrau ihn anpfiff. „He, die Hälfte bleibt im Wagen, verstanden!?"

„Aber…"

„Nichts aber, glaubst du wirklich, ich riskiere Kopf und Kragen und gehe dann ohne meinen verdienten Lohn nach Hause? Ich will ja gar nicht wissen, woher die Kohlen kommen, ich stelle keine Fragen, aber du musst für meine Dienste zahlen. Lass dein Geld stecken, damit kannst du die Wände tapezieren, mich interessiert nur die Kohle." Es half nichts, sie hatte Recht, Conrad wäre ohne sie niemals so unkompliziert über die Brücke gekommen. Und so musste er sich von der Hälfte seiner Beute trennen. Die Überlegung, einfach wegzulaufen, verwarf er sofort. Nichts hätte ihm jetzt mehr geschadet als großes Aufsehen.

„Ich danke Ihnen trotzdem, ohne Sie wäre es nicht gegangen", sagte Conrad.

„Ist schon in Ordnung, wir haben ja beide etwas davon", entgegnete die Frau einsilbig. Sie klang jetzt freundlicher, lächelte ihm zu und schob den Kinderwagen mit schnellen Schritten Richtung Neustadt.

Er ging das Stück bis zum Hohentorshafen unten an der Weser lang. Hier war es sicherer und hielten sich nur gelegentlich ein paar Angler auf, die ohne Genehmigung im Fluss fischten. Sie waren selber bemüht, nicht erwischt zu werden, von ihnen kümmerte sich keiner um den jungen Mann, der mit einem Sack Kohlen durch die Gegend marschierte.

Am Ende der Mole lag sein neues Zuhause. Die „Hanseat" trug zwar einen stolzen Namen, war aber nur knappe 30 Meter lang und hatte schon ein paar Jahrzehnte auf dem Buckel. Zur Jahrhundertwende in Holland als Motorsegler gebaut, fuhr sie bis zum Ende des Ersten Weltkrieges unter der Flagge einer Hamburger Reederei. Die Franzosen erhielten die „Hanseat" als Reparation und machten es zum Küstenmotorschiff. Julius Reiman erwarb es 1935 schließlich aus der Konkursmasse einer Reederei aus Brest. Seit der Bombennacht im März 1945 lebte er mit Annemarie und Fritz Helmich auf der „Hanseat", seit nun schon über einem Jahr.

Conrad hatte eine entsetzliche Zeit hinter sich. Vorwürfe quälten ihn, seine Eltern im Stich gelassen zu haben. Mit einem Schlag sah er sich einer Leere und Kälte ausgesetzt, die ihm bis dahin unbekannt gewesen war. Nie hatte er sich so elendig gefühlt. Das Bild des ausgebrannten Bunkers verfolgte ihn. Nachts wachte er häufig schweißgebadet auf und glaubte, er selbst säße in dem Gefängnis aus Stahl und Beton. Dazu der extrem harte Winter und der ständige Hunger. Manchmal lag er im Bett und weinte still vor sich hin. Helmich war Vaters rechte Hand und Prokurist. Als Vater an die Front musste, sprang er bis zur Beschlagnahme der Schiffe für ihn ein und kümmerte sich um die Reederei.

Helmich war die Verlässlichkeit in Person. Die Firma ging ihm über alles, und er stand der Familie sehr nah. Als sein Haus im Sommer 1943, von Bomben getroffen, vollständig ausbrannte, stellte Vater ihm zwei Räume des Reedereikontors zum Wohnen zur Verfügung. In derselben Nacht, als Conrads Eltern umkamen, erlitt auch das Firmengebäude massive Schäden. Der Betrieb der Reederei ließ sich nicht mehr fortführen, und Helmich war zum zweiten Mal obdachlos.

Als einzigen Ausweg, nicht auf der Straße oder in irgendeiner Ruine übernachten zu müssen, bot sich die „Hanseat" an. Conrad und Annemarie hatten den gleichen Gedanken. „Sie ist zwar kein Luxus-Liner, aber für uns drei ist Platz genug. Hier können wir erst einmal bleiben", machte Helmich den beiden Mut.

Es war Ebbe und Ostwind. Die Weser führte deutlich weniger Wasser als bei den gewöhnlich vorherrschenden westlichen Wetterlagen. Wrackteile zerstörter Schiffe ragten aus dem Fluss. Am Ende des Uferweges stieß Conrad auf jenen Zaun, der einst die zollfreie Zone begrenzt hatte. In der Dunkelheit musste er aufpassen, sich nicht zu verletzen, und auf die Stacheldrahtreste achten. Beinahe wäre er gegen eine Holzwand gelaufen. Er fluchte vor sich hin, hangelte sich die Gangway herunter und öffnete die schwere Eingangstür zum Aufbau. Das Schiff verfügte über drei Kammern und eine Kombüse, die auch als Wohnzimmer diente. Die Menschen, in diesen Tagen nicht wählerisch, waren froh, ein Dach über dem Kopf zu haben.

„N'abend Herr Helmich, ich hab Kohlen besorgt, hoffe, dass es für die Nacht reicht." Annemarie schlief schon. Conrad berichtete Helmich von der Stelle am Dammweg, wo man gut Kohlen organisieren konnte. „Auf dem Weg über die Brücke hat mir eine Frau mit einem Kinderwagen geholfen, leider musste ich die Hälfte meiner Beute abgeben."

„Etwa in deinem Alter, blond und so um die 1,70 Meter groß?" fragte Helmich.

„Ja, das ist sie!"

Helmich grinste. „Das ist Lucie, sie hat gar kein Kind, fängt vor der Brücke Leute ab, die etwas zu verbergen haben. Für ihre Hilfe lässt sie sich gut bezahlen. Lucie ist im Tauschhandel tätig. Wenn du etwas benötigst, musst du sie nur fragen. Aber ich gebe dir den guten Rat, sei immer ehrlich zu ihr. Wenn du sie einmal hintergehst, bist du bei ihr und dem Schwarzmarkt unten durch. Lucie hat sehr gute Kontakte."

„Woher wissen Sie das alles?"

„Dirksen, unser ehemaliger Hausmeister in der Reederei, hat mir von ihr erzählt. Ich selber kenne Lucie nicht. Dirksen sagt aber, dass sie perfekt im Organisieren ist."

„Die Frau ist also eine Schwarzmarkthändlerin?"erkundigte sich Conrad.

„So kann man es sehen, aber, wir sollten kein vorschnelles Urteil fällen. Schon gar nicht in so schlechten Zeiten. Die Kohlen kommen ja auch nicht vom Händler! Niemand weiß, warum Lucie das macht. Freiwillig geht keiner ein solches Risiko ein. Es wird seinen Grund haben." Helmich sah Conrad an und verabschiedete sich mit einem Kopfnicken zur Nachtruhe.

Conrad versuchte zu schlafen, aber es gelang ihm nicht. Er wälzte sich von einer Seite auf die andere und grübelte darüber nach, wie er das Schiff in Fahrt bekam. Es musste einen Ausweg aus der Lethargie geben. Helmich gab sich mit der Situation an Bord zufrieden. Von ihm ging nicht unbedingt der Wille nach Veränderung aus. Auch Annemarie war stets mit dem zufrieden, was der Tag so anspülte. Ihr wäre nie in den Sinn gekommen, Eigeninitiative zu entwickeln.

Der Wecker klingelte. Conrad legte sofort eine andere Gangart ein. Er wusch sich schneller als sonst und zog sich an. Der schwere und klamm gewordene Troyer klebte an ihm. Annemarie machte den Ofen an. Die Feuchtigkeit wich langsam der angenehmen Wärme des Feuers. Er war schon als Kind zum Handeln erzogen worden. „Reagieren müssen die, die vergessen haben zu agieren!" Vaters Worte klangen Conrad noch deutlich im Ohr, und er wollte sie beherzigen.

Helmich und Annemarie saßen schon beim Frühstück und schlürften ihren wässerigen Malzkaffee. Ohne das sonst übliche „Guten Morgen" legte Conrad sofort los.

„Lieber Fritz Helmich, liebe Annemarie! Es kann so nicht weitergehen, wir müssen wieder festen Boden unter die Füße bekommen. Wir sind wohl besser dran als viele andere Bremer, haben eine Bleibe und es geht uns einigermaßen. Aber meine Eltern wie auch mein Großvater hätten längst etwas unternommen, um wenigstens das letzte Schiff wieder flott zu kriegen. Ein Schiff, das nicht fährt, bringt nichts ein. Das Haus in der Richard-Wagner-Straße ist wieder aufzubauen, wie auch das Reedereikontor. Wir dürfen nicht weiter darauf warten, dass etwas passiert. Die Frau von gestern Abend, die Lucie, hat mir gefallen. Sie erreicht mit ihrem Kinderwagen etwas, das mir bis jetzt nur durch Diebstahl gelungen ist. Die Zeiten werden nicht besser, wenn wir nichts dagegen tun. Wir haben ein Schiff und sind nicht dumm. Wäre doch gelacht, wenn sich da nicht etwas machen ließe."

„Stimmt, aber wir haben keine Genehmigung für den Betrieb des Schiffes."

„Genau darum kümmere ich mich jetzt. Mein Vater hat mir nicht umsonst Englisch beigebracht, ich verhandele mit den Amerikanern."

„Wie willst du das anstellen, der Markt ist zusammengebrochen, es gibt keine Ladung für ein deutsches Schiff, wenn es schlecht läuft, landet die Hanseat noch bei den Amerikanern als Reparation!"

„Nein, Herr Helmich, Lucie macht es uns vor, wir müssen von den vorhandenen Gegebenheiten ausgehen und nicht gegen die Amerikaner arbeiten, sondern für sie. Die Stadt ist wieder aufzubauen, das Material von Bremerhaven nach Bremen zu schaffen. Die ‚Hanseat' hat nur geringen Tiefgang und ist überall auf dem Fluss bis hin zum Wehr einsetzbar. Mit ihr lässt sich Bauschutt, Kohlen und wer weiß was alles transportieren. Selbst beim Wegräumen der Wracks können wir den Schrott abfahren. Auf den Zügen wird geklaut, auf einem Schiff ist das schwierig. Davon sind die Amerikaner zu überzeugen. Ich will die ‚Hanseat' wieder in Gang bringen. Verstehen Sie? Ich will wieder in unserem Haus leben. Wir befinden uns auf einem Fracht-, nicht auf einem Wohnschiff!"

Beim Frühstück schwiegen sie sich an. Helmich zweifelte, ob Conrads Vorstellungen sich verwirklichen ließen. Einerseits wäre es gut, Geld zu verdienen, andererseits wollte er nicht erneut sein Quartier verlieren. Die politischen Verhältnisse erschienen ihm als zu fragil, eine Konfiszierung der „Hanseat" durch die Amerikaner wäre ein Albtraum.

Conrad schlürfte noch den letzten Rest Ersatzkaffee in sich hinein und brach wortlos auf. „Hoffentlich macht der junge Herr keinen Fehler", sorgte sich Annemarie.

„Wissen Sie Annemarie, unser Conrad ist aus gutem Holz geschnitzt, er hat alles Wichtige von seinen Eltern mit auf den Weg bekommen und die Ausbildung in Wustrow auf der Seefahrtschule hat ihm gut getan. Wenn er sich nun noch bei den Amerikanern durchsetzt, werde ich ihm noch den kaufmännischen Schliff geben, dann lebt die Reederei Reiman wieder."

„Mögen Sie Recht haben Herr Helmich, mögen Sie Recht haben."

*

Conrad war überzeugt, beim amerikanischen Hauptquartier in der Contrescarpe etwas zu erreichen. Er ging durch die Trümmerstraßen des Stephani-Viertels bis hin zum Wall. Nur der Kirchturm des Viertels war übrig geblieben. Rundherum stand mit Ausnahme einer Ruine und eines übrig gebliebenen Hauses nichts mehr. Conrad fragte sich, ob der Kirchturm wohl als Mahnmal stehen geblieben war, um in der bizarr wirkenden Umgebung allen Bremern zu signalisieren, dass Krieg und Gewalt grundsätzlich die schlechtesten aller Lösungen sind.

Trotz wiederholter Versuche gelang es ihm nicht, im amerikanischen Hauptquartier einen Termin zu bekommen. Jeden Tag hörte er neue Ausreden, oder er wurde an andere Behörden verwiesen, die ihm angeblich helfen könnten. Offenbar wollten die in den Amtsstuben noch verbliebenen deutschen Beamten keine Fehlentscheidung treffen, und die Amerikaner interessierte sein Anliegen nicht. Lag es vielleicht an seinem Alter? Nahmen sie ihm die Rolle des Reeders nicht ab? Es war zum Haare raufen.

Nach dem vierten Tag wechselte Conrad die Route und ging über den Richtweg zum Bahnhof. In dessen Umgebung sowie auf dem Trümmergelände der Badeanstalt am Breitenweg blühte der Schwarzhandel. Er hoffte auf jemanden zu treffen, der ihn weiterbrachte. Natürlich trieb ihn auch die Neugierde an. Der Aufenthalt war nicht ganz ungefährlich und zudem verboten; die Behörden wussten natürlich auch: Das Schwarzmarkt-Angebot war dem der herkömmlichen Geschäfte weit überlegen. „Haste was, biste was" – lautete die Parole. Die beste Währung waren amerikanische Zigaretten. Für sie gab es alles. Zwei lebende Kaninchen entsprachen in etwa dem Wert einer Stange „Lucky Strike". Für zwei Päckchen Zigaretten gab es Kaffee oder Butter. Conrad beobachtete die Tauschgeschäfte. Pelzmäntel, Schmuck, selbst Kronleuchter wechselten den Besitzer. Es war an der Zeit, von der Währung etwas abzubekommen, um die Reederei wieder in Schwung zu bringen. Er überquerte den Breitenweg und traute seinen Augen nicht, als er den Kinderwagen sah. Lucie war also nicht weit entfernt. Ein älterer, kräftig wirkender Mann bewachte das Vehikel. Plötzlich tauchte Lucie aus dem Gemenge auf, legte eine Art Koffer in den Kinderwagen und gab dem Mann ein Zeichen zum Verschwinden. Conrad folgte den beiden. Gleich hinter der Bahnhofsstraße, am Hillmannplatz, gab Lucie dem Mann etwas ab. Während sie den Wagen weiterschob, ging der Kräftige zurück zum Bahnhof. Conrad holte Lucie ein und sprach sie an:

„Es geht mich ja nichts an, was in dem Koffer ist, aber astrein ist es sicher nicht“, scherzte Conrad. Lucie wollte gerade auf Angriff umstellen, als sie sah, dass er lächelte.

„Sie schon wieder. Warum laufen Sie mir nach?“

„Ich möchte mit Ihnen reden, Lucie. Sie heißen doch Lucie, oder?“

„Wer will das wissen?“

„Oh, entschuldigen Sie, dass ich mich nicht vorgestellt habe, ich heiße Reiman, Conrad Reiman.“

Sie blieb stehen und musterte ihn von oben bis unten. „Jetzt sagen Sie nur noch, Sie sind ein Reiman von der Reederei Reiman.“

„So ist es, ich bin Conrad Reiman leider ohne Beschäftigung und ohne Schiff. Also, ein Schiff haben wir zwar noch, es darf nur zurzeit leider nicht fahren.“

„Komisch, für einen Reeder sind Sie aber recht jung.“

„Das stimmt, aber meine Eltern sind kurz vor Ende des Krieges ums Leben gekommen. Wo mein Großvater abgeblieben ist, kann ich Ihnen beim besten Willen nicht sagen. Die Wahrscheinlichkeit, dass er nicht mehr lebt, ist leider sehr groß.“

„Oh, das tut mir leid, Herr Reiman.“

Lucie spürte seine Traurigkeit. „Sehen Sie die Ruinenmauer dort, lassen sie uns kurz setzen, wir können uns gern einen Moment unterhalten“, schlug sie ermunternd vor. Sie hockte sich auf den Mauersims und deutete auf den Platz neben sich: „Nehmen Sie doch bitte Platz, mein Herr, hier können wir ungestört reden. Ich heiße übrigens nicht Lucie, mein Name ist Charlotte Carstens.“

„Aber, wie kommen sie zu dem anderen Namen?“

„Ach, das ist eigentlich eine dumme Sache. In den ersten Wochen nach Ende des Krieges habe ich in der Neustadt ein paar Familien mit Fisch versorgt. Daher die Anlehnung an Fisch-Lucie, an Lucie Flechtmann, dem Bremer Original. Sie war wohl die bekannteste Fischhändlerin vor dem Ersten Weltkrieg.“

„Das ist aber nicht gerade freundlich von den Leuten“, sagte Conrad.

„Ich weiß, ich war im ersten Augenblick auch empört, als ich mitbekam, dass ein kleines Mädchen zu ihrem Vater sagte: ‚Papa, sieh doch, da vorn kommt die Fisch-Lucie!‘ Ich habe es mir nicht anmerken lassen, aber ich sah in den Augen des Mannes, wie unangenehm es ihm war, dass seine Tochter den Namen aussprach, den sie mir wohl heimlich gegeben hatten. Im Nachhinein erwies es sich aber als vorteilhaft, dass ich mit einem Künstlernamen arbeite. Keiner würde je eine Verbindung zwischen Charlotte Carstens und Lucie herstellen."

Die Sonne kam durch, und es wurde angenehm warm. Conrad nahm seine Jacke und bot sie ihr als Unterlage an. Charlotte bedankte sich. Sie war bildhübsch, trug ihr blondes Haar als Pferdeschwanz und hätte eine Skandinavierin sein können. Ihr Vater war auf dem Rückzug an der Front in der Nähe der französischen Grenze gefallen, ihre Mutter im Wochenbett gestorben. Sie wuchs bei den Großeltern in Ahausen bei Rotenburg auf. Von ihrem Großvater lernte sie schon früh, Teile der Ernte gegen auf dem Hof dringend benötigte Dinge zu tauschen. Das kam ihr nun zu Gute. In Bremen war sie bereits seit zwei Jahren, ihre Lehre im Hotelfach hatte jedoch nur acht Monate gedauert, da das Hotel im April 1945 komplett ausbrannte. Seitdem beschäftigte sie sich – wie sie es nannte – mit dem Warentausch aller Art.

Sie erzählten sich ihre Geschichten, als würden sie sich schon ewig kannten und merkten gar nicht, wie schnell die Zeit vergangen war.

„Charlotte, darf ich Sie noch über die Brücke in die Neustadt begleiten?"

„Ich wohne gar nicht in der Neustadt, sondern in Findorff. Ich nutze die Brücke lediglich, um etwas zu ergattern. An der Schlachte tausche ich Fisch gegen Zigaretten, in der Neustadt bekomme ich für den Fisch etwas Bier oder Fleisch. Es springt immer etwas heraus. Für mein Zimmer in Findorff verlangt der Vermieter ein Care-Paket. Wie soll ich das bezahlen? Also biete ich Transportleistungen an. Für Ihre Kohlen zum Beispiel habe ich drei Care-Pakete und zwei Schachteln ‚Lucky Strike' gekriegt. Eines der Care-Pakete ist heute früh gegen zwei Stangen Chesterfield weggegangen."

„In dem Koffer war also ein Care-Paket, und jetzt ist er mit zwei Stangen Zigaretten gefüllt."

„Nein, der Koffer ist leer. Die Zigaretten befinden sich mittlerweile in meinem Mantel. Ein Koffer oder ein Kinderwagen oder beides sind nicht nur ein gutes Transportmittel, sondern auch eine gute Tarnung. Himmel und Hölle, es ist ja schon nach vier – jetzt muss ich mich aber wirklich beeilen."

„Darf ich Sie noch ein Stück begleiten?" blieb Conrad hartnäckig.

„Vielleicht später einmal. Ich muss mich um meine Angelegenheiten kümmern. Bitte, seien Sie mir nicht böse." Er wollte sie noch nicht gehen lassen, aber es blieb ihm keine Wahl.

„Wenn Sie erlauben, würde ich Sie gerne wieder treffen", sagte Conrad.

„Warum eigentlich nicht?" gab sie zurück.

*

„Frau Carstens, ein Care-Paket ist zu wenig. Es muss schon ein bisschen mehr sein."

„Was soll das heißen? Reicht Ihnen das Paket nicht als Bezahlung?" antwortete Charlotte empört.

„Beheizter Wohnraum ist knapp in Bremen. Ich muss auch an mich denken."

„Was heißt an mich denken? Worauf wollen Sie hinaus? Wollen Sie mich loswerden? Zahlt ein Anderer mehr?"

„Das nicht gerade, aber Sie sind sehr attraktiv – und ich bin allein. Da liegt es nahe, doch etwas näher zusammenzurücken." Charlotte sah den Schweiß auf seiner Stirn und seine Gier. Das schummerige Licht der Glühlampe gab seiner Statur ein feistes Aussehen. Er kratzte sich verlegen am Kopf. Es roch nach altem Schweiß.

„Sie widern mich an und sind unerträglich. Glauben Sie wirklich, dass ich mit Ihnen ins Bett gehe, um meine Unterkunft zu sichern? Eher würde ich auf der Straße oder unter Brücken schlafen!" giftete Charlotte den Hausbesitzer an.

„Regen Sie sich doch nicht so auf, Fräulein Carstens. Für Hochmut stehen die Zeiten schlecht. Wir können uns ja erst einmal für die Woche einigen." Seine Augen starrten auf ihre Brüste. Sie spürte, wie kurz sie davor stand, von ihm überwältigt zu werden.

„Ich gehe jetzt und übernachte bei einer Freundin. Morgen hole ich meine Sachen. Unterstehen Sie sich, auch nur daran zu denken, mich anzufassen!" Innerhalb von Sekunden war aus dem eher harmlos aussehenden Mann eine Bestie geworden. Charlotte musste so schnell wie möglich weg. Ekel und Wut stiegen in ihr auf. Sie drehte sich um und versuchte zur Haustür zu gelangen, als ihr Vermieter sie von hinten packte. Er legte seinen linken Arm um ihren Hals und nahm sie in den Schwitzkasten, während er mit seiner rechten Hand ihre Brüste befummelte.

„Du kleine Schlampe, ich werde es dir besorgen, dass dir hören und sehen vergeht. Deine Sachen holen? Ausziehen? Aus meinem Haus? Ich werde dich ausziehen! Du gehst nirgendwo hin!“

Er redete sich in Rage. Der Druck auf ihre Kehle wurde von Sekunde zu Sekunde stärker. Sie rang nach Luft. Ihr Kopf schien zu platzen. Mittlerweile beugte er sich über sie. Er drückte sie auf den Boden, und sie roch seinen übersäuerten Atem.

Sie wollte um Hilfe schreien, doch ein Hieb mit seiner rechten Faust hinderte sie daran. Sie spürte, wie Blut aus ihrer Lippe rann.

„Du kannst schreien, soviel du willst. Hier hört dich keiner!“

Sein linker Arm schnürte ihr den Hals ein und fühlte sich an wie eine Schraubzwinge. Charlotte bekam immer weniger Luft. Mit letzter Kraft holte sie mit ihrem rechten Bein Schwung und schlug nach hinten aus. Der Tritt war ein Volltreffer. Er stöhnte laut auf, ließ von ihr ab, sackte zusammen und krümmte sich am Boden. Luft, endlich wieder Luft! Charlotte wollte nur noch raus und flüchten. Aber eine innere Stimme hielt sie zurück und sagte ihr, mit diesem Kerl bist du noch nicht fertig. Ihr Blick fiel auf die große Waschschüssel, die sich auf der Anrichte befand.

Sie ergriff die Schüssel und schlug sie ihrem Peiniger auf den Kopf. Der Treffer zeigte Wirkung. Blut floss aus Nase und Mund. Die rechte Augenbraue war aufgeplatzt und im Haaransatz steckte ein Porzellansplitter. Bewegungslos lag der Mann in seinem Blut auf dem Boden. Charlotte nutzte die Gelegenheit, um ihre Habseligkeiten in großer Eile in einen Koffer zu stopfen. Bevor sie zur Tür ging, schaute sie sich noch einmal um. Nie hätte sie geglaubt, dass ihr der Anblick eines verletzten Menschen Genugtuung bereiten würde. Sie erkannte sich selbst nicht wieder.

„Schrei nur, wenn du kannst, hier hört dich doch keiner!“ äffte sie ihn nach.

Kaum war sie aus dem Haus, musste Charlotte sich übergeben. Sie zitterte am ganzen Körper. Ihre Lippe blutete nicht mehr, war aber stark geschwollen. Sie rannte mit ihrem Kinderwagen und Koffer Richtung Hauptbahnhof. So verzweifelt war sie noch nie in ihrem Leben gewesen. Ängstlich sah sie sich um, als sei der Vermieter noch immer hinter ihr her. Wohin sollte sie gehen? Sie musste Conrad finden, bei ihm auf dem Schiff wäre sie bestimmt sicher – zumindest für eine Nacht.

*

Conrad traute seinen Augen nicht. Er holte gerade die Achterleine durch, als Charlotte mit ihrem Kinderwagen am anderen Ende der Pier auftauchte. Es sah aus, als suche sie etwas. Mit einem Satz war er auf der Gangway und lief ihr entgegen.

„Charlotte, was machen Sie hier am Hafen? Haben Sie Ihr Revier erweitert?“ Der Spaß ging daneben. Zu spät bemerkte er, dass sie bitterlich weinte.

„Was ist passiert, Charlotte? Kann ich Ihnen helfen?“ fragte Conrad.

„Dürfte ich bei Ihnen an Bord übernachten?“ schluchzte sie.

„Selbstverständlich. Kommen Sie, ich helfe ihnen.“ Er nahm ihre Sachen an Bord und brachte sie in seine Kammer.

„Es ist zwar kein Luxuspalast, aber man schläft hier ganz gut. Ich werde Annemarie bitten, Ihnen etwas zu trinken zu bringen. Sie sehen sehr mitgenommen aus.“

„Ja, Herr Reiman, ich mache das schon“, sagte Annemarie, die schon hinter ihm stand. Mit einem geübten Handgriff legte sie Charlotte auf die Koje und tupfte ihr mit einem feuchten Tuch die Stirn ab.

„Sie ist erschöpft, aber nicht krank. Fieber hat sie auch nicht. Das wird schon.“

Annemarie gab Charlotte Baldriantropfen. Nach einer Weile schlief sie erschöpft ein.

Annemaries Blick ließ nichts Gutes ahnen.

„Was ist mit ihr? Haben Sie ihre Lippe gesehen? Sie ist stark geschwollen!“

„Ich kann es Ihnen leider nicht genau sagen, Herr Reiman. Sie spricht nicht, hat geweint und am ganzen Körper gezittert. Sie ist jetzt eingeschlafen.“

Conrad fiel auf, wie nachdenklich Annemarie geworden war. „Was ist wirklich los, Annemarie?

„Sie muss etwas Schlimmes erlebt haben. Sie hat am Hals viele blaue Flecken, ihre Bluse ist zerrissen und ihre Hände sehen aus, als hätte sie gekämpft.“

„Mein Gott, wollen wir hoffen, dass Sie sich täuschen, Annemarie“, sagte Helmich.

*

Conrad saß die ganze Nacht an Charlottes Bett. Er wollte bei ihr sein, wenn sie aufwachte. Als sie endlich die Augen öffnete, schimmerten bereits die ersten Sonnenstrahlen durch das geöffnete Bulleye.

„Guten Morgen, ich hoffe, Sie haben gut geschlafen.“ Conrad lächelte sie an.

„Ich danke Ihnen, dass Sie mich aufgenommen und mir geholfen haben.“ Charlotte wollte zurücklächeln, aber der Schmerz an ihrer Lippe erinnerte sie sofort an den Vortag.

„Sie können bleiben, so lange Sie mögen. Fühlen Sie sich wie zu Hause.“

„Sie sind wirklich sehr freundlich. Ich danke Ihnen für Ihr Verständnis.“

„Ich besorge Ihnen einen Kaffee, dann sehen wir weiter.“ Er ging in die Kombüse und kam mit einem Becher Kaffee zurück. „So, das bringt Sie wieder auf die Beine. Ich lasse Sie jetzt allein. Wenn Sie aufstehen wollen, die Waschgelegenheit ist gleich rechts um die Ecke.“ Er wandte sich zur Tür, aber Charlotte hielt ihn an der Hand fest.

„Geben Sie mir bitte etwas Zeit, um zu begreifen, was passiert ist. Ich erzähle Ihnen später alles“, sprach Charlotte ihn etwas verlegen an.

„Sie sagen es, wenn sie so weit sind.“

„Das ist sehr verständnisvoll. Vielen Dank.“

„Charlotte, darf ich Sie um etwas bitten?“

„Natürlich.“

„Ich weiß, es gibt bestimmt bessere Gelegenheiten, aber wir verbringen wohl noch eine Weile zusammen an Bord. Was halten Sie von dem Du?“

„Gern, Conrad.“

Kopfweh

Gleich links hinter der „Engel-Apotheke“ am Ostertorsteinweg befand sich das „Liberty“, ein Tanzlokal, in dem nur Amerikaner oder Frauen Einlass erhielten. Die deutschen Männer mussten draußen bleiben. Die Amerikaner waren clever: Frauen gab es genug in Bremen, und das Verlangen nach ein paar schönen Abenden war nach den Entbehrungen der Kriegsjahre groß. Vor dem Etablissement bildete sich oft eine Schlange.

Es konnte nicht schaden, einen Amerikaner zu kennen; sie verfügten immer über Zigaretten und viele andere Kleinigkeiten, die im Alltag wichtig, aber kaum oder nur schwer zu beschaffen waren. Auseinandersetzungen mit deutschen Männern waren vor dem „Liberty“ keine Seltenheit; sie sahen es nicht gerne, dass die US-Boys ihnen die Frauen wegnahmen.

George Greenberg stand an der Theke, trank einen „Jack Daniels“ und rauchte. Das Ambiente im „Liberty“ glich eher einem Ballsaal als einem Tanzschuppen. Einst ein Kino, hatte man es nach Kriegsende notdürftig hergerichtet. Alles war improvisiert. Die Bänke bestanden aus alten zurechtgezimmerten Paletten, die Bezüge aus den Überresten eines Theatervorhangs. Die Theke war aus einer alten LKW-Pritsche; man hatte sich nicht einmal die Mühe gemacht, die Bezeichnungen der Wehrmacht zu entfernen. Aber im „Liberty“ wurde der beste Jazz gespielt, und hier hielten sich tatsächlich auch immer die hübschesten Frauen auf.

George sah Frank Baldwin auf sich zukommen. Der fehlte ihm gerade noch. Baldwin, zwar stets ein guter Soldat, als Mensch aber gehörte er in Georges Augen zu denen, die mit dem Begriff Freundschaft nichts anzufangen wussten. Baldwin war nur auf sich selbst bedacht und ging über Leichen, wenn es ihm einen Vorteil einbrachte. George glaubte fest daran, dass Frank die Landung in der Normandie nur überlebt hatte, weil er eben so war, wie er ist – ein extremer Egozentriker. Frank gäbe niemals einen guten Truppenführer ab, zu sehr lag ihm sein eigenes Wohlbefinden am Herzen.

Er betrieb das „Liberty“ schon seit ein paar Monaten und verdiente mit dem einzigartigen Club ein Vermögen. Kaum waren die Amerikaner in Bremen, machte Frank sich für den Betrieb des „Liberty“ stark. Es fiel ihm nicht schwer, im Headoffice alle schnell davon zu überzeugen, dass amerikanische Soldaten auch einen Club bräuchten, in dem es möglich wäre, mit der Bremer Bevölkerung Kontakte zu pflegen. Demokratie, argumentierte er, sei nur dann begreifbar zu machen, wenn man sie auch vorlebe. Für Frank war der Club ein Teil seines Demokratieverständnisses. Er betrachtete sich als Beauftragter der Völkerverständigung, und vom Headoffice erhielt er alle nur erdenklichen Waren. Zugleich nutzte er sein Umfeld gnadenlos aus.

Sein Instinkt sagte ihm, wer für ihn von Vorteil war und wer nicht. George hielt er für wichtig, unterstand ihm doch die Abteilung für Gewerbegenehmigungen im Headoffice. Die Stabsstelle war zwar nicht die wichtigste Instanz; aber ohne sie ging gar nichts. Zeigte hier ein Daumen in die falsche Richtung, war an ein Weiterkommen nicht mehr zu denken.

„George, mein Freund, du so allein an der Theke, keine Lust auf ein Mädchen oder auf einen Tanz?"

„Hi Frank, nee, lass mal, mir reicht mein JD und meine Lucky."

„Komm schon, schau dich um, lauter süße Bräute und dazu beste Drinks, was willst du mehr?"

„Hier kann man doch die Prostituierten nicht von den Privaten unterscheiden!"

„Weißt du, George, eigentlich sind es alles Nutten. Da drüben zum Beispiel, ich könnte die scharfe Blondine für dich klar machen, sie ist keine Nutte, aber für ein paar Nylons lässt sie dich trotzdem ran."

„Glaubst du wirklich, dass sich jede Frau in deinem Laden einem GI an den Hals wirft, nur weil er mit ein paar Strümpfen winkt?"

„George, wo lebst du eigentlich? Bremen ist für uns das Schlaraffenland. Schau sie dir doch an, die wollen einen von uns!"

„Na, dann bist du ja am richtigen Platz, in deinem Club kannst du jeden Abend eine abschleppen. Was bietest du ihnen? Freikarten oder ein paar Nylons?"

„Nylons sind schon ok. Aber erst einmal nur zeigen und dann sehen, ob der Einsatz auch gerechtfertigt ist. Du glaubst doch nicht im Ernst, dass ich nach jedem Fick tatsächlich die teuren Nylons hergebe. Ne ne, sie muss schon etwas Besonderes sein. Gute Arbeit, guter Lohn."

„Frank, du versprichst etwas und hältst es dann nicht? Gehst du da nicht etwas zu weit?"

„Ganz im Gegenteil, bis vor ein paar Monaten waren wir noch im Krieg mit ihnen. Jetzt vögeln wir sie halt, da kommen die Mädels doch gut bei weg. Ganz ohne lass ich sie ja auch nicht gehen, sie bekommen dann ein paar Luckys, damit ihr Kerl zu Hause nicht aufmuckt. Ich bin doch nicht herzlos.“

„Ja, aber...“

„Nix aber, die haben nur eins im Kopf, ihren Vorteil. Was ist schlimm daran, wenn wir ebenso denken? Sei nicht so naiv, es geht um ein Tauschgeschäft wie auf dem Schwarzmarkt, das ist die Realität. Jedes von den Weibern lässt sich mit dir ein, wenn du nur die richtige Gegenleistung bringst. Ich habe die Zigaretten, die sie wollen – und die Mädels haben etwas, das ich nicht habe. Angebot und Nachfrage, mein Freund. Siehst du hier irgendeine Frau herumlaufen, die ein gequältes Gesicht macht? Nein! Warum nicht? Weil sie es für ein bisschen Spaß und ein paar Kippen auch gerne machen. Die Mädels wissen, dass die Freundschaft zu einem von uns sie durch den Winter bringen kann. Was also ist verkehrt daran?“

Frank fiel schon immer eine Rechtfertigung für sein Handeln ein. George kannte ihn seit vier Jahren. Es gab nie eine Situation, in der er nicht eine solche Erklärung gehabt hätte. Sollte Frank irgendwann in die Staaten zurückgehen, würde er bestimmt Politiker werden. Oder kriminell. Vielleicht auch beides.

„Warst du schon immer so?“

„Wie denn?“

„Ach, schon ok.“

George drehte sich zur Seite um Frank zu signalisieren, dass für ihn das Gespräch zu Ende war. Er wandte sich lieber seinem JD zu.

„Die Nutten sind die, die nicht so aussehen, als wären sie welche“, bemerkte Frank, zwinkerte ihm zu und schlenderte frech grinsend zur Tanzfläche. Die Band spielte irgendetwas von Benny Goodman, und George dachte über die Schlechtigkeiten der letzten Jahre nach. JD hilft beim Denken und Vergessen – redete er sich ein.

Es war eine halbe Stunde vor Mitternacht, als sechs Militärpolizisten das „Liberty“ betraten. Die Frauen mussten sich eigentlich auf den Weg nach Hause machen. Ab Mitternacht galt die Ausgangssperre. Aber wie es so ist: Die Stimmung ist gut, und keiner möchte gehen. Die MP‘s garantierten, dass die Damen unter ihrer Obhut stünden und sie die Verantwortung trügen. Ohne ihre amerikanische Begleitung konnten die Frauen nun nicht mehr auf die Straße.

Frank nannte es die Bonusrunde. Die Jungs von der MP bekamen am nächsten freien Abend ein paar Drinks, womit er einmal mehr bewies, wie gut sein Laden funktionierte. Es gab nur Gewinner: Die Leute von der MP waren zufrieden, die GIs konnten sich bei den Mädels als Beschützer und Retter aufspielen, während Frank ein gutes Geschäft machte. George spürte immer mehr die Wirkung des JD's und ging nach Haus. Allein.

*

In der Richard-Wagner-Straße waren nur wenige Häuser heil geblieben. Wo noch vor dem letzten Kriegssommer ein Kolonialwarengeschäft gestanden hatte, lagen nun Berge von Schutt. Erst langsam kam die Bevölkerung in Bremen dazu, die Ruinen wieder in Wohnraum zu verwandeln. Es herrschte absolute Materialknappheit, und einige von den Unterkünften wirkten geradezu skurril. Bei den Blenders aus der 96 konnte man von der Straße aus in die Küche sehen. Ein Teil der Hauswand war bei einem Angriff einfach weggebrochen. Conrad hielt sich seit dem Nachmittag in der Richard-Wagner-Straße auf und klopfte Steine ab, die sich wieder verwenden ließen. Er versuchte, in der warmen Zeit zumindest das Erdgeschoss und den Keller seines Elternhauses wieder so weit in Stand zu setzen, dass beides im Winter bewohnbar war. Die „Hanseat" sollte Geld einbringen und nicht als Wohnraum dienen. Als er auf die ihm von Großvater vererbte Taschenuhr blickte, erschrak er selbst. Würde er den Weg zurück zum Schiff noch vor Beginn der Sperrzeit schaffen? Einen Versuch war es wert. Rasch machte er sich auf den Weg. Auf halber Strecke sah er einen Mann auf einem Ruinengrundstück liegen. Er schien Hilfe zu benötigen. Ohne zu überlegen, sprang Conrad über zwei Schuttberge. Der Verletzte trug nur eine Unterhose und blutete stark.

„Hey, was ist passiert?"

„Help me, please, help me", röchelte der Mann.

Conrad half ihm hoch, stützte ihn und legte ihm seine Jacke über. Der Mann war betrunken, er roch wie eine Schnapsfabrik.

„Dein Kopf sieht nicht gut aus, du musst zu einem Arzt und versorgt werden!"

„No Doc, please, no Doc! You know what I mean?"

Conrad brachte den Verwundeten zur Richard-Wagner-Straße zurück. Vielleicht gab es bei den Nachbarn Verbandszeug. Es kam ihm wie eine Ewigkeit vor, bis sie das Grundstück erreichten. Der hintere Raum im Souterrain war kaum zerstört. Einiges von dem Hab und Gut der Familie hatte er gerettet und in dem einzigen abschließbaren Raum der Ruine aufbewahrt. Er legte den Mann auf eine Matratze und deckte ihn mit Mutters alter Wolldecke zu.

„Warten Sie, ich hole Verbandszeug und Wasser!“

Conrad lief zu den Hagedorns, die immer gerne aushalfen.

„Frau Hagedorn, bitte öffnen Sie die Tür, es ist jemand verletzt!“

Jürgen Hagedorn kam verschlafen an die Tür.

„Wer ist da? Was wollen Sie?“

„Jürgen, hier ist Conrad, ich habe einen Verletzten aufgelesen und benötige Verbandszeug. Der Mann blutet stark! Hast du etwas da?“

Jürgen machte sofort auf. „Wo liegt er denn, wie schwer sind seine Verletzungen? Ich habe nur noch etwas Verband und Watte, aber leider keine Pflaster. Wir müssten den Verband mit Bindfaden befestigen.“

„Sehr gut, so machen wir es.“

Hagedorn holte alles. „Ein bisschen Jod ist auch noch dabei. Was brauchst du noch?“

„Wasser wäre gut. Bei mir gibt es noch keinen Anschluss“, erklärte Conrad. Jürgen nahm eine große Schüssel und füllte sie mit Wasser. Unterwegs erzählte Conrad Jürgen, wie er den Mann gefunden hatte. Über den Schuttberg im Vorgarten erreichten sie den Kellereingang.

„Mensch Conrad, den hat es aber ganz schön erwischt!“

„Ja, ich weiß, er ist übel zugerichtet.“

*

Als George Greenberg erwachte, fühlte er sich, als wäre er gegen einen Panzer gelaufen. „Wo bin ich?“ fragte er mit schmerzverzerrtem Gesicht. Conrad war sofort hellwach. Er hatte im Sitzen gleich neben dem Bett geschlafen.

„Guten Morgen, Sie befinden sich in der Ruine meines Elternhauses in der Richard-Wagner-Straße. Ich bin Conrad Reiman!“

„Nice to meet you, Conrad, ich heiße George Greenberg, US-Army Bremen. Aber wie komme ich hierher?”

„Sie lagen unweit von hier auf einem Schutthaufen. Sind Sie überfallen worden? Sie hatten gar nichts an."

„Mein Gott, was dröhnt mein Schädel! Ich kann mich kaum an etwas erinnern. Ich habe im ‚Liberty' ein paar Whiskey getrunken. Als ich gehen wollte, war mein Fahrer nicht mehr da. Also bin ich zu Fuß gegangen. Plötzlich bekam ich einen Schlag auf den Kopf, von dem Moment an weiß ich nichts mehr."

„Sie sind an den Beinen und am Kopf verletzt. Wir haben Sie notdürftig versorgt, die Wunde am Kopf ist aber auf jeden Fall ärztlich zu behandeln. Ich weiß zwar nicht warum, aber Sie wollten partout nicht zum Arzt."

„Wirklich?"

„Ja – und mir war es gar nicht so unrecht. Die Ausgangssperre hatte schon begonnen. Es hätte für mich unangenehm werden können!"

„Und trotzdem haben Sie mir geholfen? Sie sind doch Deutscher?"

„Auch wenn es in diesen Tagen schwer fällt an Menschlichkeit und Hilfsbereitschaft in unserem Land zu glauben, wir sind nicht alle Barbaren! Meine Familie und ich halten nichts vom Krieg, er zerstört alles", erläuterte Conrad irritiert. „Mein Großvater ist verschollen und meine Eltern sind bei einem der letzten Luftangriffe auf Bremen ums Leben gekommen. Amerikanische Flugzeuge warfen ihre Bomben auf unser Haus ab. Sind Sie dafür verantwortlich? Nein, Sie haben den Krieg nicht angefangen. Sie brauchten Hilfe, und ich war zufällig in der Nähe. Mehr ist dazu nicht zu sagen. Ich habe nichts gegen Amerikaner oder Russen, ich möchte lediglich in Ruhe leben und unsere Reederei wieder aufbauen!"

„Sorry, so habe ich es nicht gemeint. Ich bin Ihnen sehr zu Dank verpflichtet und möchte mich entschuldigen. Ohne Sie wäre ich vielleicht nicht mehr am Leben", sagte George. Es fiel ihm schwer, einen klaren Gedanken zu fassen. Das Einzige, was er neben seinen starken Schmerzen wahrnahm, war der feuchte und modrige Geruch in seiner Nase, den er aus den Schützengräben an der Front kannte.

„Schon gut, lassen Sie uns lieber überlegen, wo wir einen Arzt finden. Wir sollten mit der Versorgung der Wunden nicht allzu lange warten. Was schlagen Sie vor?" fragte Conrad. George erklärte ihm, an wen er sich wenden sollte. Zum Richtweg in der Innenstadt war es nicht weit. Im Headoffice der US-Army liefen alle Fäden der Besatzungsregierung zusammen. Conrad war wegen der Lizenz für seine Reederei bereits einige Male dort gewesen. Wie schon früher wollte der Wachhabende am Eingang ihn wieder nach Hause schicken. Der Hinweis auf George Greenberg änderte alles. Sofort brachte ihn ein Soldat zu Steve McCormick, dem Stellvertreter Greenbergs.

„Damned Hell, what happened man?“ fragte Steve besorgt. Conrad erklärte ihm, was geschehen war. Einmal mehr wurde ihm bewusst, wie hilfreich es war, die englische Sprache zu beherrschen.

„Wir holen unseren Mann sofort da raus und bringen ihn in ein Krankenhaus. Glauben Sie mir, wir werden die Kerle, die das angerichtet haben, finden! Ich danke Ihnen für ihre Hilfe, Mr. Reiman.“

Begleitet von zwei Jeeps, fuhr der Krankenwagen mit Conrad in irrem Tempo durch die Straßen der zerstörten Stadt. Die Reifen quietschten in jeder Kurve, die Sirene heulte so laut auf, dass Conrad dem Fahrer die Wegbeschreibung ins Ohr brüllen musste. Vor seinem Elternhaus bildete sich nach ihrer Ankunft sofort eine Menschenmenge, die neugierig gaffte. Die Sanitäter arbeiteten sich mit der Trage zum Souterrain vor. George saß zusammengekauert auf der Matratze und war kaum ansprechbar. Sein Zustand hatte sich deutlich verschlechtert. Er zitterte am ganzen Körper. Die Sanitäter sahen sich die Wunden an und waren erstaunt. Ein Verband, mit einem Bindfaden zusammen gehalten, war ihnen noch nicht untergekommen. Aber in diesen Tagen ging es nicht um richtig oder falsch, sondern ums Überleben. Nach der Erstversorgung transportierte man George Greenberg auf dem schnellsten Weg in das amerikanische Militärhospital.

*

Am Abend erzählte Conrad die Geschichte auf der „Hanseat“. Charlotte und Annemarie hatten sich schon Sorgen gemacht, weil er in der letzten Nacht nicht nach Hause gekommen war.

„Schon wahnsinnig, dass du noch so spät losgegangen bist. Stell' dir vor, die MP hätte dich erwischt. Ich mag gar nicht daran denken.“

Charlotte war hin- und hergerissen. Einerseits mochte sie Conrads Draufgängertum, andererseits fürchtete sie gerade deshalb um ihn. Wie er sich bewegte, seine Gestik, alles mochte sie an ihm.

Sie wollte es sich zunächst nicht eingestehen, aber ihre Gedanken waren oft bei ihm. Seit ihrem unfreiwilligen Einzug an Bord der „Hanseat" waren fast vier Wochen vergangen. Conrad schlief auf dem kleinen Sofa im Kartenhaus. Es gab zwar kaum einen unbequemeren Schlafplatz auf dem Schiff, aber das war Conrad egal.

„Mach dir keine Sorgen, Charlotte, ich passe schon auf mich auf", beruhigte er sie.

Helmich wandte ein, dass seine Rettungstat auch hätte schief gehen können. Was wäre wohl geschehen, wenn ihm die Schuld gegeben worden wäre. Er wollte seine Bedenken gerade weiter ausführen, als Conrad ihn unterbrach.

„Helmich, ist Ihnen eigentlich einmal schon aufgefallen, dass Sie uns grundsätzlich nur die negativen Seiten vor Augen halten? In den letzten Wochen höre ich von Ihnen ständig, was alles falsch laufen könnte. Der Krieg ist vorbei! Es ist eine neue Zeit angebrochen. Wir haben genug Schlimmes erlebt! Verstehen Sie das bitte endlich! Ich will die Reederei wieder in Gang bringen und nicht weiter auf der ‚Hanseat' versauern. Im Herbst muss das Schiff wieder fahren. Ich brauche keine Schwarzseher, sondern Menschen, die Lust auf Zukunft und am Wiederaufbau haben! Verstehen Sie das?!" Conrad stand auf, schlug die Tür hinter sich zu, ging an Deck und zündete sich eine Zigarette an. Jetzt, wo die Abende lau waren, saß er gerne vorn auf der Back, um zu rauchen.

Die Decktür quietschte, Charlotte gesellte sich zu ihm. Ihr Gesicht schimmerte im Mondlicht. „Möchtest du auch eine? Die Amis haben mir heute eine Schachtel geschenkt."

„Oh ja, das ist nett von dir." Charlotte nahm eine „Lucky" und sah ihm in die Augen. „Mal ehrlich Conrad, dir fällt die Decke auf den Kopf, und Helmich bekommt deine schlechte Stimmung zu spüren. In Ordnung finde ich das nicht."

Conrad wollte gerade lospoltern, als Charlotte ihren Zeigefinger auf seinen Mund legte. „Beruhige dich Conrad, du hast ja Recht, aber nicht jeder kann dir immer so schnell folgen, wie du es dir vorstellst. Helmich meint es nicht böse, er ist eben vorsichtig. Er will nur das Beste, glaub mir."

Charlotte nahm den Finger wieder von seinem Mund. Auch wenn er noch etwas hätte sagen wollen, bei ihrem Lächeln gab es keine Gegenwehr. Ihm war schon an dem Nachmittag auf der Ruinenmauer klar gewesen, dass Charlotte das Mädchen für ihn sein würde. Aber er war zu schüchtern und unerfahren, es ihr zu sagen. Er träumte nachts von ihr, dachte an sie, brachte es jedoch nicht fertig, sie in den Arm zu nehmen und zu küssen.

„Ich weiß, mir ist gerade der Kragen geplatzt. Ich kann das Gejammer nicht mehr hören. Davon wird es doch auch nicht besser! Verstehst du das nicht? Ich..." Er konnte den Satz nicht beenden, Charlotte zog ihn an sich und küsste ihn. „Charlotte, ich..." Wieder nahm sie sein Gesicht, küsste ihn noch zärtlicher und schmiegte sich an ihn.

„Sag jetzt nichts und halt mich einfach fest in deinen Armen, bitte Conrad!" So standen sie noch eine ganze Weile an Deck. Für Conrad war es das erste Mal in seinem Leben, das er ein Mädchen umarmte und küsste. Jetzt brach wirklich eine neue Zeit für ihn an. Er glaubte, der stärkste Mann der Welt zu sein. Für beide war es das erste Mal. Nie zuvor hatten sie solche Gefühle für einen anderen Menschen empfunden. Sie liebten sich, bis sie irgendwann erschöpft einschliefen. Conrad und Charlotte erlebten die Nacht wie eine Umarmung und wollten, dass sie nie aufhört. Erst als Annemarie in der Kombüse herumklapperte, wussten sie, dass ein neuer Tag angebrochen war.

„Conrad, ich muss dir sagen, was damals passiert ist."

„Etwas Schlimmes?"

„Leider ja." – „Was ist denn passiert?"

„Mein Vermieter hat versucht, mich zu vergewaltigen!"

„Was? So ein Schwein! Dem werde ich es zeigen!"

„Bitte nicht, ich bin ja davongekommen." Charlotte erzählte ihm die ganze Geschichte. „Was meinst du, könnte er an den Verletzungen gestorben sein? Stell dir das einmal vor: Ich wäre dann eine Mörderin! Ich muss immer öfter daran denken und habe Angst." Sie blickte ihn besorgt an.

„Ich verspreche dir jetzt etwas: Wenn du ihn nicht zur Strecke gebracht hast, werde ich es tun. Dieser Hund fasst nie wieder eine Frau an, wenn ich mit ihm fertig bin!" Conrads Augen funkelten, und Charlotte schwante nichts Gutes.

„Nein, das tust du nicht. Er hat genug von mir abbekommen. Ich wüsste nur gern, ob er noch lebt. In den ersten Tagen habe ich mir gewünscht, dass er tot ist. Aber je länger ich darüber nachdenke, desto unwohler wird mir. Ich möchte keinen Menschen auf dem Gewissen haben."

„Ich finde es heraus. Und eins glaube mir, er wird seine gerechte Strafe bekommen."

Gerechtigkeit und Strafe

Die Eingangstür schrie nach Farbe, die mittig in der Querverstrebung eingelassene Drehklingel war leicht angerostet. Die hereingebrochene Dunkelheit half Conrad ebenso bei seinem Vorhaben wie die schummrige Gasbeleuchtung der Straßenlaternen. Schon nach kurzem Klingeln hörte er hinter der Tür ein Geräusch. Ein Schlüssel wurde in das Schloss geschoben und öffnete die Verschlussmechanik.

„Was wollen Sie?“ herrschte ihn ein Mann mit einem Gesicht voller Narben an. – „Man sagte mir, Sie haben eine Wohnung zu vermieten“, log Conrad.

„Verschwinden Sie, ich vermiete nichts. Los, hauen Sie ab!“

„Warum denn so abweisend? Es ist ja nur, weil meine kleine Schwester eine Bleibe sucht. Die Nachbarn haben Sie mir als guten Vermieter empfohlen. Wie schade, dass Sie nicht wollen.“ Conrad trat einen Schritt zurück und tat so, als ginge er.

„Warten Sie doch, da lässt sich vielleicht doch etwas machen. Kommen Sie herein.“

Conrads Plan funktionierte. Im Flur roch es muffig und nach Hund. Der Mann bat ihn ins Wohnzimmer. An den Wänden hingen Bilder mit Jagdmotiven. Außer einem Sofa, einer Stehlampe, einem Sessel und einer Anrichte befand sich nichts Wohnliches in dem Raum. Auf dem Dielenboden entdeckte Conrad einen hellen Fleck. Es war deutlich zu erkennen, wie jemand versucht hatte, etwas weg zu scheuern. Hier muss es geschehen sein. Conrad wäre ihm am liebsten gleich an die Gurgel gegangen. Das Narbengesicht deutete auf das Sofa und bot ihm einen Platz an.

„So, erzählen Sie mal. Wie alt ist ihre Schwester denn?“

„Genau das ist meine große Sorge, sie ist erst 19, also noch nicht volljährig.“

„Ach, das ist doch kein Problem. Ich frage nicht nach dem Alter, für mich ist die pünktliche Zahlung der Miete wichtig. Und ich will keine Herrenbesuche in meinem Haus. Nicht, dass ich noch Ärger mit dem Jugendamt bekomme.“

„Bestimmt nicht. Ich unterschreibe den Mietvertrag und garantiere dafür, dass meine Schwester sich ordentlich benimmt. Sie fängt eine Lehre in einem Gartengeschäft an und hat viel zu arbeiten. Da bleibt keine Zeit für Amüsements.“

Die Wunden im Gesicht des Mannes waren frisch verheilt. Zufrieden lenkte er ein: „Schon gut, aber einen Vertrag gibt es nicht. Ich bekomme ein Care-Paket und eine Stange Chesterfield. Und zwar im Voraus, verstanden?"

Conrad nickte und spürte, dass der Vermieter sich im Vorteil sah. Genau das hatte er angestrebt. „Ihr Preis ist akzeptiert. Wann kann meine Schwester einziehen?"

„Schon morgen. Aber ich sage es Ihnen gleich, der Monat ist trotzdem voll zu bezahlen, auch wenn wir schon den Sechzehnten haben. Ist wie ein Deponat. Ich muss mich doch absichern. Verstanden?" Sehr gut, dachte Conrad. Er soll sich sicher fühlen. Das macht alles einfacher.

„Wenn es sich einrichten lässt, würde ich gerne morgen gegen 20 Uhr kommen und die Miete zahlen. Meine Schwester zieht also übermorgen ein?"

„Ist in Ordnung. Aber seien Sie pünktlich. Ich kann nicht den ganzen Abend auf Sie warten. Ich habe noch andere Dinge um die Ohren!"

„Keine Sorge, ich werde Sie nicht enttäuschen."

Auf dem Weg zur Haustür prägte sich Conrad den Schnitt der Wohnung ein. Morgen musste alles schnell gehen.

*

Helmich zog den Kragen seines Mantels hoch. Der Regen war stärker geworden, und die ersten Tropfen liefen ihm in den Nacken. Es war Conrads Idee, jemanden bei sich zu haben, der draußen aufpasste. Er hatte Helmich eingebläut, nichts weiter zu tun, als am Haus mit der Nummer 12 zu klingeln, sollte er nicht innerhalb von fünfzehn Minuten zurück sein.

„Was hast du vor, Conrad?" fragte Helmich neugierig.

„Ich hab da noch eine Rechnung mit einem alten Bekannten offen. Ein Teil ist zwar schon vor ein paar Wochen beglichen worden, aber der Rest kommt heute dran."

„Ich verstehe nur Bahnhof."

„Macht nichts. Sie warten hier und tun nur das, was wir vereinbart haben. Kann ich mich darauf verlassen?"

„Natürlich!"

Conrad trug das Care-Paket unter dem Arm zum Haus und klingelte. Der Vermieter öffnete und grinste, als er das Paket erblickte.

„Ich sehe, Sie halten Wort. Bitte treten Sie ein.“ Das Narbengesicht trug eine reichlich abgewetzte braune Stoffhose mit Hosenträgern, dazu ein Trägerunterhemd und Hausschuhe. Es war offensichtlich, dass es ihm nichts ausmachte, in solchem Aufzug Besuch zu empfangen. Auf dem Tisch im Wohnzimmer stand ein Teller mit Essensresten, der muffige Geruch hatte noch zugenommen. Der Mann setzte sich in den Sessel, während er Conrad einen Platz auf dem Sofa anbot.

„Na, dann reichen Sie mir das Paket mal rüber.“

„Warten Sie bitte einen Moment, es sind noch ein paar andere Dinge drin, die ich mir erlaubt habe, Ihnen zusätzlich mitzubringen.“

Die Lampe erhellte den Raum eher spärlich. Conrad öffnete den Karton und legte zwei Tampen, einen schweren Fäustel und ein abgeschnittenes Stück von einem Geschirrhandtuch auf den Tisch. Mit einem zweiten Griff fingerte er nach einer etwa fünf Zentimeter dicken Stahlkugel. Langsam zog er sich die alten Lederhandschuhe seines Großvaters an. Narbengesicht, der glaubte, die Gegenstände seien für ihn bestimmt, verstand zunächst nicht, was vor sich ging.

„Sie glauben doch nicht, dass ich ihren Kram dort anstelle der Zigaretten akzeptiere! So haben wir nicht gewettet, Freundchen!“ Ungeduldig stemmte er seine Hände auf die Sessellehne und erhob sich.

„Wie Recht du hast!“ zischte Conrad und schlug ihm mit aller Kraft ins Gesicht. Die Stahlkugel in seiner Hand verdoppelte die Wirkung. Der Kiefer zerbrach mit einem knackenden Geräusch. Narbengesicht fiel in den Sessel und stöhnte vor Schmerz. Schreien konnte er nicht mehr. Sein Kiefer war so stark zertrümmert, dass er die Zähne nicht mehr auseinander bekam; gut so, dachte Conrad, dann muss ich ihm nicht das Geschirrhandtuch als Knebel ins Maul schieben. Er fesselte den Vermieter an die Lehne, zog ihn am Ohr und herrschte ihn an: „Hörst du mir zu?“ Das Narbengesicht schaute ihn mit weit aufgerissenen Augen an, als Conrad erneut mit dem Fäustel drohte.

„Ich frag dich ein letztes Mal, hörst du mir zu?“ Der Gefesselte nickte heftig. Conrad holte einen Strick mit Henkersknoten aus dem Karton. Er legte die Schlinge um den Hals und zog sie gerade so fest zu, dass der Vermieter einen festen Druck auf seinem Kehlkopf spürte. Narbengesicht gab Laute von sich, die einem quiekenden Schwein in Panik ähnelten.

„Schrei du ruhig, hier hört dich keiner!“ Dem Vermieter war jetzt klar, warum ihm so übel mitgespielt wurde.

„Ich werde dir gleich dein Handgelenk zertrümmern. Mit dem Fäustel geht das verdammt gut. Es tut ordentlich weh. Aber erst wenn ich dir die Finger breche, wird es finster.“ Narbengesicht, von Angst geschüttelt, stapfte mit den Füßen – und machte sich in die Hose. Conrad zog ihn an den Haaren.

„Halt deine Beine still, sonst breche ich sie dir!“

Narbengesicht war am Ende und gab auf. Conrad sah Tränen über sein Gesicht laufen.

„Pass gut auf. Ich sag es nur einmal. Du hast auch nur einmal die Möglichkeit zu antworten. Verstanden?“

Narbengesicht nickte erneut hektisch.

„Wirst du je in deinem Leben noch einmal eine Frau belästigen?“

Narbengesicht schüttelte heftig mit dem Kopf und bekam einen Weinkrampf.

„Ich will dir glauben. Aber sollte ich nur ein einziges Mal davon Wind bekommen, kehre ich zurück, und dann wünschst du dir, nie geboren worden zu sein! Hast du das kapiert?“

Er nickte, während ihm Tränen über sein Gesicht rannen.

Conrad band ihn los und verstaute alles wieder im Karton. Beim Hinausgehen drehte er sich noch einmal um. Narbengesicht glaubte, Conrad käme zurück und hielt schützend seine Arme vors Gesicht.

„Wir haben uns doch verstanden, oder?“

Am Boden liegend, zeigte Narbengesicht mit einer Armbewegung, dass er begriffen hatte. Conrad verließ das Haus.

Helmich, inzwischen völlig durchnässt, schaute Conrad entnervt an: „Wo bleibst du denn? Ich wollte gerade kommen und klingeln.“

„Schon gut, ich bin ja da.“

„Und? Hat dein Bekannter bezahlt?“

„Ja.“

„Alles?“

„Ja, und mehr als das.“

*

George Greenberg lag in der dritten Etage mit zwei anderen Soldaten. Conrad war sich nicht sicher, ob er George wieder erkennen würde. Doch schon tönte es: „Conrad Reiman! What a surprise!"

George erzählte seinen Kollegen von Conrads Heldentat, und sogleich wurde es laut im Krankenzimmer. „Ich freue mich über deinen Besuch! Lass uns ein bisschen vor die Tür gehen. Meine Beine sind schon wieder ok, nur mit dem Kopf muss ich noch Geduld haben. Nächste Woche werde ich entlassen."

Sie gingen in den Garten des Krankenhauses auf und setzten sich auf eine Bank.

„Wie ist es Ihnen in den letzten Tagen ergangen? Haben Sie noch Schmerzen? Werden Sie wieder ganz gesund?"

„Erst einmal: Ich heiße George und nicht Sie, nenn' mich bitte George! Ok?"

„Gut, duzen wir uns, ich finde es auch besser."

Den ganzen Vormittag erzählten sie sich etwas über ihren Lebensweg und ihre Familien. George war zehn Jahre älter als Conrad und hatte den Krieg ohne Verletzungen hinter sich gebracht. Als Major unterstand er dem Direktor der Bremer Militärregierung. George war kein Aufschneider und vermied es, über seinen Einfluss in der Regierung zu sprechen. Er wollte seinem Retter etwas zurückgeben. Schließlich hatte Conrad ihn aus dem bisher größten Schlammassel seines Lebens geholfen.

„Bremen ist gefährlicher als die Front, wie man sieht", sagte George und zeigte auf seinen Kopfverband. Sie mussten lachen. „In ein paar Tagen bin ich wieder im Headoffice. Mal sehen, was ich für dich und dein Schiff tun kann."

*

Helmich hätte die Frage wohl besser nicht gestellt. Aber er konnte nicht anders. Sie saßen in der Kombüse beim Abendbrot. Die Stimmung war gut, weil Conrad von dem Besuch im Krankenhaus erzählte und sich fest davon überzeugt zeigte, es würde nun vorwärts gehen.

„Ich weiß zwar nicht genau, was George nun tun wird, aber er bringt mich bestimmt mit den richtigen Leuten zusammen", freute sich Conrad. Auch Charlotte war zuversichtlich und teilte seine Hoffnung auf bessere Zeiten. Helmich aber wechselte das Thema.

„Sag mal, Conrad, wie viel Geld hat dein Bekannter dir eigentlich geschuldet? Und..."

„Was für Geld? Wer schuldet dir etwas?" fiel Charlotte ihm ins Wort. „Ach, nichts weiter, es ist alles in Ordnung", versuchte Conrad auszuweichen. Da er sogleich einen roten Kopf bekam, schloss Charlotte messerscharf, hier stimmt etwas nicht. Sie hakte aber nicht weiter nach, wollte sie Conrad vor den anderen doch nicht bloßstellen. Helmich merkte an Conrads Reaktion, dass er in ein Fettnäpfchen getreten war.

Später bei ihrer abendlichen Zigarette auf der Back, stand Helmichs Frage zwischen ihnen. Conrad gab sich keinen Illusionen hin; er wollte die Sache aufklären. Zaghaft tastete er sich heran.

„Charlotte, du weißt doch, dass ich dich nie belügen würde, oder?"

„Geschickt von dir, Conrad Reiman, die Frage so zu stellen. Aber du kannst dir das Taktieren sparen; sag mir, was vorgefallen ist. Wo warst du gestern Abend?"

„Helmich ist aber auch ein richtiger Trottel! Er sollte doch nichts erzählen! Und was tut er? Statt sich auf den Deckel zu setzen, macht er das Fass auf. Annemarie wusste vielleicht nicht, worum es ging, aber du hast es sofort kapiert. Ich konnte es in deinen Augen sehen."

„In die du vor Verlegenheit auch jetzt noch nicht schaust! Was ist so geheimnisvoll, dass du es selbst mir nicht erzählen magst?"

„Das ist es ja gerade. Ich wollte es dir nie sagen. Ich möchte aber kein Geheimnis vor dir haben. Aber das Schwein sollte seine Quittung bekommen. Ich konnte das nicht so hinnehmen. Dafür stehst du mir zu nahe." Conrad erzählte alles, von der Planung bis zum Verlassen des Hauses.

„So, jetzt weißt du es und musst dir keine Gedanken mehr um das Leben dieses Typen machen. Ich hab es dir versprochen: der fasst keine Frau mehr an."

„Das ist ja Stoff für einen Kriminalroman!" entfuhr es Charlotte sichtlich bewegt und fügte hinzu: „Ich rechne dir hoch an, dass du ihm nicht die Hand zerschmettert hast."

„Ich wollte ihm auch nicht den Kiefer brechen. Die Wirkung der Stahlkugel in der Hand habe ich einfach unterschätzt. Der Schlag sollte nur richtig sitzen. Ich wollte ihm solche Angst einjagen, dass er um sein Leben fürchtet. Er sollte erfahren, wie es ist, ausgeliefert zu sein und gedemütigt zu werden."

Charlotte nahm ihn in den Arm und küsste ihn. „Es war gut, dass du mir nichts gesagt hast. Hätte ich es gewusst, wäre meine Angst unerträglich gewesen!“

„Bist du mir böse?“

„Nein, dein Herz sitzt auf dem rechten Fleck. Du bist ein guter Mann. Ich möchte immer bei dir sein.“

Andere Zeiten

Die Staubwolke war schon von weitem zu sehen, der dazugehörige Lärm ließ sich erst später zuordnen. Ein amerikanischer Armeelaster näherte sich der Anlegestelle. Conrad hielt die Hand gegen die blendende Sonne. Kein normaler Mensch bretterte mit solch einer Geschwindigkeit über die Schotterpiste. Den Amerikanern sah man jedoch solche Sperenzchen nach. Sie hatten das Sagen in der Stadt. Vor der Gangway der „Hanseat“ kam der Laster nach einer Vollbremsung zum Stehen. Noch einmal breitete sich eine riesige Staubwand aus. Noch bevor sie sich auflöste, trat George aus ihr lachend hervor.

„Conrad, my fellow, hey, whats up man?“

„George, verdammt noch mal! Ich hab schon gedacht, eine Armee marschiert ein! Wolltest du den Weg umpflügen?“

„What is umflugen? Ah, du meinst den Staub! Hey man, es macht Spaß mit dem alten Truck. Keine Gefahr mehr, weder Minen noch Granaten, verstehst du? No danger anymore!“

Ein Angler an der Uferböschung beobachtete das Spektakel kopfschüttelnd, während George sich die Gangway hinunterhangelte.

„Hello George! Willkommen an Bord, wie schön, dich wiederzusehen. Die Zeit im Krankenhaus hat dir offenbar gut getan. Meine Güte, das muss man euch Amerikanern lassen, eure Versorgung ist die beste der Welt!“ Conrad musterte George genau. Er sah tatsächlich aus wie neu. Kein Vergleich mit der Nacht vor ein paar Wochen auf dem Schutthaufen.

„Lass dich umarmen, du hast mir das Leben gerettet. Ich bin gekommen um Danke zu sagen. Ganz viel Danke for you!“ Der Fahrer des Lasters hatte mittlerweile einen großen Seesack an Bord geschleppt. Charlotte und Annemarie, von dem Lärm aufgeschreckt, sahen dem Treiben zu.

„Darf ich vorstellen, das ist George, mein amerikanischer Freund; und das ist Charlotte, von der ich dir bereits viel erzählt habe, und Annemarie, die gute Seele auf unserem Hausboot."

Mit offenem Mund starrte sie ihn an und bekam einen roten Kopf. George war ein kräftiger, gut aussehender Mann. Charlotte ahnte sofort, was geschehen war: Annemarie schien wie vom Blitz getroffen. Mit gekonntem Griff schob Charlotte sie in Richtung Tür und in die Kombüse. „Annemarie, ich bitte dich", sagte sie, „mach den Mund wieder zu, sonst zieht's noch!" Danach ging Charlotte wieder hinaus und begrüßte George.

„Hi, George, ich hab schon von Ihnen gehört und freue mich, Sie endlich persönlich kennenzulernen. Herzlich willkommen!"

Sie betraten die Kombüse, in der Annemarie immer noch wie angewurzelt am Tisch saß.

„Ich hab euch ein wenig Stuff vom Depot mitgebracht. Corned Beef und solche Sachen." Conrad schüttete den Seesack aus und traute seinen Augen nicht: Zigaretten, Rum, Früchte in Dosen, sogar echter Bohnenkaffee. Den anderen ging es genauso. Charlotte griff zum Kessel, heizte den Ofen an und setzte Wasser auf. Was für ein Tag!

„Conrad, ich habe mich erkundigt wegen deine Boat, you know, deine Schiff hier." Er setzte sich auf den Holzschemel neben dem Ofen.

„Und? Kannst du etwas machen? Bekommen wir die ‚Hanseat' wieder in Fahrt?"

„Ja, schon in der nächsten Woche. Du musst Kohlen von Bremerhaven nach Bremen bringen. It is a good Job, everyday, you know."

„Jeden Tag? Ich glaub es nicht. Endlich geht es bergauf. Ich freue mich riesig! Charlotte, sag doch auch mal was!"

Conrad sah aus wie ein kleiner Junge vor dem Weihnachtsbaum. Charlotte lächelte in sich hinein. Annemarie hingegen hatte sich aus ihrer Starre nach wie vor nicht gelöst.

*

George war für Conrad und Charlotte mehr als ein guter Freund. Dank seiner Hilfe fuhr neben der „Hanseat" inzwischen auch die „Diplomat" wieder unter der Flagge der Reiman-Reederei. Helmich hatte lange bei den Behörden recherchiert und schließlich den Kümo in Emden gefunden und dafür gesorgt, dass er nach Bremen verholt wurde. Ein paar Tage später charterten die Amerikaner das Schiff. Nun transportierte es Stückgut nach Bremen. Die US-Armee war ein guter Auftraggeber. Sie bezahlte pünktlich und in Dollar. Die härteste Währung in diesen Tagen.

Conrad und Charlotte wohnten wieder in der Richard-Wagner-Straße. Das stark beschädigte Haus ließ sich zumindest im Souterrain und Erdgeschoss nach zwei Monaten Bauzeit wieder erneuern.

Charlottes Organisationstalent stellte sich als einzigartig her-aus. Sie richtete sogar eine Etage des Reedereikontors in der Langenstraße wieder her. Handwerker waren sehr gefragt, doch mit der richtigen Währung fiel es nicht schwer, sie zu verpflichten. Und Charlotte hatte, dank George, genug Dollars. Dabei begann alles ganz harmlos. Annemarie war unsterblich in George verliebt. Ihm erging es ähnlich. Zunächst trat er distanziert auf. Nachdem er von Conrad wusste, wie es um Annemarie stand, nahm die Liebe ihren Lauf. Doch auf dem Schiff gab es keinen Platz für ein weiteres Paar, also musste improvisiert werden. Die Richard-Wagner-Straße war wie geschaffen dafür, und George stellte Soldaten für den Wiederaufbau des Hauses nebst entsprechendem Material aus Armeebeständen zur Verfügung. Conrad und Charlotte bewohnten das Erdgeschoss, Annemarie, ihr Hausmädchen, richtete sich im Souterrain ein. Und George kam nur zu Besuch. Eine ideale Fassade für ein unverheiratetes Paar.

Sie saßen beim Abendbrot als George Conrad fragte, ob er für Frank Ware transportieren wolle. „Du meinst den Frank vom ‚Liberty'?"

„Genau, er benötigt verschiedene Waren aus Amerika."

„Ich bitte dich George, er kann doch über die Armee alles bekommen."

„Schon, aber es handelt sich um Dinge, die nicht auf einem Lieferschein stehen. Für dich ist das kein Problem, du erhältst Papiere und musst nur ein paar Kartons zusätzlich verstauen. Frank lässt die Sachen dann in Bremen abholen. Du musst mir nur deinen Preis nennen."

„Ich benötige Diesel für unsere Schiffe. Immer pünktlich Treibstoff zu bekommen, ist wirklich schwierig. Kannst du da etwas machen?" – George lächelte, sein Blick sagte Conrad, dass er mit einer höheren Forderung gerechnet hatte.

*

Am nächsten Morgen wurde die „Hanseat“ mit Diesel von einem Armeelaster betankt. Schon beim nächsten Stopp in Bremerhaven traf die Ladung für Frank ein. Es handelte sich um drei schwere Holzkisten, die seitlich mit „Dangerous Cargo“ beschriftet waren. Wieder in Bremen, wollte Conrad wissen, was denn so „dangerous“ war und wartete, bis Frank mit zwei Helfern vor ihm stand. Conrad kannte ihn durch George von einem Drink im „Liberty“.

„Conrad, wie schön dass du mich unterstützt. Ich freue mich sehr.“

„Ganz meinerseits. Ich würde trotzdem gern erfahren, was ich für dich transportiere. Es ist doch wohl nichts Illegales? Ich habe keine Lust, mit den Behörden Ärger zu bekommen.“

„Sagen wir es mal so, deine Papiere sind in Ordnung, du musst dir also keine Sorgen machen.“

„Frank, ich kenne dich zu wenig, aber die Antwort sagt mir, dass etwas nicht ganz sauber läuft. Was verbirgt sich in den Kisten?“

„Also gut, ich will es dir sagen. Natürlich ist es illegal, darum hat George dich auch nach deinem Preis gefragt. Das bisschen Diesel für dein Schiff ist nicht das Problem, das merkt bei der Armee keiner. Aber in den Kisten ist Kaffee. Echter Bohnenkaffee. Weißt du, was wir für eine Tonne Kaffee kassieren können? Ein Vermögen! Ab jetzt ist mit jedem Schiff etwas dabei. Nylons, Seife und Schuhe, alles was im Moment hier niemand kaufen kann. Wir haben nicht viel Zeit. Vielleicht ein Jahr oder zwei, aber irgendwann gibt es eine neue Währung in Deutschland – und mit dem Geschäft ist es vorbei. Dann ist wieder alles in den Läden erhältlich. Letztlich ist es nichts anderes als das, was deine Frau auch macht, nur im größeren Stil. Ich hörte von George, dass du der Armee Kohlen geklaut hast. Wie würdest du das bezeichnen? Legal? Wir geben der Bevölkerung ja nur das, was sie benötigt. Wir sind die Robin Hoods der Nachkriegszeit. Den Menschen geht es schlecht, und wir helfen ihnen, ihre Not zu lindern.“

„Mag sein, aber wenn ich mich recht entsinne, hat Robin Hood das den Reichen Abgenommene an die Armen verteilt und nicht verkauft. Ich finde, du lässt Robin Hood zu deinen Gunsten arbeiten.“

„Unseren Gunsten, lieber Conrad. Du bist ja auch ein Nutznießer. Oder bist du so naiv und glaubst, es interessiert hier irgendjemanden, woher die Sachen sind? Wir sind heil aus dem Krieg gekommen. Nun müssen wir sehen, dass wir unseren Schaden in

Grenzen halten! Schau dich an, du hast fast alles verloren, nun ist es an der Zeit, sich wenigstens einen Teil zurückzuholen. Ich jedenfalls habe kein schlechtes Gewissen; der Krieg hat uns viel Unheil gebracht, und ich strebe lediglich danach, meine Lage ein wenig aufzubessern."

Frank argumentierte geschickt. Er spielte die Gefahr herunter und ließ gar nicht erst den Gedanken aufkommen, dass es sich bei der Beschaffung der Waren um organisierte Kriminalität handelte und Conrad dabei mit seinen Schiffen eine wichtige Rolle in der Logistik übernahm. Andererseits überlegte Conrad, dass die Menschen in ganz Europa ums Überleben kämpften. Es gab kaum etwas zu essen, geschweige denn anzuziehen. Jeder war sich selbst der Nächste und verhielt sich danach. Kaum jemand verwarf den Gedanken, dass zunächst das Fressen und erst dann die Moral kam. War aber das tägliche Brot nicht erst die zweite Bürgerpflicht? War es nicht erste Pflicht nach alldem, was die Nazis angerichtet hatten, tausendfach das Gute zu tun? Und sollte man nicht versuchen, so anständig zu werden, dass man das Brot als guter Mensch erwerben und verzehren konnte?

Der extrem harte Winter führte die Bremer Bürger in ihrer Not sogar dazu, kleine Bäume im Bürgerpark zu fällen, um in den Notunterkünften etwas zum Heizen zu haben. Viele Kinder erhielten Schulspeisungen. Der Schwarzmarkt florierte, weil die Siegermächte die schon im Krieg eingeführte Bewirtschaftung aller Konsumgüter eins zu eins übernommen hatten. Aber eine Lebensmittelkarte machte nicht unbedingt satt, zumal die Versorgung nicht flächendeckend gesichert war. Auf dem schwarzen Markt wurde angeboten, was es in den Geschäften nicht gab. Franks eigennützige Sicht der Dinge traf es auf den Punkt. Ungewöhnliche Situationen erforderten ungewöhnliche Maßnahmen. „Was ist, wenn sie uns erwischen, Frank? Hast du keine Angst?"

„Hey, was glaubst du? Ich weiß von jeder Razzia schon vorher. Es kann nichts passieren. Nenne du nur deinen Preis."

*

Charlotte sprühte nicht gerade vor Begeisterung. Sie wollte das Risiko, erwischt zu werden, minimieren; zu lange hatte sie sich auf dem Schwarzmarkt schon mit dieser Gefahr arrangieren müssen. Conrad macht geltend: „Die Zeiten sind schwer, wer will das beschönigen, Charlotte? Aber wir brechen ja nirgendwo ein oder stehlen; wir transportieren lediglich Waren für die Amerikaner nach Bremen, und sie bezahlen uns dafür. Wir haben Arbeit und müssen nicht hungern!"

„Darum geht es nicht, du musst mich nicht überzeugen. Ich bin ja dabei; aber wir sollten parallel dazu die Reederei aufbauen. Diese Art von Handel hat keine Zukunft. Es muss klar sein: Wir machen es nur so lange, wie wirklich Not herrscht. Dann kann ich mich wenigstens damit beruhigen, dass wir vielen Menschen helfen. Bitte versprich mir das."

„Ein Schiff wirft immer etwas ab, insbesondere, wenn es Kohlen transportiert. Der eine oder andere Sack hilft uns zudem über den Winter. Und ja, ich verspreche es dir, weil ich mich in meiner Haut auch nicht wohl fühle. Ohne Wenn und Aber!"

Währungsreform

Das System der Zwangsbewirtschaftung war in Deutschland nicht mehr lange aufrechtzuerhalten. Um die Versorgung der Bevölkerung und eine wirtschaftliche Erholung zu gewährleisten, sollte eine neue Währung eingeführt werden. Gerüchte taten ihr Übriges. Es kam zu Hortungen in nie da gewesener Größenordnung. Geschäfte schlossen oder machten plötzlich Betriebsferien, um die Waren erst nach der Reform zu verkaufen. Der Schwarzmarkt befand sich in einem Preisrausch. Frank zog alle seine Register und verramschte mit seinen Leuten alles, was nicht niet- und nagelfest war. George, Frank und Conrad hatten die „Liberty Enterprises", eine Im- und Exportfirma in Georges Heimatstadt Savannah gegründet. Das Prinzip war einfach. Conrads Schiffe wurden für eine geringe Rate gechartert und durch „Liberty Enterprises" an die amerikanische Armee teuer weiter gereicht. Alle Gelder flossen somit in Dollar nach Amerika. Dadurch entging Conrad dem Währungsrisiko. Die Reederei Reiman verdiente nur so viel, wie es gerade nötig war, um den Betrieb ordentlich zu führen. Frank und George versicherten ihrerseits, Conrads Erträge an ihn zu einem späteren Zeitpunkt, wenn in Deutschland wieder normale Verhältnisse herrschten, auszuschütten.

Als George Anfang Februar überraschend in der Reederei auftauchte, ahnte Conrad bereits, dass sich der Wind drehen würde.

„Ich muss mal mit dir reden. Es zeichnen sich große Veränderungen ab.“ – „Mag sein, aber sie müssen nicht schlecht sein. Um was handelt es sich?“ Conrad beobachtete George und sah, dass ihn etwas bedrückte.

„Wir bekommen eine Währungsreform. Ich darf dir nicht sagen, wann es der Fall sein wird, aber es wird passieren. Du hast ja sicher auch schon gemerkt, keiner der Ladenbesitzer stellt noch Ware in die Schaufenster. Alles wartet nur auf den Tag X.“

„Du bist sicher besorgt, weil Frank dann nichts mehr verkaufen kann. Ist es das?“

„Ja, auch, aber noch mehr bereitet mir Kummer, dass wir die Fahrten mit deiner Reederei von Bremerhaven nach Bremen einstellen müssen. Wenn sich die Versorgungslage verbessert, ist der Tag nicht mehr weit, dass größere Schiffe direkt nach Bremen fahren und die Häfen wieder funktionsfähig sind“, druckste George herum. – „Was heißt das?“hakte Conrad nach.

„Ich kann deine Schiffe noch ein dreiviertel Jahr einsetzen, danach gibt es keine Aufträge mehr. Du müsstest dich dann auf dem freien Markt selber um Ladung kümmern. Ich kann dir sicher anderweitig helfen, aber für die beiden kleinen Schiffe hat die Armee keine Verwendung mehr.“

„Welche Möglichkeiten siehst du?“

„Nun, wenn du größere Tonnage abieten würdest, kann ich dir dafür Beschäftigung besorgen.“

„Du weißt, dass die von euch gemachten Gesetze dies verbieten. Ich darf kein großes Schiff betreiben. Wir haben im Krieg fünf Schiffe verloren. Alles wurde in Schutt und Asche gelegt. Und beim Aufbau schlagen die Restriktionen der Siegermächte durch. Selbst wenn ich eine Finanzierung zusammenbrächte, ich dürfte nur Schiffe mit Kohlenantrieb bauen, da der Betrieb von großen Schiffen mit Öl – noch – verboten ist. Wie willst du mir da helfen?“ Conrad klang genervt. Die amerikanischen Aufträge waren lebensnotwendig, noch war auf sie nicht zu verzichten.

„Wir nehmen zwei ‚Liberty-Schiffe‘ aus amerikanischen Beständen. Ich habe bereits vorgesorgt und mich erkundigt. Wofür haben wir unsere Firma in Savannah? Mit ihr bauen wir einen Linienverkehr zwischen den USA und Deutschland auf. Ladung bekommst du von der Armee, das garantiere ich dir. Du wirst also weiterhin Einnahmen haben, nur andere.“

„Ich weiß nicht, George, ob ich für solche Experimente der Richtige bin. Darüber muss ich erst nachdenken.“

„Wenn die Währungsreform durch ist, kannst du zwar immer noch keine großen Schiffe bauen, du erhältst aber dein angespartes Geld aus Savannah. Mit diesem Kapital bist du in der Lage, dir eine eigene Zukunft aufzubauen. Was hältst du davon?"

„Ich muss das in Ruhe überlegen und will auch Charlottes Meinung hören. Eines kann ich jetzt schon sagen; die beiden Kümos setze ich auf jeden Fall ein, wahrscheinlich im Skandinavien-Dienst, die Reederei Reiman muss in Deutschland existent bleiben. Ich verliere sonst alles, auch meine Ansprüche auf die verloren gegangenen Schiffe. Und noch etwas: Schluss mit den krummen Touren! Das Leben wird sich normalisieren, ich möchte in die Rechtschaffenheit zurückkehren."

„Ach, Conrad, ich bin auch froh, wenn es endlich vorbei ist. Der Einzige, der den alten Zeiten nachtrauern wird, ist Frank. Ich bin sicher, wenn sich in Deutschland alles wieder eingerenkt hat, wird er den nächsten Krisenplatz in der Welt ansteuern. Sein Talent ist es, Gesetze zu umgehen, nicht deren Einhaltung."

*

Die Währungsreform kam schneller, als von Frank vermutet. Seit Wochen versuchte er den Tag X herauszufinden. Bis zur Reform ließ sich noch schwindelig verdienen, danach aber war es damit vorbei und er blieb auf den Beständen hängen. Auch wenn es ihn reizte, alles bis zum letzten Tag auszunutzen, von einem betrunkenen hochgestellten Offizier erfuhr er im „Liberty", dass es im Juni so weit sein werde. Das war ihm Warnung genug, deckte sie sich doch mit Georges Informationen. Frank stellte die gesamte Materialbeschaffung zum Mai 1948 ein, genau sechs Wochen vor der Reform. Er verkaufte das „Liberty" an einen reichen deutschen Zuhälter und brach alle Geschäfte in Deutschland ab. Der Markt war abgeschöpft. Alles, was es jetzt noch zu holen gab, war mit einem zu hohen Risiko behaftet. Frank verabschiedete sich von George und Conrad mit einem Drink im „Liberty".

„Ich gehe zurück in die Staaten, um meine Angelegenheiten zu regeln. Sobald hier wieder vernünftige Verhältnisse herrschen, überweise ich dir dein Geld. Und du George, du bist ja eh bald in den Staaten zurück, dir kann ich das Geld in Amerika geben." Frank erschien ihm ein Tick zu gönnerhaft, fand Conrad. Ihn beschlich das Gefühl, als spiele Frank mit gezinkten Karten. „Frank, wir bekommen nicht nur das Geld, uns gehört auch je ein Drittel der Firma in Savannah. Ich will hoffen, dass du das nicht vergessen hast“, bemerkte George. – „Auf keinen Fall! Aber gut, dass du es ansprichst. Ich möchte euch gern eure Anteile abkaufen. Das Unternehmen soll meine Zukunft sein. Du, Conrad, hast deine Reederei und du George deine Armee. Ich wäre euch daher sehr verbunden, wenn ihr verkaufen würdet. Ich biete euch je 100000 Dollar für euren Anteil.“

„Was ist so gut an der Firma? Warum willst du sie haben? Ok, wir haben viel Geld verdient, aber der Krieg ist vorbei und damit auch die Möglichkeiten, die sich daraus für uns ergeben haben. Was also ist der Vorteil?“ fragte Conrad skeptisch.

„Der Name. Ich habe mit dieser Firma beste Drähte in Regierungs- und Militärkreise. Da wird sich einiges für mich machen lassen. Der nächste Krieg kommt bestimmt, und da möchte Onkel Frank wieder dabei sein, aber nicht als Schütze Arsch, sondern als Geschäftsmann!“ Frank grinste über das ganze Gesicht und Conrad wusste: Besser jetzt zustimmen und die Anteile verkaufen. Mit Frank würde es über kurz oder lang Probleme geben. Er war zu durchtrieben, einfach nicht sein Fall. Ohne sich weitere Gedanken zu machen, stimmte Conrad dem Vorschlag zu. Auch George nickte.

Als Frank zu später Stunde seine beiden Ex-Geschäftspartner verabschiedete, entschieden sie sich, zu Fuß zur Richard-Wagner-Straße zu gehen, um noch frische Luft zu schnappen. Sie schwiegen bis zu der Stelle, wo Conrad einst George gefunden hatte. Wie selbstverständlich blieben sie stehen. Conrad legte seinen Arm um Georges Schulter.

„Ich denke, wir haben heute Abend alles richtig gemacht. Weg mit der Vergangenheit, weg mit all dem Ballast. Ich schwöre, nie wieder gegen das Gesetz zu verstoßen. Mein Bedarf ist für mein ganzes Leben gedeckt!“ George war erleichtert, dass Conrad alles noch einmal ansprach und fühlte wie er selbst. In den letzten Monaten waren mit der „Hanseat“ und der „Diplomat“ mehr Schmuggelgut als Kohle transportiert worden. Franks professionell organisierter Schwarzhandel spülte viel Geld in die Kasse. Aber es war schmutziges Geld, beide wussten das.

„Auch mir fällt ein Stein vom Herzen. Ich hatte nur noch ein schlechtes Gewissen und fühlte mich gar nicht mehr wohl in meiner Haut.“ Sie nahmen sich in den Arm und klopften sich auf die Schulter. „No more bad dealings, Conrad!“

„Never ever again, George!“

Teil IV

Im neuen Fahrwasser

Überraschung

Kellermann verließ die Autobahn in Bremen-Arsten und fuhr in Richtung Neustadt.

„Sieh zu, dass du das mit Benny wieder hinbekommst. Ich weiß nicht, was in sie gefahren ist. Glaube mir bitte, dass ich mir Gedanken über deine Zukunft bei uns gemacht habe. Ich weiß genau, du hast das Zeug zum Geschäftsführer und später auch zum Vorstand."

„Ist das wirklich deine Überzeugung? Darf ich dir dazu meine Meinung sagen?

„Ja, natürlich, jederzeit."

„Ich würde gerne mit der Beförderung warten. Ich traue mir den Job zu, wenn du mich gut darauf vorbereitest, aber ich halte den Zeitpunkt für unglücklich."

„Ich verstehe…"

„Hoffentlich nicht falsch. Meine Gründe sind andere als die von Benny. Dein Tempo und deine Art, es auszusprechen, stören mich nicht. Julius ist mein Problem." Jan erklärte Conrad seine Bedenken und bat um Verständnis, seine Ernennung zu verschieben.

„Mag sein, dass unter den gegebenen Umständen ein fader Beigeschmack entsteht. Vielleicht ist alles noch zu frisch. Wir bauen also zunächst die Schiffe zu Ende. Dann ist genug Zeit vergangen, und niemand kann dir einen Vorwurf machen. Damit eines klar ist: Sollte Julius wieder da und im besten Fall für die Reederei tätig sein, bleibst du trotzdem in der Geschäftsleitung. Daran besteht für mich kein Zweifel. Bist du einverstanden?"

„Ja, Conrad, damit kann ich deutlich besser leben!" erwiderte Jan erleichtert.

Als er ausstieg, war es schon dunkel und die Luft noch warm. Sie roch nach Weser und Brauerei. Ein seltenes Gemisch. Nirgendwo sonst roch es so wie hier. Er mochte das.

Benny saß in dem großen Ohrensessel, den ihm seine Großmutter beim Einzug in seine neue Wohnung überlassen hatte. Im Fernsehen lief „Dallas", und Jan war sofort klar, dass etwas nicht stimmte. Benny hielt solche Serien für pure Zeitverschwendung, nie würde sie sich so eine Sendung aus Interesse anschauen. Sie ließ die Kiste nur flimmern, um sich abzulenken, dachte Jan.

„Hallo Benny, tut mir leid, ist doch etwas später geworden. Hast du schon gegessen?" Benny antwortete nicht und starrte weiterhin in den Fernseher. Die Zeichen standen offenbar auf Sturm. Nur nicht die Lage verschärfen, dachte er, ging zum Sessel, nahm ihr Gesicht in beide Hände und küsste sie auf die Stirn.

„Ich werde nicht Geschäftsführer, ich habe es abgelehnt und alles mit deinem Vater geregelt. Es sind zwar andere Gründe als deine, aber er hat es verstanden."

Ungläubig starrte Benny ihn an.

„Du hast was? Abgelehnt? Sag das noch mal!"

„Du hast richtig gehört. Ich habe Nein gesagt. Ich komme mir sonst vor wie der Nutznießer einer Tragödie. So kann ich mich nicht über die neue Stelle freuen."

„Ach Jan, ich möchte mich bei euch entschuldigen. Ich hätte das so nicht sagen dürfen. Aber..."

„Ist schon gut. Ich weiß, was du sagen willst. Aber dein Vater ist mein Freund, und er meint es gut mit mir. Er erzählte mir auf der Rückfahrt, unter welchen Umständen er deine Mutter kennengelernt hat und wie sehr er in Sorge um sie ist. All seine Gedanken drehen sich nur um euch. Heute Mittag musste ich an seiner Seite sein. Wie soll er verstehen, was er falsch gemacht hat. Er war sehr traurig. Du lagst falsch mit deinen Behauptungen."

„Mag sein. Aber ich..."

„Lass gut sein, er hat es begriffen. In den letzten Monaten gab es selten einen Anlass, sich zu freuen. Er wollte die Gelegenheit heute einfach beim Schopf packen und uns aufheitern."

„Du meinst, ich bin wie ein Elefant im Porzellanladen herumgetrampelt?"

„Vielleicht, aber darum geht es nicht. Die Situation mit Julius belastet ihn schwer. Er hat große Angst um Charlotte."

„Aber merkst du es denn nicht, es geht immer nur um ihn. Wir streiten seinetwegen, und Mutter hat mir auf der Rückfahrt auch noch eine Standpauke gehalten! Immer nur Vater oder die Reederei!"

„Benny, jetzt wirst du ungerecht. Conrad sorgt sich in erster Linie wirklich nur um die Familie. Wie kannst du da noch sagen, dass es allein um ihn geht. Julius hat uns das alles eingebrockt, und wir müssen jetzt die Suppe auslöffeln. Auch meine heutige Ablehnung hat letzten Endes damit zu tun, dass Julius den falschen Weg gegangen ist! Es dreht sich nicht alles um deinen Vater, sondern um deinen Bruder. Ist es nicht merkwürdig: Julius zettelt einen Streit an, und die ganze Familie droht auseinanderzubrechen. Das dürfen wir nicht zulassen! Wir müssen zusammenhalten!"

„So habe ich es noch gar nicht gesehen, vielleicht hast du Recht. Wir müssen uns zusammenreißen." Benny schaute ihn an. „Liebst du mich noch?"

„Was denkst du denn?! Natürlich liebe ich dich!"

„Bis zum Mond?"

„Bis zum Mond und zurück!" Er nahm sie in den Arm und drückte sie fest an sich...

Sie liebten sich, und als sie später erschöpft auf dem Fußboden lagen, kuschelte sich Benny an Jans Schulter.

„Was wolltest du mir eigentlich heute früh ins Ohr flüstern?" fragte Jan.

„Du hast es nicht vergessen?"

„Natürlich nicht. Also, was ist es?"

„Ich bin schwanger!"

Am Boden

„Ora et labora et lege. Bete und arbeite und lese." In den altehrwürdigen Räumen und Gängen des Benediktinerklosters zog die Architektur alles nach oben, und es gab nur eine Richtung, die zu Gott. Der Abt sprach mit ruhiger Stimme. Sanftmütig und streng, zielgerichtet und bestimmend. Julius war voller Demut. Er genoss es, wenn der Abt sich ihm zuwandte. „Du musst lernen, dass sich die Welt mit dir dreht und nicht um dich! Erst wenn du verstehst, dass du Gott dienen sollst, werde ich dir die Frage stellen, ob du dir ein Leben unter unserem Dach vorstellen kannst. Du bestimmst den Zeitpunkt. So Gott will, gibt er uns ein Zeichen."

„Ich möchte gern die Regeln befolgen, gebt mir Arbeit und ich werde sie gewiss nicht enttäuschen, Monsignore", bat Julius.

Seit sieben Monaten befand er sich in einem Kloster in der norditalienischen Bergwelt. Nach dem Streit mit Conrad hatte er sich immer wieder sinnlos betrunken. Irgendwann wollte er dem Teufelskreis entrinnen Er fragte seinen Psychologen um Rat. Dr. Guttke kannte er schon seit seinen ersten Eskapaden in der Schule. Ihm vertraute Julius sich an. Er war es auch, der ihm riet, ins Kloster zu gehen. Erst, wenn er zu sich selbst gefunden habe, sei er für die Familie wieder tragbar. Die einzige Möglichkeit, sich ganz unter Kontrolle zu bringen und zu gesunden, lasse sich nur durch ein Leben in völliger Abgeschiedenheit erreichen. Julius wollte geheilt werden. Unbedingt. Schon zwei Tage später fand er sich im Kloster ein. Ohne persönliche Habe, ohne Kontakt zur Außenwelt, ohne Nachricht an die Angehörigen. Nicht einmal eine Uhr. Nur Dr. Guttke würde ihn regelmäßig besuchen.

Julius' Alltag war bestimmt von Gebeten und sonst nichts. Die bleierne Stille und die Unmöglichkeit, weiter vor sich selbst davonzulaufen empfand er als unerträglich. Alles Gewesene erschien ihm nutzlos und vergeudet. Seine Wahrnehmung war ohne Ordnung. Er kam nicht auf den Gedanken, dass nur er für sich verantwortlich und in der Lage war, seine Situation zu verändern.

Viele Abende kniete er vor seinem Bett, immer in dem festen Glauben, schon bald wieder zu Hause zu sein. Er verdrängte den Gedanken, dass er seit dem Streit mit seinem Vater eigentlich kein Zuhause mehr hatte. Er verstand die Sprache der Mönche nicht und ließ in der ersten Zeit auch niemanden an sich heran. Ihm war alles egal. Er fügte sich in sein Schicksal, zerrann aber in Selbstmitleid. Die tägliche Arbeit verweigerte er in dem festen Glauben, dafür seien die Mönche und nicht er, der Gast, zuständig. Der Abt schaute eine Zeitlang geduldig zu, schließlich überließ er ihn sich selbst und schloss ihn von allen Aufgaben aus. Nicht einmal Putzen oder Spülen durfte er. Nur noch die Bibel blieb ihm. Das Zurückgeworfensein steigerte sich noch mehr. Ein Feuer brannte in ihm, und er spürte: ‚Ich allein kann es nicht löschen!' Er hasste sich für das, was er getan – und dass er Freude daran empfunden hatte. Jetzt, in der Phase des tiefen Bedauerns, hätte er sich am liebsten selbst kasteit. Er war gemartert von peinlichen und unangenehmen Gefühlen. Inständig hoffte er auf Heilung und Rettung aus seiner Trübsal. In seinen Träumen bewegte er sich auf das Licht zu, und er war sich sicher, dass es ihm eines Tages den rechten Weg zeigen würde – für eine Zukunft im Kloster oder in der Familie. Anderes ließ das Licht in seinen Träumen nicht zu. Gott würde schon die richtige Entscheidung für ihn treffen. Der Abt sprach von der dunklen Macht der bösen Gedanken, die es unbedingt zu besiegen galt. Allein die Stille und das Gebet könnten ihm dabei helfen. Julius' Ziel: Er wollte sich retten. Aber es war wie verhext, das Gefühl, nichts als ein Häufchen Elend zu sein, brachte ihn fast um den Verstand.

Nach Wochen der Niedergeschlagenheit und des Selbstzweifels meldete sich endlich sein innerer Antrieb wieder. Ihm wurde bewusst, dass seine Lage sich nur verbessern ließe, wenn er sich der täglichen Arbeit im Kloster stellte. Je mehr er sich abverlangte, desto weniger würde Lethargie seinen Alltag prägen und Müdigkeit die lange Phase der Stille verdrängen. Er kam zu dem Schluss: Arbeit ist eine Tugend, und Gott sieht, dass er nach und nach ein guter Mensch geworden ist.

Julius bettelte den Abt an. Wie jämmerlich er sich fühlte. Seine devote Haltung war ihm nicht unangenehm, nein, sie sollte seinem Gegenüber zeigen, dass er bereit war, jede ihm aufgetragene Arbeit auszuführen. Jede. Wenn der Abt dem doch nur zustimmte. „Bist du bereit, Gott den Herrn mit ganzem Herzen, mit ganzer Seele und mit ganzer Kraft zu lieben?"

„Ja, Monsignore Abate, das bin ich, gewiss, das bin ich!"

„Wirst du deine Nächsten lieben wie dich selbst? Nicht stehlen, nicht begehren, nicht falsch aussagen, alle Menschen ehren und keinem anderen antun, was du selbst nicht erleiden magst?" fragte der Abt in deutlich strengerem Ton.

„Ich will alles tun, egal was immer Sie verlangen. Ich möchte alle Ihre Erwartungen erfüllen und jede beliebige Arbeit in uneingeschränkter Demut verrichten dürfen. Ich möchte unserem Herrn dienen!" antwortete Julius mit zittriger Stimme.

„Du wirst schon bald ein Licht sehen, Julius. Du hast heute einen großen Schritt getan. Gott wird dir ein Zeichen geben."

„Ja, aber Monsignore Abate, darf ich mich denn nicht mit irgendeiner Aufgabe beschäftigen? Gleichgültig, was es ist. Ich bitte Sie! Ich werde Sie nicht enttäuschen." Die Isolation zeigte Wirkung, und der Abt musterte ihn mit einem bohrenden Blick. „Hab Geduld, deine Zeit wird kommen, schon bald." Er faltete die Hände zu einem Gebet. Ein Signal für Julius, sich zu entfernen.

Gute Nachrichten

Als das Telefon am späten Nachmittag klingelte, war Dr. Guttke gerade im Begriff, seine Praxis zu verlassen. Er blieb stehen und hörte dem Anrufbeantworter zu. Eine mit südländischem Akzent sprechende kräftige Stimme sagte: „Das ist eine Nachricht für Dr. Guttke: Der Patient ist auf dem Weg der Besserung!"

Guttke war erleichtert. Die Therapie schlug endlich an. Dem Abt war es gelungen, Julius Widerstände zu überwinden und ihn auf sich selbst zu konzentrieren. Zufrieden machte Guttke sich auf den Heimweg.

*

Ein schwerer Herbststurm fegte die letzten Blätter von den Bäumen. Es regnete in einer Tour. Der klassische Samstagnachmittag zum Gammeln. Jan hatte sich das Wochenende für Benny frei genommen. Sie befand sich im sechsten Monat ihrer Schwangerschaft. Vielleicht wollte das Kind gerade dann zur Welt kommen, wenn sie die „Reiman Lübeck" tauften. Conrad dachte sofort darüber nach, dass Schiff nicht nach einer Hansestadt zu benennen, sondern ihm dem Namen seines ersten Enkelkindes zu geben. Zu groß war seine Freude über den Nachwuchs in der Familie.

Die beiden schauten sich einen Film im Fernsehen an, als plötzlich das Telefon klingelte. Jan kam gar nicht dazu, sich zu melden, sein Gegenüber redete sofort los.

„Sind Sie Herr Meier, Herr Jan Meier?"

„Ja, aber wer will das wissen?"

„Guten Tag, Herr Meier, ich bin Dr. Guttke und der behandelnde Arzt von Julius Reiman. Sie wissen, von wem ich rede?"

„Natürlich kenne ich Julius, was ist mit ihm? Ist er verletzt?" Jan gab Benny ein Zeichen und drückte auf den grünen Knopf am Telefon, damit sie mithören konnte. Gespannt hockte sie sich neben Jan.

„Nicht körperlich, eher psychisch. Es ist eine Verletzung, die nicht blutet, sie kann in ihrer Auswirkung aber schlimmer sein, als eine offene Wunde! Sie verstehen, was ich meine."

„Herr Dr. Guttke, wo ist Julius? Er wird seit Monaten vermisst. Seine Mutter ist vor Sorge ganz abgemagert und krank.

Also tun Sie mir den Gefallen und sagen Sie mir, was los ist. Die Lage der Familie ist sehr ernst."

„Oh, entschuldigen Sie meine Unhöflichkeit, ich habe ganz vergessen, dass Sie ja in dem Glauben sind, Julius sei verschollen. Ich kann Sie beruhigen, er ist bei bester Gesundheit und seelisch ist er auf dem Weg der Genesung."

„Wo ist er? Kann man ihn treffen?"

„Das ist schon etwas problematischer. Er ist noch nicht so weit, um Besuch von der Familie zu vertragen. Er will aber Sie sehen. Nur Sie! Er möchte mit Ihnen sprechen und sich entschuldigen. Er will sich unbedingt von seiner Last befreien. Wenn Sie verstehen, was ich meine."

„Verzeihen Sie bitte, aber ich weiß nicht, ob ich mit ihm reden möchte. Ich bin fast totgeprügelt worden. Ein Kriminalist würde wohl von versuchtem Mord sprechen." Benny gab Jan ein Zeichen, sie wollte unbedingt wissen, was mit ihrem Bruder passiert war. „Geh bitte darauf ein, er soll weiterreden! Ich will wissen, wo er ist!" flüsterte sie ihm ins Ohr.

„Ich verstehe", sagte Dr. Guttke

„Nein, das können Sie nicht. Haben Sie schon einmal mit zusammengeschraubtem Kiefer über einen Monat in der Klinik gelegen? Ich bin überfallen worden, weil Julius nicht in der Lage ist, seinen Zorn zu zügeln."

„Beruhigen Sie sich bitte, Herr Meier. Ich möchte nicht mit Ihnen streiten. Seine Heilung hängt nicht zuletzt davon ab, ob sie zur Kooperation bereit sind. Seine Schuldgefühle Ihnen gegenüber sind extrem stark. Mir ist noch nicht klar, warum er Sie sprechen möchte, meine Erfahrung sagt mir aber, dass Sie der Schlüssel sind. Da ich die Vorgänge nur aus der Sicht von Julius kenne, wäre es sehr dienlich, wenn ich Ihren Standpunkt hörte. Würden Sie mir bitte schildern, was aus Ihrer Sicht geschehen ist? Ich bin überzeugt, dass Julius wieder gesund wird. Nein, ich bin mir sicher. Nur, Sie sind der Schlüssel zu allem", bekräftigte Guttke. ‚Was soll's', dachte Jan und berichtete über das Erlebte, wenn es ihm auch schwer fiel, sachlich zu bleiben. Guttke klärte Jan über den Aufenthaltsort von Julius und seine Motive auf, ihn dort für längere Zeit unterzubringen. Benny sprang auf, tanzte vor Freude im Flur hin und her. Sie hörte nicht mehr, was Guttke zum Schluss sagte: „Ich habe noch eine Bitte, Herr Meier."

„Und die wäre?" fragte Jan neugierig. – „Bitte keine Information an die Familie Reiman über unser Gespräch. Wir müssen

Julius die Ruhe geben, die er benötigt, um vollständig zu genesen."

„Den Gefallen kann ich Ihnen leider nicht tun. Ich werde nicht mit ansehen, wie sich Charlotte Reiman weiter quält. Sie geht daran zu Grunde. Ich sage der Familie die Wahrheit, ich gehöre fast schon selber dazu, und für Sie lügen, das tue ich bestimmt nicht." Jan wollte nicht weiter reden und beendete das Gespräch. Vielleicht nicht ganz freundlich, aber das war ihm egal. Zu wichtig schien es ihm, Charlotte und Conrad sofort zu informieren. Er rief sofort an und berichtete Conrad von dem Gespräch mit dem Doktor.

„Gott sei Dank, dem Jungen geht es gut! Endlich ein Lebenszeichen. Ich habe schon geglaubt, es sei etwas Schlimmes passiert. Charlotte wird überglücklich sein. Mein Gott, ich kann es noch gar nicht glauben! Nun wird alles wieder gut! Wo bist du jetzt?" – Conrad war sehr aufgeregt und wusste nicht, was er zuerst machen sollte. Währenddessen hüpfte Benny immer im Flur herum und freute sich über die gute Nachricht.

„Wir sind zu Hause, gammeln auf dem Sofa herum und haben uns einen Film angeschaut."

„Könntet ihr zu uns kommen? Charlotte will sicher alles ganz genau wissen. Ich wäre dir sehr dankbar."

„Selbstverständlich, wir machen uns gleich auf den Weg."

Benny hopste immer noch umher, so dass Jan sie anfuhr: „Sag mal, geht es noch?"

„Warum bist du denn so doof? Julius ist wieder da. Mensch Jan, er ist doch mein Bruder! Was glaubst du, wie Mutter sich freut. Weißt du eigentlich, was das für uns bedeutet? Du siehst doch, wie schlecht es ihr geht! Ich liebe meine Mutter und kann sie nicht leiden sehen. Was ist dagegen einzuwenden?"

„Nichts. Es ist gut, dass endlich Klarheit herrscht, aber Freudentänze mache ich nicht, weil sich der Auftraggeber für hinterhältige Attacken wieder eingefunden hat", brauste Jan auf. „Ach, glaubst du wirklich, ich würde das jemals vergessen können? So wie ich Angst um dich hatte? Du musst gar nichts verzeihen! Wärst du nicht wütend auf Julius, dann würde etwas mit dir nicht stimmen. Ich bin immer bei dir und teile deinen Zorn. Julius kann nicht einfach in einem Kloster verschwinden, und damit ist alles erledigt. Nein, das sehe ich anders. Mir geht es um meine Mutter. Sie kann nichts dafür, dass Julius sich so verhalten hat. Er hat dafür zu büßen und bleibt hoffentlich noch lange im Kloster. Aber meine Mutter richtet die Nachricht wieder auf. Sie wird wieder die Charlotte werden, die sie einmal war. Denk doch bitte daran, wie du sie kennengelernt hast. Möchtest du sie denn nicht auch wieder so sehen?"

„Doch, schon."

Jan wusste, dass Benny Recht hatte. Aber er war immer noch wütend auf Julius. Gerade hatte sich alles wieder etwas normalisiert, und erneut war es Julius, der in die Idylle platzte. Und jetzt sollte Jan auch noch ins Kloster fahren und seine Entschuldigung entgegennehmen, damit es Julius danach besser ginge. Es gab keinen Zweifel, dass er um diesen Weg nicht herumkam. Charlotte, Conrad und vor allem Benny würden ihn zu dem Besuch drängen, allein schon um mehr über Julius jetzigen Aufenthaltsort und seine Lebensbedingungen zu erfahren. Was für eine Situation! Oft hatte er sich vorgestellt, wie es wohl wäre, wenn er Julius wiedersehen würde. Er träumte davon, dass Julius auf Knien um Verzeihung bettelte oder man ihn in einer länglichen Holzkiste an ihm vorbeitrug. Aber wollte er Julius wirklich so sehen? Trotz aller Phantasien und Hirngespinste war er bei Benny und, damit verbunden, auch in der Reederei geblieben. Die Familie, aufs Peinlichste von den Verfehlungen ihres Sohnes berührt, hatte sich bei ihm entschuldigt. Mehr ging nicht.

Jan drängte seine Gelüste, Julius zu erniedrigen, weg; sie führten ohnehin zu nichts. Er schämte sich sogar seiner Gedanken. Rache mag ein süßes Gift und verlockend sein, dachte er, führt aber nur zu noch mehr Unheil. Die Stimmung bei Conrad und Charlotte war gelöst, und vor allem Charlotte sah verändert aus. Ihre Augen leuchteten wieder strahlend blau. Jan kam es vor, als habe sie nach langen Wochen des Bangens gerade erfahren, doch nicht schwer krank zu sein. Ihre Haut wirkte entspannt, selbst ihre Schritte, als sie den Kaffee aus der Küche holte, schienen deutlich leichter. Charlottes Lebensmut war zurückgekehrt.

Gleichzeitig fiel ihm eine Bürde zu, die schwer auf ihm lastete. Tief in seinem Inneren fühlte sich der Wunsch von Julius nach Vergebung wie ein Gang nach Canossa an. Aber er musste sich auf den Weg machen und ins Kloster reisen, um seine Entschuldigung entgegenzunehmen. Was ist, wenn Julius nur eine weitere Intrige spinnt? Was, wenn es sich um einen weiteren Baustein seiner Unheilsstrategie handelt? Wenn es nicht um Charlotte ginge, hätte er Julius im Kloster schmoren lassen. Ohne es zu wollen, war er zum Spielball einer Familientragödie geworden.

Rückschlag

Die „Reiman Hamburg“ schob sich langsam durch die Straße von Bonifacio. Nebel zog auf. Nichts Ungewöhnliches im Frühjahr. Es dämmerte bereits, und Quast, der schon seit drei Jahren als Zweiter Offizier fuhr und kurz vor seiner Beförderung zum Chief Mate stand, konnte den diesig wirkenden Horizont noch gerade so ausmachen. Er schaltete das zweite Radargerät ein, um für alle Eventualitäten gewappnet zu sein. Bald war seine Wache vorbei, und er freute sich darauf, nach sechs Stunden endlich in der Koje zu liegen. In der Backbord Brückennock zündete er sich eine Zigarette an. Er spürte die Feuchtigkeit in der Luft und sah hinüber zur Isola Asinara, dem nordwestlichsten Zipfel Sardiniens, der nur noch schemenhaft zu erkennen war.

Um zehn vor sechs kam Kapitän Decker auf die Brücke, um seinen Zweiten Offizier abzulösen.

„Moin Oliver, alles geradeaus?“

„Danke der Nachfrage, Kaffee?“

„Jau, den kann ich sehr gut gebrauchen!“ Oliver mischte etwas Milch darunter. Er wusste genau, wie Decker seinen Kaffee trank. Auf großer Fahrt undenkbar, jedoch auf den Schiffen in der Mittelmeerfahrt nicht ungewöhnlich, dass die Offiziere ihren Kapitän duzten. Oliver nannte Decker jedoch nie beim Vornamen, für ihn war er der Kapitän. Auch wenn er ihn duzte. Er empfand es als Respektsbekundung. Bei nur zwölf Besatzungsmitgliedern ergab sich nicht so eine Distanz zwischen den Leuten wie auf den großen Einheiten. Jeder kannte die Stärken und die Schwächen des Anderen, musste sich auf ihn verlassen, es war alles direkter, familiärer.

„Wie ist die Lage?“

„Seit Mitternacht wird auf starke Nebelbänke hingewiesen, Kapitän, bis jetzt ist aber alles harmlos. Die Kimm verschwimmt jedoch immer mehr. Kann sein, dass es schon bald losgeht. Soll ich noch eine Stunde länger auf Stand By bleiben?“ bot Quast an. Bei dichtem Nebel war es normal, dass die Nautiker sich zu zweit auf der Brücke aufhielten.

„Ist schon gut, vielen Dank für das Angebot, aber geh du nun mal schlafen. Wenn ich Verstärkung benötige, wecke ich Jan. Du warst ja nun schon die halbe Nacht hier oben.“ Decker mochte

Quast und wusste, dass es nur selten so gute Nachwuchsleute gab. Schon als er das erste Mal mit ihm fuhr, überzeugte Quast durch seine schnelle Auffassungsgabe.

„War sonst noch etwas?“

„Alles auf grün, Kapitän, die letzte Position habe ich um kurz vor sechs genommen, danach standen wir eine Meile südlich der Kurslinie. Ich habe etwas aufgesteuert, so dass wir in gut einer Stunde wieder auf dem Generalkurs sind. Im Radar ist noch an zwei Strich Backbord ein starkes Echo auszumachen, scheint ein größeres Fahrzeug zu sein, Abstand 18 Meilen, Peilung wandert aus. Man kann es noch nicht sehen, vielleicht hängt er in einer Nebelbank. Sonst gibt es nichts weiter.“

„Na dann ab in die Koje!“

„Gute Wache, Kapitän.“

„Gute Ruh“, murmelte Decker sich in den Bart und zündete sich eine HB an. Am Radar stellte er einen Warnabstand von acht Meilen ein. Sollte der dicke Brummer zu nahe kommen, würde er es früh genug merken und Maßnahmen ergreifen.

Die „Reiman Hamburg“, Deckers Schiff, befand sich genau wie der Erstling hauptsächlich auf Mittelmeerfahrt. In der hauseigenen Reedereizeitschrift hatte er gelesen, dass noch weitere Schiffe folgen sollten. Bereits in der vergangenen Woche war die „Reiman Kiel“ in Fahrt gekommen. Die „Wilhelmshaven“, „Emden“ und als letzte die „Reiman Lübeck“ würden die nächsten sein. Das Team der Reederei hatte ganze Arbeit geleistet. Das Schiff war exzellent ausgestattet. Selbst für die Besatzungen gab es deutlich bessere Kammern als auf den älteren Schiffen. Jeder Seemann verfügte nicht nur über seinen eigenen Wohn- und Schlafraum, sondern – das erste Mal in der Geschichte der Reederei – auch über ein eigenes Bad. Jan hatte also sein Versprechen gehalten: die „Hamburg“ war ein wirklich gutes Schiff geworden. Keine Schönheit, aber nützlich. Es war gerade einmal die zweite Reise des Schiffes, aber Decker kam es vor wie eine ewig dauernde Jungfernfahrt. Bislang beargwöhnte man sie in jedem Hafen, den sie anliefen, fast wie Außerirdische. Die Meinung änderte sich jedoch häufig, wenn sich im alltäglichen Gebrauch die Vorteile des neuen Typs offenbarten. Seit Neapel fuhr Jan als Erster Offizier mit, um die Praxistauglichkeit zu testen und in Gesprächen an Bord zu erfahren, wo es noch Verbesserungspotenzial gäbe. Auf der „Bremen“ war er auch schon eine Woche an Bord gewesen. Dabei waren ihm einige Dinge aufgefallen, die sich noch optimieren ließen. Decker hatte sich in der letzten Woche über das Telex von Jan gefreut, dass er auf der Heimreise dabei sein wolle.

Der Kapitän schenkte sich den zweiten Kaffee ein und überprüfte erneut die Position. Morgen Abend würden sie in Barcelona sein. Er sah sich schon bei einem leckeren Abendessen mit Jan im Tino's, einem guten Fischrestaurant in der Altstadt. Ein Blick ins Radargerät verriet ihm, dass sich das große Echo mittlerweile doch näherte und offensichtlich noch weiter nach Backbord steuerte. Der Abstandswarner gab einen nervigen Alarmton ab, den Decker sofort quittierte. Komisch, dachte er, solch ein Echo und nichts zu sehen. Er ging in die Brückennock und versuchte das Fahrzeug mit dem Fernglas auszumachen. Weit und breit nichts zu entdecken, aber er konnte gut erkennen, dass er genau in das Nebelgebiet hineinfuhr. Er schloss die Tür zur Brückennock, da es merklich kühler wurde. Ein erneuter Blick auf das Radar zeigte ihm, dass die Peilung zu dem großen Echo stand. Das bedeutete Kollisionskurs. Decker, ein alter Fuchs, wusste nur zu gut, dass man die Regeln zur Vermeidung von Kollisionen nicht auf jedem Schiff mit aller Ernsthaftigkeit befolgte. In der Seefahrt ist es ähnlich wie im Straßenverkehr. Grundsätzlich gilt auch hier – mit gewissen Einschränkungen – Rechts vor Links. Sollte es dennoch zu einer kritischen Situation kommen, ist international geregelt, dass beide Fahrzeuge zur jeweiligen Steuerbordseite ausweichen müssen, damit sie auf jeden Fall ihren Abstand vergrößern.

Zur eigenen Sicherheit veränderte Decker den Kurs um fünfzehn Grad nach Steuerbord. Der Klügere gibt nach, lautete seine Devise. Er wollte dem Anderen signalisieren, dass er ihn bemerkt hatte und aus dem Wege ging, obwohl er es eigentlich nicht hätte tun müssen. Decker war immer vorsichtig. Als Jan das erste Mal mit ihm fuhr, bläute er ihm immer ein, mit der Dummheit der Anderen zu rechnen. „Was nützt es, wenn du im Recht bist, aber gerammt wirst und vielleicht dein Schiff oder deine Seeleute verlierst. Denke immer daran, wenn du auf der Brücke stehst, verlässt sich der Rest der Crew auf dich! Vergiss das nie!"

In Zeiten, wo sich ein Kapitänspatent in Holland für ein paar Dollar kaufen ließ, war Vorsicht geboten. Decker musste den Artikel im „stern" denken, der beschrieb, wie leicht es war, ohne jegliche Erfahrung ein Kapitänspatent zu erhalten. Er rief den Ersten Offizier an: „Tut mir leid, Jan, du musst jetzt schon hochkommen, wir haben Nebel."

„Schon gut, bin gleich oben", antwortete Jan. Ein Blick auf das Radargerät zeigte Decker, dass das andere Schiff erneut einen anderen Kurs einschlug. Aber anstatt nach Steuerbord auszuweichen, hielt der dicke Brocken direkt auf die „Reiman Hamburg" zu.

„Das gibt es doch nicht. Was macht der Vollidiot denn?" sagte Decker zu sich selbst. Er drehte den Autopiloten weiter nach Steuerbord, dieses Mal um 20 Grad, drückte den Knopf für das Typhon und gab mehrere Warntöne. Er riss den Hörer des UKW-Gerätes herunter und brüllte los: „Ship on my port side, ship on my port side, change your course to starbord, listen man, to starbord!"

Jan, alarmiert durch das Typhon, stürmte auf die Brücke und stellte sich sofort ans Steuerrad, schaltete den Autopiloten aus und übernahm per Handsteuerung.

„Der ist irre, der verfolgt uns. Immer wenn wir nach Steuerbord gehen, dreht er weiter an. Los Jan, hart Steuerbord, Backbordmaschine voll voraus, Steuerbordmaschine voll zurück. Sonst rumst es gleich." Jan drehte das Rad bis zum Anschlag nach Steuerbord, drückte den Fahrhebel der Backbordmaschine von Ökospeed auf voll voraus und zog den Steuerbordhebel auf voll zurück. Sofort hupte der Maschinenalarm los. Das Schiff reagierte auf die Manöver sofort und neigte sich schlagartig nach Steuerbord. Geistesgegenwärtig drückte Jan den Generalalarm. Wenn es kracht, sollen wenigstens alle Leute rauskommen.

Noch immer war der Maschinenalarm nicht quittiert, das Typhon gab in einer Tour lange Töne von sich und der Generalalarm klingelte weiterhin. Die Nerven der beiden waren zum Zerreißen gespannt. Deckers Kopf steckte in der Gummihaube des Radargerätes, um den Kurs des anderen Schiffes zu verfolgen. Jan wusste genau, dass es kaum einen Kapitän in der Reederei gab, der die Fahrt nach Radar so beherrschte wie Decker. Jan konzentrierte sich ganz auf die Befehle, jede Fehlinterpretation zöge eine Katastrophe nach sich. Die Rollen waren klar verteilt: Einer sagt an, der Andere führt aus.

„Wir schaffen es, bleib bitte so, lass sie auf hart Steuerbord! Kurs? Kurs?"

„70 geht durch, auch 80 geht durch!" schrie Jan seinem Kapitän zu.

„Wir haben es, fang sie ab, los Jan, fang sie ab, stützen! Stützen!"

Jan drehte das Ruder auf Hart Backbord, um die „Reiman Hamburg“ kursstabil zu bekommen.

„Steuerbordmaschine voll voraus, Jan! Voll voraus! Hörst du mich?“

„Ja, habe ich! Steuerbordmaschine voll voraus!“

„Los, Los, komm schon, mein Mädchen, beweg deinen Arsch!“ In einem Gewirr aus Befehlen an Jan, tat Decker alles, um die „Reiman Hamburg“ zu retten.

„Es passt, so müsste es gehen. Kurs? Kurs?“

„170.“

„Gut, so lass sie laufen.“

„Der ändert schon wieder seine Richtung! Das gibt es doch gar nicht! Jan, der geht auf Steuerbord! Der ändert den Kurs! Los, hart Backbord! Hart Backbord! Sind die wahnsinnig geworden? Gleich knallt es! Halt dich fest Jan!“

Auf der „Harlem Bulk“ änderte der philippinische Offizier Buddikate mehrfach den Kurs nach Backbord, weil er davon überzeugt war, Vorfahrt zu haben. Er saß gemächlich in seinem Brückenstuhl und wunderte sich, als der erste Offizier und der Kapitän, aufgescheucht vom Typhon eines anderen Schiffes, auf die Brücke stürmten. Buddikate ahnte nicht einmal, dass durch seine falschen Manöver ein anderes Schiff in höchste Bedrängnis gebracht worden war. Kaum auf der Brücke, sah der Kapitän nur noch die grüne Seitenlaterne der „Reiman Hamburg“. Reflexartig drehte er den Autopiloten auf Hart Steuerbord – erneut eine falsche Entscheidung.

Die Ereignisse überstürzten sich. Jan und Decker war es gelungen, den Kurs der „Reiman Hamburg“ durch das letzte Manöver noch um 90 Grad zu ändern, so dass sie jetzt direkt vor der „Harlem Bulk“ lief, die mit voller Fahrt in ihr Heck knallte. Mit ohrenbetäubendem Krachen bohrte sich der mächtige Bug in das Achterschiff der „Hamburg“, riss die Heckrampe aus ihren Angeln und schob sich zwischen den Propellern hindurch in den Maschinenraum. Die „Hamburg“ wurde förmlich angehoben. Durch den Aufprall verlor Jan das Gleichgewicht, stürzte gegen das Fahrpult und verletzte sich am Kopf.

Der erste Ingenieur Kreienborg, vom Alarm geweckt und mittlerweile in den Maschinenkontrollraum geeilt, erkannte die brenzlige Situation sofort, drückte den „Not-Stopp“, riss seinen Assistenten aus dem Stuhl und flüchtete mit ihm zur Brücke nach vorne. Sie versuchten noch, das Schott im Gang zu schließen,

mussten aber wegen der eindringenden Wassermassen den Gedanken verwerfen. Sie stürzten die Treppe hinauf und sahen endlich Tageslicht. Das Schiff neigte sich deutlich nach vorn. Sie spürten, wie es langsamer wurde. Immer noch lief der Genelalarm.
Von oben schrie Decker aus der Steuerbord-Brückennock herunter: „Sind alle an Deck? Haben wir alle? Tragen alle Westen?“ Kreienborg zählte die Männer und vermisste Jan.

„Wir sind vollzählig! Ist der Erste bei dir oben?“ rief er zurück.

„Ja, wir kommen jetzt runter. Schwenkt das Boot aus! Die Jacobsleiter raus! Die Inseln ins Wasser! Los, los, los! Beeilung Leute!“

Decker und Jan liefen die Treppen an der Außenseite des Aufbaus hinunter und befahlen der Mannschaft von Bord zu gehen.

Das Steuerbordrettungsboot war bereits so gefiert, dass es mit dem Bootsdeck abschloss.

„Nun aber flott!“ trieb Kreienborg die beiden an, als sie auf das Rettungsboot zuliefen. Jan ging zur Winde, entfernte den Sicherungsbügel und schickte den dort ausharrenden Matrosen ins Boot. Decker schaute zu Jan herüber und wusste mit der Situation nicht wirklich etwas anzufangen. Wollte Jan etwa als letzter von Bord?

„Festhalten Männer, ich fiere jetzt das Boot!“ brüllte Jan den Seeleuten zu.

„Was ist mit dir? Willst du etwa bleiben?“ schrie Decker.

„Nein, aber ich muss den Schaden sehen. Noch schwimmt das Schiff. Ich fiere das Boot und gehe dann nach achtern! Ihr pickt mich in zehn Minuten auf.“

„So‘n Quatsch, das will ich mir selber auch ansehen. Ich gebe doch nicht einfach mein Schiff auf! Kreienborg kann sich um die Leute kümmern. Los, wir haben nicht viel Zeit!“

Jan und Decker rannten die Gangbord entlang nach achtern auf den riesigen, alles überragenden Steven der „Harlem Bulk“ zu. Im Vorbeilaufen erkannte Decker, dass sich zwei Lukendeckel übereinander geschoben hatten. Selbst die Gangbord war offenbar an mehreren Stellen gestaucht. Als sie dann das Achterdeck hinauf enterten, sahen sie die Bescherung. Nicht nur die Treppe zum Achterdeck war durch den Aufprall verzogen, auch die Festmacherwinden hatten sich aus den Decksplatten gerissen. Der Backbord-Schornstein, von der ausgehebelten Heckrampe in zwei Teile zerschnitten, die Unterkante des Ankers der „Harlem Bulk“ mit dem Laternenmast, der einmal mittschiffs aufrecht gestanden und sich nun zu einem undefinierbaren Geflecht verwickelt hatte! Sie schauten über die Verschanzung und entdeckten statt der Heckrampe ein großes Loch. Noch hielt die „Harlem Bulk“ die „Reimann Hamburg“ über Wasser.

„Das Schiff ist hin. Soviel ist klar. Die Luke ist durch die fehlende Rampe offen wie ein Scheunentor“, stellte Decker mit leicht sarkastischem Unterton fest.

„Wir haben kein Querschott in der Luke, wenn der Arsch jetzt rückwärts gibt, saufen wir ab.“ Jan wusste um die Schwäche aller Roll on roll off-Schiffe. Damit die Ladung sich so gut wie möglich stauen und löschen ließ, verzichtete man auf den Einbau eines Querschotts. Bei Wassereinbruch strömte alles sofort in den Laderaum. Es gab keine Chance, das Schiff vor dem Untergang zu bewahren.

„Hast du die Lukendeckel und die Wellen in der Gangbord gesehen? Alles vom Crash gestaucht! Ich könnte kotzen, der Kerl hat unseren schönen Dampfer zerlegt!“ Decker klang mehr als sauer.

„Die ‚Harlem Bulk‘ muss unser Schiff über Wasser halten. Sie darf sich nicht bewegen. Jedenfalls nicht rückwärts. Vielleicht haben wir eine Chance, unser Schiff zu retten. Wir müssen es mit vielen Trossen stabilisieren. Wenn kein Wind aufkommt, könnte es mit ein bisschen Glück funktionieren. Es ist nicht weit bis zum Festland. Ein Bergungsunternehmen hilft uns vielleicht…“

Jan brachte den Satz nicht mehr zu Ende. Sie spürten, wie plötzlich der Stahl unter ihren Füssen anfing zu vibrieren. Mit einem schabenden und alles zerreißendem Knirschen und Quietschen setzte die „Harlem Bulk“ sich in Bewegung. Leider in die falsche Richtung.

„We go astern!“ hörten sie es von der Back der „Harlem Bulk“ rufen.

„Scheiße Jan, nichts wie weg hier! Der Trottel lässt uns absaufen!!“ Sie hangelten sich den verbogenen Niedergang zur Gangbord herunter und liefen zum Vorschiff. Das von Kreienborg zu Wasser gebrachte Boot war aber nicht mehr da. Wahrscheinlich hatte er sich sicherheitshalber etwas vom Schiff entfernt. Doch sie konnten das Boot nicht ausmachen.

„Jan, hier ist deine Weste, wir springen!“ brüllte Decker. Sein Gesichtsausdruck wirkte fast panisch. Immer noch war ohrenbetäubendes Kreischen von achtern zu hören. So einfach trennten sich die Stahlmassen wohl doch nicht voneinander. Mit jedem Millimeter, den es die beiden Schiffskörper auseinanderzog, drangen Unmengen von Wasser ein. Die „Reiman Hamburg“ sackte spürbar nach achtern ab. Jan und Decker zogen ihre Westen fest und landeten mit einem Satz ins Wasser. Sie versuchten, in Rückenlage vom Schiff wegzuschwimmen.

„Wir müssen weg! Wenn es untergeht, schießen alle schwimmenden Teile wie Pfeile nach oben. Das ist nichts für uns“, stellte Decker klar.

Jan nahm die kleine rote Pfeife, die rechts an seiner Weste hing, und pustete hinein, um so Kreienborg zu alarmieren. Der Nebel stand immer noch sehr dicht. Erst jetzt fiel Jan auf, wie kalt das Wasser war. Obwohl nur etwa hundert Meter vom Schiff entfernt, konnten sie es nicht mehr erkennen.

„Ist gut jetzt, weiter sollten wir nicht schwimmen, die finden uns sonst nicht. Wir müssen die Pfeifen weiter benutzen, dann werden Kreienborg und die Jungs uns gleich rausholen“, machte Jan dem verängstigt wirkenden Decker Mut.

„Was ist, wenn sie uns nicht finden?“

„Hör auf, sie wissen doch, dass wir hier irgendwo sind.“

„Versuch dich so wenig wie möglich zu bewegen, du musst Energie sparen. Hier, mach das um deine Hand- und Fußgelenke, dann kühlst du nicht so schnell ab.“ Decker reichte Jan ein paar Hanfbändsel. Ungläubig schaute ihn Jan an.

„Den Trick habe ich von meinem Vater. Ist im Krieg zweimal abgesoffen. Hat mir gesagt, sie auf der Brücke griffbereit zu halten.“

Nach etwa einer halben Stunde im Wasser, hörte Jan das Geräusch eines Dieselmotors. Das musste Kreienborg mit der Crew sein. Die Sonne durchbrach langsam den Nebel. Jan pustete in die Pfeife, winkte mit den Armen und stieß Decker an, der lethargisch und abwesend wirkte.

„Los Kapitän, jetzt geht‘s um die Wurst, da vorn ist unsere Rettung! Gib Signal! Sie sollen uns doch finden. Sollst mal sehen, schon gleich bekommen wir einen heißen Kaffee!“

Kreienborg steuerte das Boot auf die beiden zu. „Motor aus!“ befahl er. „Da! Da ist es wieder! Hörst du es?“ rief er dem Zweiten Offizier zu. „Los Motor wieder an, nimm den Kompass, steuere etwa vierzig Grad. Da kommt das Pfeifen her. Das müssen sie sein“, sagte Quast zu Kreienborg. „Und ihr beiden sucht mit den Ferngläsern da drüben alles ab. Die Sonne kommt durch, wir müssen sie schnell finden." Den Matrosen war klar, dass jede Sekunde zählte.

„Hier! Hier sind wir!" schrie Jan mit letzter Kraft. Aber die Jungs im Boot sahen ihn nicht.

„Motor aus! Da ruft einer!" befahl Quast.

„Hierher! Hierher!"

„Ich habe sie, ich habe sie!" brüllte der Matrose. „Drei Strich an Steuerbord!"

Sie starteten den Motor erneut und hielten direkt auf die beiden zu. Quast fuhr das Boot nun selber und teilte die Seeleute zur Übernahme ein. „Zwei holen sie aus dem Wasser, der Rest macht Gewicht. Ich habe keine Lust, baden zu gehen." Gekonnt manövrierte er das Boot auf die Treibenden zu. Mit kräftigem Griff holten die Matrosen Decker und Jan an Bord. Die Freude war riesig. Jan hatte das unfreiwillige Bad deutlich besser überstanden, als der bereits stark unterkühlte Decker. Sie tauschten ihre nassen Sachen gegen Decken aus. Decker war nicht in der Lage, den Parka von Quast anzuziehen. Er zitterte am ganzen Körper.

Die Sonne setzte sich immer mehr durch. Die Wärme tat den Unterkühlten gut. Als die letzte Nebelbank verschwunden war, sah Quast in 500 Meter Entfernung die „Harlem Bulk". Am Vorschiff ließen sich deutlich die Spuren der Kollision erkennen. Wo einmal die „Reiman Hamburg" gewesen war, trieb nur noch eine Unmenge buntes Plastikspielzeug in einer Öllache.

„Unser Schiff ist weg! Einfach abgesoffen! Das ist doch nicht möglich!" Quast war fassungslos.

„Tatsächlich. Nur'n bisschen Öl und irgendwelcher Plastikmist!" sagte Kreienborg. Decker und Jan lagen auf dem Boden neben dem Motorblock, um sich zu wärmen.

„Chief, wie sieht es bei dem Bulker aus? Schwimmt der wenigstens noch?" erkundigte sich Jan.

„Bei denen ist wohl nur eine Sektion unter Wasser, aber das macht dem Dampfer nichts aus. Der hat nur leichte Schlagseite", stellte Kreienborg fest.

„Halt mal darauf zu, wir gehen an Bord. Ich will jetzt meinen Kaffee!" wies Kapitän Decker den Zweiten Offizier an. Die Seeleute lachten. Der Alte scherzte schon wieder – ein gutes Zeichen.

*

Strenger brauchte eine Weile, um zu begreifen, dass nicht der Wecker, sondern das Telefon klingelte. Es war Conrads Stimme.

„Wir haben die ‚Hamburg' verloren. Ich kann Ihnen nicht genau sagen, was passiert ist, aber ich weiß, dass sie gesunken ist. Eine Information von Norddeich Radio, das den Notruf registriert und mich sofort angerufen hat."

„Was ist mit den Leuten? Ist nicht Jan auch an Bord?"

„Ja, ist er. Ansonsten weiß ich nichts. Seit dem Notruf in der Nähe von Sardinien ist Essig. Wir haben nichts mehr gehört. Bitte kommen Sie in die Reederei, wir müssen ein Team zusammenstellen."

„Ich bin gleich da."

Strenger duschte schnell und weckte seine Frau.

„Pack bitte ein paar Sachen für mich zusammen. Ich lasse sie später abholen. Kann sein, dass ich heute noch nach Italien muss. Wenn nicht – es wird auf jeden Fall spät."

„Was ist denn passiert?" fragte seine Frau schlaftrunken.

„Wir haben die ‚Hamburg' verloren. Ich weiß aber noch nichts Genaues. Ich melde mich."

Die größte Sorge galt den Seeleuten. Nicht auszudenken, wenn ihnen etwas zugestoßen war. Auf dem Weg in die Tiefgarage kam ihm Conrad schon entgegen. Man sah ihm an, dass auch er hastig in seinen Anzug geschlüpft war. Keine Krawatte, unrasiert. Frau Beerbaums Kaffee stand bereits auf dem Tisch, als sich Strenger und Conrad im Konferenzraum setzten. Conrad schilderte, was geschehen war.

„Das sieht nicht gerade gut aus. Die ‚Hamburg' haut einen Alarm raus – und dann ist alles still? Wissen wir, wie das Wetter war?" fragte Strenger.

„Nebel."

„Vielleicht hat es eine Kollision gegeben? Oder es ist eine Bombe hochgegangen?"

„Malen Sie nicht den Teufel an die Wand! Was halten Sie von einem Konstruktionsfehler? Wie schätzen Sie das ein?"

„Kann ich mir gar nicht vorstellen. Die Schiffe sind schon mit stürmischerem Wetter problemlos fertiggeworden. Die ‚Bremen' hat vor drei Monaten Windstärke 12 souverän weggesteckt. Baumängel sind eher unwahrscheinlich."

„Auch eine Kollision wäre merkwürdig. Kapitän Decker kenn' ich schon seit ewigen Zeiten. Er ist übervorsichtig und tut nichts, was die Seeleute oder das Schiff in Gefahr bringen könnte."

„Und die Ladung? Was Gefährliches dabei? Chemikalien? Öl?“ fragte Conrad neugierig.

„Nichts. Im Laderaum befinden sich ein paar LKW und PKW, in den Tieftanks ist nichts, an Deck ein paar Container mit Spielzeug. Die ‚Hamburg‘ sollte in Spanien noch Wein in Bulk und ein paar Container mit Fliesen laden. Alles in allem harmlos.“

„Also gut“, resümierte Conrad, „warten wir ab, was der Vormittag bringt.“ In Gedanken ging er schon die nächsten Schritte durch. Lage vor Ort sichten, Angehörige informieren, Krisenstab bilden. Schon einmal hatte die Reederei ein Schiff in der Biskaya verloren. Conrad kannte daher die Mechanismen. Bekäme die Presse Wind von der Sache, würde es auch schnell ungemütlich. Damals war Ladung verrutscht. Die Leute fand man zwei Tage später – bis auf einen Decksmann. Er wollte noch das Bild seiner Freundin holen und schaffte es nicht mehr, herauszukommen. Er versank mit dem Schiff. Die Presse konstruierte eine reißerische Story über die Vorgänge an Bord. Erst als die Besatzung in Bremen eintraf und berichtete, was tatsächlich passiert war, kehrte Ruhe ein.

„Wir sollten die Angehörigen erst verständigen, wenn uns gesicherte Informationen vorliegen. Alles andere wäre nur Panikmache. Gleiches gilt für die Presse und ‚Radio Bremen‘.“ Conrad überlegte, wann und wie er es den Eltern von Jan sagen müsste. Und Benny. Er spürte, dass er schwitzte, und zwang sich zur Ruhe. Als das Telefon klingelte, schaltete er die Sprechanlage ein, damit alle mithören konnten.

„Frau Beerbaum, gibt es etwas Neues?“

„Herr Meier ist dran!!“

„Gott sei Dank! Stellen Sie durch!“

„Hallo? Kann mich dort jemand hören?“ Jans Stimme plärrte durch den Lautsprecher. Die schlechte Tonqualität war ein Indiz dafür, dass er über Kurzwelle anrief.

„Ein Glück, du lebst. Mir ist inzwischen schon das Herz in die Hose gerutscht.“

„Das kannst du laut sagen!“

„Was ist geschehen? Stimmt es, ihr habt das Schiff verloren? Was ist mit unseren Leuten?“

„Keine Sorge, wir haben alle raus bekommen. Nur Kapitän Decker ist ein bisschen unterkühlt, aber sonst sind alle wohlauf.“

„Gott sei Dank.“ Conrads Gesicht entspannte sich. Auch Strenger war erleichtert. Jan berichtete in knappen Sätzen, was sich am frühen Morgen zugetragen hatte, ohne allzu sehr in die Einzelheiten zu gehen. Gespräche über Kurzwelle wurden von den Küstenfunkstellen wie auch von anderen Schiffen mitgehört.

„Wo seid ihr jetzt?"

„Noch auf dem Bulker, in der nächsten Stunde holt uns ein Schlepper ab."

„Was ist mit dem Schiff? Wie tief liegt es?"

„Ich schätze etwa 150 Meter. Wir vergewissern uns aber gleich noch anhand der Seekarte und geben die Position durch."

„Meldet euch bitte mit den Informationen, wenn ihr an Land seid. Lass uns dann besser über Festnetz telefonieren. Wir leiern jetzt von hier aus alles an. Hotel, Flüge und Bergungsunternehmen. Strenger und ich kommen gleich runter. Ich denke, wir sind in drei Stunden da."

Frau Beerbaum hatte bereits von der Personalabteilung die Besatzungsliste organisiert. „Rufen Sie bitte die Angehörigen an. Sagen Sie ihnen, was passiert ist und dass alle gesund sind. Wir holen die Leute auf schnellstem Wege nach Hause. Wenn es etwas Neues gibt, hören Sie von mir. Kellermann soll den Jet klarmachen. Strenger und ich fliegen nach Sardinien. Und stellen Sie mir eine Verbindung zu meiner Tochter und danach zu den Eltern von Herrn Meier her."

Trafen Jans Angaben zu, war an eine Bergung aus dieser Tiefe nicht zu denken. Trotz der Gewissheit, dass es keine Opfer zu beklagen gab, wirkte Conrad angestrengt. „Was glauben Sie, Herr Reiman, bekommen wir nun Schwierigkeiten? Etwa mit den Algeriern, wenn jetzt die ‚Hamburg' ausfällt?" fragte Strenger.

„Ach, lieber Strenger, wir haben schon ganz andere Dinge gemeistert. Das Schlimmste, was einem Reeder passieren kann, ist Seeleute zu verlieren. Wichtig ist erst einmal, dass wir keine Verletzten zu beklagen haben. Ein Schiff kann man ersetzen, und für alles andere gibt es immer eine Lösung."

*

Die Maschine landete gegen siebzehn Uhr auf dem Aeroporto Alghero. Ein Leihwagen brachte Conrad und Strenger ins dreißig Kilometer entfernte Porto Torres. Die Seeleute waren bereits in einem Hotel am Hafen untergebracht. Als Conrad in die Lobby trat, sah er Jan an der Bar sitzen, ging auf ihn zu und sagte:„Ich kann dir gar nicht sagen, wie ich mich freue, dich gesund und munter zu sehen. Ihr habt uns einen ganz schönen Schrecken eingejagt!“ Conrad drückte Jan an sich.

„Moin Conrad, prima, dass du gleich gekommen bist.“

„Das ist doch selbstverständlich!“

„Bist du allein?“

„Nein, Strenger und Kellermann sind auch hier. Strenger versucht nur gerade, den Rückflug für die Crew zu organisieren.“

Conrad zeigte auf Jans Stirn, die nur notdürftig verbunden war. „Schlimm?“

„Ach was, als uns der Bulker von hinten genommen hat, riss es mich von den Füßen. Es ist nur eine Platzwunde, nichts Dramatisches. Über den Kratzer müssen wir nicht reden.“ Jan grinste und trank einen großen Schluck Bier. Er berichtete Conrad, wie sich alles zugetragen hatte.

„Ich bin noch nicht drüber hinweg. Es hätte ja auch schief gehen können. Ich hoffe, es war in Ordnung, dass ich Benny und Deine Eltern sofort informiert habe. Sie hätten mir…“

„Alles ist gut. Ich habe bereits in Bremen angerufen“, unterbrach ihn Jan.

„Und?“

„Begeisterung ist etwas anderes. Benny fand die Idee, dass ich für zwei Wochen auf die ‚Hamburg‘ gehe, von Anfang an daneben. Du kannst dir ja vorstellen, wie sie jetzt dazu steht.“

„Sie macht sich Sorgen, das ist doch normal.“

„Natürlich, aber es ist nun mal mein Beruf. Wenn ein Fernfahrer einen Unfall hat, hört er doch auch nicht auf zu arbeiten!“ rechtfertigte sich Jan. Conrad wechselte das Thema. „Ich habe bereits kurz mit Decker gesprochen. Das Schiff liegt tatsächlich in 180 Meter Tiefe, eine Bergung ist wohl unmöglich. Wir können also hier nichts weiter ausrichten. Wenn Du einverstanden bist, würde ich gern mit dir wieder nach Bremen zurückfliegen. Den Kram mit den Behörden sollen Strenger und Decker klären. Benny und auch deine Eltern freuen sich bestimmt, wenn ich dich mitbringe.“

„Nein, Conrad, das geht nicht.“

„Warum nicht? Was spricht dagegen?“

„Als Decker und ich heute früh im Wasser trieben, schworen wir uns: Wenn wir heil aus der Sache rauskommen, dann feiern wir am Abend bis zum Umfallen! Und genau das wollen wir heute tun. Es ist wie ein zweiter Geburtstag. Für jeden von uns. Und deshalb…“

„Ich verstehe, aber es wird anders kommen. Ich lade die ganze Crew ein, und wir essen und trinken gemeinsam! Was meinst du?"

„Mehr geht nicht. Die Leute würden sich bestimmt wahnsinnig darüber freuen, wenn du dabei bist."

Conrad orderte eine Runde Bier. Er drehte sich zur Seite und sagte: „Kellermann, wir müssen hier bleiben. Informieren Sie die Piloten und organisieren Sie für uns bitte ein paar Zimmer. Der Crew geht's gut, sie muss nur noch ‚medizinisch' versorgt werden!"

In Grolland

„Junge! Was machst du denn für Sachen?! Ich habe mir solche Sorgen gemacht! Mach das bloß nicht wieder, hörst du?" Helga Meier drückte ihren Sohn fest an sich, als wolle sie ihn gar nicht mehr loslassen.

„Ist ja gut, Mutter, ich bin doch noch ganz", stellte Jan fest. Gleich nach seiner Rückkehr aus Italien war er mit Benny zu seinen Eltern gefahren.

„Benny", wandte sich Helga Meier sogleich an ihre Schwiegertochter, „gut siehst du aus! Dein Bauch nimmt langsam Formen an." Jans Mutter strahlte und nahm Benny zur Seite. Die beiden verstanden sich prächtig. Helga bot Benny einen Platz auf der Hollywoodschaukel im Garten an. Sie wollte natürlich von ihr wissen, wie es ihr in den letzten Tagen ergangen war.

Eine willkommene Gelegenheit für Vater und Sohn, sich über die Geschehnisse auszutauschen, ohne damit die Frauen zu nerven. „Mensch, Jan, das ist aber knapp gewesen! Als Conrad sagte, die ‚Hamburg' sei abgesoffen, dachte ich, die Welt hört auf, sich zu drehen! Ich habe im ersten Moment gar nicht registriert, dass alle überlebt haben. Ich war wie paralysiert. Der Schreck steckt mir jetzt noch in den Gliedern."

„Ja, es war schon brenzlig; wir trieben im Wasser und die Zeit verging, ohne dass unser Rettungsboot auftauchte. Ich werde das nie vergessen! Noch einmal muss ich das nicht haben."

„Gibt es inzwischen etwas Neues? Wie sieht es mit den Algeriern aus?" Günter wollte alles genau wissen.

„Die ‚Hamburg' ist aufgegeben. Sie liegt zu tief für eine Bergung. Da ist nichts zu holen. Strenger rief vorhin noch an, weil die Behörden vor Ort einen Mordsärger veranstalten. Umweltbehörde, Küstenwache, Marine, alle geben ihren Senf dazu. Richtig doof ist, dass man sich bei allen kooperativ zeigen muss, sonst ist die Reederei bei den Behörden unten durch. Ärger dürfen wir uns als Linienreederei nicht einhandeln. Aber Strenger ist erfahren genug, der kriegt das hin."

„Und jetzt? Wie werdet ihr den Verlust kompensieren?"

„Die ‚Wilhelmshaven' liegt ja gut in der Zeit, ich denke, wir nehmen sie in drei Wochen in Fahrt. Dennoch müssen wir wohl Fremdtonnage einchartern. Die ‚Emden' und die ‚Lübeck' werden erst im neuen Jahr fertig. Unsere Kunden sind nicht gerade am Jubeln."

„Für einen Unfall kann doch niemand etwas!"

„Zum Glück ist erwiesen, dass uns keine Schuld trifft. Der Kapitän des Bulkers hat den Behörden gegenüber bereits zugegeben, dass sein dritter Offizier den Zusammenstoß verursacht hat. Anfänglich glaubten wir sogar, absichtlich gerammt worden zu sein!"

„Was? Das klingt ja wirklich ungeheuerlich! Wie soll das denn gehen?"

„Vadder, du bist selber Seemann, du kennst die Regeln. Der Bulker hat sieben Mal den Kurs geändert, immer in die falsche Richtung. Und das eine Mal, wo er gar nichts mehr hätte machen dürfen, dreht er plötzlich nach Steuerbord und rammt die ‚Hamburg' in Schutt und Asche. Da kann man doch schon mal auf andere Gedanken kommen, oder?"

„Mmh, jetzt, wo du es sagst: So absurd klingt es tatsächlich nicht. Aber ehrlich, vorstellen kann ich es mir trotzdem nicht. Es hätte doch keiner einen Vorteil davon." Günter zog an seiner Zigarre und schüttelte den Kopf.

„Es ist auch nicht so. Wir wissen mittlerweile, dass der dritte Offizier glaubte, er müsse immer nach Backbord statt nach Steuerbord ausweichen, und kurz bevor es geknallt hat, ist sein Kapitän – geweckt von unserem Typhon – auf die Brücke gestürmt und hat das Ruder nach Steuerbord gerissen. Das ist zwar sonst richtig, in dem Moment war es leider falsch! Und jetzt haben wir keine ‚Hamburg' mehr."

„Wie haben es denn die Seeleute verkraftet?"

„Anfänglich standen alle noch unter Schock. Conrad hat zu der Mannschaft gesprochen und sie aufgemuntert. Auf die Frage, ob er denn zum zweiten Geburtstag eines Jeden einen ausgeben dürfe, brüllten alle „Yes, Sir!“ Du kannst dir vorstellen, was danach los war. Ich war am Ende so abgefüllt, dass ich habe meine Zahnpasta für Astronautennahrung gehalten habe!“

„Und wie geht es jetzt mit Algerien weiter? Ich denke, sie bestehen auf dem Schiffstyp? Das kostet doch bestimmt ein Vermögen an Schadenersatz!“

„Es hält sich zum Glück in Grenzen. Wir nehmen erst mal die ‚Reiman Kiel‘ aus dem Liniengeschäft und lassen sie für die Algerier fahren. Das dürfte die Lage beruhigen. Conrad ist es gelungen, alles zuregeln. Gut, dass er überall ein Eisen im Feuer hat. Da ist er wirklich unschlagbar. Aber du weißt doch, wie das ist, spätestens im Februar hätten wir regelmäßige Abfahrten mit dem neuen Schiffstyp garantieren können, und schon fällt eine Einheit aus. Nicht gut für uns gelaufen.“

„Na ja, das nenne ich klagen auf hohem Niveau. Ihr habt jetzt zwei Schiffe in Fahrt, die ‚Wilhelmshaven‘ ist in ein paar Wochen einsatzbereit, also, ich bitte dich.“

„Wir kriegen das bestimmt hin. Aber es bleibt trotzdem ärgerlich.“

„Hör mal, kann es sein, dass du langsam anfängst, die Seite zu wechseln? Spricht da mittlerweile ein Reeder zu mir?“ Günter grinste Jan an, als hätte er ihn entlarvt.

„Ach, weißt du, Vadder, ich beschäftige mich seit dem ersten Tag nur mit diesem Schiffstyp. Ist es doch klar, dass man für die harte Arbeit auch belohnt werden will.“

„Schon gut, so war es ja nicht gemeint. Ich freue mich über deinen Erfolg! Apropos, wie geht es nach Fertigstellung der letzten Einheit weiter? Was sagt Conrad? Gibt es schon einen Plan? Baut ihr eine neue ‚Hamburg‘? Baust du sie?“

„Ich bleibe auf jeden Fall an Land, auch wenn ich mich immer mal wieder auf einem Schiff für ein paar Tage einquartiere. Und wenn es nur für eine Woche ist, ich will den Kontakt zur Flotte nicht verlieren. Für eine neue ‚Hamburg‘ müsste ich eine andere Werft finden, da Jansen seit unserem Erfolg ausgebucht ist. Ich hoffe, wir einigen uns mit dem Vulkan in Bremen. Du weißt, die Geburt steht bevor, und wenn es so weit ist, wäre ich gern dabei. Rendsburg ist wirklich schön. Ich bin mittlerweile mit jedem Bürgersteig auf Du, und die Leute sind sehr nett, aber Bremen ist nun einmal meine Stadt.“

„Sollst du denn noch Geschäftsführer werden?“ bohrte Günter nach.

„Zurzeit bin ich für die Neubauserie verantwortlich, das macht mir viel Spaß. Aber ich bleibe dabei, es war richtig, nicht sofort in die Leitung zu gehen. So ist es besser. Ich möchte mir nichts Schlechtes nachsagen lassen."

„Meinst du denn nicht, dass die Zeit nun langsam reif wäre?"

„Nein, Vadder, ich mache das erst, wenn das letzte Schiff getauft ist. Vorher nicht."

„Deine Konsequenz ehrt dich. Und wenn wir schon mal dabei sind: Gibt es etwas Neues von Bennys Bruder?" Günter vermied es, Julius Namen auszusprechen. Ohne ihn je gesehen zu haben, hasste er ihn. Nie würde er vergessen, was Julius angerichtet hat.

„Ich fahre in ein paar Wochen zu ihm. Er lebt seit längerem in einem Kloster im Norden Italiens. Sein Arzt hat uns vor einiger Zeit angerufen und darum gebeten, ihn zu besuchen, weil es seiner Heilung dienlich sei. Er will mich um Verzeihung bitten."

„Was? Du sollst zu ihm kommen? Zu diesem Verbrecher? Das machst du doch wohl nicht! Junge, sag, dass du das nicht tust!"

Jan sah das Unverständnis seines Vaters. Doch er versuchte, ihn nicht nur zu beruhigen, sondern ihm auch zu erklären, warum er sich für einen Besuch entschieden hatte.

„Am Ende ist es so, dass ich nicht nur die eine Seite sehen darf, sondern auch die andere. Keine Frage, ich kann mir im Moment etwas Besseres vorstellen. Aber erinnere dich, du hast mir sogar zum Verbleib in der Reederei geraten. Jetzt muss ich mich mit den Konsequenzen arrangieren. Wenn ich nicht fahre, zerreißt es Charlotte. Sie hat bis vor kurzem nicht einmal gewusst, ob ihr Sohn noch lebt, war völlig abgemagert vor Kummer."

„Verstehe ich ja, aber er hat dich halb totschlagen lassen, da muss er sich ja wohl in Bewegung setzen und kleine Brötchen backen!"

„So habe ich auch gedacht, aber seitdem wir die Nachricht bekommen haben, dass er lebt, blüht Charlotte förmlich auf und hat wieder Lebensmut. Sie ist die Mutter, sie sieht es mit anderen Augen."

„Jetzt fehlt nur noch, dass du es bist, der etwas falsch gemacht hast. Ich kipp' gleich hinten über!" erboste sich Günter.

„Nein, so ist es nicht. Der ganzen Familie und vor allem Charlotte ist klar, was passiert ist und was es bedeutet. Auch für mich. Wir bekommen aber sonst keine Ruhe. Es wird sonst nie aufhören, und ich stünde immer zwischen den Stühlen. Nein, das ist nicht gut. Ich kläre das ein für alle mal. So oder so."

„Wann fährst du?“

„Wenn der Arzt das für sinnvoll hält. Vermutlich in den nächsten Wochen.“

„Du entscheidest, was du tust, Junge. Ich weiß nicht, ob es richtig ist.“

Im Kloster

Selbst der Land Rover Defender ächzte unter der schweren Belastung. Seit über zwei Stunden fuhr er nun schon durch Wälder und Gebirgstäler. Die Schlaglöcher auf den Schotterwegen taten ihr Übriges. Jan glaubte schon, sich verirrt zu haben, als er am Wegesrand ein verwittertes Holzschild sah, auf dem der Name des Klosters stand. Er bog ab und bewegte sich auf das große Eingangstor zu. Es dämmerte bereits, und die bizarre Umgebung erinnerte ihn an die Szenerie in dem Edgar Wallace-Film „Der Mönch mit der Peitsche.“

Nach zweimaligem Klingeln bat ihn ein Mann mit einer braunen Mönchskutte herein. Ohne ein Wort der Begrüßung, deutete er Jan an, ihm zu folgen. An den hübsch angelegten Klostergarten schlossen sich endlos lange Gänge an, die feucht und kühl, aber sauber wirkten. Im spärlichen Schein einer viel zu schwach scheinenden Lampe stand ein Tisch mit zwei Stühlen, an dem Jan ein Platz angeboten wurde. Ohne dass Jan es vorher bemerken konnte, stand plötzlich der Abt an seiner rechten Seite. Jan erschrak, als er die Stimme hörte.

„Sie sind also Jan Meier!“

„Das stimmt. Wie darf ich Sie anreden?“ gab Jan ebenso kurz und bündig zurück. Er wollte gar nicht erst den Eindruck einer vermeintlichen Ehrfurcht entstehen lassen.

„Nennen Sie mich bitte Monsignore Abate. Darf ich Ihnen etwas zu trinken anbieten? Hungrig? Möchten sie etwas essen?“ Der Abt wirkte, anders als im ersten Moment vermutet, zuvorkommend und um das Wohl seines Gastes bemüht. Kaum hatte er auf dem Stuhl gegenüber Platz genommen, brachte ein weiterer Mönch Wasser, einen Kanten Brot und eine Salami.

„Unser Mahl ist nicht unbedingt üppig, dafür aber geschmackvoll. Ich hoffe, es wird Ihnen munden.“ Er lächelte. Schnell kamen sie auf Julius zu sprechen. Der Abt berichtete, wie Julius seit einigen Monaten verzweifelt mit sich selbst kämpfte. Wie er seinen Großmut mehr und mehr aus seinem Leben verdrängte, wie das Gute Eingang in sein Gemüt fand.

„Am Anfang fürchteten wir, er würde an seinen Depressionen, seiner selbst gesuchten Einsamkeit, zugrunde gehen. Dr. Guttke war aber vom ersten Tag an davon überzeugt, dass nur diese Therapie eine Aussicht auf Erfolg böte. Ich gebe gern zu, er hat Recht behalten."

„Was genau bestätigt Sie in Ihrer Auffassung?" Nach wie vor witterte er Arglist. Mehr noch. Unumwunden teilte er seine Befürchtungen dem Abt mit und erzählte ihm die ganze Geschichte, auch die sich aus ihr ergebenden Folgen.

„So genau kannte ich die Details nicht. Ich verstehe aber Ihre Skepsis, müsste mich aber sehr in Julius täuschen, wenn er tatsächlich in seine alten Verhaltensmuster zurückfiele. Er will büßen, sich entschuldigen, einen klaren Strich unter seine Vergangenheit ziehen. Ich glaube nicht, dass er den Wunsch verspürt, Ihnen nach Bremen zu folgen. Er ist reuevoll, und nur das wird ihm inneren Frieden geben. Es ist das letzte Fenster der Vergangenheit, das er schließen muss. Erst danach sehen wir, ob der Aufenthalt in unserm Hause sich als nachhaltig erweisen wird. Er wird noch eine ganze Weile benötigen, bevor er zurückkehren kann. Vielleich geht er nie wieder fort."

„Dann hätte er sich in der Tat um 180 Grad gedreht!"

„Das hat er, Sie werden es ja morgen sehen. Bruder Johannis bringt Sie jetzt auf Ihr Zimmer. Nach der langen Fahrt sind Sie sicherlich müde."

„Das ist sehr zuvorkommend. Wann werde ich Julius sehen? Ich möchte nicht so lange bleiben."

„Morgen, nach dem Frühstück."

*

Bruder Johannis weckte ihn. Das Frühstück war einfach und wurde ihm auf einem völlig verschlissenen Holztablett in seinem Zimmer serviert. Es gab Brot mit Honig und einen Becher Kräutertee. Ohne zur Tür schauen zu müssen, spürte er, dass Julius den Raum betrat. Er war plötzlich da, wie gestern der Abt. Einfach so. Die Szenerie hatte etwas Unheimliches. Wieder durchfuhr ihn ein leichtes Schaudern. Er blickte Julius in die Augen. Sie wirkten sehr wach, aber ohne Spannung. Seine Gesichtszüge waren nur schwer auszumachen, er trug mittlerweile einen langgewachsenen Vollbart. Julius setzte sich, ohne Jan aus den Augen zu lassen. Jan widerstand seinem Blick und schwieg. Wie es jetzt wohl weitergeht? Wer fängt an zu sprechen? Ich etwa? Nein. Jan wartete, wollte sich seine Ungeduld nicht anmerken lassen, sein Puls signalisierte ihm aber, dass er unter großer Anspannung stand. Julius vermochte seinem Blick nicht mehr standzuhalten.

„Ich bitte dich um Verzeihung. Ich habe etwas Unverzeihliches getan."

„Und du glaubst, damit ist es getan?" Jans Augen zogen sich zusammen. Es fiel ihm schwer, seine Wut zu kontrollieren. Trotz der bereits vergangenen Monate spürte er den Schmerz immer noch. Ob es Julius ähnlich ging? War seine Betroffenheit vielleicht doch nur gespielt?

„Mein Verhalten lässt sich nicht rechtfertigen. Ich bitte dich um Verzeihung und bereue, was ich dir angetan habe. Ich muss mit dieser Schande leben. Du aber sollst wissen, dass es mir sehr, sehr leid tut. Ich würde gerne, aber ich kann es leider nicht ungeschehen machen."

Jan fühlte sich etwas besser. Sein Gefühl, Julius machte ihm etwas vor und spielte seine Betroffenheit lediglich, wich der Geneigtheit, ihm zuzuhören.

„Sollte ich das Kloster je wieder verlassen, dann nur, wenn ich mit mir im Reinen bin. Ich weiß, es ist töricht von mir, dich um etwas zu bitten. Schon dass du hergekommen bist, ist eine große Geste von dir. Ich habe das gar nicht verdient. Nach all dem, was passiert ist."

„Nenne es ruhig beim Wort, Julius, richtig heißt es, nachdem ich dich überfallen ließ! Nachdem du durch meine Schläger in deinem eigenen Blut auf der Straße fast verreckt bist! Wolltest du das zum Ausdruck bringen? Wolltest du das?"

„Ja, äh, nein, äh doch, doch, ich bitte dich, mir zu vergeben. Ich kann mit dieser Last nicht weiterleben! Es geht einfach nicht mehr!" Jan war überrascht. Noch nie hatte er einen erwachsenen Mann so verzweifelt gesehen. „Schon gut Julius, ich bin sauer auf dich und maßlos enttäuscht von dir. Ich habe dir trotz deiner Eifersucht vertraut. Was aber hast du damit gemacht? So wie du, hat mich noch nie jemand verletzt. Wenn du mir jetzt weiter etwas vorspielst, wäre das schlimmer als alles andere. Dann kannst du von mir nie wieder etwas erwarten. Nie wieder."

Julius schluchzte. Es dauerte eine Weile, bis er sich beruhigt hatte. Nur langsam fand er seine Worte wieder. „Ich bin nicht im Gefängnis. Ich bin freiwillig hier. Ich könnte jeden Tag das Kloster verlassen."

„Was soll das heißen?"

„Ich habe keine Sekunde darüber nachgedacht, aus dem Kloster weg zu gehen. Ich war oft sehr verzweifelt, nahezu am Boden zerstört. In meinem alten Leben wäre eine Flucht normal gewesen. Das kommt für mich nicht mehr in Frage. Ich kenne meine Situation, ich bin nicht verwirrt. Ich will das Böse in mir überwinden. Der Abt hat mir versichert, dass Gott mir ein Zeichen senden wird, wenn es soweit ist. Ich setze erst wieder einen Fuß vor die Tür, wenn ich es verstanden habe. Das richte bitte auch meinen Eltern und Benny aus."

„Warum willst du keinen Kontakt zu deinen Eltern? Warum redest du mit mir?"

„Ich kann das noch nicht. Ich habe zu viel auf dem Gewissen. Sie sollen sich auf mich freuen. Das geht erst, wenn ich das Kloster verlassen kann."

„Vielleicht ist dein Weg richtig. Aber grenzt er nicht an Selbstkasteiung?"

„Ich muss damit leben, wenn ein solcher Eindruck entstünde. Aber ich verlasse die einmal eingeschlagene Richtung nicht. Ich weiß, dass nur eine Umkehr mir zu neuem Leben verhelfen kann. Ich will meinen Sinn ändern. Ich will nicht andere bessern, sondern selbst besser werden im Umgang mit anderen, mit Gott und der Natur. Wie ist es mit dir, Jan? Gibst du mir eine Chance? Kannst du mir verzeihen?"

Jan spürte, in Julius schien etwas wirklich Bedeutsames, eine Wandlung vorzugehen. Doch noch hegte er Zweifel an seiner Aufrichtigkeit. War es möglich, dass ein Mensch sich so verstellen konnte? Ihm fielen die Worte seiner Großmutter ein: „Folge nicht nur allein deinem Verstand oder irgendwelchen erkalteten Formeln aus der Kirche. Auch die schematisch funktionierende Justiz hilft nicht weiter. Verlass dich ganz auf dein eigenes menschliches Empfinden als einzige moralische Instanz. Wenn dich ein Mensch im Menschlichen anruft, dann richte ihn in jedem Falle nur mit dem Herzen."

Jan sagte: „Ich verzeihe dir, Julius."

*

Kellermann holte Jan vom Flughafen ab und fuhr mit ihm nach Schwachhausen. Charlotte hatte Kaffee vorbereitet. Kaum saß Jan am großen Wohnzimmertisch, brach die Ungeduld aus ihr heraus. „Sag schon, wie geht es ihm? Was hast du mit Julius besprochen? Wie geht es dir jetzt? Ach, entschuldige, ich bin so aufgeregt, ich weiß gar nicht, was ich sagen soll!“ Sie gestikulierte mit ihren Händen und konnte kaum an sich halten. Auch Conrad und Benny ging es nicht besser.

„Schon gut, beruhige dich, Charlotte, es ist alles in Ordnung. Du brauchst dir keine Sorgen mehr zu machen. Julius geht es gut. Er hat alles, was er braucht, er hat sich bei mir entschuldigt und bittet um Verständnis, und ihm noch mehr Zeit zu geben, ehe ihr ihn besucht. Er möchte erst mit sich und Gott im Reinen sein.“

„Was bedeutet das? Mit Gott im Reinen? Was ist darunter zu verstehen?“ unterbrach Conrad.

„Conrad! Nun lass Jan doch in Ruhe berichten!“

Jan holte weit aus und erzählte von seiner Reise und der Begegnung mit Julius. Von dessen demütiger Haltung, dem langen Bart und der großen Freude, dass Benny ein Kind erwartet.

„Als ich ihm von unserem Nachwuchs erzählte, hat er sich richtig gefreut!“

„Jan, du weißt gar nicht, was du für mich getan hast. Ich danke dir, mein Junge.“ Charlotte nickte zufrieden, und es schien, als erwachte sie aus einem bösen Traum. Sie vermied es, sich danach zu erkundigen, ob auch Jan mit Julius ins Reine kommen könne. Jan spürte aber, dass die Frage sie sehr beschäftigte. Er blickte in Charlottes Augen und lächelte sie an. „Ich bin froh, dass wir dieses düstere Kapitel in unserem Leben mit gutem Ende abschließen können. Ich habe zwar nicht alles verstanden, aber Julius‘ Haltung hat mir irgendwo imponiert.“

Conrad und Charlotte schauten sich an und lehnten sich erleichtert zurück. Benny lächelte und streichelte sich behutsam über ihren schwangeren Bauch. Es war alles gesagt. Plötzlich äußerte Conrad: „Meint ihr nicht auch, dass es gut wäre, noch vor der Geburt des Kindes zu heiraten?“ Hoffnungsvoll schaute er zu Benny und Jan hinüber.

„Papa! Geht das schon wieder los?“

„Schon gut, ich meinte ja nur.“

Jan und Charlotte sahen sich an und mussten lachen.

Epilog

In der späten Nachmittagssonne eines Septembertages saß Conrad mit seinem Enkelsohn auf der Terrasse seines Hauses. Die Bäume trugen ein betörendes, rötlich schimmerndes Blattwerk. Er liebte den Herbst und die friedliche Atmosphäre seines Gartens in diesen Tagen. Schon bald würden die ersten Stürme über Norddeutschland hinwegfegen, und er müsste dann im geheizten Wintergarten sitzen.

Obwohl er eigentlich stets ein eher optimistischer Mensch war, fragte er sich in letzter Zeit häufig, wie viele Spätsommer er wohl noch erleben würde. Sollte er nicht dankbar, vielleicht sogar demütig sein? Was ist mit denen, die viel zu früh gestorben sind? Haben sie je solche Gedanken gehabt? War es ihnen damit besser ergangen? Nein, sagte er sich, dann hätte ich ja viel zu viel verpasst. Und doch fand er keine Antwort. Vielleicht aus Angst. Der von vielen Menschen und auch von ihm in schwierigen Situationen angerufene Gott hatte ihm nie eine Antwort gegeben. Er verließ sich auf seine innere Stimme oder auf Charlotte, seine geliebte Frau. Nicht, dass er Gott sein Schweigen anlastete, im Gegenteil, er respektierte und achtete jede Art von Bekenntnis. Es war ihm niemals der Gedanke gekommen, eine Religion zu verurteilen, für ihn war der Glauben nicht an eine Kirche, eine Moschee oder einen Tempel gebunden. Er hatte in seinem Leben viel Leid gesehen und erfahren, dass ihm der Gott aus Kindertagen schon lange abhandengekommen war. Wenn es wirklich eine höhere Macht geben sollte, warum ließ sie dann so viel Elend zu? Wie oft hatte er am Deich der Weser gestanden und seine Wut in den Himmel gebrüllt. Aber was half es? Menschen töteten und täuschten einander, hungerten oder verdursteten. Irgendwann begriff er, dass nur er selbst an seinem Leben etwas ändern konnte. Er war es, der etwas tun musste, und es machte keinen Sinn, auf Hilfe von außen zu warten. Ihm war klar: Er gehörte zu denen, die verbessern, ja sich selber besser machen wollten, ohne dabei andere zu benachteiligen. Seither hörte er in sich hinein und folgte seiner inneren Stimme. Jetzt, wo er sich im letzten Abschnitt seines Lebens befand, überlegte er oft, wie er seine Einsichten anderen in seiner Familie zugänglich machen konnte. Über Benny und Jan brauchte er sich nicht beklagen. Nun galt es, sich um den Enkel zu kümmern und sich dem Jungen zu widmen.

Seit der Geburt des Kindes war er von einem neuen Glücksgefühl durchdrungen. Die Zuneigung, die er für den Jungen empfand, war geprägt von einer ihm bis dahin unbekannten, lange ersehnten Gefühlslage; er hatte Zeit – für die Familie, den Enkel und für sein Hobby, das Motorradfahren. Nach langem Zögern kaufte er sich eine Harley. Jan hatte ihn darin bestärkt. Conrads Sehnsucht nach Freiheit, Unabhängigkeit und Zufriedenheit war nahezu erfüllt. Die Reederei funktionierte unter der Leitung·Jans ausgezeichnet, sie brachte Geld ein. Hin und wieder wurde er bei schwierigen Entscheidungen um Rat gefragt. Sein Mandat als Aufsichtsrat tat das Übrige; er war noch dabei, aber nicht mehr mittendrin. Immer der Macher sein und andere antreiben, was war am Ende dabei herausgekommen? Wohlbehagen? Glück? Wie oft war er drauf und dran gewesen, alles hinzuschmeißen. Der Abgrund, der sich bei dem Konflikt mit Julius auftat, hätte ihm fast den Verstand geraubt. Erst seitdem Julius zur Geburt des Kindes wieder nach Bremen gekommen war, ging es ihm besser. Julius stand auf der Säuglingsstation im Krankenhaus plötzlich neben ihm, sagte nichts, nahm ihn in den Arm. Einfach so. Es bedurfte keiner Worte; beide wussten um ihre Fehler und um ihre Schwächen. Kein Streit und keine Eifersüchteleien mehr, das Kriegsbeil war für immer begraben. Sie schrieben sich seither lange, ehrliche Briefe und bemerkten zusehends, wie sehr sie sich in ihren Denkmustern ähnelten, viel mehr, als sie es noch vor ein paar Jahren für möglich gehalten hätten. Julius hatte eine neue Bewässerungstechnik für die Agrarwirtschaft erfunden und vermarktete sie erfolgreich und völlig selbstlos für das Kloster. Es ging ihm gut.

Er erinnerte sich an einen Nachmittag, den er kurz nach der Geburt mit Jan in Worpswede verbracht hatte. Sie besuchten das Barkenhoff-Museum, das einen phantastischen Einblick in das Leben und Werk Heinrich Vogelers gab. Conrad mochte den Maler, Grafiker, Buchillustrator, Designer und Ausnahmekünstler. In Bremen geboren und aufgewachsen, ließ er sich in jungen Jahren in dem Künstlerdorf nieder. Die Jugendstilbewegung verdankte ihm eindrucksvolle Beiträge. Conrad besaß selbst ein paar Radierungen von ihm. Er bewunderte die Bescheidenheit und Geradlinigkeit des Ausnahmekünstlers. Wegen seines Engagements gegen den Krieg 1918 ließen ihn die Militärs in eine Irrenanstalt sperren. Auch Charlotte und Benny gerieten stets ins Schwärmen, wenn es um Vogeler ging.

Jan war irritiert. Aber bevor er Conrad fragen konnte, worum es eigentlich ging, klärte dieser ihn auf: „Weißt Du, Jan, manches von dem, was uns mit Julius widerfahren ist, erinnert mich an Heinrich Vogeler."

Jan war überrascht: „Wie soll ich das verstehen? Vogeler hat doch nie jemandem beauftragt, einen anderen zusammenzuschlagen. Dabei hätte er allen Grund dazu gehabt."

„Wie Recht du hast", räumte Conrad ein. „Du spielst darauf an, dass seine Frau sich mit einem anderen Mann einließ?"

„Nicht nur das. Er geriet dadurch in eine Lebenskrise!"

„Stimmt, dagegen ist Julius aber wohl ein Pappenstiel. Im Übrigen geht es darum gar nicht."

„Um was denn sonst?" fiel Jan ihm ins Wort.

„Weißt Du, ich habe mich oft gefragt, warum ist aus Vogeler, dem die Welt zu Füßen lag, ein Künstler geworden, der sich für die Ärmsten der Armen und für den Frieden eingesetzt hat. Ich habe seine Erinnerungen gelesen und versucht, mit Julius darüber zu sprechen. Aber damals hatte er kein Ohr dafür. Heute ist er selbst zu einem ‚Vogeler' geworden."

„Ich verstehe nicht. Was hat Julius mit Vogeler zu tun?"

„Nichts und doch viel. Ich gebe zu, es ist nicht einfach zu verstehen. Vogeler hat sich mitverantwortlich gefühlt für das Leid, das der Krieg über die Menschen gebracht hat. Vor dem Ersten Weltkrieg lebte er in den Tag hinein. Fortan wollte er das ändern und nicht erneut schuldig werden. Er hat die Irrtümer und Fehler seines früheren Lebens aufrichtig bereut. Man kann durchaus sagen, er wurde ein anderer Mensch."

„Du meinst, bei Julius ist es ähnlich."

„Ja, irgendetwas sagt mir, dass es so ist. Schau, wir machen alle einmal Fehler, manchmal sogar große, und wir tun Dinge, auf die wir nicht gerade stolz sein können. Ich bin leider auch kein unbeschriebenes Blatt, vor allem, wenn ich an die Zeit nach dem Zweiten Weltkrieg denke. Da haben wir ja leider auch nicht immer alles richtig gemacht. Ich habe dir darüber einmal ausführlich erzählt. Du erinnerst dich vielleicht daran? Zwar ging es damals ums nackte Überleben, aber richtig oder gar gesetzeskonform haben wir uns bestimmt nicht verhalten." Jan ließ den Vergleich zu – für Conrad ein Augenblick, den er nie vergessen würde.

Die Sonne brach sich im Glas des Wintergartens, und er spürte, wie die feuchte Kälte ihm an die Waden kroch. Der Wind schlug die Gartentür gegen den Pfosten. Wann und wie würde ihm die letzte Stunde schlagen? Kurz und heftig oder lang und schmerzhaft? Doch was waren das für abstruse Gedanken? Conrad wusste, um die Endlichkeit seines Lebens, und er tröstete sich mit den Worten seines Vaters, der immer beklagte, die Winter im Norden dauerten zu lang. Wenn das stimmte, war die Zeit ja noch nicht um, nein, nein, der Winter darf sich ruhig hinstrecken.

„Hoppe, hoppe Reiter...", forderte sein Enkel, der es liebte, wenn Conrad sang: „Dann macht der Reiter plumps!" Singen, rutschen und wieder auffangen – immer wieder wollte der Junge seinen Großvater zum „Plumps" animieren.

„So, ihr beiden, nun ist aber genug rumgealbert, es wird frisch, die Sonne geht schon unter. Für den Jungen stehen ein paar Brote auf dem Tisch. Kommt jetzt besser rein."

Nach dem Abendbrot zündete Conrad ein Feuer an. Er schob die beiden großen Ledersessel vor den Kamin, schenkte sich und Charlotte ein Glas Wein ein, „Schläft der Junge?" fragte er.

„Ja, tief und fest. Du kannst beruhigt sein. Alles ist gut." Charlotte lächelte und prostete ihm zu.

Glossar

A

Achtern: Hinten, bezieht sich auf den hinteren Teil eines Schiffes.
Achterlich: Von hinten kommend (See/Wind/ Strömung).
Agent/Agentur: Schiffsmakler/Schiffsmaklerei.
Alter: Kapitän.
Ankerklüse: Mit einem Wulst abschließendes Fallrohr, durch das die die Ankerkette nach Außen geführt wird.
Ankerkettenspülung: Wasserdüsen, die die Ankette von Unrat und Schlamm reinigen, der beim Hieven des Ankers an der Kette hängen bleibt.
Ausflaggen: Bezeichnung für das Wechseln der Nationalflagge eines Schiffes, ohne dass es zum Eigentümerwechsel kommt.
Auspicken: Einen Sicherungsdraht aushaken.

B

Back: Aufbau auf dem Vorschiff, der sich von Bord zu Bord bis zum Vorsteven erstreckt. Der Begriff wird auch für einen Tisch in der Messe genutzt.
Backbord: seemännische Bezeichnung für Links.
Ballasttanks: Tanks die mit Seewasser geflutet werden, um die Stabilität oder den Trimm zu optimieren.
Bemannungsrichtlinien: Richtlinien der Seeberufsgenossenschaft über die Besatzungsstärke.
Blitz: Kosename für Elektriker.
Bootsmann: Ist verantwortlich für die technische Ausrüstung und Instandhaltung des gesamten Decksbetriebes. Er befehligt die Deckscrew und erhält seine Anweisungen vom Ersten Offizier.
Bootsmannstuhl: Ein Sitzbrett, um einen Mann an einem Mast oder Ausleger hochzuziehen, wenn dort Arbeiten auszuführen sind.
Brücke/Kommandobrücke: Fahrstand eines Schiffes.
Brückennock: Offenes Deck, welches an Backbord und Steuerbord aus der Kommandobrücke bis an die maximale Breite eines Schiffes ragt.
Bug: Vorderster Teil eines Schiffes, der durch den Vordersteven abgeschlossen wird.
Bulleye: Rundes Schiffsfenster.

Bulkcarrier: Englisches Wort für Massengutfrachter.
Butangas: Flüssiggas. Wird gewöhnlich zum Heizen und Kochen genutzt.

C

Chief: Erster Ingenieur, ist verantwortlich für den technischen Betrieb an Bord.
Chief Mate: Erster Offizier, verantwortlich für die Ladung und den gesamten Decksbereich eines Schiffes. Vorgesetzter aller nautischen Offiziere. Er vertritt den Kapitän.
Crew: Englischer Begriff für Mannschaft.

D

Damage Claim: Gemeint ist ein Schadensbericht, der einen Ersatzanspruch begründet.
Davit: Aufhängevorrichtung zum Aussetzen des Rettungsbootes.
Diesig: Unsichtiges Wetter, trübe Sicht.
Decksjunge: Azubi zum Matrosen im ersten Lehrjahr, auch „Moses" genannt.

E

Einen Sack bekommen: Die Kündigung erhalten.

F

Fahrwasser: mit Tonnen bezeichneter Schifffahrtsweg.
Feuerschiff: Wasserfahrzeug, das an einer festen Position verankert und mit einem Leuchtfeuer versehen ist. Es dient als Navigationshilfe und Ansteuerungspunkt.
Fieren: Bezeichnet das kontrollierte Nachlassen oder lose geben einer Leine oder Kette.

G

Gang: Gruppe von Stauern/Hafenarbeitern, die zusammen in einer Luke arbeiten.
Gangbord: Bezeichnet den Laufgang an Deck eines Schiffes zwischen Verschanzung und Lukensüll.
Gangway: Treppe zum Besteigen oder Verlassen eines Schiffes.
Gasöl: Vorprodukt von Diesel.
Gastanker: Tanker, der Flüssiggas transportiert.
Generalarm: Warnung für die gesamte Besatzung, sich auf das Verlassen des Schiffes vorzubereiten.

Gesundheitskarte: In einem Umschlag verschlossenes ärztliches Attest, notwendig, um an Bord arbeiten zu dürfen.
Gieren: Abweichung vom Kurs eines Schiffes beeinflusst durch Wind und/oder Strömung.

H

Heuervertrag: Auch Heuerschein genannt, gilt als Urkunde, die der Reeder dem Besatzungsmitglied ausstellt. Er enthält Informationen, die die Grundlage des Arbeitsverhältnisses ausmachen.
Hieven: Aufholen einer Last.

J

Jacobsleiter: Aus Tauwerk und Trittstufen gefertigte Strickleiter.
Jorge Newberry: Flughafen von Buenos Aires.
Jungmann: Azubi zum Matrosen im zweiten Lehrjahr.

K

Kabelgatt: Lagerraum für Leinen und Decksausrüstung.
Kettenkasten: Stauraum für die Ankerkette.
Kammer: Wohnunterkunft für Seeleute.
Knoten: In Knoten wird auf See die Schiffsgeschwindigkeit gemessen. 1 Knoten = 1 Seemeile pro Stunde = 1,852 km/h.
Koje: Bett.
Kollisionskurs: Kurs zweier Schiffe, der zum Zusammenstoß führt.
Kombüse: Küche an Bord.
Kreuz des Südens: Sternenbild, nur auf der Südhalbkugel sichtbar.
Kümo: Kurzbezeichnung für Küstenmotorschiff.

L

Längsseits: Parallel zur Schiffsrichtung.
Landgangsausweis: Dient in einigen Ländern als Ersatzausweis. Muss bei Verlassen des Schiffes am Mann getragen werden.
Laschen: Ladungssicherung. Bezeichnet das Festzurren von Gegenständen und Ladung um das Verrutschen zu verhindern.
Lasching: Kann ein Draht, Gurt, ein Tauwerk oder gar eine Kette sein. Dient zur Ladungssicherung.
Leichtmatrose: Azubi zum Matrosen im dritten Lehrjahr.
Löschen: Entladen eines Schiffes.
Lotsenversetzer: Fahrzeug, das den Transport des Lotsen von oder zu einem Seeschiff ausführt.

Lotse: Ist der nautische Berater Kapitäns bei dem Durchfahren schwieriger Passagen oder Flussabschnitte.
Luke: Laderaum.
Lukensüll: Meint die Umrandung einer Luke, die bis zu zwei Meter hoch sein kann.
Lukenvorkante: Damit ist die vordere Seite des Lukensülls – in Fahrtrichtung des Schiffes – gemeint.

M
Manifold: Dient auf den Tankern zur Verbindung der für den Ladungsumschlag notwendigen Schläuche.
Messe: Kantine und Aufenthaltsraum für die Seeleute an Bord.
Messboy: Ist für die Handlangerarbeiten in der Messe zuständig. Sorgt sich um den Abwasch und die Reinigung der Gemeinschaftsräume. Ist dem Steward unterstellt.
MKR: Maschinenkontrollraum, Leitstand für die Maschinenanlage.
Moses: Umgangssprachlich für Decksjunge.
Multipurpose-Carrier: Mehrzweckschiff, das für den Transport verschiedener Güter ausgelegt ist.

O
Ölzeug: Wasserdichte Kleidung für Seeleute.
Ouessant: Bei Seeleuten auch gerne Oschang ausgesprochen, ist eine Insel an der nordwestlichen Spitze Frankreichs. Auf der Nordroute gilt das Leuchtfeuer als wichtiger Orientierungspunkt zur Einfahrt in den Englischen Kanal.

P
Plünnen: Zeug zum Anziehen.
Positionslampen: Sind in den Farben Weiß, Grün und Rot an verschiedenen Positionen an Bord montiert, die nachts Auskunft über die Fahrtrichtung eines Schiffes geben.

R
Racon: Englische Bezeichnung für Radar Beacon. Raconssignale werden von Ansteuerungstonnen und Feuerschiffen ausgesandt, um diese auf dem Radarschirm als besonderes Seezeichen sofort zu erkennen.
Reede: Ankerplatz vor einem Hafen oder einer Flussmündung.
Ruder: Steuereinrichtung, mit der ein Schiff gedreht wird.

S

Schäkel: U-förmiger Bügel, der am offenen Ende mit einem Steck- oder Schraubbolzen verschlossen wird. Dient zum Verbinden zweier Stroppen oder Teile.

Schlagseite: Schräglage eines Schiffes.

Schott: Trennwand zur wasserdichten Unterteilung eines Schiffes.

Schwergutschiff: Frachtschiff für besonders schwere oder sperrige Ladung mit entsprechend großem Ladegeschirr.

Seefahrtbuch: Ausweis für Seeleute, galt früher auch als Passersatz.

Seewache: Arbeitszeitsystem auf einem Schiff. Es gibt zwei Wachsysteme: Dreiwachsystem oder Zweiwachsystem.

Semicontainerschiff: Stückgutschiff, das auch zum Transport von Containern genutzt werden kann.

Stauer: Hafenarbeiter, die hauptsächlich in der Luke oder an Deck für die Beladung oder das Löschen eines Schiffes in einem Gang zusammenarbeiten.

Stauerei: Hafenbetrieb, der den Umschlag von Seegütern organisiert und durchführt.

Stauholz: Wird in der Stückgutschifffahrt zum Separieren von der Ladung und zum Schutz der Ladung vor Schwitzwasser eingesetzt.

Steuerbord: Seemännischer Begriff für Rechts.

Stropp: Kurzes Stück Tauwerk oder Draht mit Augen und Haken an beiden Enden. Wird wie eine Schlinge um ein zu transportierendes Gut gelegt, damit es per Kran verladen werden kann.

T

Tallymann: Ladungskontrolleur, erfasst die Mengen, die geladen und gelöscht werden.

Toppen: Auf- oder Abtoppen, beschreibt die vertikale Bewegung des Kranauslegers.

V

Verholen: Damit ist das Bewegen eines Schiffes auf kurzen Distanzen, wie zum Beispiel das Wechseln eines Liegeplatzes innerhalb eines Hafens, gemeint.

Verschanzung: Auch Schanzkleid genannt, ist eine Fortsetzung der Bordwand oberhalb der Deckskante. Anders als eine Reling ist eine Verschanzung nicht durchlässig und bietet mehr Schutz vor Wellengang oder überkommende See.

W

Winde: Dient zum Hieven und Fieren von Leinen und Ketten. Auch Winsch genannt.

Y

Yokohama Fender: Große, mit Luft gefüllte oval runde Gummikörper, die die Berührung zweier Schiffe oder Berührungen des Schiffes mit einer Kaimauer verhindern sollen.

Autor

Uwe Lammers, * 1962 in Bremen, verheiratet und Vater von zwei erwachsenen Söhnen, fuhr von 1978 bis 1986 zur See. Mit seinem Bruder gründete und betrieb er ein Bistro und legte damit den Grundstein für seine Tätigkeit in der Getränkebranche. Seit 1990 ist er Geschäftsführer im Getränkegroßhandel. Anfang 2000 gründete er mit Partnern ein Unternehmen, das sich speziell mit Vertriebstraining und der Ausbildung von Führungskräften befasst.

Bei uns geht Ihre Spende
garantiert nicht unter.
DIE SEENOTRETTER
DGzRS
HANNES GLOGNER
DZI
Spenden-
Siegel
www.seenotretter.de

FOR A BETTER
SUPPLY CHAIN
VIA BREMEN
LOGISTICS FOR YOUR BENEFIT